Là où les esprits ne dorment jamais

Jonathan Werber

Là où les esprits ne dorment jamais

L'incroyable enquête de l'agence Pinkerton sur les sœurs Fox

PLON
www.plon.fr

92, avenue de France
75013 Paris
Tél. : 01 44 16 09 00
Fax : 01 44 16 09 01
www.plon.fr
www.lisez.com

Mise en pages : PCA
Dépôt légal : septembre 2020
ISBN : 978-2-259-27681-8

À tous les esprits qui m'ont accompagné
pour l'écriture de ce roman.

1

Les Chemins de l'Illusion
par Gustave Marton

Pour commencer, il est important d'aborder les bases : comment faire un bon spectacle d'illusionnisme ?

Après en avoir vu des dizaines allant de l'escamotage à la machinerie complexe d'automates qui semblent prendre vie, en passant par la lecture des pensées, je commence à distinguer leur qualité commune.

Tout le secret tient à un tour de passe-passe : capturer l'attention des spectateurs. Une fois celle-ci acquise, il est du devoir du magicien de l'emmener là où il le désire en distrayant le public de ses manipulations. Il ne doit libérer l'attention qu'une fois le spectateur, dépassé par l'illusion, persuadé d'avoir assisté à l'œuvre d'une force qui le dépasse. C'est ça, la magie !

Néanmoins, je tiens à rappeler que, en tant qu'illusionnistes, nous ne sommes que des artistes effectuant des numéros. Prétendre à plus serait passer de prestidigitateurs à charlatans.

Gens dont New York regorge, malheureusement.

New York, octobre 1888, par un beau mercredi matin

Jenny ferma le carnet aux pages jaunies et à l'encre délavée avant de le déposer délicatement dans son petit sac en cuir brun. La jeune femme de vingt-six ans s'examina une énième fois dans le miroir. Ses longs cheveux blonds étaient parfaitement tenus par son diadème plaqué or. Un peu de poudre de riz lui blanchissait la peau, mettant en valeur ses yeux noisette. Mais c'était surtout sa robe noire, couverte de paillettes, qui lui assurerait d'attirer tous les regards. Elle se détourna de son reflet pour vérifier, d'une main tremblante, que tout son matériel était prêt.

— Tu peux le faire, tu l'as déjà fait, tu le fais tout le temps ! se convainc-t-elle.

Les rideaux rouges familiers lui firent de nouveau face, comme une barrière infranchissable. Comme chaque fois, il fallait vaincre la peur, repousser le trac, affronter d'un dernier coup d'œil son petit miroir installé sur un tabouret chancelant. Par réflexe, son visage figea ce faux sourire immobile qui la faisait ressembler à une poupée. Elle hocha la tête, prit son courage à deux mains et écarta le rideau. La bataille commençait.

— Mes amis, bonjour !

Face à elle, l'habituel marché du mercredi battait son plein. Harry le vendeur de fruits, assis sur son comptoir, tendait des pommes aux chevaux qui passaient ; conscient que tout fruit consommé devrait être payé, il tentait les animaux au grand dam des cavaliers. Krag, le marchand de tissus, chez qui Jenny avait acquis les rideaux à bon prix, lui adressa un bref signe de la main avant de cogner vigoureusement l'un de ses tapis afin d'en extraire la poussière qui hantait ses greniers. S'il y avait une chose qui n'avait pas changé malgré l'avènement de la révolution industrielle, c'était le chaos du marché des docks de New York. Les petits artisans sans enseigne qui faisaient encore leur travail à la main mettaient en avant l'authenticité de leurs produits, dénonçant ceux vomis à coups de centaines d'exemplaires par les géantes usines à fumée blanche qui poussaient un peu partout, en ces temps où l'homme apprenait à dompter le charbon et la vapeur. Hennissements, tintements de pièces et harangues de négociations se mêlaient aux odeurs d'épices, de viandes séchées et de poissons trop longtemps exposés au soleil pour composer un amas de sensations confuses, qui ne cessait d'intimider Jenny.

Heureusement, son public avait répondu à l'appel. Assis par terre au premier rang depuis bientôt deux ans : Alden, Mitchell et Georgie, respectivement âgés de sept, dix et six ans, regardaient l'entrée de leur idole avec admiration. D'autres enfants s'étaient joints à cette maigre assistance, mais la jeune femme appréciait particulièrement ce groupe doué pour maintenir les autres silencieux. Alden et Mitchell étaient déjà allés jusqu'à se battre lorsqu'un petit garçon s'était un jour écrié après l'un des tours : « Moi aussi je sais le faire, l'est nulle votre fille, là. » La bagarre leur avait valu une semaine de punition, mais les deux garçons s'en étaient moqués : « Pop's me dit toujours qu'faut se battre pour les belles choses, mam'zelle Jenny », avait insisté Alden quand il put finalement revenir aux représentations du mercredi.

La magicienne regarda la planche qui tenait lieu d'enseigne à son installation. « Jenny la magnifique ! » assurait la pancarte à grosses lettres rouges baveuses, agrémentées de décorations colorées, d'étoiles, d'un lapin mal dessiné et d'une colombe ; souvenirs de tours qu'elle avait dû abandonner à cause de sa piètre capacité de dressage. En vérité, l'amateurisme de son décor la concernait peu, ce qui lui importait surtout était de pouvoir s'exprimer librement devant son public. Et cette scène était la seule chose sur laquelle elle avait un peu de contrôle ces temps-ci. La confiance retrouvée, il lui suffit d'une grande aspiration pour que son sourire de poupée devienne honnête. Appuyée sur la table couverte d'une nappe verte en simili velours, elle lança :

— Aujourd'hui, comme chaque semaine, je vais exécuter devant vous des tours à la limite du réel. Il sera normal que vous vous demandiez si je suis une sorcière. Certains pourront même croire que mes dons sont divins ou donnés par l'esprit des défunts. Mais, mes amis, il ne s'agit de rien d'autre qu'un talent que j'ai mis des années à travailler, comme certains apprennent le violon ou le piano.

Alors qu'elle achevait de prononcer le mot « piano », Jenny tira de son dos une longue file de tissus diaphanes blancs et noirs qui vinrent remuer gracieusement devant elle, avant de disparaître après qu'elle eut effectué un tour sur elle-même. La vision furtive fit s'arrêter quelques badauds et dessina sur ses lèvres un petit sourire satisfait. Un enfant qu'elle ne connaissait pas hurla :

— Y sont où les foulards ?

Alden lui asséna une petite tape sur la tête mais Jenny lui fit discrètement signe que ce genre d'intervention ne la dérangeait pas. Elle tendit son poing fermé vers l'étonné.

— Dans ma main ? Tu veux venir les chercher ?

Le garçon, d'environ sept ans, monta sur l'estrade sous les yeux envieux des habitués. Une fois proches, la magicienne déplia ses doigts pour lui révéler deux petites boules de tissu rouge qu'elle posa délicatement sur la table au centre de sa scène.

— Mais… c'est… pas des foulards, exprima l'enfant d'une voix lente et déçue.

— Allons, ils sont dans les boules. Ce que je te propose c'est de faire moitié-moitié : une boule toi, une autre moi. Quand je te l'aurai donnée, tu fermeras très fort ta main dessus.

Elle fit semblant de s'attribuer une boule puis déposa habilement les deux dans la main du bambin, trompant la foule et le garçon par ce tour qu'elle avait pratiqué plus de mille fois chez elle.

— Très bien, maintenant on va compter jusqu'à trois. Et à trois, les boules se transformeront en foulards. Tu es prêt ?

L'enfant ne comprenait toujours pas le lien entre des balles de tissu rouge et les foulards noirs et blancs. Néanmoins, il hocha la tête, ne voulant pas paraître stupide aux yeux du public qui commençait à s'amasser devant la scène.

— Un… deux… énuméra Jenny tout en secouant légèrement son poing à chaque décompte.

Les yeux du garçon brillaient d'excitation, intensément fixés sur sa main afin d'être sûr de ne pas être trompé.

— Et trois !

Les doigts de l'enfant restèrent serrés.

— J'crois pas qu'il y ait de foulards dans ma main, madame, y a qu'une boule !

— Ah bon ? Regarde pour voir !

Il déplia lentement ses doigts, révélant, à sa stupéfaction, que la boule rouge qui avait été mise dans sa paume s'était dédoublée. Tandis qu'il s'éberluait et essayait de comprendre ce miracle, Jenny déployait une longue ligne de foulards discrètement sortie de l'arrière de son oreille, guirlande pliée si serrée qu'elle avait pu la cacher derrière son lobe et ses mèches tombantes. Le public s'émerveilla béatement. Elle refit un tour sur elle-même avec les foulards avant de les envoyer vers l'assistance. Les applaudissements fusèrent.

Elle finit le spectacle par son tour préféré, celui des gobelets, puis salua ses spectateurs tout en posant sur le devant de la table un haut-de-forme d'un noir brillant.

— Mes amis, si vous avez aimé ce spectacle et voulez voir d'autres tours toujours plus spectaculaires, n'hésitez pas à le financer. Ici pas de charlatans. Ça, c'est réservé aux hommes. Pour ma part, je ne suis qu'une simple femme voulant vous époustoufler en toute honnêteté.

Les enfants avaient beau être un bon public, ils avaient malheureusement assez peu d'argent. Une fois leur maigre contribution rassemblée sous l'œil attendri des rares parents présents, quelques adultes tout aussi démunis participèrent d'un quarter ou d'un dollar dans le couvre-chef transformé en attrape-pièces. Jenny se rendit à l'évidence : elle n'allait pas faire fortune de sitôt.

La représentation terminée, seule une spectatrice s'attarda : Mme Deckers. Cette petite dame d'une cinquantaine d'années aurait, pour un œil peu aguerri, pu passer pour une frêle femme, pouvant à peine se déplacer sans sa canne. Mais Jenny savait parfaitement que Deckers cachait adroitement son jeu. Ses yeux mi-clos, semblant en permanence agressés par le soleil, dissimulaient un regard inquisiteur qui ne ratait rien. De fait, approchant alors que la magicienne rangeait sa table, elle posa la main sur son poignet, l'arrêtant dans son action pour lui asséner comme à chaque fin de spectacle :

— Ma belle tu es très talentueuse. Mais... combien de temps vas-tu encore t'abaisser à faire... ça ?

Le ton méprisant englobait la scène que Jenny avait amoureusement bâtie de ses mains.

— Tu sais que mon petit Lucius ne pourra t'attendre éternellement. Il t'aime beaucoup mais il veut fonder une famille décente. Pas une où sa femme passe ses journées à se pavaner pour quelques pièces. C'est normal, tu ne penses pas ?

Elle avait le don de formuler des phrases aussi passives qu'agressives auxquelles il était délicat de répondre.

— Madame Deckers, je... Lucius sait comment je me sens vis-à-vis de lui, répondit Jenny d'une voix lasse à force se répéter.

Les doigts mûrs s'enfoncèrent dans son bras jusqu'à y laisser une marque blanche. La vieille femme regarda autour afin d'être sûre que personne ne lui prêtait attention et ouvrit enfin complètement les yeux, révélant des pupilles noires comme un trou sans fond.

— Je crois que tu ne comprends pas, alors laisse-moi te la faire simple : tu as vingt-six ans et tu n'es pas mariée. Lucius est ton dernier espoir de ne pas finir en prostituée à peine bonne à servir de défouloir à des soldats syphilitiques.

De son bras libre, Jenny lui fit desserrer l'étreinte sans lui donner la satisfaction de répondre. Les mâchoires serrées, elle se contenta de continuer à ranger son matériel.

— Crois-moi, j'essaie juste de te rendre service, s'adoucit faussement Mme Deckers. C'est un bon garçon qui ne boit pas et ne frappe pas. Il s'est épris de toi pour je ne sais quelle raison, et moi je veux juste le rendre heureux.

— Et moi, n'ai-je pas le droit d'essayer d'être heureuse ?

— Mais c'est lui qui te rendra heureuse !

Deckers donna un coup de menton en direction du chapeau que Jenny avait accroché à son flanc.

— Il n'y a qu'un marché par semaine, ma pauvre. Tu ne pourras pas continuer tes petits tours éternellement. Si tu persistes, viendra le jour où Lucius sera marié, et toi, tu te rendras compte qu'il est trop tard. Alors, quand ce moment viendra, et crois-moi qu'il viendra, je ne te donne pas une semaine avant qu'on te retrouve poignardée dans une impasse après t'être fait violer.

Raide de colère mais courtoise, Jenny lui accorda un regard plein de dédain.

— Au revoir, madame Deckers. Et ne venez pas la semaine prochaine ou je ferai en sorte que mes foulards soient cachés si profondément dans votre derrière que l'intégralité de votre canne ne vous permettra pas de les atteindre.

Sur ces mots, elle se retourna. La vieille dame, les yeux plus sombres que jamais, se vengea en lui faisant un croc-en-jambe à l'aide de sa canne. Le chapeau contenant les gains échappa des mains de la jeune magicienne ; le peu d'argent récolté roula derrière la petite estrade en bois. La vieille femme émit un rire sardonique en quittant le marché.

Rageant de s'être fait piéger, Jenny se releva sans même prêter attention au fait qu'elle s'était fait mal en tombant et se mit en tête de ramasser les pièces étalées. À son désarroi, elle vit qu'un inconnu s'était déjà mis à les récupérer avant elle. Fallait-il que cette journée soit maudite si en plus on lui volait ce qu'elle peinait à gagner ? Elle leva les yeux pour observer son voleur, qui n'avait rien du bandit habituel. L'homme était habillé d'une redingote et d'une chemise blanche ornée d'une cravate noire, tenue peu commune pour quiconque connaissait un tant soit peu la place du marché, dont il était rare de sortir sans souillures. Sa perruque rousse ne parvenait pas à camoufler quelques mèches de cheveux poivre et sel qui n'échappèrent pas au sens de l'observation de Jenny. Quant à ses yeux, ils étaient cachés par des lunettes opaques.

— C'est à moi, dit-elle fermement.

L'intrus entassait calmement les pièces dans sa main gauche alors qu'il les récupérait au sol de la droite. Jenny estima rapidement le rapport de force : l'individu devait peser environ le double de son poids, et même s'il paraissait enrobé, se dégageait de lui une assurance qui indiquait que la seule manière de gagner un combat face à lui était de viser sa trachée ou ses testicules. Elle se releva douloureusement, prête à lancer l'attaque.

— Rendez-moi ça.

L'homme tendit la main qui contenait les pièces.

— Vous ne préférez pas que je les remette dans le chapeau ? questionna-t-il d'une voix douce.

Il se pencha, prit le haut-de-forme, y déposa l'argent puis tendit le tout à Jenny. Abasourdie, elle regarda l'intérieur du couvre-chef et y découvrit un billet de vingt dollars, absent auparavant.

— Je préfère toujours donner l'argent en main propre. Un billet de vingt dollars par terre n'y reste pas longtemps, dit-il tout en jouant avec son épaisse moustache de ses doigts boudinés.

Vingt dollars, soit ce que la magicienne gagnait en une semaine. Bien qu'enthousiasmée par la manne, elle saisit la coupure et la lui rendit.

— Je sais pas si vous avez entendu ce que j'ai dit à la dame, mais je suis pas une prostituée. Merci pour le chapeau, mais si vous avez vraiment aimé la performance, donnez un dollar et laissez-moi tranquille.

L'inconnu s'amusa de l'agressivité et fit non d'un geste de main.

— Votre performance méritait bien plus qu'un dollar, mademoiselle. J'ai vu des magiciens de music-hall moins performants que vous. Je vous en prie, gardez le billet.

Jenny jaugea l'homme. Le fait de ne pouvoir sonder son regard la troublait. Comme s'il avait lu dans ses pensées, il ôta ses lunettes, révélant des yeux gris et joyeux. Alors, seulement, elle accepta de mettre l'argent dans le chapeau puis de placer ce dernier sous sa table.

— Que diriez-vous de gagner quarante dollars de plus ?

Jenny songea immédiatement à ce qu'une telle somme signifierait : refaire son estrade, s'offrir une nouvelle robe de scène… Enfin arrêter avec l'escamotage, présenter de « grands tours », peut-être prendre un assistant.

— Je vous écoute… tant que ce n'est pas de la…

— Allons, pour qui me prenez-vous ? Sachez que je n'ai aucun besoin qu'on me répète les choses deux fois ! Non, tout ce que je vous demande, c'est de m'accompagner à un spectacle de grande illusion.

Elle se retourna brusquement, suspicieuse.

— C'est tout ? Et vous me payeriez quarante dollars pour… Vous avez besoin d'y être vu avec une femme ?

Il sourit à l'idée qu'elle venait d'émettre mais ne répondit pas.

« Qu'y avait-il de malsain à escorter un homme, si c'était en tout bien tout honneur ? » se surprit-elle à penser.

— Ma chère, sachez que ce n'est pas votre beauté ou votre féminité qui me fait vous employer, intervint l'inconnu. J'ai juste besoin de savoir si vous êtes qualifiée. Prenez ça comme un test d'embauche.

— Pour quel métier ?

L'homme s'assit sur le petit tabouret, prit une des balles en tissu, la fit valser entre ses doigts puis disparaître derrière sa paume. Il retourna ensuite cette dernière, révélant sa main vide.

— Celui de découvrir les tours des magiciens.

Jenny alla vers son autre main et tapa dessus. L'homme révéla la petite balle rouge qu'il avait pris soin de cacher avant de la reposer sur la table.

— Rien ne m'échappe, monsieur… Monsieur ?

— R., pour le moment, appelez-moi R. Nous verrons plus tard si je vous en dévoile plus.

2

Les Chemins de l'Illusion
par Gustave Marton

i. Qui veut apprendre l'art de l'escamotage se doit d'observer attentivement les autres illusionnistes. Avec l'avènement des machines, il est toujours compliqué de savoir si nous avons affaire à une manipulation astucieuse ou à une prouesse technologique. C'est pour cela qu'il est important de se tenir au courant de l'actualité scientifique. Beaucoup évoquent la science comme une magie occulte qui irait contre la création divine, mais je pense que ces gens ont peur de l'avenir. Un bon magicien ne doit jamais craindre d'aller de l'avant. Un tour qui faisait rêver le public hier peut devenir obsolète et désuet dès le lendemain. Le magicien amer blâmera le public, refusant d'admettre qu'il s'est trop reposé sur ses lauriers, alors que le magicien compétent ira simplement confectionner un nouveau tour.

ii. Il est important que l'illusionniste en apprentissage ne se comporte pas en simple spectateur lorsqu'il assiste à une représentation. S'il se laisse bêtement berner par l'homme sur scène, il se doit de revenir pour observer mieux la fois d'après.

Il n'est pas simple de réaliser de bons tours et il n'est pas rare que les plus grands magiciens arrivent à emporter leurs secrets dans la tombe. Il ne tient qu'à toi, cher lecteur, d'être meilleur qu'eux et de te les approprier avant que cela n'arrive. Quant à moi, je suis là afin de te donner les outils pour y parvenir.

Jenny referma le petit carnet avant de le glisser dans son sac. La calèche, capote repliée, s'était arrêtée sur la rue pavée devant elle, éclairée par la lueur rose du crépuscule qui faisait honneur à ses efforts vestimentaires : ses longues mèches blondes étaient rassemblées dans un petit chignon, une robe couleur crème épousait la forme de ses hanches. Seul son corset, qui la compressait de la poitrine au nombril, lui faisait regretter d'être aussi apprêtée. Le cocher descendit ouvrir la porte de la voiture qu'on lui avait dépêchée et déplier la marche d'accès. Assis dans le véhicule, R la regardait, satisfait. Cette fois, il ne portait ni perruque ni lunettes, elle put donc admirer des cheveux impeccablement gominés à plat. Sa tenue, par contre, n'avait pas changé depuis la veille.

— Vous êtes aussi magnifique que l'indiquait votre pancarte, rit-il.

Elle lui adressa un regard narquois avant de s'engouffrer dans le véhicule. Le cocher enleva la marche, grimpa sur son perchoir et se mit en route. C'était la première fois qu'elle mettait les pieds dans un attelage aussi luxueux, les fiacres dans lesquels elle avait pu monter jusqu'alors n'ayant pas de banc couvert d'un velours rouge au toucher si doux.

— Bon, écoutez, je ne connais pas votre prénom mais vous m'avez l'air trop riche pour être le genre de type qui ferait tout ça pour me poignarder et abandonner mon corps dans une allée. Deuxièmement, je dois vous dire que si c'est le cas, ça va vite se savoir, j'ai laissé une lettre à ma mère donnant votre signalement s'il m'arrivait malheur. Donc pas d'entourloupes.

Encore ce gros rire joyeux. Elle n'arrivait pas à l'imaginer capable de faire du mal à une mouche.

— Allons, je vous dirai mon nom si vous trouvez le tour de ce soir. Avant je ne peux malheureusement vous le révéler, et croyez bien que cela me peine.

La calèche s'arrêta devant un grand théâtre dont la façade annonçait « Samri S. Baldwin, le Mahatma blanc ». L'affiche représentait un homme vêtu d'une grande tunique à l'indienne portant un bâton duquel pendouillaient des crânes, qui marchait fièrement sur des flammes sorties tout droit de l'enfer. À côté de son nom, on distinguait un hibou perché sur un croissant de lune, qui regardait directement l'observateur de l'affiche. Jenny ne put s'empêcher de penser que, quelle que soit la qualité du spectacle, le magicien avait trouvé une manière originale de se présenter.

— Mahatma… répéta-t-elle, songeuse.

R. descendit de la voiture et lui tendit la main.

— Ça veut dire « grande âme », en hindou. Ce serait l'équivalent du mot « saint », chez nous.

— Et vous voulez que je trouve ses tours, c'est ça ? Pourquoi ?

— Ne vous occupez pas du Pourquoi, je paie pour que vous vous intéressiez au Comment.

Le gratin de New York patientait sur le tapis rouge qui menait au théâtre. Les hommes portaient de longues vestes noires qui finissaient en queue-de-pie et dont les basques battaient sur des pantalons d'une parfaite propreté, costumes invariablement accompagnés de petites jumelles attachées à une chaîne afin de ne rien rater du spectacle. Chez les femmes, la variété des tenues l'impressionna : plumes de paon dans les cheveux, longs gants assortis aux corsages à manches courtes, formes en cloche si larges au niveau de la taille qu'on aurait pu penser que les robes servaient à cacher une autre personne. Jenny fut surprise de voir comment tous regardaient son chevalier servant : avec un mélange de crainte et de familiarité. Comme des requins nageant au milieu d'un banc de poissons, un vide se fit autour d'eux dès qu'ils se mirent à avancer.

— Vous connaissez ces gens ? s'enquit-elle.

— Ils ne voudraient pas que je les connaisse.

Il se retourna vers une demoiselle qui humait, en riant bêtement, une rose offerte par l'un des hommes qui la suivaient d'un regard gourmand.

— Bonjour miss Herpton, comment va votre époux ? lança R. brièvement.

Elle croisa son regard puis accéléra subitement le pas, lâchant sa rose, semant pétales et prétendants. Il eut un petit rictus satisfait alors qu'elle disparut dans la foule s'engouffrant dans la salle.

— Vos billets s'il vous plaît, demanda d'une voix monotone le vieil homme à la peau basanée devant l'entrée.

Jenny arrivait à peine à croire où elle se trouvait. Elle avait déjà assisté à des spectacles de prestidigitation, mais jamais dans des lieux aussi somptueux. Ils furent assis au premier rang, juste en dessous du dôme vitré. La jeune femme put admirer la nuit étoilée rien qu'en levant la tête. Accroché au dôme, un immense lustre en cristal reflétait les lumières des lampes intégralement alimentées à l'électricité, miracle technique qui ne manqua pas d'impressionner Jenny, ayant l'habitude des lampes à huile ou à pétrole. Enfin, face à elle, la cerise sur le gâteau : de vrais rideaux rouges épais aux franges dorées, comme ceux qu'elle avait essayé d'imiter pour sa scène avec quelques morceaux de tissus, une paire de ciseaux et l'aide d'une mère patiente.

Dans la salle, l'excitation était palpable. À côté d'elle, une jeune dame chuchotait à son mari :

— Apparemment, son pouvoir est transmis de génération en génération. Il aurait grandi dans un temple où les moines ont trouvé le moyen de survivre sans manger.

Une autre spectatrice, qui agitait un éventail rose afin de lutter contre la chaleur de la salle bondée, passa sa tête entre les sièges et ajouta :

— J'ai entendu dire qu'il était en fait âgé de quatre cent cinquante-trois ans, et que, lassé de l'Inde, il avait décidé de déménager à New York.

— Vous croyez qu'il a connu Benjamin Franklin ? George Washington ? répliqua la première en gloussant.

Son mari ne résista pas à l'envie de l'humilier.

— Ces deux-là n'ont jamais mis les pieds en Inde, bécasse ! Maintenant tais-toi et arrête de me faire honte ou la prochaine fois j'invite le barman de mon saloon. Lui, au moins, sait me faire plaisir, vociféra-t-il méchamment.

Elle afficha un air triste tandis que sa nouvelle « amie » enlevait sa tête d'entre les sièges et se rasseyait sagement. Les lumières s'éteignirent enfin et le silence se fit. Jenny fut presque triste de devoir se concentrer sur l'analyse des tours, désireuse de retrouver, le temps d'une petite heure, son innocence d'enfant. L'employeur aperçut ce regard émerveillé.

— Mademoiselle, je n'aurai besoin de votre expertise que pour un tour, le clou du spectacle. Je vous ferai un petit signe à ce moment-là. En attendant, profitez de la représentation.

Elle ne put réprimer un sourire radieux que R. lui rendit, à moitié caché par sa moustache dont les poils blancs luisaient dans la pénombre.

De puissants projecteurs jaunes traversèrent les rideaux de part en part pendant qu'un roulement de tambour résonnait derrière le velours. Le rythme s'accéléra alors que les rideaux s'ouvraient pour révéler un authentique éléphant dans une cage en bambou. Les spectateurs, surpris, n'eurent pas le temps de reprendre leur souffle que déjà un nuage de phosphore explosait, laissant traîner une brume blanche qui ne sembla pas gêner le pachyderme ; en sortit, comme directement tiré de l'affiche, le Mahatma blanc portant bien haut son bâton coiffé d'un crâne éclatant.

— Vous le savi, dit-il avec un fort accent indien rendu étrange par sa peau extrêmement pâle, ce soirr vous allai entri dans un autrre monde. Un endrroit où le rève et la rèaliti ne font qu'un !

Sa canne frappa le plancher, créant un écho dans toute la salle. Les tambours se firent plus discrets.

— Ce que vous voyez derrière moi, c'est Imir, mon iléphant de compagnie. Et dons quilques instonts, il va fairre un court voyage dons le monde de Krrishna, avant que ji ne li fasse riapparaitre.

Un grand coup de tambour vint ponctuer l'effet.

— Mis pour le transporrter, il faudra faire un ichange, raminer quelque chose de là-bas d'abord, afin de pouvoirr envoyer Imir.

Se déplaçant au centre de la scène, il saisit un papier dont la forme et la couleur évoquaient la plume d'un cygne. D'un geste fluide, il fit apparaître dans sa main une allumette enflammée puis mit le feu à la plume. La combustion créa une flamme rouge pétaradante, révélant une colombe accrochée à son index. Applaudissements du public. Jenny remarqua que la manche du Mahatma, fermée jusque-là, était désormais plus relâchée. Elle ne put s'empêcher de murmurer à l'oreille de son accompagnateur :

— Il a utilisé la flamme afin de cacher que l'oiseau sortait de sa manche.

R. hocha la tête, impressionné. Le magicien continua pendant quelques tours avec ses colombes, transformant la première qu'il avait sortie en deux volatiles. Il en prit un et fit apparaître un œuf de son derrière, puis sortit de celui-ci un plus petit oiseau qui piaillait de manière aiguë. Jenny voyait clair à travers les tours, sachant que ces animaux avaient été drogués afin de pouvoir rester dans des poches ou des manches sans émettre un son. Elle ne doutait pas que le pauvre éléphant avait dû subir le même traitement, vu son calme malgré l'agitation de la salle. Lui revint en mémoire les moments où elle aussi s'était essayée au dressage de volatiles et de lapins. Malheureusement, elle avait rapidement eu pitié de ses petits assistants, ne supportant plus de les droguer et de les enfermer dans des lieux clos.

Une fois les oiseaux sortis, le Mahatma les mit dans une cage posée sur une table, déposa un drap sur celle-ci, qu'il agita quelques instants avant de le retirer brusquement, révélant non plus la cage, mais une jeune femme. L'assistante du Mahatma avait un visage si couvert de poudre de riz qu'elle semblait tout droit sortie d'une peinture japonaise. Son justaucorps parsemé de plumes était pourvu de deux imposantes ailes noires et réfléchissantes. Elle se contentait d'ouvrir bêtement les bras en souriant, comme si elle était une œuvre d'art contemplative. Le public ne se souciait guère de son accoutrement et, toujours marqué par la beauté du spectacle, applaudissait désormais dès qu'un nouvel élément arrivait sur scène. Quand les spectateurs se turent enfin, le magicien revint sur le devant de la scène.

— Le ritouel prêt, nous allons pouvoirr onvoyer Imir.

Le magicien se retourna vers l'éléphant et passa les mains au travers de la cage, pour le caresser. Jenny comprit immédiatement que c'était attester qu'il n'y avait pas de trucage. L'animal utilisa sa trompe pour fouiller la main du Mahatma, en quête d'une éventuelle cacahuète.

— Tou as été oune bonne iléphant, le milleur même. Cela mi rend triste de t'abondonner, tu resteras toujours dans mon cour Imir.

Il s'arrêta, comme pour contenir son émotion. Extrayant de sa poche une petite fiole blanche, il s'écarta de la cage en prenant soin de la brandir vers le public.

— Cela contient un petit morceau de Krishna, et c'i comme ça que j'y tronsporterai Imir. Maintenont, ritourne auprès de ta créatrice.

Le magicien jeta la fiole au sol, ce qui créa une explosion

verte et sonore. Et voilà que, derrière la cage, l'énorme bestiole avait disparu. Seul le rideau rouge de l'arrière-scène demeurait visible entre les barreaux, plus aucune trace de l'éléphant derrière les bambous. Le public applaudit à tout rompre.

— C'est celui-là que je dois deviner ? demanda Jenny.

— Non, le prochain.

Une fois les applaudissements terminés, le Mahatma se débarrassa de sa tunique blanche pour révéler une tenue magenta et dorée à manches courtes.

— C'i maintenont à mon tour de vinir rejoindre Krrishna.

L'assistante amena une caisse en bois depuis les coulisses, qu'elle fit rapidement tourner devant le public pour indiquer qu'elle était parfaitement réglementaire. Le Mahatma mit ses mains en avant et l'assistante lui passa des menottes aux poignets. Ensuite, elle prit une poupée de chiffon sur la table qu'elle envoya dans le public. Le jouet atterrit tout près de Jenny.

— Bien, qui celoui qui a la poupée vienne sour scène.

La jeune « bécasse » avait reçu le jouet. Aussi excitée qu'inquiète, elle jeta un coup d'œil à son mari pour voir s'il lui donnait la permission. Ce dernier hocha la tête de manière agacée. Elle se leva donc, enthousiaste, et rejoignit la scène.

— Applaudissez-la, s'il vous plît.

Les bravos passés, le magicien se tourna vers elle.

— Voyez virifier mi menottes, tirer dessus aussi forrt qui vous voulez. Ji veux que le poublic soit sûr qui j'y n'outilise pas de voulgaires escamoutages.

La jeune fille inspecta d'un rapide coup d'œil les bracelets métalliques, puis tira si fort sur ceux-ci que le pauvre magicien en tomba presque en avant.

— Désolée, dit-elle maladroitement avant de se tourner vers la scène et de déclamer solennellement : « Les menottes ne sont pas truquées. »

Le public rit et la jeune fille devint rouge de confusion.

— Allons, allons. Maintenont inspectez la boîte, n'hésitez pas à l'ouvrirr y à regardi dedons.

Elle l'ouvrit, regarda l'intérieur et en fit le tour, tapant avec sa main, posant sa tête dessus pour écouter, faisant rire l'assistance.

— Alorrs midemoiselle ?

— C'est… C'est une caisse ordinaire.

— Y vous confirmi que nous ne sommes pas complices ?

Ce fut à son tour d'avoir un petit rire avant de reprendre son aplomb face au public :

— Oui… c'est la première fois que je le vois en vrai.

— Mirci mademoiselle, voyez vous rasseoir et on l'aploudit bien fort.

Le magicien était de nouveau seul sur scène avec son assistante ailée, qui n'avait toujours pas dit un mot. Jenny évalua la témoin et jugea qu'elle n'avait rien de la comparse ; de plus, le lancer de poupée était un moyen trop aléatoire pour sélectionner un compère dissimulé au sein d'un public si dense.

— Citte malle me vient directement d'Inde et pirmet de passer dons la dimonsion divine, oune sicret qué mon pays à dicouvert dopuis des millénaires. Aujourd'hui, ji vais iffectouer li voyage devont vous, et votrre vie ne séra plous jamais la même.

L'assistante ouvrit la boîte, et apporta une petite marche. Une fois le Mahatma à l'intérieur, elle ferma le couvercle à l'aide d'un cadenas solidement attaché.

— Le Mahatma est maintenant enfermé dans la boîte, seul face à ses démons, dit l'assistante d'une voix légèrement nasale. Et grâce au pouvoir d'une force ancienne, il va en sortir… en un seul morceau !

L'assistante grimpa le petit escalier, se dressa sur la boîte, déploya un long drap bleu qui cacha tout ce qui se trouvait entre son cou et le sol. Elle remua alors le voile sombre, qui se mit à trembler comme une mer agitée sous sa tête aussi blanche que la lune.

— Mais la boîte demande de la chair fraîche en retour, c'est pourquoi je vais échanger ma place contre la sienne !

Elle lança alors le voile en l'air et disparut derrière ce dernier qui, avant de retomber, fut rattrapé par le Mahatma, semblant sortir d'une transe. Il lâcha le voile et descendit du coffre au cadenas toujours en place.

— Ma fidile assistonte ! se lamenta-t-il.

Il tapa sur la boîte.

— Oooh commont as tou pou faire cé sacrifice ? Ji vais te sortir de là.

Un épais marteau apparut entre ses mains, probablement sorti de sa manche. Le Mahatma frappa avec ardeur. En deux coups, le loquet céda. Il ouvrit la boîte, prit un air stupéfait, la renversa et montra au public qu'elle était totalement vide. L'audience retint son souffle. Le magicien remit le coffre à l'endroit en gémissant :

— Commont cela a-t-il pou arriver ? Toi qui avais toujours ité si proudonte !

Il ferma une nouvelle fois la boîte.

— À vouloir joui avec le fou voilà que je lui ai broulé les ailes. Dieux d'hier et d'oujourd'hui, je sais que vous m'entendi, rendi-moi mon assistante, j'y vous en conjure. Ji ferais n'importe quoi !

Un toc fusa de la boîte. Il arrêta de s'appuyer dessus et s'en écarta théâtralement. Lentement, le couvercle s'ouvrit et l'assistante se révéla, toujours dans son justaucorps mais sans ses majestueuses ailes noires mystérieusement disparues.

L'Indien la serra dans ses bras après l'avoir extraite de la caisse, avant de la déposer sur la scène sous l'ovation du public. Les deux artistes se prirent la main et saluèrent l'audience alors que des fleurs étaient jetées vers eux. Jenny put en lancer une, malicieusement donnée par R.

Après quelques minutes, les spectateurs commencèrent à quitter la salle, essayant de comprendre ce qu'ils avaient vu.

La magicienne observait encore, silencieuse, alors que son cerveau bouillonnait.

— Je l'ai, dit-elle finalement, encore perdue dans ses pensées.

— Parlons-en dehors, répondit R.

Il la prit par le bras et l'emmena vers le couloir qui menait à la sortie. Ses pas s'arrêtèrent devant l'entrée des artistes.

— Jenny la magnifique face au Mahatma blanc. On pourrait comparer cela à David contre Goliath, vous ne trouvez pas ?

Un petit sourire la gagna.

— Sauf que, cette fois, j'ai un fusil et non une fronde.

Il eut un petit haussement de sourcil.

— Allez-y ma chère, dites-moi tout, montrez-moi que mon intuition était la bonne en vous mettant à l'épreuve.

— Il y a une éthique chez les magiciens, particulièrement chez ceux qui créent leurs propres tours. Je vous avoue que je voulais jauger le spectacle avant de savoir si je vous révélerais le secret.

R. parut contrarié.

— Ne me dites pas que… enfin, vous n'auriez tout de même pas l'audace de me cacher ce que vous avez trouvé ?!

— Vous ne me payez que si je vous révèle le secret du tour, n'est-ce pas ? C'était ça le contrat. Je pourrais partir en ne vous disant rien et en ne vous devant rien. Si ce n'est un merci pour cette belle représentation… Alors merci.

Il eut un air paniqué et sortit ses billets qu'il brandit face à elle.

— Je monte à soixante dollars.

Elle les repoussa.

— Allons, allons, n'avions-nous pas mentionné quarante ? Et vous ne m'avez pas laissé finir, monsieur R. J'ai beau adorer la magie, je déteste les charlatans. Cet individu ne prétendait pas faire des tours mais jouer avec des forces occultes. Il a laissé des centaines de personnes rentrer chez elles convaincues qu'un homme pouvait réellement passer dans un autre monde, serrer la main de la déesse Krishna et revenir sans souci. Et comme si cela ne suffisait pas, il a exploité des animaux. Je n'ai aucun doute sur le fait que cet éléphant était drogué aux somnifères, seule méthode pour qu'il reste dans sa cage sans faire un bruit. Je ne parlerai même pas des colombes qu'il a dû entasser sans ménagement dans sa tunique afin de les sortir derrière les écrans de fumée.

R. frottait nerveusement sa moustache de ses doigts épais.

— Donc vous allez me le dire… le secret du tour de la malle indienne ?

Elle marqua une petite pause.

— Simple, les menottes sont évidemment truquées, sûrement faites par un forgeron ou un horloger qui a dissimulé le mécanisme les ouvrant automatiquement au prix d'une manipulation cachée. Le vrai miracle vient donc de la caisse, qui s'ouvre par l'arrière, de manière à laisser sortir le magicien sans toucher le couvercle.

— Et l'assistante ? Où va l'assistante ?

Jenny tendit la main.

— Je pense vous avoir prouvé que j'étais professionnelle, non ? Je ne vais pas tout dire sans être payée. Soixante-dix dollars, disions-nous ?

L'homme sortit dix Morgan d'un dollar en plus de la somme déjà préparée et mit le tout dans la main de Jenny. Elle regarda la pile quelques instants, incrédule de l'avoir obtenue de façon si simple. D'une main tremblante, elle plaça précautionneusement les dollars dans son petit sac en cuir, à côté des *Chemins de l'Illusion*.

— L'a… l'assistante entre par le même endroit que celui utilisé par le magicien pour sortir de la boîte. Mais un jeu de miroirs la dissimule quand le Mahatma montre le fond de la caisse au public. Comme l'espace est petit, elle a dû abandonner ses ailes.

— Tout cela est bien beau mais, du coup, on aurait vu les ailes au sol, non ?

— Non, elles sont derrière la malle, cachées par l'ombre

portée des projecteurs, complètement indétectables si ce n'est le léger bruit qu'elles ont fait en tombant.

La porte de l'entrée des artistes s'ouvrit soudain. Derrière, le Mahatma vêtu d'une veste croisée et d'un pantalon blanc applaudissait lentement en regardant Jenny. Il avait complètement perdu son apparence indienne et ressemblait plutôt à un New-Yorkais typique, avec son veston à double rangée de boutons plaqués or.

— Bravo mademoiselle, dit-il sans une once d'accent. Je crois que je n'ai, jusqu'à maintenant, jamais eu le plaisir de me faire démasquer sous mes yeux.

Jenny rougit de honte, se rendant bien compte qu'elle avait enfreint le code des illusionnistes.

— C'est vrai que je mens au public, mais que voulez-vous ? C'est ce que demandent les gens. Depuis la naissance du spiritisme, tout doit venir des morts ou d'un esprit obscur. Moi au moins j'essaye de varier avec Krishna, c'est louable non ?

— Vous… Je… Hmmm…

Les mots ne sortaient pas tant elle était intimidée par cet homme capable de contrôler les foules. Il lui tendit nonchalamment la main :

— Mon vrai nom est Noah, ravi de faire votre connaissance.

Elle la prit et parvint enfin à exprimer ce qu'elle avait sur le cœur :

— Votre accent indien est incroyablement mauvais ! Vous n'arrivez même pas à être cohérent sur les sons. Vous martyrisez vos animaux, vous êtes une honte pour le monde de la magie.

Il enleva précipitamment sa main qu'il essuya contre son veston, comme dégoûté.

— Bon, tu peux me le dire, c'est l'assistante de qui, cette folle ? grogna-t-il en s'adressant à R. Igor le voyant ? Hector le nécromancien rouge ?

L'homme aux cheveux poivre et sel rigola bruyamment.

— Ce n'est pas une assistante, mon bon Noah, à partir de demain, c'est une agent.

Il sortit sa carte et la tendit à Jenny. Dessus, elle put lire « Pinkerton, première agence de détectives privés » imprimé en cursif. En dessous, un gros œil à l'encre noir qui regarde vers la gauche était souligné par la phrase : « Nous ne dormons jamais. »

— Bienvenue chez nous, vous avez passé l'entretien.

Il lui tendit la main à son tour et elle la prit timidement. Après une vigoureuse poignée, il conclut :

— Robert Pinkerton, à votre service.

3

Les Chemins de l'Illusion
par Gustave Marton

L'art le plus difficile est certainement celui de lire les esprits, ce que l'on appelle communément le « mentalisme ». Et je ne parle pas ici des mentalistes qui prennent des complices, non ! Mais de ceux qui arriveront, alors que vous l'avez simplement imaginée, à reconnaître en vous une carte bien précise, sans même utiliser de jeux truqués.

Toute la difficulté de cette discipline vient du fait que la personne en face de vous est une sceptique qui n'attend que de vous voir échouer. Ce qu'elle ignore, c'est que ces tours n'ont rien de visible et s'effectuent au fond de son propre cerveau. Le mentaliste talentueux y fouillera discrètement jusqu'à ce que la personne révèle, presque d'elle-même, ce qu'elle essayait de cacher.

Jenny referma le carnet en entendant le claquement mat des sabots sur les pavés mouillés par la rosée matinale. Elle avait longuement hésité à venir au rendez-vous. Les quatre-vingt-dix dollars que l'affaire lui avait permis d'empocher étaient plus que ce dont elle avait besoin pour améliorer son spectacle, sans doute pourrait-elle même changer sa garde-robe usée.

Pourtant, elle était là, à 6 h 45 du matin, bien avant que tout honnête citoyen n'entame sa journée. Seuls les marins des docks du port voisin avaient un emploi du temps assez décalé pour partager ce soleil levant avec elle.

Elle regarda encore une fois la carte de visite à la texture satinée où un œil masculin, agrémenté de cils et sourcils fins, observait au loin. Pas d'adresse, juste le nom de l'agence et la devise : « Nous ne dormons jamais. »

Le cocher descendit lestement de son promontoire pour déployer le marchepied et lui ouvrir la porte. C'était la même calèche que la veille si ce n'était que, cette fois-ci, la capote à soufflet avait été tirée pour la protéger de l'air frais et que Robert Pinkerton ne l'y attendait pas. La magicienne monta et profita du trajet et du large habitacle pour s'étendre et se laisser bercer par les oscillations du véhicule sur les pavés, se demandant si elle aurait droit à de telles siestes une fois intégrée à l'agence Pinkerton.

— Hmm Hmm, déglutit bruyamment le cocher, vraiment trop prêt de son oreille.

Elle se réveilla avec un petit sursaut d'un rêve où Robert sortait un éléphant de sa manche.

— Désolé, madame, je vous aurais bien laissée dormir, mais… enfin monsieur m'a dit qu'il était important que vous soyez à l'heure.

Elle hocha la tête, encore étourdie, et descendit maladroitement la marche pour découvrir un imposant immeuble en pierre de quatre étages, sur lequel était écrit en grosses lettres :

PINKERTON

AGENCE NATIONALE DE DÉTECTIVES

Les trois portes d'entrée étaient séparées par des colonnes qui se prolongeaient sur toute la hauteur du bâtiment et interrompaient les fenêtres, architecture qui donnait l'impression d'un ensemble de casiers superposés.

Franchissant le seuil, elle entra dans un hall où une vieille secrétaire tapait furieusement sur une machine à écrire Remington en utilisant uniquement ses index. La femme semblait ridiculement petite, écrasée par la hauteur de plafond, tel un détail ajouté au dernier moment sur un tableau. Elle ne leva même pas la tête lorsqu'elle s'adressa à Jenny.

— Votre rendez-vous est au dernier étage, la porte au fond du couloir quand vous sortez des escaliers qui se trouvent à ma droite.

La secrétaire indiqua de son menton pointu une porte où était inscrite la mention « escalier ».

— Entrez sans toquer, je préviens les patrons que vous arrivez. Et faites vite, ils détestent attendre.

— Les ? demanda Jenny d'une petite voix.

Les index arrêtèrent leur course effrénée, et la vieille dame releva la tête.

— Quelle partie de « détestent attendre » ne comprenez-vous pas ? lança-t-elle, le regard blasé.

Renonçant à répondre, Jenny se dirigea vers la zone indiquée et monta l'un des vastes escaliers éclairés de petites lampes à huile. Celles-ci projetaient une lumière vacillante sur des articles de journaux encadrés : « Allan Pinkerton découvre le tueur du banquier bigleux », « Allan Pinkerton résout l'affaire des trente-six chevaux disparus en Arizona », « Allan Pinkerton sauve Abraham Lincoln ». Les dates des coupures de presse commençaient en 1849 et ne dépassaient pas 1884. Pas la moindre une depuis quatre ans, comme si le monde avait soudain perdu tout intérêt pour l'agence « secrète ».

Au dernier étage, un long couloir tapissé de motifs fleuris délavés s'allongeait devant elle, témoignant d'un immeuble bien plus profond et large que l'extérieur le laissait penser. Sur le côté, un claquement régulier de machines à écrire émanait sans interruption d'une série de portes brunes, toutes identiques. L'une d'entre elles était entrouverte et Jenny s'étonna d'y apercevoir un homme en sous-vêtements, concentré sur ce qu'il tapait. L'éclairage à la lumière électrique faisait un jeu d'ombre sur la pipe qu'il tenait en bouche, donnant l'impression que son visage changeait à chaque grésillement d'ampoule. Elle ne dérangea pas l'inconnu, reprit sa marche dans le couloir et resta un instant figée devant la dernière porte, celle sur laquelle une plaque dorée annonçait : « Les Pinkerton ». Avant même qu'elle ait le courage de poser la main sur la poignée, la porte s'ouvrit d'elle-même, révélant, debout derrière son bureau, un Robert au sourire satisfait, arborant ce qui semblait son uniforme, l'éternelle redingote noire.

— Entrez, nous vous attendions.

Jenny pénétra timidement dans la pièce à demi éclairée, puis constata que la porte se refermait derrière elle sans aucune intervention apparente.

— C'est moi qui l'ai fait installer. Incroyable n'est-ce pas ? Ça nous vient de France ; d'un certain Jean-Eugène Robert-Houdin. Un magicien aussi, semble-t-il, mais surtout un incroyable artisan. J'ai beau avoir vu cette porte s'ouvrir et se fermer plus d'une centaine de fois, cela ne cesse de m'émerveiller.

La jeune femme remarqua que le haut du chambranle était connecté à un petit mécanisme de poussoir, qu'un ensemble de fils de cuivre reliait au côté du bureau. Elle connaissait bien Robert-Houdin, ayant même abandonné *Les Chemins de l'Illusion* pendant une semaine pour lire *Magie et physique amusante*, où l'auteur expliquait notamment comment il avait installé un mécanisme qui lui permettait d'ouvrir le portail de son jardin depuis sa résidence, à quelques centaines de mètres de l'entrée. Il décrivait aussi comment il arrivait aux gens de fuir en voyant ça, croyant que c'était l'œuvre d'un esprit malin.

— Bon, Bob, tu peux arrêter de faire joujou deux minutes et être un peu sérieux ?

À côté de Robert se trouvait un individu se curant les dents, les bottes noires posées sur le bureau dans une posture avachie. Son manteau en cuir brun à petites lanières évoquait un cow-boy d'un certain passé.

— Jenny… Je vous présente… mon frère : William Pinkerton.

Le cow-boy jeta un regard méprisant à la magicienne, accompagné d'un petit mouvement de tête.

— Enchanté, dit-il en crachant son cure-dent, sitez pas à vous asseoir, hein.

Jenny s'exécuta.

— Will, tu ne veux pas te mettre droit ?

— C'est une employée, pas une cliente, non ? Donc, toi tu t'occupes de ton agent et moi je m'occupe de mes burnes. Pigé ?

Robert abandonna d'un haussement d'épaules et s'assit à son tour.

— Merci d'être venue. Tout d'abord, j'aimerais savoir si vous savez ce que nous faisons ici ?

La jeune femme prit enfin le temps d'examiner la pièce. Sur les étagères qui recouvraient les murs, des dizaines de classeurs étaient étiquetés au nom des enquêtes qu'ils couvraient : « L'affaire Drysdale » ; « Voyage de Lincoln » ; « La trahison de Rose »...

— Vous êtes des détectives, non? Et s'il y a tant de choses autour de Lincoln c'est que vous êtes dans ce métier depuis plus de trente ans. Pourtant...

Et pourtant il eût été difficile à Jenny de donner plus de quarante ans à ces deux hommes, même s'il semblait complètement absurde qu'ils aient commencé ce travail à l'âge de dix ans.

— Allan Pinkerton? Le type qui a révolutionné l'espionnage et la police? Ça te dit rien? Bob, c'est quoi que tu nous as ramené là?

Robert eut un sourire poli et ignora son frère.

— Vous l'avez deviné, ce n'est pas nous mais notre père qui a fondé l'agence. N'en pouvant plus de l'inefficacité de la police, il décida un jour de prendre lui-même les choses en main. Il a commencé à Chicago, puis son succès lui a permis de s'étendre et de devenir chef des services secrets pendant la guerre de Sécession. Ensuite, il a ouvert son bureau à New York, qui a connu un franc succès...

— Et puis... vous avez repris l'affaire, ponctua Jenny d'un air mutin.

William le cow-boy se redressa d'un coup et tapa du poing sur le bureau en acajou.

— Hé ma grande! Je sais pas pour qui tu te prends, mais tu vas te calmer tout de suite.

— Allons, Will.

Robert essaya de poser une main réconfortante sur l'épaule de son frère, mais ce dernier la chassa aussitôt.

— Non, y a pas de Will qui tienne. Faut lui apprendre, à cette fille.

Il pointa un doigt rageur vers Jenny, la fusillant du regard.

— Tu veux savoir pourquoi nous on est du côté des patrons et toi de celui des employés ? Parce qu'on a vu la mort en face, ma grande. À ton avis, c'étaient qui, les agents sur le terrain pendant cette foutue guerre ? Hein ? Qui c'est qui devait voir ses amis suffoquer, pendus au bout d'une corde, sans avoir le droit de réagir alors qu'ils nous suppliaient du regard ? Alors, ton air méprisant, tu te le gardes.

William se leva brutalement, faisant grincer le bureau, sa chaise et ses bottes, puis sortit sans daigner jeter un œil à la jeune femme, ébahie par la violence de la tirade.

— Je te laisse la briefer, je suis pas d'humeur, si t'as besoin de moi, je suis au saloon habituel.

Le cow-boy claqua violemment la porte. Robert grimaça et jeta un coup d'œil vers son petit mécanisme. Il appuya délicatement sur le bouton et le battant se rouvrit par à-coups.

— C'est que c'est fragile ces petits trucs.

— Je… je suis désolée pour votre frère.

Robert avait repris son air jovial.

— Oh ça ? Ne vous inquiétez pas, il le fait tout le temps. S'énerver lui donne une excuse pour aller boire un coup avec ses amis, ce qu'il sait que je n'oserais pas lui reprocher devant quelqu'un.

— Alors, ces histoires de cordes…

— Oh non, ça c'est vraiment arrivé.

Un court silence parut s'éterniser.

— Bien, je pense que je devrais vous expliquer précisément en quoi se spécialise notre agence et pourquoi j'ai fait appel à vous.

Robert se leva et s'approcha d'un tableau noir qu'il retourna. Des mots tracés en majuscules et entourés de craie rouge étaient écrits partout sur le verso.

— Juste une question avant que je démarre… Vous savez lire, n'est-ce pas ?

Elle hocha la tête.

— Bien, les agents illettrés sont une vraie plaie en mission.

Il prit un petit bâton et en posa le bout sur le mot « agent ».

— Chez Pinkerton, nous débusquons la vérité que la police ne peut obtenir. Vous vous demandez sûrement comment, n'est-ce pas ? Comment pouvons-nous réussir là où l'État échoue ? Voilà un mystère que seul mon père, Allan Pinkerton, est parvenu à résoudre.

De nouveau, un silence s'installa, cette fois-ci maîtrisé, pour tester l'attention de sa recrue.

— Eh bien, allez-y, demandez-moi comment, poussa-t-il d'un ton joueur.

— Heu… comment ?

— Ravi que vous me le demandiez si spontanément.

Le bâton racla la surface noire pour aller se poser sur un nouveau mot, au centre du tableau : « infiltration ».

— Mon père est celui qui a compris que les meilleures personnes pour comprendre un crime étaient… les criminels eux-mêmes. Voyez-vous, ce n'est jamais vraiment difficile de trouver qui sont les meurtriers. C'est seulement dans certains livres et nouvelles que les coupables agissent de manière tordue pour commettre un meurtre tout en pensant à l'enquête que mènera la police. La vérité, c'est que la police de ce pays est incompétente ou n'en a tout simplement rien à faire de résoudre des crimes demandant un tant soit peu de recherche. Alors les meurtriers et les voleurs s'en sortent, bien que leur mobile et leur *modus operandi* soient évidents. Et le pire, le pire ! dit-il en agitant son index, c'est que la majorité de leur entourage connaît leurs crimes. Rien n'est plus dur que de garder pour soi ce genre de choses. Un meurtre ça vous ronge l'esprit, ça vous empêche de dormir, ça vous fait perdre peu à peu conscience de la réalité. Si vous aviez des envies de meurtre, je vous recommande donc de vous abstenir, c'est TRÈS mauvais pour le moral. Croyez-moi, je sais de quoi je parle.

Il rit seul à sa blague face à une Jenny très concentrée.

— Monsieur Robert… je suis confuse. Vous m'avez l'air d'avoir un système qui marche et qui vous plaît. Mais… je ne vois pas en quoi je peux vous être utile. Les meurtres, les vols, la sécurité du Président… J'ai jamais fait ça, moi.

Il secoua sa règle en bois.

— Vous ne m'avez pas laissé finir. J'en arrive à vous. Revenons-en avant au criminel qui cherche désespérément à parler de ce qu'il a fait à quelqu'un. Il sait que ce qu'il a commis est un méfait mais c'est pour cela qu'il a besoin d'en parler. Tout ce qui lui faut, c'est quelqu'un de confiance.

Il montra la bulle « criminel en détresse » liée à celle « agents sous couverture ».

— C'est là que Pinkerton intervient : nous donnons à l'un de nos agents la couverture du prototype idéal de l'ami potentiel. Puis, nous réunissons les conditions parfaites pour qu'ils se rencontrent de manière « fortuite » à l'aide d'intervenants extérieurs, de seconds rôles, si vous voulez. Une fois l'amitié construite, chercher les preuves devient un jeu d'enfant, et ces dernières obtenues… pouf, la police débarque et arrête le criminel. Et nous, on touche la récompense qui paie ces beaux bureaux et ma porte automatique.

La dernière bulle du tableau était « arrestation et récompense » avec un petit signe dollar dessiné dedans.

— Je vois… donc vous voulez que je sois la meilleure amie d'un criminel sur lequel vous travaillez ?

Les yeux de Robert s'éclaircirent.

— Vous comprenez vite. Je savais que j'avais fait un bon choix.

Jenny fut un instant flattée par l'enthousiasme de ce personnage qui semblait tenir entre ses mains de grandes responsabilités, avant que des doutes ne surgissent à toute vitesse.

— Mais… enfin… une femme a le droit de… d'être une de vos agents ? La seule autre femme que j'ai vue ici était une secrétaire.

— Ah Glenda. Un amour, n'est-ce pas ?

Ce fut au tour de la magicienne de sourire, la première fois depuis qu'elle était entrée dans l'imposant bâtiment.

— Je ne vous mentirai pas, Jenny, nous n'employons pas énormément d'agents féminins. Personnellement, j'aimerais changer ça. Mon père s'est battu pour qu'elles soient acceptées à Pinkerton. Notre première agente, Kate Marne, est même celle qui a inventé notre slogan : « Nous ne dormons jamais. » Alors qu'elle escortait Lincoln lors de sa campagne présidentielle dans le Sud, elle n'a pas pris une seule seconde de repos tant qu'elle n'était pas assurée que le client se trouvait à destination et en lieu sûr.

Il retourna s'installer derrière le bureau.

— Néanmoins, depuis que notre père est décédé, mon frère et moi devons nous partager les commandes, et... disons qu'il n'est pas très enthousiaste à l'idée de placer une affaire entre les mains d'une femme. C'est pourquoi je tenais à ce qu'il vous rencontre, afin qu'il voie ce que moi j'ai vu en vous.

— C'est-à-dire ?

— La clé d'une affaire qui a commencé il y a quarante ans, avant même que mon père ne résolve son premier cas.

Les yeux de Robert pétillaient.

— Avez-vous déjà entendu parler des sœurs Fox ?

Même si Jenny ne les avait jamais vues de ses propres yeux, il était difficile pour une magicienne d'ignorer l'existence de ces femmes ayant été les premières à se faire admettre en tant que telles dans le milieu de la magie. Robert sortit une photo du tiroir de son bureau.

Dessus, on voyait trois femmes aussi brunes que pâles, aux visages très similaires et aux regards inexpressifs. Les deux aux extrémités portaient un chignon tandis que celle du centre arborait des tresses enfantines.

— Je les connais bien mais... enfin, ces femmes ne sont pas des criminelles. En tout cas pas plus que votre ami le Mahatma.

Il prit à son tour la photo et l'observa une nouvelle fois.

— Allons, veuillez ne pas comparer mon ami Noah à ces menteuses. Au fond, lui ne cherche qu'à amuser la galerie. Il n'a jamais prétendu être le prophète d'une nouvelle religion.

— Je ne vous suis pas, le spiritisme se vante simplement de parler aux morts, non ? C'est une excuse, comme le côté indien de votre Mahatma. Ça donne juste un contexte surnaturel au spectacle. Tout cela n'est rien de plus qu'une autre mythologie créée de toutes pièces.

Robert ne dit mot et s'en alla fouiller dans une petite armoire, extirpant une série de livres sur le spiritisme qu'il empila bruyamment :

La Philosophie du discours spirituel, *Le Spiritisme, une illusion satanique et un signe de notre temps* et *Les Principes de la nature, ces révélations divines et une voix pour l'humanité* ne furent que quelques-uns des titres que la magicienne distingua parmi l'énorme tas bientôt constitué sur le bureau.

— Vous ne comprenez pas l'ampleur de la chose, ma chère. Il s'agit d'un phénomène mondial. Partout, de la Russie à la Californie en passant par l'Angleterre, les séances de spiritisme deviennent une escroquerie internationale.

Il se redressa et alla à sa fenêtre pour porter son regard au loin.

— Rien qu'au bout de cette rue, on compte deux salons se faisant face. C'est une vraie épidémie et Pinkerton se doit d'en être la cure. Ces satanées sœurs Fox ont commencé leur secte il y a quarante ans, c'est seulement en exposant leur arnaque au grand jour que celle-ci peut prendre fin.

Robert avait complètement changé d'attitude, son visage marqué par un effrayant sérieux.

— M'y aiderez-vous, Jenny ? Je sais que vous en avez les capacités.

— Ce sont vraiment des criminelles ?

Il se retourna brusquement.

— Les pires de toutes. Elles utilisent la faiblesse des gens en deuil pour leur soutirer de l'argent à l'aide de tours de magie. Enfin, comment ne pouvez-vous pas être révoltée par cela ?

Jenny s'accorda un instant de réflexion.

— Je jugerai par moi-même. Tout comme pour votre Mahatma. Si elles sont aussi abusives que vous le dites, je me ferai une affaire personnelle de les dévoiler au grand jour.

Le détective sourit.

— Je n'en demandais pas plus.

Il ouvrit un petit tiroir et en sortit un ouvrage intitulé *Guide Pinkerton du parfait agent*, ainsi qu'un petit papier cartonné.

— Ce sera votre nouvelle identité, n'hésitez pas à l'apprendre sur le bout des doigts. Pour toutes les autres questions, vous avez le guide.

La nouvelle recrue se leva, prit le livre et le document intitulé « Alias pour l'agent Jenny Marton dans l'affaire des sœurs Fox », qu'elle plaça entre les pages du *Guide Pinkerton*.

— Il me reste une question.

Elle pointa la bulle « arrestation et récompense » sur le tableau.

— Les sœurs Fox n'ont pas commis de crimes à proprement parler, j'ai du mal à croire que même si vous les exposiez, l'État serait prêt à les arrêter, et encore moins à vous offrir de l'argent. Dans le meilleur des cas, le mouvement serait démantelé. Alors pourquoi vous investissez-vous tant dans l'affaire ? Qu'est-ce que Pinkerton va y gagner ?

Il hésita un instant.

— Vous avez vu les articles en venant, non ?

Elle jeta un regard en arrière, vers le couloir.

— En avez-vous aperçu un seul de récent ?

Jenny avait remarqué depuis sa première venue que la dernière coupure de presse relatant une enquête menée avec succès datait d'il y a quatre ans.

— Je ne vais pas vous mentir, mademoiselle Marton, nous sommes sur le déclin, aussi bien dans les finances que dans l'opinion publique. Depuis que mon père est décédé, les gens préfèrent se tourner vers d'autres agences de détectives privés, de vulgaires copies qui ont volé nos méthodes.

Il contempla un instant ses classeurs étiquetés de noms de criminels prestigieux.

— Je sais que la résolution du mystère des sœurs Fox sera le coup d'éclat qui remettra l'agence sur le devant de la scène. Et qui, peut-être, fera enfin que Pinkerton ne soit plus un nom uniquement associé à mon père.

Elle prit conscience que les articles encadrés au mur affichaient uniquement le nom d'Allan Pinkerton, comme si son fantôme habitait toujours l'endroit. Robert et William ne semblaient pas encore avoir eu le droit à leur moment de gloire.

Le détective appuya sur son petit bouton et la porte s'ouvrit par saccades grinçantes, conséquence de la violence du cow-boy.

— Tous les détails de votre mission se trouvent sur la fiche. Laissez-la chez vous en sécurité et, quand vous la connaîtrez par cœur, brûlez-la. Mais surtout… surtout ne parlez de votre travail à personne d'autre qu'à un agent de Pinkerton. Est-ce bien clair ?

Elle hocha la tête.

— Bienvenue dans l'agence.

4

Guide Pinkerton du parfait agent
par Allan Pinkerton

Introduction

Si vous tenez ce livre entre vos mains, c'est que vous faites désormais partie intégrante de l'organisation des détectives Pinkerton, et sachez que j'en suis ravi. C'est moi, Allan Pinkerton, qui serai votre guide à travers la mission que vous allez mener.

Commençons donc par l'élément le plus important de votre enquête : vous.

La première question que vous vous poserez sûrement est : pourquoi moi ? Vous ne vous êtes jamais vu dans la police (si vous êtes une femme, vous ne vous imaginiez peut-être même jamais avoir de métier), et pourtant vous voilà prêt à pourfendre le crime, à traquer la vérité jusque dans ses recoins les plus sombres, à amener la justice jusqu'à ceux qui se croyaient impunissables.

C'est simple, vous avez été recruté parce que votre profil est extraordinaire, parce que vous avez une connaissance et une expertise rares. Vous pouvez vous infiltrer dans le milieu choisi en toute aise puisque c'est votre milieu de prédilection.

Les mensonges les plus indéchiffrables sont ceux qui sont empreints de vérité, et c'est pour cela que

personne ne pourra voir à travers votre fausse identité, votre alias. Apprenez son histoire par cœur, jusqu'à ce qu'elle soit vôtre, que vous puissiez la confondre avec vous-même. Une simple information comme votre lieu de naissance peut définir la ligne entre la vie et la mort si vous vous faites interroger.

La colombe faisait un bruit d'enfer dans le petit appartement d'Allen Street situé au sud de Manhattan. L'habitat n'avait rien de singulier pour quiconque vivait dans le quartier. Les murs bruns absorbaient le peu de lumière que laissait pénétrer le vis-à-vis de l'appartement d'en face. La pièce étroite formait un chaos organisé composé d'un matelas double traînant au sol, d'une cuisinière noire si usée que le métal transparaissait sous la peinture, d'une table au pied cassé et réparée avec des clous enfoncés de manière approximative, de deux chaises dont une volée à un restaurant voisin et, enfin, d'une armoire agrémentée d'un miroir piqueté de taches d'humidité.

Le logement rendait l'oiselle nostalgique d'un passé sauvage inscrit dans ses gènes, qu'elle n'avait jamais eu la chance de connaître. Afin d'exprimer un mécontentement qu'elle ne savait communiquer, elle sautait sans cesse d'un barreau à l'autre dans sa cage de fer posée près d'un miroir lui renvoyant un reflet qu'elle n'appréciait guère.

— Blanche, ça suffit maintenant !

L'injonction ne suffit pas à arrêter l'animal en quête d'attention. Jenny frappa du pied sur le vieux plancher pour faire taire le volatile, mais cela déséquilibra involontairement sa chaise et manqua de lui faire écraser Houdin, son gros lapin brun « nain » qui faisait maintenant six kilos. Houdin la regarda tout en mâchonnant un morceau de persil, puis se remit à gambader joyeusement dans le minuscule appartement sans même réaliser qu'il venait de frôler la mort. Jenny céda face à toute cette agitation et referma le *Guide Pinkerton* alors que sa mère rentrait, portant de quoi préparer le dîner du soir.

— Pour fêter ta prime, j'ai pris de l'espadon, du bœuf, des aubergines, des pois nouveaux et des épinards ! On pourra pas faire ça tous les jours, alors profitons-en !

Si Jenny était fine et élancée, Ellen était tout l'opposé. Durant la dépression causée par la mort de son mari, cette dernière avait tellement compensé le deuil par la boulimie que sa morphologie s'était durablement enveloppée de courbes généreuses, qu'elle détestait désormais. C'était seulement grâce à – ou à cause de – la maigre pension versée par le gouvernement pour le décès de son époux durant la guerre qu'elle avait évité l'abîme et s'était reprise en main. Depuis, elle arrivait à vraiment apprécier la nourriture, plus comme un moyen de remplir le puits sans fond de son existence, mais aussi pour la délicatesse des mets. Les aliments posés sur son modeste plan de travail, elle jeta un bref coup d'œil à la table, suivi d'un second.

— Mais c'est… commença-t-elle, étonnée.

Jenny rangea rapidement le livre dans son petit sac brun.

— Maman, je te jure, c'est pas ce que tu crois.

— Oooh mais c'est exactement ce que je crois. Un autre livre que celui de ton père, enfin !

Elle leva les bras au ciel.

— Hallelujah ! Mes prières ont été entendues.

— Je t'ai dit que c'était pas ça… C'est pour mon nouveau travail.

Ellen prit l'autre chaise en bois, qu'elle fit tournoyer d'un geste contrôlé afin de s'asseoir à l'envers, les bras sur le dossier, face à sa fille.

— La prime des quatre-vingt-dix dollars, tu veux dire qu'il y en aura d'autres ? s'enquit-elle excitée.

Jenny se leva et s'écarta un peu de sa mère.

— On m'a proposé un travail mais je ne sais pas si... enfin, c'est compliqué.

— Et ce n'est pas de la prostitution ?

— Maman !

Blanche s'agitant encore plus dans sa cage sous les cris, sa maîtresse consentit enfin à la libérer des barreaux. La colombe se posa sur son épaule et commença à lui picorer les cheveux de son bec rose. Jenny prit quelques graines et les lui tendit avant d'aller se rasseoir.

— Bon, bon... Tu veux pas m'en parler, mais tu es ma fille, tu es grande, je te fais confiance. Je veux dire hé, finalement, le trafic de drogues, tout le monde en dit du mal et pourtant regarde comme ça rend les gens contents... avant que ça leur fasse tomber les dents.

Jenny jeta un regard noir à sa mère, mais ne put s'empêcher de sourire à son tour devant sa mine espiègle.

— Tsss... Je t'expliquerai, tu sais que je peux pas te garder de secrets bien longtemps.

— Eh eh, si un jour tu m'abandonnes, je vendrai tous tes tours au premier gus amateur de cartes ! Oh, en parlant de gus, d'ailleurs...

Ellen se leva et contourna la table en direction du lit, enfonça sa main dans un accroc du drap couvrant le vieux matelas rempli de paille qu'elle partageait avec sa fille, et en sortit une petite enveloppe.

— J'ai failli oublier ! Lucius t'a encore envoyé une lettre aujourd'hui, il est venu me la livrer lui-même. Tu aurais dû le voir, il n'arrivait même pas à articuler sous le coup de l'émotion. Je lui disais : « Quoi ? Hein ? Parle plus fort j'entends rien ! » Rah, qu'est-ce que j'aime le taquiner celui-là. Et fallait le voir dans son petit costume, rougissant à chaque mot que je prononçais.

Jenny saisit l'enveloppe et, sans l'ouvrir, la pencha vers le sol. Houdin renifla la lettre avant de la prendre entre ses incisives et de l'emmener sous le placard. La lettre fut découpée au rythme de ses mordillements sauvages.

— Tu sais qu'une fois les quatre-vingt-dix dollars dépensés, Lucius sera peut-être ton dernier recours.

— J'ai ce nouveau boulot, maman, quelque chose où je peux vraiment être exceptionnelle. Fais-moi confiance.

Ellen hocha la tête puis se dirigea vers les courses, prête à préparer le festin du soir. Jenny prit sa fiche d'alias et la lut discrètement à voix basse :

— Hazel Bowell, veuve et deux enfants…

5

Alias pour l'agent Jenny Marton dans l'affaire des sœurs Fox

Prénom : Hazel
Nom : Bowell
Le mari décédé : Henry, un homme dans le commerce de poissons et crustacés entre l'ouest de l'Europe et New York, disparu lors d'une traversée de l'océan Atlantique.

Son commerce est encore florissant sous la direction de Arleck Nockman et se nomme Bowell Exchange, permettant à Hazel de ne pas être dans le besoin.

Attrait de Hazel pour le spiritisme : elle pense que contacter son mari pourra lui permettre de certifier sa mort et enfin commencer son deuil. Elle voudrait aussi pouvoir lui parler une dernière fois pour lui communiquer l'amour qu'elle lui porte.

Enfants : Clark, 9 ans est…

Jenny dut abandonner sa énième lecture de la fiche en raison des bousculades du public qui s'attroupait face à la scène pratiquement vide. Ici, rien ne ressemblait aux spectacles de magie auxquels elle était habituée : pas de sièges, de rideaux rouges ou de dôme vitré. La foule se tenait debout, se marchant même sur les pieds pour mieux apercevoir le spectacle. Le théâtre, décoré le plus sobrement possible à part quelques moulures, accueillait une estrade rudimentaire, illuminée par des lampes à gaz disposées le long de murs sombres. Le tout donnait au lieu une atmosphère brute, déconcertante et passablement anxiogène.

La salle était bondée d'individus en tous genres, des veuves en robe et voile noirs côtoyaient des enfants aux casquettes plates tachées de charbon. La haute bourgeoisie était également présente, ses membres se distinguant non seulement par leurs vêtements aux tissus coûteux mais aussi par leur évident dégoût au contact de cette populace qu'ils méprisaient. Jenny avait entendu dire que les séances publiques ne faisaient pas de distinction de classe, en souvenir du milieu rural dont étaient issues les sœurs Fox.

Un homme arriva sur la scène vide et y posa une table, suivi d'un autre qui plaça une chaise derrière celle-ci. Une dame élégante, d'environ soixante-quinze ans, sortit des rideaux mauves des coulisses, petite figure brillante au milieu du fond obscur, et leur adressa un signe de tête approbateur.

— Merci, mes braves. Que ferais-je sans vous ? ponctua-t-elle d'un sourire volatile.

Jenny remarqua les grandes boucles en argent qui ornaient ses oreilles et semblaient des extensions de ses fins cheveux blancs coupés au carré. Sa chasuble noire, entourée d'un petit col en flanelle blanc, lui donnait des allures de religieuse, alors que ses doigts couverts de bagues aux pierres multicolores évoquaient plutôt une matrone. Elle vint lentement se placer sur le devant de la scène, une canne à la main, imposant le silence à l'assistance par sa seule présence, puis sourit soudainement de toutes ses rides.

— Comme il est bon de vous retrouver.

Un tonnerre d'applaudissements traversa la salle. Bientôt, une autre femme vint s'installer sur la chaise, indifférente au public. Bien qu'elle ait vingt ans de moins que la femme aux bijoux, son visage exprimait beaucoup plus de fatigue et de lassitude. Elle posa les mains sur la table et les regarda d'un air béat, perdue dans ses pensées.

— Je ne sais pas si nous avons des nouveaux ce soir, que ce soit chez les vivants ou les esprits, mais je pense qu'il demeure de bon ton que je me présente.

La vieille dame avait un charisme indéniable et une voix assurée, son physique chétif peinant à contenir la flamboyante énergie de vie qui émanait d'elle ; ce n'était manifestement ni son premier rodéo, ni son dernier.

— Je m'appelle Leah Fox, et je serai celle qui fera le lien entre un des membres du public et les défunts. Ma sœur Margaret Fox, derrière moi, s'occupera d'appeler les esprits. Ce contrat convient-il à tout le monde ?

Un « oui » enthousiaste se répandit. Leah se retourna afin de chercher l'approbation de Margaret, qui sortit un instant de sa torpeur pour approuver.

— Bien, bien, bien…

D'un geste théâtral, elle tapa du pied sur les planches.

— Esprits de l'au-delà, encore une fois je viens à vous en

cette nuit sans lune. Vous qui êtes partis trop tôt devez revenir pour nous guider, ô pauvres mortels ignorants que nous sommes !

Elle attendit un instant, les yeux clos.

— Ô défunt revenu parmi les vivants, indique-moi le choix de la personne à laquelle tu veux t'adresser.

Son corps fut agité de légers spasmes.

— Hmmm... Hmmm... Oui... Oui...

Quand elle rouvrit les paupières, les cernes autour de ses grands yeux noirs se fondaient presque dans ses pupilles tant celles-ci étaient dilatées.

— Je vois.

Son index cerné d'un anneau d'or blanc serti d'un saphir pointa impérieusement un membre de l'audience.

— Vous !

La foule s'écarta pour découvrir le spectateur désigné. Un homme dans la vingtaine, le crâne complètement rasé mais doté d'une épaisse barbe où déjà quelques fils gris naissaient, en train d'écrire furieusement sur un petit bloc-notes avec l'un de ces nouveaux stylos-plume ayant sa propre réserve d'encre. S'apercevant soudain que toute l'attention de la salle s'était fixée sur lui, il éprouva un profond malaise. Et ce n'était rien face au regard insistant de l'intimidante oratrice.

— Je... Hmmm... Je ne suis pas client... pratiquant de ce genre de... choses, c'est pas... pas mon truc. Je viens en tant qu'observateur, désolé, balbutia-t-il difficilement.

Leah frappa sa canne contre le plancher.

— Pensez-vous que les esprits ont quelque chose à faire de votre avis ? Croyez-vous qu'ils sont de vulgaires commerçants de fruits avec qui l'on marchande ?

Un bruit lourd de « toc » d'origine inconnue résonna dans la salle. Les gens s'agitèrent de manière enthousiaste. C'était ça le « secret des sœurs Fox », l'origine de ces fameux tocs, prétendument produits par les morts. Jenny avait pu observer que ni la vieille dame ni sa sœur n'avaient bougé. Le vrai spectacle commençait enfin.

— Voulez-vous vraiment que leur colère s'abatte sur ce lieu ? Alors qu'il vous suffirait de monter sur scène pour les apaiser ?

La foule se resserra derrière l'individu au bloc-notes et commença à le pousser vers l'escalier menant à l'estrade. Toute négociation semblant impossible, il rangea son calepin et monta finalement les marches.

— Merci, mon cher, vous ne le regretterez pas. Comment vous appelez-vous ?

— Bill.

— Bill, très beau prénom, ça me rappelle Buffalo…

Un toc se fit entendre. Leah s'interrompit avec un sourire.

— Je suis désolée, Bill, mais je n'aime pas que nous commencions sur de mauvaises bases. La confiance, c'est important. Je me suis présentée sans artifices devant vous, moi Leah Fox, humble servante de l'Au-delà. J'aimerais que vous en fassiez autant. Je veux votre vrai prénom, cette fois-ci.

L'homme regardait autour de lui, à la recherche de ce qui avait bien pu créer ces sons. Il ne trouva rien, si ce n'était l'autre femme assise à la table.

— Allons, les esprits ont déjà tout dit à Margaret. Maintenant votre vrai prénom, s'il vous plaît.

Quelques gouttes de sueur perlèrent à son front chauve tandis qu'un silence lourd s'installait.

— Frank, céda-t-il finalement.

Trois tocs résonnèrent et Leah eut un air satisfait.

— Vous voyez, quand vous voulez, on peut avancer. Était-ce si difficile ? Hmmm ?

Jenny savait qu'elle devait se concentrer uniquement sur l'origine des bruits, mais la spirite la fascinait.

— Allez vous asseoir face à Margaret.

Une seconde chaise était magiquement apparue face à la plus jeune des deux sœurs, probablement installée par un assistant durant l'interrogatoire. Frank alla s'asseoir docilement, les mains légèrement tremblantes.

— Pourriez-vous poser vos paumes sur la table ? demanda gentiment la Fox jusqu'ici muette.

Frank jeta un coup d'œil vers Leah qui, d'un signe de tête, lui indiqua d'obéir. Ses paumes se posèrent sur celles de la médium. Leah recula du devant de la scène et vint se placer derrière la table. D'un simple mouvement, elle avait complètement changé la configuration de l'espace, mettant la table au premier plan et elle à l'arrière.

— Bien… Frank. Connaissez-vous une personne dont la mort vous affecte encore ?

Trois tocs.

— Tsss… C'est pas encore à toi que je parle, ton tour viendra, répliqua Leah en jetant un regard au plafond. Allons, Frank, répondez. Votre correspondante commence à s'impatienter.

— Elle… C'est… Non…

Il se leva brusquement.

— Je ne sais pas ce que c'est que cette mascarade ! Je ne resterai pas plus longtemps…

— Rasseyez-vous et n'enlevez plus vos mains des miennes, c'est dangereux ce que vous venez de faire, dit calmement Margaret.

L'homme obtempéra et remit ses mains en place. Leah se tourna vers le public.

— Bien, il semble que tout soit fin prêt. Je vais maintenant demander à l'esprit de me donner le prénom qu'elle portait de son vivant. J'entends un i… Oui… c'est un nom court… Ingrid ? Non ce n'est pas ça… c'est plus simple… peu de lettres… Il faut que je me concentre.

Frank était pendu aux lèvres de la spirite, redoutant qu'elle trouve le bon prénom.

— Oui, je l'entends clairement, désormais. Oh ! comme c'est un prénom mélodieux ! Es-tu avec nous… Ida !

Trois tocs. Jenny comprit qu'elle avait toujours un temps de retard sur ces bruits dont elle n'arrivait jamais à localiser la provenance. Cette maudite vieille monopolisait toute son attention.

— Ida, ton frère aimerait te délivrer quelque chose, un message qu'il a gardé depuis le jour de ta mort et qu'il n'a jamais osé te confier. Sache que ton décès l'a hanté pendant des années et je te sais descendue parmi nous afin de lui ôter ce fardeau.

Un grand silence recouvrit la foule. Margaret, les yeux clos, s'adressa à l'homme désormais fébrile.

— Elle vous écoute.

La respiration de Frank s'accéléra, son visage rougissait d'angoisse.

— Ida… je… C'est vraiment… enfin…

— Allons, pas besoin de tourner autour du pot, voilà plusieurs fois qu'elle vous le confirme. C'est épuisant pour ma sœur de maintenir ce contact, alors allez-y mon grand.

Le spectateur regarda la femme en face de lui, dont les yeux papillonnaient sous ses paupières closes.

— Ida… Pourquoi… Pourquoi tu ne l'as pas quitté, hein ? Tu le savais, non ?

La peur avait déserté son visage pour laisser place à la colère, une colère qu'il canalisait sur Margaret.

— Je te l'avais dit que c'était un type louche, que sa précédente femme avait été retrouvée noyée dans une mare perdue du Vermont. Mais toi… toi… tu n'en as fait qu'à ta tête, tu n'as pas voulu m'écouter, et regarde où tu es maintenant ? À… À me parler depuis… depuis…

Ses yeux avaient viré au rouge sang, mais la femme face à lui n'avait pas bougé.

Un toc.

— Elle a été stupide. Il était riche, beau et il s'intéressait à elle. Elle n'a pas voulu voir le reste même quand vous le lui avez mis sous le nez. « Une chance pareille pour les filles comme moi, ça ne se présente qu'une fois », tels étaient ses mots, énonçait calmement Margaret, les yeux toujours papillonnants.

— T'as pas été stupide, t'as été égoïste ! Tu m'as laissé seul avec maman alors qu'elle faisait encore ses crises de folie nocturne. Tu voulais juste partir, avoue-le, avoue-le !

Il faillit retirer ses mains pour pointer Margaret d'un doigt accusateur mais Leah l'en empêcha en posant sa propre paume dessus. La médium semblait agitée, secouant la tête de manière anarchique.

— Elle dit… elle dit que vous devez vous pardonner. Elle vous appelle, Frankie. Il y a une phrase qu'elle me souffle mais j'ai du mal à l'entendre. Je…

Margaret fut prise de soubresauts, puis s'arrêta et ouvrit enfin ses paupières. Son visage semblait avoir changé, trente ans avaient disparu en quelques instants et sa douceur naturelle s'était volatilisée pour être remplacée par un air froid.

— Je te vois depuis là-haut, tu sais. Il faut que tu arrêtes d'utiliser ma mort comme excuse pour ne plus te lier à personne. C'était il y a trois ans, passe à autre chose.

Margaret referma les yeux. Plusieurs tocs résonnèrent, plus bruyants que jamais, comme un métronome devenu fou, avant de finalement s'arrêter. La médium revenue à elle-même se réveilla.

— Ida est partie.

Elle retira ses mains de celles de Frank. Ce dernier était paralysé, la bouche ouverte comme si ce qu'il voulait dire restait bloqué dans le tréfonds de sa gorge.

— I… da…

Leah vint prendre l'homme pour l'aider à se relever.

— C'était vraiment… Je l'ai vue… vous l'avez vue aussi ? Y avait… elle était…

La vieille dame lui adressa un sourire qui lui donna l'air innocent d'une grand-mère gâteau.

— Elle est fière de vous, continuez comme ça.

Il jeta un œil vers Margaret qui l'invita à tourner son regard vers la salle, prenant soudain conscience qu'il n'était pas seul.

— On l'applaudit.

L'assistance se mit à l'acclamer comme un seul homme, frénésie commune dans laquelle Jenny se surprit à se perdre.

Quand Margaret se dirigea à son tour sur le devant de la scène, les applaudissements redoublèrent d'intensité. Une fois ceux-ci calmés, l'homme fut invité à descendre et Leah prit la parole.

— Bien… Bien… Comme je sais qu'il y a des incrédules parmi vous, qui pensent que les claquements proviennent de machineries ou de je ne sais quoi, j'aimerais inviter cinq volontaires à nous rejoindre pour examiner la scène à leur guise. Les plus sceptiques d'entre vous, s'il vous plaît.

Des mains se dressèrent. Jenny hésita un instant, sa fiche la décrivant comme une femme naïve, mais elle ne résista pas à la curiosité et leva la main à son tour. Puisqu'elle n'avait rien vu depuis la fosse, elle se devait de trouver le truc en allant au plus près du tour. L'index de Leah la désigna. À sa grande surprise, elle fut la seule femme.

— Il est rare d'avoir une femme qui doute, mais allez-y, faites comme bon vous semble. Je vous demande juste d'être doux si vous souhaitez nous fouiller, indiqua la maîtresse de scène aux « juges ».

Ceux-ci acquiescèrent. Jenny se doutait que la réponse ne serait pas dans la table ou les chaises, si évidemment mises en avant. En vérité, la magicienne trouvait extrêmement beau que rien dans la représentation ne semble caché. Elle examina les coulisses mais n'y décela que les contrepoids classiques permettant d'ouvrir et fermer les rideaux. Le timing parfait des tocs demeurait une sacrée énigme. Les deux sœurs devaient avoir un mécanisme spécial pour les déclencher à distance.

L'inspectrice se pencha pour frapper le sol de la pointe de ses phalanges ; le plancher sonnait creux, rien de particulier ici. Dans les coulisses, elle prit un petit escalier qui l'amena sous l'estrade, complètement vide à sa grande déception. Quand elle remonta, un grand homme aux rouflaquettes saillantes avait pris Margaret à part derrière l'un des rideaux.

— C'est que j'aurais préféré que nous restions sur le devant de la scène, dit cette dernière timidement.

— Tais-toi. Tu répondras quand je te causerai.

Le rustre commença à palper rudement les manches de la robe-tunique turquoise.

— Tout le monde pense que les sons proviennent de la robe… vous savez, une fois, à Troy, les gens imaginaient que j'avais des billes de plomb dans mon corset et que les tocs tenaient au fait que je les secouais. Ce qui est fou, parce que j'étais assise tout du…

— C'que j't'ai causé ?

D'un mouvement rapide, l'individu plaqua la spirite contre son torse, ses mains s'égarant sur sa poitrine. Les poils de sa barbe étaient si proches de l'oreille de la médium qu'elle pouvait les sentir la gratter. Elle eut un mouvement de recul dégoûté mais il la tenait fermement.

— J'ai pas le temps d'jouer, moi, donc t'vas arrêter ton petit manège, et m'dire comment tu fais ces foutus… susurra-t-il à son oreille avant d'être brusquement interrompu.

Jenny l'avait retourné, elle saisit ses rouflaquettes et tira violemment sa tête de brute vers son genou soigneusement mis en avant.

— Il finira l'examen plus tard, retournez voir votre sœur, dit-elle essoufflée.

Margaret se hâta de revenir sur scène. L'homme leva la tête, le bout du nez bleu et un léger filet de sang coulant de sa narine gauche.

— M'a pété le nez, c'te conne m'a pété le nez !

Il lui fit face le poing en avant, mais s'arrêta de justesse en reconnaissant le visage de la jeune femme qui l'avait agressé.

— Toi ! C'est… T'es Jenny, c'est ça ?

La magicienne recula.

— Je ne vous connais pas mais si vous importunez encore la dame, ce sera mon pied dans vos parties.

Il rigola un bon coup et se releva, le sang coulant le long de sa barbe ayant barbouillé ses dents de rouge. Il passa sa langue dessus et en savoura le goût.

— William m'a dit q'la nouvelle de Robert 'vait l'air d'une sacrée garce. L'a pas menti le bougre.

Il lui cracha au visage. Elle voulut lui mettre une claque en retour mais, déboussolée par la bave mélangée au sang, son coup maladroit fut facilement bloqué.

— T'comprends pas encore vu q't'es nouvelle mais t'me remercieras plus tard.

La furieuse claque qu'il lui asséna la fit immédiatement chuter. Puis, fier du travail accompli, l'agresseur disparut calmement à travers les coulisses pour se rendre à la sortie de l'arrière du théâtre. Alertée par Margaret, Leah arriva et vint en aide à Jenny :

— Ça va, mademoiselle ?

La magicienne se releva, encore un peu sonnée et confuse.

— Oui, c'était juste une petite claque…

— Je suis désolée, normalement la sécurité s'occupe de tout. Je ne sais pas comment ils ont laissé passer ça.

Jenny s'essuya le visage qui sentait désormais la chique de tabac.

— Merci, je sais pas ce qui m'a pris… j'étais paralysée, dit Margaret, cachée derrière Leah.

La magicienne afficha un sourire de « y a pas de quoi » mais la marque de claque imprimée sur sa joue trahissait son manque d'assurance, poussant Leah à faire un geste.

— Venez me voir dès que les sceptiques auront fini, je m'occuperai de trouver un horaire pour une séance privée à votre convenance. Quel est votre prénom ?

— Hazel, Hazel Bowell, répondit-elle après un instant d'hésitation.

Ainsi commençait officiellement sa couverture.

6

Guide Pinkerton du parfait agent
par Allan Pinkerton

Trouver ses sources

Maintenant que vous êtes familiarisé avec l'alias qui vous a été fourni, il vous faut trouver des contacts. Non seulement ces derniers peuvent vous mettre en relation avec votre suspect de la manière la plus naturelle qui soit, mais en plus ils détiennent souvent des informations uniques que même votre cible ignore. Évidemment, toute la finesse de cet art réside dans l'approche. Contrairement aux croyances populaires, la plupart des gens cherchent des amis et vivent dans une solitude affligeante, rendant leur confiance aisément accessible. Une fois votre source identifiée, n'hésitez pas à aller vers elle sans qu'il soit nécessaire de trouver une raison plus extraordinaire que la simple curiosité. Écoutez ses problèmes, les ragots qu'elle colporte et faites un brin de commérage. Prenez garde à mémoriser tout ce qui est pertinent, de près ou de loin, pour l'enquête. La partie la plus importante de la tâche est de masquer votre intérêt pour l'information. Amenez-la donc à évoquer des choses triviales, tout le monde adore parler de soi, les informations intéressantes sortiront d'elles-mêmes. Pensez-vous comme un aiguilleur, actionnant un ou

deux leviers pour mettre le train sur la bonne voie. Le reste du temps, asseyez-vous confortablement, regardez passer les wagons pour glaner quelques détails au travers des fenêtres, et assurez-vous de l'efficacité de la destination choisie.

Après avoir discuté dans le hall et fait signer des autographes aux sœurs Fox, le public se décida enfin à sortir du théâtre. Jenny, déjà postée dans l'entrée, rangea le *Guide Pinkerton* et parcourut la foule du regard jusqu'à repérer l'individu qu'elle cherchait. Il était là, l'œil encore hagard, le petit carnet serré entre ses bras en croix contre sa poitrine. Elle fendit la foule pour arriver jusqu'à lui.

— Frank !

Il se retourna, cherchant l'origine de la voix, allant même jusqu'à regarder le ciel pluvieux comme si sa sœur Ida lui parlait encore. Telle une bouteille à la mer, il était bousculé par le flot incessant des spectateurs quittant la salle et fuyant aussitôt l'averse, le crépuscule et l'Au-delà. Une veuve potelée était si pressée qu'elle glissa sur le pavé trempé avec un air aussi confus qu'un enfant tombant après ses premiers pas. Frank n'eut pas le temps de se porter à son secours qu'une main gantée de noir se posait sur son épaule, le faisant sursauter. Il s'en écarta immédiatement, manquant de glisser à son tour. Jenny le rattrapa au dernier moment.

— Merci…

Ils s'extirpèrent de la foule et s'abritèrent sous l'un des stores du théâtre alors que la pluie redoublait d'intensité. Derrière, sur l'affiche, les sœurs Fox les fixaient.

— Vous étiez l'une des examinatrices de la fin du spectacle, non ?

— Oui… et on n'a rien trouvé, ni sur les sœurs, ni sur les chaises, ni dans les coulisses.

Il rit un instant puis sortit de sous le store, enleva son chapeau et laissa l'eau céleste couler sur son visage.

— Ça devrait m'étonner, et pourtant je ne suis pas surpris… Curieux, non ?

Quelle vision étrange que celle de cet homme perdu sous le déluge, la barbe et le veston plaqués au corps, comme s'ils fondaient sous la puissance de la pluie. Jenny était si absorbée par son changement d'allure qu'elle réalisa à peine qu'il s'éloignait.

— Hé… Je sais que vous ne me connaissez pas mais… J'aimerais savoir, ce que… ce que ça fait. Voir un esprit, tout ça…

La masse gorgée d'eau effectua un demi-tour, traçant un cercle de gouttes dans l'air.

— Pourquoi ? Vous doutez encore après ce que vous avez vu, de ce que vous-même avez examiné ?

— Je veux savoir ce que vous avez ressenti.

Frank remit son chapeau et vint se placer à la limite du store, un mince rideau aquatique le séparant de Jenny.

— Personne n'aime la pluie. Et je ne parle pas d'un crachin rafraîchissant qui laisse juste quelques gouttes sur la moustache. Non, je vous parle de cette pluie torrentielle qui alourdit les vêtements, qui nous rend malade jusqu'à la mort, qui arrive à mettre une ville aussi puissante que New York à l'arrêt.

L'eau glissait autour de son haut-de-forme brillant, reflétant la lumière des lampadaires électriques fraîchement installés.

— Alors pourquoi, chère Miss… pourquoi ai-je l'impression que chaque goutte est une larme de joie ?

Il se remit à rire.

— Peut-être parce que quelque chose que vous avez gardé en vous sort enfin.

— Allons, pas de psychologie de comptoir avec moi, je ne

suis pas stupide… ou peut-être le suis-je. Je ne connais même pas votre nom.

Elle tendit sa main à travers la barrière d'eau.

— Hazel… Bowell, comme mon défunt mari.

Jenny se maudit intérieurement, le nom avait encore du mal à sortir naturellement.

— Frank Coblid.

Profitant de sa prise, elle le tira sous le store et le rapprocha d'elle. Ils étaient si proches que Frank ne put s'empêcher de l'examiner. Il devina que l'ample robe noire de son interlocutrice dissimulait une fine silhouette et se perdit dans ses yeux noisette. C'est quand il sentit la main dans son dos qu'il s'écarta de cette étreinte, un peu gêné par tant de proximité.

— Protégez-vous, ce serait bête de tomber malade… maintenant qu'on sait enfin qu'on peut parler aux morts.

Il essora un peu ses vêtements avant de répondre :

— Bah, ce ne serait pas si grave, on continuerait de discuter.

Les gens du théâtre étant maintenant tous partis, ne restait que l'écho des gouttes dans la ruelle.

— Je l'ai sentie, vous savez ? Ida. Sur mes épaules, comme un courant d'air. Je n'y ai pas cru la première fois, mais… c'était elle. Je suis sûr que c'était elle.

Jenny ne dit rien.

— Et maintenant… j'écris quoi ? demanda-t-il.

— Dans votre carnet ?

— Oui, dans mon fichu carnet.

Il le sortit de sa poche, les pages trempées malgré la couverture en daim censée les protéger.

— Je devais écrire un article sur le culte des sœurs Fox… Raconter comment elles arnaquent les gens… Enfin, vous voyez, un culte, quoi.

Ainsi, les sœurs Fox avaient l'habitude voir des gens essayer de percer leur secret, pensa Jenny.

— Pour quel journal ?

— Le *New York Herald*, mais… je ne peux plus maintenant. Je ne peux pas… Vous me comprenez, non ? Enfin, avec ce que j'ai vu, avec Ida !

— Il ne subsiste même pas l'ombre d'un doute en vous ?

— Je… Je ne sais pas. Mais j'ai une éthique. Je ne peux pas écrire de mensonges sur les sujets que je traite. Et c'est pour ça que j'avais pris celui-ci, vous comprenez ? Parce que je n'y croyais pas, je me suis dit : « Frank, ce sera simple, encore des arnaqueuses de pacotille, un article en disant qu'elles soutirent l'argent aux plus bêtes et… » Mais voilà que… voilà que…

— Que maintenant vous commencez à y croire.

— Suis-je l'un des plus bêtes ?

Jenny regarda les grands yeux tristes de Frank.

— Je ne sais pas si vous êtes bête, Frank Coblid du *New York Herald*, mais en tout cas vous êtes honnête. Et selon moi, c'est tout ce qui compte.

Elle le salua puis remit son voile de veuve avant de se diriger vers le cocher de Robert qui l'attendait depuis plus de dix minutes, tenant dressé un parapluie vert.

— Savez bien que le patron n'est pas patient, madame Bowell, appuya-t-il de manière ironique.

Elle monta dans la voiture fermée qui avait prudemment été prise pour ce soir de pluie, et s'assit confortablement avant de jeter un coup d'œil dans le petit carré ouvert qui séparait l'habitacle du conducteur.

— Mais j'y pense, je ne connais même pas votre nom.

— Bill le cocher, mais pouvez m'appeler juste Bill, dit-il avant de mettre un petit coup de rênes aux chevaux qui s'élancèrent au trot, ébrouant leurs crinières pour en chasser l'eau ruisselante.

Le fiacre disparut rapidement au coin de la ruelle, laissant Frank seul. Il leva les yeux vers l'auvent en tissu chargé d'humidité et sourit, l'eau dessinant le visage familier d'une sœur qui finissait enfin de le hanter.

7

Les Chemins de l'Illusion
par Gustave Marton

Cela peut paraître aller de soi, mais la magie, tout comme l'art ou le sport, repose sur la pratique. Selon moi, se définir des horaires précis dédiés à l'exercice de la prestidigitation est le meilleur moyen de progresser. Un tel cadre permet également de mesurer finement ses progrès, chose importante pour le mental. Il est en effet difficile d'avoir conscience de la distance parcourue lorsqu'on a oublié son point de départ.

Par exemple, pour ma part, j'ai encore du mal à faire glisser les pièces d'un dollar d'un doigt à l'autre afin de les dissimuler. Ce petit tour n'a pas l'air compliqué mais il nécessite des doigts agiles et rapides. Or, une telle dextérité ne peut s'obtenir ni se conserver sans une discipline de fer et un entraînement régulier. Un moyen facile d'apprécier votre avancée dans ce tour est de compter le temps qu'il vous faut, à l'aide d'une montre à gousset, pour que la pièce fasse un aller-retour entre vos deux mains. Pratiquez tous les jours environ dix minutes et faites cette mesure une fois par semaine. Vous devriez arriver à réussir en moins de quatre secondes avec un entraînement de quelques mois.

N.B. : Plus vous faites d'entraînement manuel et plus les nouveaux tours s'apprendront rapidement.

Jenny se concentrait sur la petite pièce d'un dollar qui glissait de sa main droite à sa gauche. Les pavés et l'allure irrégulière de la voiture ne rendaient pas la tâche facile, mais elle savait que si elle y parvenait dans de telles conditions, elle réussirait face à la pression d'un public de théâtre prestigieux. C'était le passage du majeur à l'auriculaire qui la gênait le plus. Elle n'arrivait pas à monter le majeur assez haut pour que la pièce bascule naturellement. Les cartes ou les boules de tissu étaient légères et souples, ce qui les faisait faciles à manipuler, mais les pièces n'autorisaient aucun droit à l'erreur. Quand le fiacre ralentit, la magicienne réussit à exécuter la manœuvre de manière fluide ; une fois. C'était tout ce qu'il lui fallait. Dorénavant, elle savait qu'elle arriverait à la reproduire.

— On y est m'dame.

La pièce lui échappa des mains et alla rouler sous la banquette, perdue en même temps que sa concentration.

— Laissez-la. Vous verrez qu'd'ici peu, n'aurez même plus à ramasser ce genre de petite monnaie.

— Je ne compte pas faire ça éternellement, vous savez.

— C'est ce que tous les agents disent au début, mais la paie…

— Je ne suis pas tous les agents…

Il émit un petit rire et sortit un papier froissé de sa poche, sur lequel était écrit : « Je ne suis pas comme les autres agents. »

— Ça marche à chaque fois ! Bon, c'était pas exactement ce que vous avez dit mais admettez que j'étais pas loin ! C'est le cocher de Will qui m'l'a appris.

Elle arracha vivement le billet des mains à travers la lucarne coupée dans le bois et le déchira en morceaux avant de sortir du véhicule.

— Vous aimez vraiment pas la concurrence, vous, hein ! Mais c'est pas grave, moi je vous aime bien, rit-il alors qu'elle entrait au siège de Pinkerton.

Glenda, la secrétaire, se tenait à son poste dans le grand hall sombre, tout juste éclairé par une lampe à gaz dont la lumière vacillait. En approchant, Jenny vit que la vieille dame s'était endormie en position assise, un porte-plume à la main, probablement pour faire croire qu'elle travaillait. Or le filet de salive qui reliait sa bouche à son bureau trahissait l'illusion. La récente recrue jugea préférable de ne pas la réveiller et prit l'escalier aux articles de journaux conduisant chez les patrons.

Le couloir floral traversé, elle toqua à la dernière porte. Sans surprise, celle-ci s'ouvrit sur l'air d'enfant espiègle de Robert, toujours aussi ravi de son jouet. Son bureau s'ornait de papiers noircis présentant plusieurs écritures différentes. Les seuls espaces dans ce fatras étaient occupés par deux grandes bougies de cire déjà bien entamées.

— Une seconde, mademoiselle.

Bésicles sur le nez, il finit de lire la feuille qu'il avait sous les yeux, marmonnant de manière incompréhensible.

— Hmm… Hmm, comme je le pensais.

Il saisit le papier et le tendit vers une bougie où celui-ci prit immédiatement feu. Une fois que la flamme eut atteint la moitié de la page, Robert le mit dans une petite corbeille en métal posée à côté de son fauteuil, où il acheva de se consumer, cendres au milieu d'autres cendres. Jenny songea que si la corbeille était douée de parole, elle serait le témoin le plus dangereux d'Amérique.

— Voilà une bonne chose de faite, reprit Robert avant de se tourner vers son agent. Alors ? Vous avez le truc ? Dites-moi que vous avez le truc.

— Cette mission, c'est quelque chose d'unique, n'est-ce pas ? Je veux dire… La magie d'accord, mais les crimes, la mort, les trahisons. Je ne veux pas de ça. Vous me comprenez ? Ce n'est pas pour moi.

Le détective fit un petit tour sur sa chaise pivotante, index placé sur les lèvres.

— Vous savez ce que je trouve passionnant chez vous, ma chère Jenny ? Dès le moment où j'ai évoqué les sœurs Fox, vous avez arrêté de me parler d'argent. Alors que pourtant cela vous avait convaincue d'accompagner un parfait inconnu qui ne vous avait pas même révélé son prénom.

Jenny se pinça les lèvres, muette.

— Je n'ai aucun doute sur le fait que vous ayez autant envie que moi de savoir comment ces femmes font ce qu'elles font. Et vous savez quoi ? Redisons-le : je m'en fiche du Pourquoi, tout ce que je désire c'est le Comment. Alors, ma petite, dites-moi comment ?

Excédée par le ton de son patron, Jenny réagit en attrapant les mèches des deux bougies à pleines mains, plongeant la pièce dans une nuit sombre. Seul le bureau restait éclairé par le croissant de lune.

— Monsieur Pinkerton, vous allez arrêter de me traiter comme une enfant. Vous ne me rendez pas plus service que moi je ne vous sauve la mise. Sans moi vous n'avez rien, RIEN ! J'ai vu ces sœurs, elles sont… elles sont…

Robert attendait qu'elle conclue sa tirade comme un parent attendant patiemment que son enfant ait fini un caprice. Jenny prit quelques secondes supplémentaires pour trouver les mots.

— … quelque chose d'autre.

Après être restée un instant appuyée contre le bureau massif, elle se résolut à s'asseoir sur la chaise en face et se mura dans le silence. Robert frotta une allumette contre le meuble, enflammant le phosphore blanc avant de rallumer la mèche de la chandelle encore fumante. Il fit de même avec la seconde, et la lumière reprit enfin ses droits.

— Vous avez lu le chapitre sur l'intimidation, vous, non ?

Elle lui jeta un regard noir.

— Allons ma pe… Jenny. Calmons-nous et dites-moi simplement ce que vous avez vu. Ne pensez-vous pas que deux cerveaux valent mieux qu'un ?

— Deux mille quatre cent soixante-trois dollars.

— Pardon ?

— C'est la somme que je veux. Ça me permettra de vivre tranquillement sans dépendre de personne. J'ai fait le calcul, en prenant mes spectacles en compte, il me faut deux mille quatre cent soixante-trois dollars pour qu'on ne puisse plus me forcer à quoi que ce soit. C'est le prix de votre renommée et de ma liberté.

Robert se leva et se mit à tourner en rond de manière mécanique tout en fixant le tapis.

— Et si je vous proposais plutôt un salaire mensuel ? Vous ne pensez pas que…

— Deux mille quatre cent soixante-trois dollars. Sans rien à payer tant que je n'ai pas trouvé. Vous couvrez les frais tant que je les répertorie, n'est-ce pas ? C'est ce que dit le *Guide Pinkerton.* Ne vous inquiétez pas, j'ai un train de vie modeste. Mais je veux un contrat, un truc qui vous empêche de me rouler dans la farine une fois que je vous aurai révélé ce que je sais.

— Et que savez-vous pour le moment, ma chère Jenny ?

— Appelez-moi juste Jenny, ou miss Marton si vous préférez. Et quant à ce que je sais, je commencerai à parler lorsque j'aurai le contrat sous les yeux.

Robert la scruta.

— Ce n'est pas comme ça que l'on fait, normalement, dit-il sèchement.

— Vos sœurs Fox, ce n'est pas un cas normal, pas vrai ? Je dois vous dire que vous n'êtes pas seul sur le coup, les journaux attendent le moindre faux pas pour les mettre en couverture. Mais ça, vous le savez, n'est-ce pas ? Je me doute même que vous avez déjà un client prêt à payer gros pour le secret de leurs tocs. Dix mille dollars ? Vingt mille ? Combien cela vaut-il, de détruire un empire ?

Robert peinait à réprimer une grimace en voyant l'arrogance s'animer chez sa future recrue. Peut-être était-ce pour cela que son frère William ne voulait plus engager de femmes chez Pinkerton : à cause de leur manque de docilité et de leurs desseins imprévisibles.

Récupérant un papier imprimé dans un tiroir, il se mit à remplir quelques cases.

— Vous ne prenez pas un avocat pour ce genre de choses ?

— C'est un contrat simple, vous remplissez la mission, Pinkerton récolte crédits et récompense, et vous, vous êtes payée. Des avocats nous rédigent d'avance les papiers. Vous aurez un contrat dit de « source importante », parce que vous refusez d'être embauchée.

Il parapha le document de sa petite signature et désigna la case encore vide où inscrire la somme.

— Deux mille quatre cent soixante-trois dollars, répéta-t-elle.

Il lui tendit le papier qu'elle lut attentivement.

— Pas de pièges, pour le moment j'ai besoin de vous.

Elle prit le petit stylo argenté et l'observa. À la place de la plume, il n'y avait qu'une minuscule boule.

— C'est quoi, ce que vous m'avez donné là ?

— Un stylo à bille. Ce n'est pas encore commercialisé mais je connais le type qui les fabrique. Pour éviter les ratures il n'y a pas mieux, ce stylo, c'est le futur. Croyez-moi.

Elle signa maladroitement.

— Je préfère les plumes.

— Tout le monde préfère ce qu'il connaît déjà. Maintenant que nous avons parcouru l'intégralité de la planète, les prochaines explorations se feront dans la technologie. Alors, oui, ces inventions peuvent partir dans tous les sens, mais vous allez voir que ces petits pas nous mèneront loin.

Elle lui tendit le papier mais il le repoussa vers elle.

— Je vous laisse le contrat jusqu'à votre prochain retour à l'agence, histoire que vous puissiez le relire à votre guise. Après, on en imprimera une copie, c'est un processus un peu long alors ça attendra un autre jour. En attendant, dites-moi ce que vous savez.

Jenny rangea soigneusement le papier dans son sac.

— À vrai dire… Rien…

Robert faillit tomber de son fauteuil.

— Quoi ? Mais… Enfin…

— Rien… de concret. Mais j'ai des pistes.

Elle se leva et se dirigea vers le tableau où était inscrit le mode d'emploi destiné aux nouveaux agents dont Robert était si fier.

— Vous pouvez mettre en marche vos ampoules ? C'est d'un sombre, ici.

Robert appuya sur un bouton et la pièce fut bientôt baignée d'une lumière jaune orangé.

— Bien.

Elle prit la brosse posée au bas du tableau et effaça en trois mouvements secs le schéma du fonctionnement de l'agence.

— Hé !

Jenny ne lui prêta aucune attention, saisit la craie et traça un grand cercle où elle écrivit « scène », contenant deux cercles plus petits, un vers l'avant noté « Leah », un autre au centre nommé « Margaret » et, finalement, en face de ce dernier, elle inscrivit « client ».

En dehors du grand cercle, devant Leah, elle indiqua « public » et plaça à côté un petit rond intitulé « Jenny ».

— Monsieur Pinkerton…

— Appelez-moi Robert, sinon avec mon frère on ne s'y retrouvera jamais.

— Robert… vous êtes déjà allé voir une de leurs séances publiques, n'est-ce pas ?

Il hocha la tête.

— Très bien. Alors, vous aurez remarqué que c'est Leah, malgré son âge avancé, qui essaie de capter et conserver l'attention du public. Tout du moins jusqu'à ce que le « client » monte sur scène et s'assoie.

— Normal : le client est le cœur du spectacle, c'est lui qui rend l'expérience authentique. Avant lui, ce n'est rien de plus qu'une présentation du spectacle.

Elle tapota sa craie contre le tableau.

— Vous n'avez pas tort, mais cette présentation est cruciale. Il y a déjà quelques tocs, et vu l'agitation de Leah pendant l'introduction, ils ne peuvent venir d'elle. À cause de son âge, ses mouvements sont trop lents pour tenter quoi que ce soit. Et même si c'était le cas, il lui serait impossible de continuer à parler comme elle le fait tout en réussissant un tour. Il faudrait… Enfin… croyez-moi, c'est impossible.

Comme chaque fois qu'il réfléchissait intensément, Robert jouait avec sa moustache.

— Vous dites donc que c'est Margaret ?

Jenny fixa le tableau, le remettant dans son contexte, revoyant la dame timide assise face à la table dénuée d'artifices.

— Non.

— Non ? Mais alors quoi ?

Robert sentait son agent ailleurs, les yeux rivés sur le tableau, pensant à voix haute plus qu'elle ne s'adressait à lui.

— Margaret ne bouge pratiquement pas, la table devant laquelle elle se tient est on ne peut plus rudimentaire, et ses mains sont posées dessus pendant l'intégralité de la séance.

— Alors il ne reste que…

— C'est exactement ce que j'ai pensé… le client ! répondit-elle en se retournant vers lui, les yeux pétillant d'excitation. Je ne sais pas si vous vous rappelez comment le Mahatma blanc a sélectionné la personne chargée d'examiner la boîte : il a lancé une poupée de chiffon dans le public, laissant ainsi œuvrer un hasard dont on ne pouvait douter. Mais Leah…

Soudain il se leva.

— Leah pointe sa victime du doigt en prétendant que ce sont les esprits qui lui parlent et la désignent !

— Exactement.

Robert était impressionné : Jenny sortait tout juste du spectacle, il paraissait donc incroyable qu'elle ait déjà une théorie sur des tours que personne n'avait compris jusqu'alors. Les sœurs Fox étaient peut-être malignes, mais si quelqu'un arrivait à les percer à jour, ce serait sans aucun doute cet agent.

— Oui, oui, ce serait malin : qui songerait à fouiller le client ? C'est pour ça qu'elle propose un examen minutieux par quelques spectateurs à la fin. Le client est retourné dans la foule et s'en va avec ce qui faisait les tocs. Jenny, vous êtes un génie.

Il rit au jeu de mots, sortit une feuille de papier et prit son stylo-bille.

— Les opératrices de téléphone dorment encore à cette heure-ci, mais donnez-moi la description de votre client et, dès demain, j'appelle un agent.

Robert ne put s'empêcher de montrer d'un geste théâtral un autre gadget dont il était fier. Jenny contempla l'imposante boîte brune composée de deux sonnettes, d'une petite manivelle et d'un transmetteur qui faisait à la fois écouteur et micro, ornant l'un des murs.

— Pas besoin de faire tout ça.

— Pourquoi ? Ça marche beaucoup mieux que les lettres. C'est juste le temps d'attente des opératrices qui est embêtant.

— J'ai parlé au client.

— Vous… Vous ? Directement ? Sans… À quoi cela sert-il que je vous donne le guide ? On passe toujours par un intermédiaire, sinon la cible connaît votre visage et vous êtes foutue pour la suite.

Son poing s'abattit violemment sur la table.

— Merde ! On n'est pas des clowns, ici, mademoiselle Marton. L'agence a des méthodes, c'est pas pour que vous fassiez n'importe quoi avec.

— Et elles vous ont mené où, ces méthodes ? Parce que de ce que je vois sur les murs, vous n'avez pas résolu un cas majeur depuis quatre ans.

Robert se mit à ranger fébrilement les papiers entassés sur son bureau, geste qui l'aidait à gérer son stress.

— William me l'avait dit : « Cette fille posera des problèmes, on devrait le faire à notre façon. » Et moi, comme un abruti… je voulais du sang neuf, vous voyez ? Un regard nouveau. Mais voilà, voilà…

Jenny ne se laissa pas décontenancer.

— Bon, je m'en vais ou vous désirez entendre ce que j'ai découvert, monsieur le maniaque ?

Il finit de classer ses documents tout en marmonnant dans sa barbe.

— Allez-y. Parlez-moi du client, dites-moi que vous avez trouvé notre coupable, répondit-il, excédé.

— C'est… compliqué. La personne désignée est un journaliste, Frank Coblid, du *New York Herald*. Lui aussi venait pour révéler le secret des sœurs au grand jour. Je suis allée lui parler après le spectacle et j'en ai profité pour le fouiller discrètement : aucune irrégularité dans les poches ou les manches, rien, sinon un petit carnet lié à son métier. Tout son corps tremblait du choc d'avoir parlé à sa sœur décédée. J'ai déjà vu des complices de tour. Ils n'arrivent jamais à s'empêcher de se sentir plus malins que les autres ; ils ont toujours un petit rictus pendant qu'ils trompent les gens, ils peuvent pas le cacher. Mais ce type était sincèrement secoué.

L'analyse de Jenny avait réduit Robert au silence. Après une minute de réflexion, il articula :

— Et vous ne pensez pas qu'un très bon acteur…

Jenny fit un non catégorique de la tête. Le détective se leva et regarda à sa fenêtre, vers les cabinets de spiritisme installés au bas de sa rue. Le directeur de l'agence frappa contre son mur, faisant tant trembler les tableaux que l'un d'eux tomba.

— Il va nous falloir deux mois avant de vous récupérer une autre séance publique… Merde !

— Pas besoin d'attendre si longtemps.

— Ce n'est pas moi qui décide, même si le mouvement s'affaisse, une séance avec les sœurs Fox est encore…

— J'ai une séance privée demain après-midi. Courtoisie du sous-fifre de votre frère William. Il a agressé Margaret et je suis intervenue ; ce qui m'a permis d'obtenir les faveurs de Leah.

— Une séance privée ?

Elle hocha la tête. Un sourire revint sur le visage de Robert.

— Je dois avouer que ce n'est pas chose aisée à obtenir, ça permettra sûrement une belle avancée. Vous savez si vous aurez la présence de Leah ou Margaret ?

— Aucune idée, je n'ai pas osé faire la fine bouche.

Il se rassit enfin et, en un long soupir, relâcha l'anxiété qui l'avait rongé depuis que sa recrue avait franchi la porte de son bureau.

— Bien, bien… Vous pouvez disposer Jenny, j'attends votre rapport sur les deux séances au plus vite. Comme vous avez vu, on compile tout par écrit, ici.

— Pour que vous le réduisiez aussi en cendres ?

— Il vaut mieux que certains papiers disparaissent…

La porte s'ouvrit dans le dos de Jenny.

— Bonne chance pour demain. Et n'hésitez pas à revoir votre alias. En séance privée, vous n'aurez pas le droit à l'erreur.

8

Alias pour l'agent Jenny Marton dans l'affaire des sœurs Fox

Prénom : Hazel
Nom : Bowell
Le mari décédé : Henry Bowell, un homme dans le commerce de poissons et crustacés entre l'ouest de l'Europe et New York, disparu lors d'une traversée de l'océan Atlantique.

Son commerce, du nom de Bowell Exchange, est encore florissant et désormais sous la direction de Arleck Nockman. Néanmoins, Hazel touche encore une somme importante de la part de cette société.

Attrait de Hazel pour le spiritisme : elle pense que contacter son mari pourra lui permettre de certifier sa mort et enfin commencer un deuil dû depuis trop longtemps. Elle voudrait aussi pouvoir lui parler une dernière fois pour lui communiquer l'amour qu'elle lui porte.

Enfants : Clark, 9 ans est un peu turbulent, mais il a une passion pour les papillons. C'est la seule chose qui parvient à le calmer. Hazel sait que dès que son fils devient silencieux, c'est qu'il s'est mis à suivre un papillon, ce qui lui a valu maintes fois de se perdre.

Neil a 7 ans et est plus réservé. Très précoce pour son âge, il sait déjà lire et s'est pris de passion

pour Shakespeare, notamment *Le Songe d'une nuit d'été*. Depuis qu'ils sont allés assister à une représentation au théâtre, il s'amuse à imiter Puck et va souvent voir les ânes en leur disant : « Si tu es gentil, je te retransformerai en humain ! »

Situation psychologique : L'amour qu'éprouve Hazel pour Henry est quelque chose de si fort que la simple mention du nom de son défunt époux suffit à lui faire monter les larmes aux yeux et perdre ses moyens. Hazel est une femme frêle qui affronte mal la dure tâche de devoir élever ses enfants seule.

Informations complémentaires :
Née à Stamford en 1862 d'un père vendeur de poissons (d'où la rencontre et le mariage arrangé avec Henry).
Mariée en 1879.

Blanche se mit à picorer l'oreille de Jenny.

— Aouh !

La colombe effrayée s'envola vers sa cage et se posa précautionneusement sur son perchoir en bois.

— Blanche, reviens ici tout de suite !

Le volatile changea de sens, tournant le dos à sa victime, imaginant sans doute que cela lui permettrait de ne pas faire face aux conséquences de ses actes.

— Je sais pas pourquoi tu n'as pas rendu ces fichus animaux, tu les utilises pas dans tes tours de magie et ils font que te causer des soucis, dit Ellen alors qu'elle écrasait énergiquement des pommes de terre cuites qui finiraient en purée pour le dîner.

Jenny, qui n'avait pas abandonné l'affaire, se leva et fit le tour de la cage pour se mettre face à l'oiseau rebelle.

— Bon, tu vas m'écouter maintenant, je sais que c'est affectueux mais…

En un petit saut gracieux, Blanche présenta une nouvelle fois son derrière à Jenny, puis émit un bref roucoulement avant de lâcher une fiente qui tomba sur la paille posée au fond de la volière.

— Hé, regarde-moi ça, elle fait enfin dans sa cage ! ricana Ellen.

Jenny s'assit, fatiguée de l'effronterie de sa colombe mais satisfaite de cette maigre victoire. Houdin se mit immédiatement à sauter en rond autour de ses pieds. Jenny le décolla du sol et le posa sur ses genoux. L'animal se calma et se blottit contre sa maîtresse. La jeune femme aimait la fourrure du petit lapin blanc, ses longues oreilles qui donnaient directement le rythme de son cœur battant sous ses doigts, son museau frétillant de bonheur.

— Maman, j'ai une question…

— Je t'écoute, répondit cette dernière tout en coupant des carottes en fines lamelles.

— Ce que t'as eu avec papa… Tu décrirais ça comment ?

Le bruit du couteau s'arrêta après un coup sec. Ellen mit les légumes dans le poêlon posé sur la cuisinière. Puis elle ouvrit une petite trappe remplie de charbon, y enfourna quelques journaux qui s'enflammèrent. La température de la pièce augmenta immédiatement.

— Ça chauffe rudement bien ces petits machins !

Fière d'elle, Ellen attrapa un des morceaux de carotte qu'elle avait gardés sur le côté et le tendit vers Houdin qui le renifla un instant avant de commencer à le grignoter.

— Maman, t'évites le sujet à chaque fois…

Ellen tendit une branche de persil à Houdin, évitant soigneusement le regard de sa fille.

— Tu as quelqu'un qui te fait cet effet-là ? C'est à ton nouveau travail ?

— Non ! Enfin, c'est pour un travail de scène. J'incarne une femme qui a perdu l'amour de sa vie et… eh bien je me suis dit que je devrais demander à quelqu'un qui s'y connaît.

— De magicienne à actrice, j'aurais dû me douter qu'il n'y avait qu'un pas.

— C'est temporaire. C'est juste que c'est très bien payé. Il faut que je sache ce que ça fait…

La mère consentit enfin à lever les yeux vers sa fille.

— L'amour ?

Ellen s'assit en face de Jenny, posant sans gêne ses pieds aux chaussettes rapiécées sur la table.

— Maman ! Tu sais que c'est pas propre.

— Oh! Ça m'aide à réfléchir. Elle est pas simple ta question.

La quinquagénaire se passa la main dans les cheveux, les yeux rivés au plafond.

— C'est comme… Hmmm… Ton père était définitivement quelqu'un de particulier, alors je sais pas si…

— Te défile pas.

— Ça va, ça va…

Le plafond blanc était maintenant devenu un canevas où se retissait la trame de ses souvenirs.

— Une des choses folles avec les relations, c'est qu'on se rappelle des moments stupides. Pas le mariage, pas notre rencontre sur les docks, pas la première fois où nous avons couché ensemble. Non, le souvenir que je chéris le plus, c'est le jour où il m'a présentée aux soldats qui formaient son régiment pour la guerre face au Sud.

Elle rit. Jenny eut l'impression que sa mère avait perdu trente ans.

— Je m'en souviens, c'était… en 62, et les massacres avaient déjà commencé. Fallait le voir, ce régiment, que des gars qu'avaient entendu parler de la guerre de loin. Leurs pères avaient peut-être participé à celle contre le Mexique, mais c'était rare… Et pas pareil. Ils allaient pas se battre contre d'autres Américains, contre des hommes qui leur ressemblaient comme deux gouttes d'eau et qui disaient vouloir juste protéger leur ferme de coton. « Tuer quelqu'un qui parle le même langage que toi, ça change un homme, mais y un moment où tu dois choisir qui survit. C'est eux ou toi, et crois-moi, tu préfères que ça soit toi. » C'est ce que leur répétait sans cesse le sergent quand venait l'entraînement de tir au fusil.

Jenny arrivait presque à entendre les coups de feu tirés sur les mannequins de paille.

— Les défaites étaient généralement sudistes mais ça empêchait pas les hommes d'avoir du mal à trouver le sommeil.

Alors, finalement, le meilleur moyen qu'ils avaient de passer le temps, c'était le saloon près du camp d'entraînement. Ils buvaient et jouaient aux cartes, profitant d'un des rares avantages que cette guerre leur avait donnés : de nouveaux amis. Et voilà-t-y pas qu'un jour l'un d'eux était en train de se faire battre à plate couture par ton père – tu connais son talent avec les cartes. Le type venait de perdre la moitié de sa solde hebdomadaire. Alors, quand il m'a vue passer, il s'est amusé à me mettre une main aux fesses en me demandant si je lui ramènerais pas une bière, parce que, je cite : « ce serait un début pour tout le fric que je viens de lâcher à ton gars ». Je me souviens du regard complice que j'ai échangé avec Gustave, un petit hochement de tête de sa part, même s'il n'avait aucune idée de ce que j'allais faire. Moi j'ai pas attendu, j'ai cassé le nez au type. Un coup de poing en plein milieu de sa face. Le son du crac résonnait encore dans mes doigts quand il s'est écroulé de son banc.

Le regard d'Ellen semblait loin, comme si derrière le plafond se trouvait le saloon, son mari, et cette délicieuse scène d'autrefois dont elle était l'unique spectatrice.

— Personne n'a réagi, sauf Gustave qui a ri puis a dit : « Bordel les gars, j'ai une de ces mains, je relance de quinze cents. » Tout le régiment a explosé de rire à son tour. Ton père a perdu la manche mais il avait gagné mon cœur.

Jenny était abasourdie.

— Mais… il n'a rien fait, papa ! C'est toi l'héroïne de l'histoire !

— Bah, c'est ça pour moi l'amour Jen, quelqu'un qui te fait te sentir l'héroïne de ta propre histoire.

Une larme roula le long de la joue d'Ellen alors que ses doigts pianotaient machinalement sur son ventre, passant en mémoire les meilleurs moments de leur relation.

Mais une odeur étrange vint bientôt troubler son voyage dans le temps.

— Merde, Merde, Merde !

Ellen fit tomber sa chaise en arrière en essayant de se relever.

— Jen, les carottes !

La jeune femme se leva calmement et versa un verre d'eau tiède dans la casserole avant de remuer les légumes, qui perdirent rapidement leur côté noirci. Sa mère la rejoignit et poussa sa fille afin de reprendre la direction des opérations. Jenny laissa faire, sachant à quel point sa mère aimait garder le contrôle de la cuisine.

— Papa et moi… tu penses qu'on se serait bien entendus ?

— Tu plaisantes ? Quand je te vois, parfois, j'ai l'impression qu'il est jamais parti. T'as la même indépendance, la même persévérance que lui. C'est pour ça que j'étais sûre que l'armée serait pas sa tasse de thé. Il a toujours voulu faire les choses à sa façon, jamais pu suivre un ordre. Il aurait pu passer une soirée à essayer de reproduire un tour d'un branquignol dans la rue, par contre je n'ai jamais pu le convaincre de border les draps quand il faisait le lit.

Une larme vint s'écraser dans le bouillon en train de mijoter.

— Ah oui, ça, ton père pouvait être sot, dit-elle en rigolant alors qu'une nouvelle larme atterrissait au milieu des légumes. Qu'est-ce qu'il doit penser en me voyant pleurer pour de telles bêtises.

— Tu veux dire « Qu'est-ce qu'il se dirait », non ?

Une vapeur blanche s'élevait du poêlon.

— Jen, tu… occupe-toi des carottes… Je reviens.

Ellen alla cacher sa douleur dans un coin du minuscule logis. Sa fille savait qu'elle n'en reparlerait pas. Elle se servit les carottes, déposa une louche de purée à côté, et mangea pensivement en compagnie de Houdin et des sanglots sourds de sa mère qu'elle avait désormais la délicatesse d'ignorer.

9

Guide Pinkerton du parfait agent
par Allan Pinkerton

Consigner son activité

À l'agence Pinkerton, sachez que vous avez en permanence le soutien d'une équipe de juristes et d'avocats aux compétences inégalées. Grâce à eux, vous pourrez opérer en dehors de la police et légitimer vos arrestations aux yeux de l'État. Si vous en croisez un à l'agence, n'hésitez pas à le remercier car il vous a probablement déjà empêché de finir en prison, voire pendu. Néanmoins, n'oubliez pas que les seuls outils dont ils auront besoin pour vous tirer d'affaires judiciaires sont vos notes, preuves de la rigueur de vos activités. Faites un journal régulier et précis de vos avancées dans une enquête, de vos dépenses et de la manière dont vous vous appropriez la couverture. Une fois votre part du travail effectuée, donnez ce journal à votre directeur d'enquête. Il saura exactement quoi faire.

Son extrême nervosité la surprit. Ses mains gantées de noir tremblaient tant qu'elle avait dû s'asseoir dessus pour dissimuler son agitation. Et comme le monde lui paraissait sombre à travers son voile ! La salle d'attente du salon de spiritisme lui parut incroyablement fade. Tout y était gris, des murs aux visages des femmes, les pleurs des unes faisant écho à ceux des autres. Jenny hésita à feindre quelques larmes, cela semblait être la norme en cas de deuil.

Une porte en bois s'ouvrit et vint briser le silence entrecoupé de sanglots retenus. La jeune détective nota la parfaite insonorisation du cabinet de réception, la voix vibrante d'émotion de la cliente précédente venant d'envahir la pièce à peine le battant poussé.

— Oh merci, madame Fox. Merci encore.

— Enfin madame Shapish, il n'y a pas de quoi.

La femme étreignit Margaret Fox, lâchant sa coiffe de veuve. La médium sembla extrêmement gênée de tant de contact, mais cela n'empêcha pas la cliente de prolonger son étreinte. Après un long moment impudique et un dernier regard extatique, elle sortit, sourire béat aux lèvres et yeux humides, laissant son voile au sol.

— Mme Bowell s'il vous plaît, appela Margaret tel un médecin prêt à recevoir le prochain patient.

Jenny, les jambes tremblantes, n'arrivait pas encore à se persuader qu'elle était quelqu'un d'autre. Avoir donné cette fausse identité à Leah lui avait laissé un goût amer en bouche. Elle, dont l'honnêteté avait été la pierre angulaire de toute sa pratique et qui avait passé sa vie à défendre la vérité dans un monde d'illusions, se trouvait maintenant de l'autre côté d'un miroir qui la dégoûtait, imitant une pauvre spectatrice naïve prête à perdre son argent dans une secte absurde.

— Mme Bowell est-elle là ?

Jenny leva les yeux et plongea dans le regard doux de Margaret. Elle avait vraiment peine à croire que ce petit bout de femme puisse être à la tête d'un des plus grands mouvements de culte de ce siècle. La médium lui fit un signe interrogateur et Jenny opina fébrilement. Margaret approcha.

— Je sais que tout cela peut sembler beaucoup à supporter. J'aimerais vous proposer de cesser de faire ce chemin seule. Que diriez-vous de me donner un peu de la charge que vous avez sur les épaules ?

Jenny ne pouvait cesser de hocher la tête. Elle réussit à se lever avant de se faire conduire dans la petite salle obscure par la médium. Une fois derrière la porte, un autre monde lui apparut. Les murs de la pièce étaient tapissés de velours bleu nuit, sur lequel des lampes à huile imprimaient des reflets mouvants. La table, un peu plus grande que celle que Jenny avait pu voir sur scène, était recouverte d'une nappe sombre et sobre. Seule touche de couleur, le cercle doré du cadran de la grosse horloge trônant dans un angle de la pièce. Un petit coffre en bois vernis occupait un autre angle, se fondant dans la pénombre ambiante.

Margaret assit Jenny sur une chaise en bois. La magicienne fut surprise de voir son reflet dans un large miroir. Se retournant, elle constata qu'il y en avait aussi un derrière elle.

— Vous aimez ? Ma sœur dit que ça rend l'espace plus large, et puis cela montre qu'on n'a rien dans le dos. Si vous saviez comme les gens se méfient. On essaie de les aider et…

Le regard souffrant de sa cliente l'arrêta.

— Mais nous ne sommes pas là pour papoter décoration. Parlez-moi plutôt de vous, madame…

Elle jeta un bref coup d'œil vers un calepin posé au sol.

— … Bowell.

Voilà qu'était enfin venu le moment de vérité ; Jenny allait devoir mentir, et de manière convaincante. Mais c'était justifié, en tout cas elle cherchait à s'en persuader. Ces femmes avaient trahi l'illusion, l'utilisant sur des personnes vulnérables afin de les abuser. Si elle voulait mener sa mission à bien, il lui fallait donc reprendre le contrôle de son corps, arrêter de trembler des mains, faire cesser les gigotements et spasmes qui agitaient ses jambes, refroidir son cerveau en ébullition.

— Mon… mari… c'est… il est…

Elle se força à la regarder dans les yeux afin que la médium n'ait pas de doutes sur la sincérité de son deuil.

— C'était… c'était en… en… mer. Pour son… son commerce… hoquetait la fausse veuve.

L'esprit de Jenny était tellement submergé de questions qu'elles en étouffaient sa parole : Pourquoi n'arrivait-elle pas à prononcer des phrases articulées ? Pourquoi la séance ne se déroulait-elle pas comme avec le journaliste, qui avait à peine parlé tandis que les sœurs Fox faisaient tout le travail ? Cette Margaret au regard d'agneau l'observant avec gentillesse pouvait-elle vraiment être une arnaqueuse ayant berné l'Amérique depuis quarante ans ?

— Posez vos mains sur la table, paumes vers le ciel, l'interrompit finalement la spirite, calmant sa torture mentale.

Jenny s'exécuta. La médium mit ses mains sur les siennes, suffisamment fermement pour interrompre le tremblement.

— Ce que vous vivez, madame Bowell, sachez que beaucoup de femmes l'ont vécu avant vous, et elles s'en sont sorti. Le deuil n'est pas une fin mais une renaissance. Croyez-moi, il y a une vie après la mort.

Le contact des paumes délicatement ridées de la médium s'avérait incroyablement apaisant. Jenny put enfin reprendre le contrôle d'elle-même face à cette femme assez âgée pour être sa mère.

— Je… Je ne sais pas ce qui m'a pris. Dès que je parle… d'Henry.

— C'est parfaitement normal. C'est lui que vous aimeriez voir aujourd'hui n'est-ce pas ? C'est…

La médium changea brutalement d'expression, retirant immédiatement ses mains pour cacher sa bouche soudain marquée d'un sourire. Jenny ôta à son tour les mains, aussi inquiète que surprise par la réaction incongrue.

— Je vous reconnais ! À la dernière séance publique, vous m'avez sauvée du type qui me tripotait.

Margaret ressemblait désormais à une petite fille rencontrant une célébrité. Jenny fut déboussolée par cette métamorphose.

— Où avez-vous appris à vous battre ainsi ? Et la claque que vous lui avez mise ! Ah, il ne faisait pas le malin quand il est parti.

— Bah… c'est… au marché du mercredi près des docks. Oui, pour les bons produits. Voilà, il faut… il faut y aller sans hésiter, parce qu'on est plusieurs dessus. Faut… faut rentrer dans le tas et pas se laisser… pas se laisser… pousser, quoi. D'où… d'où les claques, bégaya-t-elle.

La magicienne se trouvait pitoyable. Elle qui avait tant de fois fait vibrer des publics atteignant parfois jusqu'à une cinquantaine de personnes n'arrivait pas à aligner quelques mots face à cette quinquagénaire. Tout cela sans compter le fait qu'elle venait de trahir sa véritable identité, « présente tous les mercredis matin au marché près des docks ». Pourtant Margaret buvait ses paroles, les yeux débordant d'admiration. La médium tapa joyeusement sur la table.

— Écoutez, madame Bowell – elle regarda de nouveau sa feuille de rendez-vous –, je peux vous appeler Hazel ?

Jenny opina.

— Vous savez, Hazel, d'habitude je demande un peu à savoir qui sont les défunts partis. Ça facilite la connexion spirituelle et me permet d'être sûre de reconnaître l'esprit lorsqu'il se présente à moi. Mais je sens bien que vous êtes plus une femme d'action que de paroles. Que diriez-vous qu'on arrête de tourner autour du pot et d'inviter votre époux à notre petite réunion ?

La médium posa de nouveau les mains sur la table, conviant sa nouvelle idole à l'imiter. La magicienne hésitait, perturbée par cette femme d'une innocence enfantine sur laquelle le temps semblait n'avoir eu aucune prise. Néanmoins, Jenny consentit à faire de même.

— L'esprit ne pourra se manifester que si nous lui accordons une entière confiance. Fermez les yeux, s'il vous plaît, intima Margaret en baissant les paupières.

La détective hésita à se priver de sa vision, rendant son travail d'investigation encore plus complexe. Puis elle songea que rien ne l'empêchait de mentir, la médium ne faisant probablement pas attention à un œil semi-ouvert.

— Madame Bowell ?

La magicienne obéit et ferma les yeux.

— Très bien, à présent appelons Henry Bowell à venir nous rejoindre. Henry, si tu es là, avec nous, manifeste-toi !

Rien. Jenny s'attendait aux tocs entendus à la séance publique, mais ne s'imposait que le silence. Elle sentait les mains de Margaret se crisper dans les siennes, comme si un courant électrique passait entre elles.

— Henry, continua-t-elle, je sais que tu n'as cessé de te soucier de ton épouse. Il est maintenant venu le temps de lui dire que tu l'aimes toujours. Que votre amour est éternel et dépasse toutes les frontières. Henry, si tu m'entends, réponds par trois coups.

Jenny, tout ouïe, cherchait avec attention d'où allait provenir le son. Toujours rien.

— Ce n'est pas grave si ça ne fonctionne pas, murmura la fausse veuve.

Ce fut au tour de Margaret de se montrer nerveuse. Ses mains devinrent moites et son visage incertain. À vrai dire, plus la médium semblait stressée, plus cela calmait Jenny. Malgré ses yeux toujours clos, elle reprenait le contrôle de la situation.

— C'est… Hmmm… Hazel, votre mari faisait-il partie de l'armée ?

— Non… c'était un petit garçon quand la guerre civile a éclaté.

— Eh bien… il y a… Il y a un… un soldat qui… oui. Il cherche à vous parler. Mais…

Les mots de la médium sortaient difficilement, avec lenteur. Loin du rythme saccadé d'un bégaiement d'hésitation, c'était comme si elle se trouvait ailleurs et que seule une petite partie de son cerveau était restée afin de maintenir une liaison avec le monde réel.

— Voulez-vous parlez à Hazel ?

Un toc se fit entendre.

— Non ? C'est… c'est à moi que vous désirez parler, alors ?

Un autre toc. Impossible de savoir d'où les bruits provenaient. Jenny se demandait s'ils émanaient du sol, mais ses paupières baissées l'empêchaient d'associer une vision claire à l'origine de ces sons.

— Non plus ? Je… je ne vous comprends pas. Esprit, que voulez-vous ?

À nouveau le silence. Jenny aurait espéré plus.

— Non… Ne partez pas ! S'il vous plaît. Je vous en conjure.

Les mains se séparèrent, l'agent ouvrit finalement les yeux et découvrit, face à elle, ceux de Margaret embués, prêts à sangloter.

— Je suis désolée. Je n'ai pas réussi… Ce n'était pas lui, je n'avais rien.

Jenny prêta à peine attention à la réaction de la médium, profitant de son trouble pour inspecter la pièce. Les tocs sortaient sûrement du dessous des rideaux, ce qui aurait expliqué leur son étouffé.

— Vous… vous n'avez rien à me payer pour la séance. Je suis vraiment navrée. Ça… ça ne m'arrive jamais. Et je voulais tellement vous aider. Je vous le jure, j'ai tout fait mais… Il… c'est un autre qui est venu. Vous ne connaissez personne qui… C'était un nordiste ! Il avait une vareuse bleu marine et… et…

Le regard fuyant de Jenny acheva une Margaret livide et muette, fixant sa cliente à la recherche désespérée d'une réponse. La magicienne mit fin à son rapide examen de la pièce et opta pour sortir la médium de son trouble.

— Vous savez, depuis que mon mari est mort, je crois que personne ne m'a parlé aussi longtemps. Vous m'avez fait comprendre que j'ai perdu plus que l'amour de ma vie, j'ai aussi perdu l'un de mes seuls amis.

— Vous… Vous ne m'en voulez pas ?

Jenny sourit et fit non de la tête. Elle sortit cinq dollars de son porte-monnaie, qu'elle rajouta aux quinze dollars du prix de la séance. Son rôle de veuve fortunée lui permettait d'être généreuse puisqu'il était intégralement financé par l'agence Pinkerton. Elle s'apprêtait à quitter la pièce lorsque Margaret se leva et l'arrêta, ayant repris quelques couleurs.

— Je… hmm… si vous avez un peu de temps devant vous, et que… et que vous me laissez finir mes séances, on pourrait parler un peu plus.

La magicienne se retourna.

— Pas ici, hein, ajouta la médium d'un air gêné, je… Vous avez quelque chose de spécial, je le sens. C'est votre nordiste qui me l'a dit.

La détective fit mine d'hésiter un instant, histoire de cacher son excitation. La séance l'avait laissée bredouille, mais elle n'aurait pu rêver plus parfaite occasion d'approfondir l'enquête.

— Très bien, madame Fox, si vous y tenez. J'ai amené un livre et mes enfants ont leur gouvernante ; donc je peux me permettre de patienter. Et puis ce n'est pas comme si j'avais mieux à faire de mon après-midi. J'attendrai que vous en ayez fini avec vos clients.

— Membres, Leah dit que « clients » ça sonne mal. Ce sont des membres du mouvement spirite, comme vous l'êtes désormais. Et d'ici deux heures ce sera bon ! s'exclama-t-elle, ravie.

— Parfait.

Jenny sortit du cabinet et se mit à flâner dans les beaux quartiers de New York. Elle alla du côté de Bowery, où elle put observer les trains à rails surélevés fraîchement installés, juste au-dessus de la route destinée aux calèches, coches, diligences, cabriolets et autres véhicules hippomobiles que les pavés usés par l'incessant passage rendaient inconfortables. Un parfait tableau de son époque, où la modernité des machines prenait petit à petit le pas sur la tradition de l'exploitation animale. D'habitude si observatrice, elle y porta à peine attention, encore fébrile de l'expérience qu'elle venait de vivre. Quand elle fut assez loin, elle s'autorisa à hurler, en pleine rue :

— AAAAAAAH ! Je l'ai fait !

Les passants se retournèrent mais elle n'en eut cure. Le premier contact avec les sœurs Fox était établi, le chemin vers la vérité se distinguait enfin.

10

Les Chemins de l'Illusion
par Gustave Marton

Tout magicien amateur se doit de choisir une spécialité par laquelle commencer son apprentissage. Personnellement, je recommanderais la prestidigitation, qui est à mon sens la voie la plus gratifiante pour tout débutant prêt à s'astreindre à une pratique rigoureuse. Laissez-moi d'ailleurs vous révéler l'un des tours les plus simples et les plus célèbres, qui saura impressionner à la fois vos amis et votre famille : ***la boule transportée.***

Pour cela il vous faut :

— Deux boules souples (mousse ou tissu cousu, prenez ce qui vous plaît) de couleur reconnaissable et attirant le regard (le rouge est toujours une valeur sûre).

— Un support où poser les balles (une table fera l'affaire).

— Un spectateur sur lequel pratiquer le tour (moins vous le connaissez, plus le tour sera impressionnant ; il ne faudrait pas qu'on pense que vous avez un complice).

Le tour :

Tout d'abord, assurez-vous que le spectateur et vous êtes des deux côtés opposés de la table sur laquelle les boules sont posées. Demandez-lui de contrôler qu'elles ne sont pas truquées et sont identiques en lui proposant de les examiner. La vérification faite et confirmée, tendez votre main gauche paume ouverte et demandez au spectateur de faire de même. Prenez une boule à l'aide de votre main droite et mettez-la dans la gauche puis fermez le poing, prenez l'autre boule (toujours de la main droite), mettez-la dans la main que votre spectateur tend en requérant qu'à son tour il serre les doigts. Ensuite, récitez une petite formule qui explique ce qui va survenir : « La boule présente dans ma main va maintenant atterrir dans la vôtre, sans qu'elles se touchent. »

Ouvrez votre main – qui est maintenant vide – tandis que le spectateur ouvre la sienne... qui contient non une mais deux balles.

La balle a été transportée, sans le moindre contact physique, comme par magie.

Le truc :

Comme le magicien aguerri le sait (s'il ne connaît pas déjà ce petit tour), tout vient du travail de la main droite. À vrai dire, la gauche sert juste à détourner l'attention. Il suffira de la recroqueviller légèrement afin que les doigts fassent comme un mur derrière lequel la manipulation a lieu (voir le passage sur le détournement d'attention en introduction).

Reprenons donc le travail de la laborieuse main droite. Bénéficiant du blocage visuel créé par la main gauche, celle-ci fait semblant de déposer la première boule alors qu'en fait vous la cachez dans le creux présent entre le pouce et l'index.

Pour faire cette manipulation, prenez la balle entre l'index et le majeur, pliez ceux-ci discrètement afin de loger la balle dans le creux (cette manipulation se fait derrière les doigts de la main gauche, n'hésitez pas à pratiquer devant un miroir jusqu'à ce que le mouvement vous devienne fluide et invisible).

Une fois cela fait, récupérez l'autre balle (toujours avec votre main droite, qui contient maintenant la première balle). Joignez les balles ensemble de manière à ce qu'elles donnent l'impression d'une seule grosse boule. Puis mettez-les dans la paume de votre spectateur en lui demandant de serrer les doigts fermement. Si le tour est bien exécuté, il ne doit sentir qu'une seule balle sur sa paume, jusqu'à ce qu'il ouvre la main et s'aperçoive qu'il y en a, en fait, deux.

Voilà, il ne vous reste plus qu'à récolter les applaudissements et l'admiration du public. Si on vous demande comment vous faites, ne prétendez pas être un esprit divin, répondez seulement : « Un magicien ne révèle jamais ses secrets », phrase accompagnée d'un petit rire malicieux (le rire malicieux est autorisé seulement si le tour est exécuté parfaitement ; sinon, sachez que vous risquez de passer pour un imbécile prétentieux).

Elles prirent le landau à deux chevaux de Margaret afin d'aller profiter de la douceur de l'automne new-yorkais à Central Park. Sur la route, Jenny ne put s'empêcher de remarquer la pâleur effrayante de la médium, indice qu'elle devait peu sortir. L'agent choisit néanmoins de ne pas l'interroger à ce propos, préférant commenter le paysage.

Central Park vers dix-huit heures voyait son feuillage passer à l'orange sous le crépuscule naissant. Jenny aimait s'y promener seule l'après-midi, peu après l'heure de sortie des cours élémentaires. Elle y trouvait toujours un public de jeunes enfants qui constituaient de parfaits cobayes pour ses nouveaux tours. Mais ce que la magicienne préférait pardessus tout, c'était s'entraîner face à son reflet dans la fontaine Bethesda. Le miroir qu'elle avait dans son appartement était piqué par endroits et fissuré à sa base. S'habiller face à lui était désagréable tant il lui renvoyait une image brisée d'elle-même. L'eau, en revanche, par ses ondulations constantes et apaisantes, lui donnait l'impression de s'exercer face à quelqu'un qui non seulement l'aidait, mais veillait sur elle. Et puis il y avait la beauté de la fontaine qui ne cessait de l'inspirer à revenir. Son ange d'airain entouré de chérubins pointait un doigt interrogateur vers la cime des ormes, comme s'il découvrait la nature pour la première fois.

— Chauffeur, arrêtez-vous là, je vous prie, demanda Margaret.

Les chevaux s'immobilisèrent en renâclant devant une étendue d'herbe, envieux de ces femmes qui sautaient de la voiture pour se jeter sur le tapis vert alors que leurs sabots étaient condamnés aux pavés. Margaret et Jenny flânèrent un peu avant de s'asseoir à quelques mètres du Réservoir, le plus grand point d'eau du parc. Ce dernier était entouré d'arbres à l'épais feuillage cachant une ville dont les bâtiments gris poussaient comme des champignons en zone humide. Les seules marques de civilisation de l'endroit étaient les drapeaux américains présents tout le long du bord du lac ainsi que les quelques vélos abandonnés par des mères de famille s'accordant un peu de répit quant à leur vie de famille. Quand Jenny venait ici, elle arrivait à oublier qu'elle était à New York le temps d'une balade.

— Vous savez, j'y repense encore… dit Margaret, assise dans l'herbe.

— À quoi ? lui répondit distraitement Jenny, le regard perdu dans les reflets du lac.

— Au coup de genou que vous avez mis dans le nez de ce type. La tête qu'il faisait avec son pif plein de sang !

Elle souriait.

— J'aurais aimé le lui mettre moi-même, mais je n'ai jamais eu le courage, ça me paralyse toujours, ces situations. Vous faites comment, vous ?

Jenny ne se voyait pas lui expliquer que cela venait de sa mère, qui avait toujours aimé l'amener voir des matchs de boxe clandestins.

— Comment quoi ?

— Eh bien, pour avoir le courage de passer à l'action, vous voyez ? De ne pas juste attendre que ça se passe en espérant s'en sortir indemne. Apparemment, les hommes appellent ça… pardonnez le terme… « avoir des couilles ». Nous, les femmes, on n'a même pas de quoi le désigner, à peine nous est-il permis d'employer l'expression.

Jenny jeta un coup d'œil à la ronde. Personne ne faisait attention à elles. Parfait.

— Levez-vous, madame Fox.

Margaret souleva délicatement sa robe et se redressa avec toutes les grâces d'une demoiselle de la bourgeoisie.

— C'est madame Kane, rétorqua fermement la médium.

Jenny fut étonnée mais décida qu'elle éluciderait ce mystère plus tard.

— Bien, madame… Kane. Le problème de la plupart des femmes, c'est qu'elles craignent la violence parce qu'elles surestiment la douleur des coups. Mais je vous garantis que vous avez eu des règles bien plus douloureuses que n'importe quel crochet qu'on pourrait vous asséner. Pour preuve, nous allons faire un petit jeu. Vous allez me frapper doucement, puis je vais vous frapper un peu plus fort, à votre tour vous augmenterez l'intensité… tout cela jusqu'au moment où l'une de nous souhaitera arrêter.

Margaret eut un mouvement de recul ; ses yeux exorbités trahissaient un mélange de peur et d'indignation.

— Mais je… je ne me suis jamais battue. Et vous ne m'avez rien fait, et puis je…

Smack ! Jenny venait de lui donner une petite claque, qui prit totalement la médium au dépourvu.

— Maintenant, je vous ai fait quelque chose.

La joue avait à peine rosi, mais elle passa rapidement au rouge comme le reste de son visage, sous le coup de la colère et de la honte.

— Vous… vous… vous…

La médium pointa Jenny du doigt puis toucha délicatement son propre visage, hébétée. La magicienne tendit sa tête vers l'avant.

— À votre tour.

Margaret fulminait. Elle amorça un mouvement vers l'avant mais s'arrêta net, préférant présenter fièrement son dos à Jenny.

— Je… Je ne m'abaisserai pas à ces petits jeux.

— Allons, madame Fox.

— C'est madame Kane.

— Pourtant, tout le monde vous appelle madame Fox.

Elle se retourna enfin, bras tendus et poings serrés comme une petite fille en colère.

— Eh bien, ils ont tort. Ils ne savent rien ! hurlait-elle, le visage empourpré par la colère.

— Ou peut-être est-ce vous qui inventez tout ?

Margaret lui assena une gifle si forte que Jenny en perdit l'équilibre. La médium la rattrapa de justesse avant qu'elle ne chute, observant sa victime d'un air accablé, incapable d'évaluer l'ampleur des dégâts de son acte de rage.

— Oh madame Bowell ! Je suis désolée, je ne sais pas ce qui m'a pris.

La magicienne s'accorda un moment pour reprendre possession de ses moyens. Après un court instant qui semblait avoir laissé le temps en suspens, Jenny se laissa aller à un éclat de rire. Margaret l'imita doucement, rassurée d'avoir pu s'en sortir sans avoir causé de dommages. Elle reçut une petite tape sur l'épaule.

— Vous voyez, Margaret, je savais que vous aviez ça en vous. Suffisait juste de vous dévergonder un peu.

La médium regarda sa main comme si c'était la première fois qu'elle la voyait, un éventail de possibilités s'offrant maintenant à elle.

Fatiguées de ces émotions, les deux femmes s'assirent de concert sur le gazon, dans un silence complice.

Margaret caressait la terre avec délice. Ses mains parcouraient les brins d'herbe, effleurant scarabées et fourmis sans les gêner le moins du monde. Elle s'allongea finalement sur ce lit de vies minuscules et contempla le ciel. Jenny l'imita puis bientôt tourna la tête vers la médium. Celle-ci avait l'air ailleurs, si immobile que quelques insectes audacieux commençaient à la prendre pour un rocher à escalader.

— Alors, comme ça, c'est madame Kane ?

— Oui.

Jenny hocha la tête et ramena son regard vers le ciel,

consciente qu'il ne fallait pas insister lorsque les confidences peinaient à venir. Un sentiment de fierté la gagnait : en peu de temps, elle était parvenue à se rapprocher de Margaret, résultat qui ne devait rien à son identité cachée mais à Jenny Marton, la jeune fille qui avait appris seule à se défendre lorsqu'elle testait naïvement ses premières représentations dans les rues dangereuses de Five Points, à Manhattan.

— Désolée, je suis un peu froide. Je ressens encore l'excitation de cette claque que je vous ai mise et… de celle que j'ai reçue.

— Aucun souci, y a pas d'âge pour découvrir tout ce qu'on peut faire avec ses mains, s'amusa Jenny.

La médium esquissa un sourire et laissa même échapper un gloussement.

— Vous me faites rire, madame Bowell. À moins que vous ne préfériez que j'emploie votre nom de jeune fille ?

— Oh, appelez-moi… commença-t-elle d'un ton joyeux avant de s'arrêter au moment où « Jenny » allait sortir de sa bouche.

Elle se mordit la langue, se sentant incroyablement stupide, puis reprit la maîtrise d'elle-même.

— Madame Bowell, c'est très bien.

La médium retrouva son sérieux, le regard dans les nuages.

— Peu de gens le savent, mais je ne suis plus une Fox depuis trente-cinq ans. J'ai gardé le pseudonyme « sœurs Fox » pour faire plaisir à Leah. Selon elle, ça sonnait mieux pour la scène.

Remarquant un petit ver de terre sur ses doigts, elle l'approcha de son visage. L'animal perdu dressa la moitié de son corps vers les deux énormes yeux qui l'observaient.

— Hmm… Madame Kane. Je suis curieuse, mais ça ne le dérange pas, votre mari, tous ces… enfin cette routine. Il ne voudrait pas que vous vous occupiez de votre famille ? Ou peut-être avez-vous une gouvernante ?

Margaret posa délicatement le ver dans l'herbe puis se redressa, laissant le lombric replonger dans la terre protectrice. Jenny se demanda si cette fuite de la conversation était un moyen de protection inconscient.

— Je pose trop de questions. Nous n'avons pas besoin de… enfin, restons comme ça.

Le soleil se couchait en embrasant les arbres. Mais Jenny n'y portait pas attention, se maudissant de ne pas avoir lu toutes les fiches consacrées aux sœurs Fox données par l'agence. Elle aurait pu aborder les passe-temps anodins de la médium, mais voilà qu'elle avait créé un silence gênant des plus difficile à briser. Sous le coup de l'anxiété, les mains de la magicienne se mirent à trembler, sa plus grande hantise depuis qu'elle avait commencé les tours de magie.

— Vous êtes jeune, mais vous avez sûrement entendu parler d'Elisha Kane non ? Le bassin Kane, proche du pôle Nord, ça vous dit quelque chose ? dit enfin Margaret.

Jenny connaissait ce nom, en effet, elle était sûre de l'avoir vu passer lors d'un examen d'histoire : un explorateur, mort peu de temps avant sa naissance, si elle se souvenait bien. Avant qu'elle ait pu formuler une réponse adéquate, la médium reprit :

— Ce n'est pas grave. De toute façon, personne ne le connaissait vraiment. Il s'en fichait de la gloire, elle est arrivée par accident, vous savez ? Ça doit être la malédiction des génies.

La magicienne se souvint finalement des détails sur l'homme à qui elle faisait référence. Ledit Elisha Kane commandait un équipage à la recherche du bateau de John Franklin, autre explorateur disparu dans le froid de l'Arctique. Son équipage et lui s'étaient perdus à leur tour, mais avaient réussi à survivre quatre-vingt-trois jours sur une petite île glaciale avant d'être récupérés par un bateau anglais. Le miracle venait du fait qu'Elisha n'avait perdu que trois des quatre-vingt-dix hommes qui l'accompagnaient, notamment en ayant recours, à son initiative, aux méthodes eskimos pour lutter contre le froid.

— L'autre malédiction des génies, c'est qu'ils ne savent jamais abandonner. Ils sont tellement obsédés par la réussite qu'elle les dévore de l'intérieur. Même quand leur femme essaie de les sauver, ils… ils la rejettent, pensant être des surhommes que rien ne peut arrêter. Mais il y a une chose qui peut arrêter même le plus vaillant des hommes…

— La mort, murmura Jenny.

Le regard de Margaret était perdu sur un nuage teinté de rose en forme d'éléphant.

— Toute une vie passée à répéter que la mort n'était qu'une étape, qu'on pouvait toujours… qu'il suffisait d'une table et de mains réunies pour… Mais lui… lui… quoi que je fasse… il n'a jamais daigné me répondre.

La médium se tourna vers Jenny et lui accorda enfin son regard, plein de nostalgie.

— Peut-être que moi aussi, finalement, j'avais besoin d'un peu de compagnie, dit-elle d'un rire triste.

11

Fiche mission : Les sœurs Fox (1/5)
Fait par Robert Pinkerton

Leah, Margaret et Kate forment un trio autrefois connu sous le nom de « sœurs Fox ». Aujourd'hui il n'en reste que Leah et Margaret, Kate semblant s'être évanouie dans la nature et n'ayant pas été vue depuis environ cinq ans malgré les efforts de nombre de nos agents missionnés pour la retrouver.

Leur histoire **: Par une nuit de mars 1848, alors que Margaret et Kate ont quinze et douze ans respectivement, les deux jeunes filles entendent des bruits étranges dans leur ferme familiale à Hydesville, dans l'état de New York. Bientôt, les adolescentes parlent (ou du moins le prétendent) à un esprit, qui se dit « Monsieur Satan ». Ce dernier répond à leurs questions par des tocs sonores audibles de tous. Leur mère, aussi appelée Margaret (que nous appellerons « leur mère » par commodité et afin d'éviter toute confusion), apeurée, va chercher la voisine. Après avoir vu par elle-même les événements de l'étrange ferme, elle va quérir un autre voisin pour confirmer qu'elle n'est pas folle. Finalement, c'est tout le village qui se rassemble dans la petite maison afin d'entendre ces tocs d'origine inconnue. Monsieur Satan, qui s'exprime par le biais du morse, dit être un jeune colporteur tué par le précédent propriétaire et enterré**

dans la cave. Les villageois présents en viennent vite à la conclusion qu'il faut trouver le cadavre et décident de creuser dans le sous-sol de la maison, sans même demander l'autorisation de la famille Fox. Affolée par le tumulte, la mère fuit l'agitation avec ses deux jeunes filles pour se réfugier chez Daniel, son fils aîné. Une fois les demoiselles parties, non seulement Monsieur Satan devient muet mais les excavations se montrent sans succès.

L'affaire se serait arrêtée là si leur sœur Leah, trente-cinq ans à l'époque, n'avait vu dans cet esprit bavard un moyen de sortir de sa misère sociale. Elle bataille pour la garde de ses sœurs et parvient à l'obtenir, ses parents ne supportant plus les claquements, les fantômes et la curiosité morbide de ce petit village, sans compter la pression de l'Église, le christianisme s'opposant à l'idée même du moindre contact avec des défunts non canonisés.

Margaret et Kate partent donc pour Rochester, où Leah met en place le plan qui les propulsera dans l'élite new-yorkaise.

Jenny hésitait devant la porte des patrons de l'agence. Elle s'en voulait encore de ne pas avoir appris tous les détails relatifs aux sœurs Fox avant sa séance privée ; ses pauvres connaissances historiques lui avaient à peine permis de se rappeler qui était Elisha Kane. Néanmoins, comme le *Guide Pinkerton* l'avait si bien suggéré, Margaret cherchait quelqu'un à qui se confier, et Jenny était en bon chemin pour le devenir.

Avant de frapper, la magicienne essaya de débarrasser sa robe des traces de gazon de la veille. Mais elle savait l'effort inutile, les taches ne partiraient qu'après quelques heures passées à la grosse laverie à l'atmosphère moite en face de son appartement. L'endroit insupportait la magicienne au plus haut point, rempli qu'il était de femmes au regard triste, battant les vêtements dans l'eau savonneuse à l'aide de grands bâtons, seul exutoire de violence dans une existence de refoulement permanent où on leur imposait d'être douce. Comme si nettoyer la saleté des autres était devenu un objectif de vie en soi. C'est lors de sa première visite en compagnie de sa mère que Jenny comprit que, quoi qu'il en coûte, elle n'accepterait jamais une vie de ménagère.

La porte s'ouvrit seule, comme d'habitude.

— Ah, Jenny ! s'exclama joyeusement Robert. J'ai vu une ombre immobile de l'autre côté et je n'ai pas pu endurer le suspense plus longtemps.

Assis à côté de lui, William, bottes en cuir brun sur le bureau, tenait son chapeau de la main gauche et de la droite braquait son Smith & Wesson sur Jenny. Elle fut paralysée, le cow-boy ayant tout l'air d'un homme qui tirait avant de réfléchir.

— Moi non plus, ça doit être de famille.

Il attendit un instant puis rangea l'arme dans l'étui fixé à sa ceinture.

— Bon, ma grande, ça dit quoi de votre côté ? bâilla-t-il.

La jeune femme avança avec les papiers qu'elle avait soigneusement rédigés pour le rendez-vous et les posa sur la table. William les attrapa, en fit une petite boule qu'il jeta dans le feu crépitant de la cheminée.

— Mais qu'est-ce que tu fais ? !

— Frérot, j'ai horreur des comptes rendus de mission, ça enlève toute personnalité et c'est à mourir d'ennui. Vous faites du spectacle, non ? Alors faites-le à l'oral, commanda-t-il.

— Ce n'est pas ton agent.

Robert s'était maintenant levé, surplombant son frère, toujours aussi détendu dans sa position semi-allongée.

— Je sais, Bob, je sais. Déjà, moi, j'emploie pas de femmes. Ça évite qu'elles fassent des crises nerveuses et frappent d'autres agents sous les yeux des cibles. Pas très professionnel, agent Jenny.

— Votre homme molestait Margaret, protesta la magicienne.

— Il la fouillait.

— Il lui touchait les seins !

William se redressa, clouant avec fracas ses bottes au sol. Il sortit le colt de son holster et le déposa sur la table tout en maintenant une main dessus.

— Vous savez, ma grande, je vous trouve bien à l'aise pour une jeune fille ayant commencé chez nous il y a quelques jours à peine. Vous croyez que parce que vous arrivez à sortir une carte de derrière mon oreille je vais plus vous faire confiance qu'à un type qui risquerait sa vie pour moi sans y penser à deux fois ? En plus, il me semble que c'est grâce à lui que vous avez eu votre petit moment privilégié avec Margaret, non ?

Ses doigts tapotaient le canon directement dirigé vers Jenny, qui en resta muette et blême.

— C'est pas parce que je suis un peu sanguin que j'en suis moins un Pinkerton. J'ai vu votre réaction quand vous êtes entrée. Ça joue la dure mais vous êtes qu'une vraie bonne femme dans le fond, alors vous avisez plus de jouer à la maline avec moi.

Robert décala le canon pour qu'il se dirige vers la cheminée.

— Range ça.

— T'es de son côté ?

— Range ça, je t'ai dit !

William jaugea le visage de son frère. L'habituelle étincelle rieuse avait disparu de son regard, ses traits exprimaient un sérieux sans équivoque. À contrecœur, il raccrocha le pistolet à sa ceinture.

— Faut toujours que tu te comportes comme un abruti, hein ? Ça te suffit pas de faire l'imbécile en mission et de tout résoudre à coups de canon et de flammes ? Non, non… Môôôôssieur doit aussi effrayer notre meilleur atout pour une enquête dans laquelle on patauge depuis des années. Bravo, vraiment, tu te surpasses chaque jour, mon cher frère.

William s'était de nouveau allongé, les pieds sur le bureau, renfrogné derrière son chapeau, prononçant quelques mots dans sa barbe faute de trouver une véritable repartie.

— Bref, vu que mon frère a brûlé votre rapport, auriez-vous l'amabilité de nous faire un bref résumé de la séance privée, ma pe… Jenny ? reprit l'aîné en se tripotant la moustache.

La magicienne n'avait pas bronché durant cette dispute familiale. Contenant à grand-peine son émotion, elle se remémora la veille.

— Je me suis rendue à la séance privée, j'ai eu la chance de la faire avec Margaret. Apparemment, vu que… vu que je lui avais sauvé la mise durant la séance publique, elle a expressément demandé à assurer ma consultation elle-même.

William, fier de lui, tira son chapeau.

— Et à cette séance… bien que je le lui aie demandé, elle n'a pas vu mon faux mari Henry.

Robert s'avança un peu plus.

— Il y a eu les tocs ?

— Oui, mais ils n'étaient pas pour mon défunt, un autre esprit est venu. Un soldat nordiste qui…

Jenny fit une pause.

— … qui semblait me connaître mais pas sous le nom d'Hazel, il a donc refusé de me parler.

William ne put retenir un fou rire tonitruant manquant de le faire tomber à la renverse.

— Will, calme-toi.

Le cow-boy reprit enfin son souffle et tapota l'épaule de son frère.

— Cinq jours. Ton agent a tenu cinq jours avant que les sœurs Fox grillent sa couverture.

Robert dégagea une cigarette d'un paquet cartonné d'Admiral et l'alluma nerveusement à la bougie. Il tira une longue bouffée.

— Je ne me suis fait griller par personne, rétorqua froidement la magicienne, Margaret et moi avons sympathisé et nous sommes même allées discuter dans Central Park après la séance. Ce que vous auriez su si vous n'aviez pas brûlé mon rapport. Selon elle…

— Alors ? Ça veut dire quoi tout ce cirque ? Cet esprit qui veut pas vous parler… C'était pas un moyen de vous montrer qu'elle vous a démasquée ?

Jenny avança la main et prit une cigarette dans le paquet, portant carrément la chandelle à ses lèvres pour l'embraser. Elle sentit immédiatement la fumée âcre envahir sa gorge et ses poumons. Bien qu'elle n'aimât pas le tabac, elle trouvait que cela lui donnait un côté dramatique et mystérieux approprié à la situation.

— William, je suppose que vous n'avez pas lu la fiche à mon sujet, Robert en ayant forcément rédigé une me concernant. Je vais donc vous mettre à jour. Mon père Gustave Marton était un Français immigré à New York dans les années cinquante. Quand la guerre civile a éclaté, il s'est immédiatement enrôlé dans l'armée nordiste et il est malheureusement mort dans l'une des rares batailles perdues par l'Union, celle de Poison Spring. Je ne l'ai jamais connu, il s'était engagé dans la guerre avant même que je naisse. Tout ce que j'ai reçu de lui, c'est un carnet impersonnel sur la magie. Ça lui semblait impossible que l'Union perde, on avait tellement plus de troupes et d'équipement, il n'a même pas envisagé qu'il pourrait… ne pas en revenir.

— Et ? L'est belle votre petite histoire mais quel rapport avec Margaret ?

— Tu sais observer Will, mais pas écouter. À ton avis, qui était cet esprit ? intervint Robert.

William regarda son frère avec dédain.

— Mais j'ai très bien compris mon petit Bob, excuse-moi de donner un peu de crédit à ton agent. Je ne peux pas croire que tu aies engagé une femme qui se soit fait corrompre en même pas deux séances.

Il se retourna vers Jenny.

— Parce que c'est ça que vous alliez nous dire, non ? Qu'il s'agissait du VÉRITABLE esprit de votre père ? Que ce n'était pas juste un mensonge balancé à la va-vite par une femme qui fait ça depuis quarante ans ?

Il approchait d'elle son visage un peu plus à chaque phrase.

— C'est vrai qu'il y en avait si peu, des soldats nordistes morts pendant cette petite guerre. Juste trois cent soixante mille ! Mais non, NON, cet esprit vous a reconnue, vous ! Il vous suit depuis toujours ! Il vous a vu grandir ! Oh, il est si fier de vous.

— Pas besoin d'être blessant, monsieur Pinkerton, je cherche juste la vérité. Mais, à l'inverse de vous, je considère toutes les possibilités.

William se leva et saisit la veste sur sa chaise.

— Vous le savez peut-être pas, ma grande, mais Bob et moi on était aux premières loges du massacre. Notre père était le chef des services secrets de Lincoln à l'époque, et croyez bien qu'il a pas laissé ses deux fils se tourner les pouces. À quatorze ans, il m'a fait assistant d'un forgeron de Tuskegee en Alabama, en plein milieu des forces sudistes. L'artisan était notre source sur place, Ben, qu'il s'appelait. Un type charmant à la gueule d'ange qui n'a pas hésité à me prendre sous son aile. Devait pas avoir plus de vingt-cinq ans…

— Will, il n'y a pas besoin.

William l'ignora et se rapprocha encore de Jenny.

— Et Ben, il supportait pas de voir des gens se faire vendre en place publique. Chaque fois qu'il y avait une vente d'esclaves, fallait toujours que des types autour leur balancent des pierres, des choppes de la taverne d'à côté ou même simplement des merdes de chevaux séchées qui traînaient sur la route. Et ces Noirs, même quand un caillou leur éclatait le front, ils bougeaient pas. Parce qu'ils savaient que s'ils tombaient, ils étaient faibles. Et personne voulait d'un esclave faible. Alors, pour ceux qui chutaient, c'étaient les coups de bâton, parfois quand ils étaient encore au sol et jusqu'à ce qu'ils se relèvent. Et s'ils se relevaient pas, les assistants du vendeur les amenaient dans le fond pour pas gâcher la vente. Et Ben, tout ça, ça le faisait vomir. Pas juste des haut-le-cœur hein. Lui il lâchait son petit déj, tout ce qu'il avait pu grailler plus tôt dans la matinée. Voir une vente d'esclaves lui donnait des nausées si violentes que ça l'empêchait de travailler pour le reste de la journée, et c'est sa femme qui venait le remplacer pendant qu'il restait cloué au lit à côté d'un petit pot de chambre en fer qu'il avait confectionné lui-même. Il s'est longtemps demandé si c'était une allergie aux Noirs, mais moi je savais que c'était quelque chose d'autre, un truc enfoui en chacun de nous. Ce qui faisait vomir Ben, c'était son empathie.

— Will, on a autre chose à faire qu'écouter tes souvenirs de guerre.

Jenny leva la main.

— Désolé patron, mais je suis intriguée.

Elle tira une bouffée de sa cigarette et croisa ses bras sur sa poitrine.

— Allez-y William Pinkerton, racontez-moi la fin de l'histoire.

Le cow-boy eut un sourire satisfait.

— J'ai travaillé un an, quatre mois et dix-huit jours avec lui. J'ai appris à fabriquer plein de trucs utiles, comme cette réplique de Smith & Wesson, dit-il en désignant son holster. De plus, il m'a accueilli chez lui et m'a traité comme l'aîné de ses enfants. Je faisais pratiquement partie de sa famille. Mon rappel à la réalité était ma mission. Un soir par semaine, j'apportais la liste des armes demandées par le général sudiste local à un agent de mon père qui se trouvait à Auburn, une ville voisine. C'était l'unique but de notre mission, à Ben et moi, des informations. Mais ce petit forgeron voulait en faire plus. Il ralentissait toute la chaîne d'arrivage, envoyait les commandes de métaux en retard ou à la mauvaise adresse, n'alimentait pas toujours les feux de la forge, n'entretenait pas bien ses outils… De petits gestes qui lui donnaient le sentiment de se rebeller contre cette politique sudiste dans laquelle il ne se reconnaissait plus. Ce qui intéressait mon père, c'étaient juste les listes de commande, le reste il s'en fichait, mais je voyais bien le petit sourire de Ben quand il écrivait des chiffres illisibles pour sa commande de charbon et de fer.

William prit une grande inspiration.

— Et puis, évidemment… Ils sont venus un soir. Quatre types en vareuses grises. Ils l'ont emmené vers un procès joué d'avance qui s'est terminé à l'extérieur de la ville.

Sa femme hurlait « Pourquoi ? Pourquoi ? » sans cesse, mais les gars l'ignoraient. Une fois la liste des accusations lue, ils l'installèrent sur une petite estrade en bois, attachèrent une corde à son cou, et un type barbu activa la trappe l'air blasé, comme si ça lui faisait ni chaud ni froid. Il me semble que Ben est mort sur le coup, en tout cas, il s'est pas débattu. Peut-être pour sa femme, peut-être pour ses enfants, peut-être pour moi. Personnellement, j'aime à croire que même à la fin de sa vie, il était en rébellion et qu'il ne voulait pas donner à ses bourreaux la satisfaction de le voir souffrir.

— C'est bon, t'as fini ?

William prit le petit paquet de cigarettes tout en ignorant son frère.

— Visiblement, mon contact à Auburn avait craché le morceau dans un saloon après avoir bu un whisky de trop. Vu que j'étais encore quasiment un enfant, ils m'ont même pas considéré comme un criminel et ont dû croire que j'étais sous l'influence de Ben, sans même me poser de questions.

— Je suis désolée, William.

Il sortit une allumette d'une petite boîte et mit le feu au carton blanc frappé de l'aigle bleu d'Admiral qui les contenait. La flamme consuma le carton et le papier dans une longue flamme orangée. Finalement, il jeta le tout dans la cheminée.

— Les quatre types qui l'ont arrêté, je les ai suivis après la pendaison. Le soir d'après, tard dans la nuit, je me suis infiltré dans leur camp. J'ai trouvé la tente où ils dormaient... puis je l'ai arrosée de pétrole avant de jeter une allumette dessus. Sur le coup, je me suis même pas rendu compte de ce que je faisais ; c'était comme si j'étais ailleurs, que mon corps avait agi de lui-même. Lorsque j'ai repris mes esprits, j'étais sur un cheval en direction de New York. Plus tard, j'ai appris que l'incendie s'était propagé sur tout le campement, retardant une poussée sudiste décisive dans le Kentucky. En une soirée, j'ai été plus efficace qu'en un an de travail chez Ben.

Les yeux de William reflétaient la fumée grise du tabac qui s'échappait maintenant de la cheminée.

— Vous voyez, mademoiselle Marton, de temps en temps, parler ne suffit pas. Parler, c'est s'exposer, c'est être pris à son propre jeu, comme vous l'avez été avec Margaret. Non, parfois, seul le feu aide à avancer. Avec Ben, je regrette juste qu'il soit arrivé trop tard.

Un silence pesant s'installa, bientôt rompu par Robert qui se leva à son tour.

— T'es vraiment fier de cette histoire? Hein? Tu la racontes à chacun de mes agents pour faire croire que t'es un vrai dur. Mais ils voient tous à travers toi, Will. Ils voient bien qu'au fond t'es toujours ce gamin apeuré de quatorze ans qui se pisse dessus chaque fois qu'il a un bon de commande en main. T'impressionnes personne. Et vois-tu, si ça ne nuisait pas à l'enquête, je m'en ficherais complètement, de ton numéro pitoyable.

— Rassieds-toi, Bob, intima William, alors qu'il cherchait le pistolet, lequel, à sa grande surprise, ne se trouvait plus dans l'étui.

Le cow-boy jeta un regard vers Jenny qui n'avait pas bougé, cherchant presque à s'effacer, puis se retourna finalement vers son frère.

— Chaque fois qu'il y a un argument que tu n'aimes pas, tu le sors. Je me suis donc préparé, nargua-t-il en exhibant le pistolet avant de le ranger dans un tiroir du bureau. Maintenant, tu vas t'excuser auprès de mon agent.

William, fulminant, ne dit rien et se dirigea vers la porte. Mais avant de l'avoir atteinte, le loquet se bloqua automatiquement. Il agita violemment la poignée. Sans succès.

— Je l'ai fait installer rien que pour toi, mon petit Will. Tu ne peux pas passer ta vie à fuir.

Le cadet se retourna et applaudit lentement en retournant vers Robert à pas lourds. En les voyant, Jenny peinait à croire que ces deux-là puissent être du même sang tant tout les opposait. William, fin, barbu, le regard de ceux qui en ont trop vu, dégageait une profonde tristesse quand il redevenait calme. Pourtant, en ce moment, une rage frénétique sourdait de tout son être alors qu'il se rapprochait de son aîné. On aurait cru un chat s'avançant lentement vers sa proie avant de lui sauter dessus. Robert, de son côté, était le vieil éléphant que rien n'impressionne. Si l'enquête semblait l'empêcher de dormir vu l'ampleur de ses cernes, ses muscles étaient tendus et prêts à recevoir l'impact. William feinta un crochet du droit avant d'en décocher un du gauche, mais Robert avait anticipé l'assaut et, grâce au bureau qui les séparait, eut largement le temps de parer le coup tout en gardant une main appuyée sur son espace de travail. Il tira violemment William en avant, qui bascula sur la pile de papiers, puis lui administra une clé de bras qui immobilisa le cow-boy sur le bureau. Robert prit le chapeau de son frère et le mit délicatement sur sa tête de sa main libre alors que William gesticulait en essayant de se défaire de son emprise. La bataille était finie avant même d'avoir commencé.

— Les règles ont changé depuis les échanges de notre adolescence. Tu as toujours été fort et rapide, mais face à…

À sa grande surprise, Robert se fit à son tour immobiliser le bras qui ne tenait pas son frère, le paralysant complètement.

— Bon, c'est fini les concours de qui a la plus grosse ? lança Jenny.

Robert avait sous-estimé la force de son agent. Même si c'était son bras faible, la différence de poids aurait dû faire céder la jeune femme, mais celle-ci ne lâchait rien. Il savait que s'il libérait l'entrave de son frère pour se libérer, il aurait droit à un coup de poing qui lui donnerait un bel œil au beurre noir. Jenny avait elle aussi compris la situation.

— Vous allez m'écouter, maintenant. Quand on a travaillé ensemble ça a bien marché, non ? Quel autre agent a pu avoir une séance privée après seulement une participation au spectacle ? Aucun. Et, William, je n'oublie pas que c'est notamment grâce à votre sous-fifre que j'ai pu y arriver, même si j'ai trouvé sa méthode de mauvais goût. Je suis et je reste une agent de Robert, mais je travaille pour votre agence à tous les deux. Et ce que l'on recherche avant tout, c'est la vérité… qu'on n'obtiendra pas, même si on fait flamber tous les salons de médiums de New York. Tant qu'on n'a pas percé leur secret, on ne peut pas discréditer les sœurs Fox, et le mouvement spirite ne fera que s'étendre. Est-ce que vous êtes d'accord ?

— C'est ce que j'ai toujours dit, s'exclama Robert.

Le cow-boy restait silencieux.

— William ? demanda Jenny.

— Dites-lui de me relâcher.

— Sans rancune ?

William resta encore silencieux. Jenny desserra son emprise sur Robert qui lui jeta un regard furieux.

— Allez, libérez-le, vous me virerez plus tard.

Il s'exécuta. Immédiatement, William se mit debout et prépara une contre-attaque. D'un geste rapide, il banda les muscles de son bras droit et les propulsa vers le visage de Robert. Ce dernier, pris au dépourvu, ferma les yeux en attendant le coup… qui n'arriva pas. Quand il les rouvrit, William avait repris son chapeau qu'il posait sur son crâne.

— Rends-moi aussi mon pistolet, s'il te plaît, dit-il sans croiser le regard de son aîné, évitant de faire face au responsable de sa dignité blessée.

Jenny récupéra l'arme dans le tiroir du bureau et la tendit à son propriétaire.

— Merci.

Il alla devant le petit miroir en coin de l'autre côté de la salle et remit ses vêtements et sa coiffure en place.

— Je crois qu'on l'a toujours su, hein, Robert ?

Son frère ne l'appelait jamais Robert, mais il n'y avait pas eu une telle dispute entre eux depuis dix ans.

— Will, je me suis emporté. Jenny a raison, peut être que la collaboration…

— Non, voilà quatre ans qu'on travaille ensemble et on

n'a rien accompli. C'est peut-être ça qui nous freine. Toi, t'aimes le faire à l'ancienne, comme papa. Moi… disons juste que j'ai mes manières, j'aime innover.

— T'es en train de dire quoi, là ?

— Je suis en train de dire que c'est fini entre nous. Pinkerton ne peut plus continuer ainsi. L'agence doit prendre une direction, pas rester dans cet entre-deux où nos agents font tout et leur contraire. On ne peut pas en avoir qui tabassent les cibles pour les faire parler et d'autres qui deviennent si amies avec qu'elles sympathisent à leur cause.

— Eh ! j'ai pas sympathisé, j'ai juste…

— Jenny, ce n'est pas le moment. Alors ? Tu proposes quoi ?

— Laissons l'affaire des sœurs Fox déterminer ça. Les cent mille dollars de la récompense seront suffisants pour remettre l'entreprise à flot. Celui qui les récupère devient le seul et unique patron de l'agence Pinkerton.

Robert était sans voix. Quelques secondes s'écoulèrent avant qu'il se reprenne.

— Et l'autre ? se contenta-t-il d'interroger prudemment, rompant d'un coup un silence qui alourdissait l'atmosphère.

— Il pourra rester… en tant qu'agent, je suppose.

Jenny s'interposa.

— Mais enfin, vous n'avez rien écouté de ce que j'ai dit ou quoi ? Vous n'en avez pas marre d'être aussi stupides à quarante ans passés ? Et, attendez, vous avez dit combien pour la récompense ?

Le loquet de la porte se déverrouilla.

— Très bien, dit Robert, que le meilleur gagne.

William sortit et secoua son chapeau.

— Je te laisse les bureaux en attendant, j'ai jamais été un homme à paperasse, ponctua-t-il avant de disparaître dans le couloir.

Robert se rassit lourdement, comme si le poids du monde venait de s'abattre sur ses larges épaules.

— Robert…

— Sortez, laissez-moi, dit-il sèchement.

Il tourna finalement la tête vers son agent. Elle scruta ses yeux mais tout ce qu'elle y décela fut de l'incompréhension effrayée.

— S'il vous plaît, Jenny, j'ai besoin d'être seul, se radoucit-il.

Elle obtempéra, rassembla ses affaires et sortit discrètement. Une fois dans le couloir, elle vit la petite porte se fermer difficilement, lui cachant peu à peu un Robert Pinkerton immobile, la tête coincée entre les mains.

Jenny considéra un instant la possibilité de rentrer chez elle et d'attendre de plus amples instructions. Mais le choix le plus professionnel était d'attendre là que son patron retrouve assez de calme pour voir ensemble quelle voie l'enquête devait prendre. Elle alla chercher une chaise posée au fond du couloir et s'installa devant le bureau clos. Après avoir repensé à la scène incongrue à laquelle elle venait d'assister, elle sortit le *Guide Pinkerton* de son sac, entretenant le vague espoir que leur père avait laissé, dans l'ouvrage, un indice qui l'aiderait à comprendre les origines du comportement de ces deux énergumènes.

12

Guide Pinkerton du parfait agent par Allan Pinkerton

Simuler une famille

Dans notre société moderne, il est rare qu'un individu n'ait pas déjà eu au moins un enfant quand il arrive en âge de travailler. Mais alors que j'écris ce livre en l'année 1871, je sens bien que les mœurs évoluent et que la guerre civile a bouleversé la société. Il se peut donc que vous ayez, cher lecteur, décidé de ne pas engendrer de progéniture. Évidemment, cela est fâcheux, déjà parce que cela voudrait dire que vous ne transmettrez pas les connaissances que vous avez acquises à l'agence, et Dieu sait que l'agence aiguise notre perception du monde, mais, surtout, parce que vous rateriez le sujet de conversation avec lequel il est le plus facile de se lier aux autres : les enfants.

Cette partie vous apprendra donc comment parler de vos bambins fictifs selon leur âge. Personnellement, j'ai eu deux garçons à deux ans d'écart, alors je vais vous parler de mon expérience avec ceux-ci :

(Afin de simplifier la lecture, je me baserai sur l'âge de mon aîné, prénommé Robert, que j'appellerai ici Bob. Le plus jeune est William, auquel je ferai allusion sous le diminutif de Will.)

0-6 ans : Les préoccupations des parents sont simples : garder l'enfant en vie alors que celui-ci ne cesse de se mettre en danger. Le bébé n'arrête pas de porter n'importe quoi à sa bouche et de vouloir toucher à tout. Lors d'une enquête, vous pouvez donc raconter le jour où il a voulu poser sa main sur la cuisinière alors que vous l'aviez prévenu que c'était brûlant. Si vous êtes une femme, n'hésitez pas à jouer sur la solidarité féminine en évoquant les langes à changer et l'enfer du lavage de ce genre de choses. J'ai vu mon épouse s'en occuper et cela m'a retourné le cœur. Joan, si tu lis ces lignes, sache que seule ta beauté égale ton courage.

6-13 ans : Si vous avez choisi, pour votre couverture, d'être le parent d'une fratrie nombreuse, sachez qu'entre six et treize ans naît souvent entre deux frères une jalousie qui peut néanmoins s'accompagner d'un sentiment paternaliste de l'aîné envers son cadet. Chez nous, alors que Bob était un enfant calme qui révisait sagement ses leçons en fin de journée, Will, lui, se montrait impatient de sortir de l'école pour courir dans les herbes sauvages ou monter en haut d'un arbre afin de voir les limites de l'horizon.

Un beau jour, alors qu'il grimpait le tronc d'un grand pin, Will a glissé. Rien de bien grave si ce n'était une écorchure assez impressionnante pour qui n'avait jamais vu de plaie ouverte. Depuis cet accident, Bob l'a accompagné dans chacune de ses sorties. Un rapprochement qui les a conduits à s'intéresser l'un à l'autre. Will a pu dès lors s'initier à l'art subtil de l'arithmétique et des lettres tandis que Bob a appris à observer et apprécier toutes les multiples beautés, même les plus infimes, que la nature lui offrait.

13-16 ans : La période difficile, celle où les garçons commencent à se rebeller et à s'intéresser aux jeunes filles sans savoir comment l'exprimer. N'hésitez pas, si vous êtes un homme et avez évoqué avoir des fils, à raconter comment vous les avez emmenés se faire dépuceler à la maison de passe locale. Will était, je m'en souviens, incroyablement inconfortable. Toutes ces femmes parmi lesquelles il pouvait choisir l'intimidaient énormément. C'est finalement une jeune fille à peine plus âgée que lui qui a fait le premier pas. « Une nouvelle recrue », m'avait dit la tenancière : « Peu d'expérience mais elle a en horreur les hommes âgés, alors elle se rue volontiers sur les petits jeunots tels que votre garçon. » Après cette « expérience », j'appris par son frère qu'il se rendait régulièrement dans l'établissement, non seulement pour refaire la chose mais aussi pour passer du temps avec la jeune femme qui l'avait initié aux plaisirs de la vie. Alors que j'étais sur une enquête, je le vis même une fois au parc en compagnie de la jeune prostituée, observant béatement des canards.

16 ans et plus : Votre enfant se transforme et devient un adulte. Si vous avez des garçons, ils vont généralement faire un métier dans la même branche que leur père. Mes deux gars n'ont pas hésité à devenir des agents Pinkerton.

William eut la malchance de tomber sur une mission à Tuskegee qui tourna mal. Quand il revint, je le reconnus à peine. De retour à New York, il ne voulut même plus voir sa prostituée. Il resta dans cette ville peu de temps avant de s'exiler dans le désert du Midwest, afin de vivre loin d'une civilisation qui l'avait traumatisé.

Quant à Robert, depuis sa première mission, rien ne lui échappe, il excelle dans l'écoute, affiche un

parfait contrôle de ses émotions. Tempérance et prudence, les qualités d'un agent en couverture. Revers de cette vertu, sa sur-attention lui a coûté le sommeil. Apprenez que devenir un bon agent ne se fait pas sans sacrifices.

Voilà que, moi, le rigoureux, j'ai osé verser dans le sentimentalisme à travers ces quelques lignes. Croyez-moi : il ne s'agit en rien d'impudeur ou d'exhibitionnisme, mais d'un exercice de franchise pour mieux délivrer des conseils concrets. Toujours est-il que mes garçons, si complémentaires, forment une équipe formidable parce que chacun incarne le meilleur de moi-même. Je n'ai aucun doute qu'ensemble ils feront grandir l'agence et s'occuperont de vous donner le meilleur soutien possible pour votre mission.

La porte du bureau s'ouvrit après un délai que Jenny n'aurait su déterminer. Alors qu'elle retournait dans la pièce, la magicienne remarqua que le feu dans l'âtre commençait à faiblir, faisant rougeoyer des traces de mains sur le front d'un Robert comme incrusté dans son fauteuil en cuir capitonné.

Le détective leva la tête, son stylo-bille aux lèvres, les yeux hagards.

— Donnez-moi une raison de ne pas vous virer, mademoiselle Marton.

Il cracha l'objet qui l'empêchait de parler correctement.

— Prouvez-moi que je ne me suis pas trompé, que j'ai choisi la bonne méthode, la bonne alliée ! dit-il d'une voix paniquée.

Elle prit le stylo et le fit tourner sur la jointure de son pouce. Sa main droite offrait un axe de rotation, sa gauche donnait de la vitesse. Néanmoins, l'objet avait du mal à tourner. Tel un rouage grippé, le mouvement manquait de fluidité.

— Je peux pas faire ça, monsieur Pinkerton, admit la jeune femme, car je n'ai aucune idée de ce que le futur nous réserve. Il se peut que, à peine sorti de l'agence, votre frère ait rencontré une source cruciale qui lui permettra de résoudre l'affaire dès demain.

La rotation du stylo était maintenant lente mais constante.

— Et il se peut qu'il vous fasse payer votre rivalité fraternelle en vous interdisant à tout jamais de travailler chez Pinkerton, vous laissant à la rue. Vous n'auriez alors d'autre choix qu'une reconversion en policier traditionnel, laissant la plupart de vos enquêtes irrésolues ou, pire, vous occupant de dossiers insipides tels que la panne des premiers lampadaires électriques sur la quatorzième.

Le stylo tournait maintenant comme une roue de calèche en équilibre.

— Faites attention, c'est un cadeau.

Il disparut soudain des doigts de Jenny, comme évaporé.

— Mais soyons réalistes, il y a peu de chances que cela arrive. L'agence Pinkerton est entrée dans une course contre la montre, non seulement face à ses concurrents, mais aussi face à elle-même. Et nous sommes tous devant la même question : d'où viennent les bruits ?

Jenny baissa sa main droite et un petit son métallique se fit entendre.

— Votre bras droit.

La magicienne sortit le stylo de la manche de son bras gauche, le fit circuler et tournoyer entre ses doigts puis l'envoya à son patron.

— Vous ne pouvez pas me virer, « Bob », car même si vous avez passé votre vie à apprendre à regarder, vous avez toujours été du côté de ceux qui dupent. Le mensonge fait tellement partie de votre quotidien que vous ne connaissez que cette façon de faire. Les temps changent en permanence, et voilà qu'est venu le moment où n'en faire qu'à sa tête ne suffit plus, vous avez besoin de moi.

Le détective essaya à son tour de faire passer le stylo entre ses doigts. Même s'il manquait de dextérité, l'objet tourna lentement autour de son pouce avant de tomber.

— Vous donniez les coups avec votre main gauche pour justifier sa présence et mettre discrètement le stylo dans celle-ci au moment de la disparition. J'avoue que c'est malin.

Il récupéra le stylo à terre et, cette fois-ci, réussit à faire un tour complet sans qu'il glisse de ses mains.

— Cette ruse ne justifie en rien que vous vous rangiez du

côté des cibles que je vous ai assignées. Dites-moi que vous ne croyez pas aux stupidités que Margaret vous a racontées.

Les braises rougeoyantes reprirent un peu de vigueur quand Jenny ajouta une bûche. Elle activa le soufflet jusqu'à ce que les flammèches viennent dévorer l'écorce, émettant une légère fumée blanchâtre.

— Jenny…

— Vous m'avez prise pour enquêter, monsieur Pinkerton. Ma mission n'est pas encore…

Le stylo s'écrasa cette fois au sol. La magicienne reporta son attention sur la cheminée pour ne pas affronter le regard accusateur de Robert, trouvant réconfort dans le feu, dont elle avait toujours aimé observer les mouvements imprévisibles. Si une magie existait bel et bien, c'était celle qui arrivait à transformer un arbre centenaire en source de lumière et de chaleur grâce à une simple étincelle.

Le brasier s'éteignit brusquement en une gerbe de vapeur quand Robert y renversa une carafe d'eau. L'âtre ne fut bientôt qu'un tas de suie et de cendres noires humidifiées agonisant en un grésillement aigu. Le détective s'agenouilla devant la cheminée, à côté de son employée.

— Vous avez raison, Jenny. Je ne peux pas vous virer, mais pour le moment je ne peux pas non plus vous faire confiance. Et si j'ai accepté votre conduite jusqu'ici, désormais la donne a changé. C'est mon agence qui est en jeu. Alors j'ai besoin que vous entendiez ceci : votre père, Gustave Marton, qui je suis sûr était un saint homme, n'est plus. La mort l'a emporté en ne laissant derrière elle qu'un tas de viande dans une boîte en bois que les vers, taupes et je ne sais quels autres animaux vivant sous terre se sont fait une joie de dévorer. Il en adviendra de même pour moi et sûrement pour vous. C'est la vie, Jenny. Ou plutôt, c'est la mort. Et on ne pourra pas démasquer ces menteuses tant que vous ne parviendrez pas à l'accepter.

— Je l'ai toujours accepté, monsieur Pinkerton. Mais je peux aussi reconnaître que je ne sais pas tout et que l'on apprend souvent le plus là où on s'y attend le moins.

Robert désigna le petit sac en cuir.

— *Les Chemins de l'Illusion* se trouvent là-dedans, n'est-ce pas ?

Jenny leva le ton, se sentant insultée.

— Vous vouliez une experte en prestidigitation, vous en avez une. Je suis face au tour le plus insoluble du siècle, alors permettez-moi d'examiner toutes les possibilités avant de me plier à vos conclusions.

Le détective la regarda, dépité.

— J'aurais dû savoir que vous étiez une tête de mule, soupira-t-il. Mais, je ne sais comment, vous êtes la seule à avoir réussi à nouer un contact avec une Fox.

Il sortit un petit papier sur lequel il griffonna.

— Je me suis arrangé pour vous réserver une autre séance privée. Demain. Tâchez d'être à la hauteur de l'occasion que je vous offre.

Jenny reprit un peu contrôle d'elle-même.

— Alors, ça ne vous dérange pas que… enfin, que j'ai des doutes ?

— L'agence change, mademoiselle Marton, les frères Pinkerton ne sont plus. Peut-être que ce qui nous manquait c'était de chercher la vérité au lieu de chercher le coupable. Allez, maintenant circulez, agent, et ne vous avisez pas de me laisser perdre face à mon frère, je ne supporterais pas de l'entendre me donner des ordres à longueur de journée.

Juste avant de sortir, Jenny ne put résister à poser une dernière question qui la taraudait.

— Qui est prêt à payer cent mille dollars pour les sœurs Fox ? s'enquit-elle d'un air mutin.

— Occupez-vous de Margaret, et laissez à l'agence le soin de récupérer la récompense. Sachez juste que si vous exécutez votre mission à bien, vous aurez une prime en conséquence, dit-il avant de replonger la tête dans la paperasse éparpillée sur le bureau.

13

Fiche mission : Les sœurs Fox (2/5)

Margaret et Kate se retrouvent à Rochester chez leur sœur aînée Leah, poussées à cet exil par des parents qui ne savent que faire de deux jeunes filles un peu trop spéciales pour l'Église catholique.

Heureusement pour celles-ci, la Révolution industrielle produit de nombreux miracles aux États-Unis, reléguant vite dans l'oubli les incidents de la ferme de Hydesville. Sans l'intervention de Leah, l'aventure se serait éteinte de sa belle mort en cette année 1841.

Avant de se pencher sur la suite, il est important de s'intéresser à la moins médium des trois sœurs : Leah Fox.

Née en 1813, elle montre rapidement des talents pour le piano qui la prédestinent à en devenir professeur. Elle se marie à quatorze ans, âge fort jeune, même à cette époque d'unions précoces. Son mari fugue pour des raisons inconnues, juste après l'avoir mise enceinte. Ni veuve ni bonne à marier, Leah est dans une situation précaire et ne parvient à subsister que grâce aux cours de piano qu'elle donne, l'un des rares métiers autorisés aux femmes en ce temps-là.

Lorsque Leah voit ses cadettes arriver, elle comprend que le destin frappe à sa porte. Ses sœurs sont le ticket d'entrée vers un monde meilleur, le sésame qu'il serait stupide de ne pas prononcer.

Elle commence par mettre en avant leur talent auprès d'amis membres d'un mouvement de Quakers new-yorkais, une branche de l'Église anglicane libre de toute hiérarchie qui croit en une religion personnelle et adaptable. Le cercle parfait pour faire germer et grandir le spiritisme. Après quelques représentations gratuites, les Quakers sont convaincus par les talents de médium et dissolvent leur branche pour devenir le mouvement spirite.

En quelques mois, le mouvement compte plusieurs centaines d'adeptes. La vague se forme. Et va bientôt prendre de l'ampleur.

La pièce réservée aux séances privées avait conservé son atmosphère particulière, entre froideur et mysticisme, lieu intime et antichambre vers un monde peuplé de défunts. Un frisson parcourut la peau de Jenny malgré elle. Margaret, de son côté, semblait plus détendue que lors de la précédente visite. Et, même, visiblement heureuse de recevoir son « amie ».

— Pfiouu, quelle journée. Une de mes clientes avait son mari qui lui demandait de cesser d'être aussi dure avec ses enfants. Elle ne voulait rien entendre, essayant sans cesse de changer de sujet, de l'interroger sur l'évolution de la météo pour les jours à venir ou sur ce qu'allaient devenir ses investissements dans les mines de charbon. Et lui, il lui disait d'arrêter de les priver de repas dès qu'ils salissaient leurs vêtements. Un vrai dialogue de sourds.

La médium observa un instant sa cliente et son voile noir de veuve, puis se mordit la lèvre afin de faire redescendre cet enthousiasme peu professionnel. Après un court silence, Jenny leva le tissu et sourit.

— Ton travail n'est pas facile tous les jours.

Margaret lui rendit son sourire, prête à discuter de ses rencontres les plus étranges de la journée, mais la pendule de son énorme horloge sonna, la rappelant à son devoir. Elle vérifia que la nappe n'était pas froissée et s'installa confortablement sur sa chaise, les paumes face au ciel, prête à démarrer. Jenny s'assit à son tour et posa ses mains dans celles de Margaret, anxieuse à la perspective de retomber sur le soldat nordiste. À vrai dire, rien ne l'aurait plus ravie que d'entendre son faux mari Henry s'exprimer à travers la médium. Jenny n'aurait même pas à mentir, juste à trouver quelques questions à poser sur ses activités d'esprit et le tour serait joué. Cela lui confirmerait enfin ce qu'elle pensait initialement.

— Ferme les yeux, s'il te plaît. Henry, c'est ça ?

La magicienne opina avant de s'exécuter.

— Henry Bowell, vous qui veillez sur votre bien-aimée depuis l'autre monde, je vous conjure : votre travail ici n'est pas terminé, quelque chose vous retient encore. Laissez-moi être la médium qui vous permettra de vous exprimer librement.

Jenny sentit de nouveau le corps de Margaret agité de contractions.

— Henry, si vous êtes là, faites trois tocs. Où vous voulez, juste que nous puissions les entendre.

Le silence lui répondit, ponctué uniquement par les légers mouvements de la médium qui faisaient grincer sa chaise.

— Henry, manifestez-vous ! Trois tocs, je ne vous demande rien de plus.

Un toc retentit, montant du sol, sans suite. Jenny ignorait ce que cela signifiait. Les mains de Margaret se dérobèrent. La magicienne entendit le crissement de sa chaise se déplaçant sur le sol. Elle ne résista pas à l'envie d'ouvrir les yeux et découvrit son interlocutrice devant le coffre brun au vernis écaillé, y cherchant frénétiquement quelque chose de sa main gauche, son bras droit pendant sur le côté, comme si elle ne pouvait plus le bouger.

— Aha ! Je t'ai trouvé, dit Margaret triomphalement.

Toujours du bras gauche, la médium posa sur la table une vieille plume dont la tige était une patte de poulet. Puis retourna à l'écrin et revint avec un encrier cubique à moitié plein et, enfin, une feuille de papier vierge. Elle souffla sur la page blanche, ouvrit le bouchon en liège de l'encrier à l'aide de sa main gauche et de ses dents, avant de le cracher par terre.

— Qu'est-ce que… enfin, Margaret, ça rime à quoi tout ça ?

— Un instant, juste un instant… lui répondit-elle avec un regard halluciné.

La médium trempa précautionneusement la plume dans l'encrier de sa main gauche, puis la mit au contact de sa droite, toujours inerte.

Brusquement, comme un animal se réveillant en raison d'une friandise odorante mise sous son museau, le bras invalide gigota, la main gesticula, les doigts touchèrent enfin l'instrument d'écriture et s'en emparèrent. Là, ils l'agitèrent en tous sens avant de s'interrompre subitement.

— C'est bon, il est prêt.

— Qui est prêt ?

— Patience, Hazel, patience.

La main droite se redressa avec difficulté et approcha de la table. Margaret, la soutenant du bras opposé, la plaça délicatement au niveau de la feuille blanche. Comme un chien mettant pour la première fois les pattes dans la neige, la plume tressauta un peu, étonnée par le support, puis se mit à tracer des mots. La médium regardait se dérouler l'opération avec admiration. Son bras virevoltait, dessinait, écrivait comme si une vie autonome le hantait. Des pleins, déliés, voyelles et consonnes naissaient sous la plume.

— Oui, voilà !

Bientôt, le mouvement s'accéléra. À un mot en succédèrent d'autres, le débit s'accentua. Deux lignes apparurent, illisibles depuis l'endroit où Jenny se trouvait.

Cela fait, la plume frappa deux fois la feuille, y laissant une petite tache d'encre. Puis la main lâcha la patte de poulet et retomba sur la table comme une dépouille inerte.

— Il a fini.

Margaret tendit le papier à Jenny afin qu'elle l'examine tandis qu'elle-même frictionnait sa main, comme si celle-ci sortait d'une longue léthargie. Elle étira un à un chacun des doigts de sa main droite jusqu'à pouvoir les bouger normalement.

— Ça te dit quelque chose, ce qu'il y a d'écrit ?

Les dessins sur le papier ressemblaient à des lettres, mais que quelque chose empêchait de lire. Comme si le tout avait été tracé à l'envers. Pourtant, Jenny n'avait rien réussi à déchiffrer lorsque la feuille se trouvait devant Margaret. Elle tourna le document dans tous les sens, sans succès.

— Je ne comprends pas, qu'est-ce que ça veut dire tout ce cirque ? N'étais-je pas censé parler à mon mari ? Et là je n'ai que… ça.

Margaret prit la feuille et la scruta attentivement.

— C'est l'esprit de ton soldat. Il voulait absolument me dire quelque chose de précis. Pas le genre qui peuvent s'exprimer par un oui ou un non. Alors je l'ai laissé me posséder. Enfin, me posséder le bras droit. Et quand je vois ce qu'il en a fait…

Soudain, la solution de l'énigme sauta aux yeux de Jenny : les lettres n'étaient pas à l'envers mais écrites de droite à gauche. Et le seul moyen de les lire était…

— Margaret, tu permets que je reprenne la feuille ?

Elle la lui tendit immédiatement.

— Je suis désolée, t'as vraiment pas de chance, mais c'est ce type aussi, à chaque fois, il parasite complètement ta séance.

La magicienne se leva et se dirigea vers la glace accrochée derrière la médium.

« Gagné ! » songea-t-elle. Comme elle l'avait envisagé, le message se lisait parfaitement dans le miroir. Il était écrit :

« *Prends garde aux masques. À trop les porter, ils s'impriment à jamais sur notre visage, nous faisant oublier qui on était avant de les mettre.* »

Curieuse, Margaret l'interrogea :

— Tu arrives à lire ?

Jenny froissa rapidement le papier en boule.

— Non, je croyais que le miroir aiderait, mais rien.

Elle plaça discrètement le papier dans son corset.

— Je suis désolée, ça fait la deuxième fois et toujours rien. Je… la prochaine fois ! La prochaine fois, Henry va… je suis sûre qu'il me répondra. Je m'arrangerai avec ce trouble-fête. Tu verras.

Mais Jenny savait très bien qu'il n'y avait aucun moyen de chasser l'esprit. Pas tant qu'elle serait sur l'enquête. Pas tant qu'elle serait Hazel Bowell.

14

Les Chemins de l'Illusion
par Gustave Marton

Et moi dans tout cela ?

Quand on parle de spectacle de magie, beaucoup s'attardent sur les tours. Ils sont évidemment essentiels, la magie n'existerait pas si elle n'avait rien à montrer. Ce qu'il ne faut cependant jamais oublier, c'est sa propre place. Bien des magiciens débutants ont tendance à s'effacer derrière leurs tours, impressionnés par l'effet qu'une simple manipulation de cartes crée sur leur public. Tout comme la marionnette parvient parfois à voler la vedette au ventriloque, l'illusionniste peut rester dans l'ombre de son tour. Il est donc nécessaire de se créer une personnalité de scène, quelque chose qui vous caractérise. Bosco, mon artiste préféré, n'hésitait pas, par exemple, à raconter ses aventures de guerre en introduction d'un spectacle avant de faire un tour durant lequel il attrapait une balle de pistolet à mains nues. La performance devenait ainsi un prolongement de son identité, et non l'inverse. On se souvient donc de Bartolomeo Bosco pour le voyage qu'il nous faisait vivre et non pour un tour spécifique.

Un bon spectacle vaut plus que l'ensemble de ses parties prises indépendamment. Et son ingrédient secret supplémentaire n'est autre que vous.

« Prends garde aux masques. À trop les porter, ils s'impriment à jamais sur notre visage, nous faisant oublier qui on était avant de les mettre. » Jenny ne savait que penser du message. Son père avait l'esprit un peu littéraire, mais jamais de phrases aussi profondes n'étaient apparues dans *Les Chemins de l'Illusion*.

Elle n'avait pas eu le temps de plus réfléchir à ce que ce papier signifiait réellement, car, à peine la séance terminée, voilà qu'elle partageait de nouveau la banquette d'une voiture avec Margaret, cette fois un rockaway, qui l'emmenait vers une destination mystère : « C'est un endroit qui te fera du bien, j'en suis sûre. » Jenny l'écoutait à peine, plongée dans l'idée qu'elle se faisait mener en bateau. Cacher la lettre à la médium avait été une erreur professionnelle, car si Margaret l'avait écrite et non son père, cela signifiait que la médium était au courant qu'Hazel n'existait pas et n'était qu'un masque porté maladroitement. Le message serait alors une ruse visant à lui faire avouer son mensonge.

La magicienne scrutait sa voisine avec méfiance. Mais Margaret n'affichait qu'un enthousiasme enfantin lié à cette petite escapade. Elle avait même demandé au cocher de tirer les rideaux afin de ne pas gâcher la surprise d'Hazel. Seule la lumière des lampadaires dans la nuit arrivait à percer le tissu opaque. Les chevaux s'arrêtèrent enfin après un trajet d'environ une heure.

— Madame Fox, on est arrivés.

— C'est madame Kane.

Margaret n'attendit même pas que le cocher lui installe le marchepied et fit un petit saut gracieux avant d'aller ouvrir la porte à Jenny.

— Tu peux laisser ton sac, Jim en prendra soin.

La magicienne posa instinctivement la main sur ce dernier qui ne contenait rien d'autre que son exemplaire des *Chemins de l'Illusion*. Elle ne transportait plus le *Guide Pinkerton* de peur de griller sa couverture. Jenny abandonna sa besace dans la calèche et bientôt enfonça ses bottines claires, fournies par le service déguisement de l'agence, dans la terre meuble. Une légère brise vint lui caresser le visage, faisant rouler quelques feuilles de chêne à ses pieds. Face à elle s'élevait une imposante grille en fer à moitié entrouverte, qui donnait sur un chemin de terre montant, affublée d'un panneau en métal où elle put lire : « Cimetière New Lots ».

— Pourquoi tu m'as emmenée ici ?

— Allons, Hazel, ce que tu peux être impatiente.

La médium saisit sa main et la tira derrière les imposants barreaux.

Dans la nuit venteuse, des ombres dessinées aux rayons de lune dansaient sur les troncs des saules pleureurs alors que Jenny se laissait porter par le sol clair du sentier, qui avançait telle une digue protectrice au milieu de l'herbe sombre. Autour d'elle, des statues de femmes aux poitrines nues trônaient sur d'énormes sépultures en pierre, dernière demeure des hommes les plus aisés. La magicienne voyait en elles des gouvernantes destinées à veiller pour l'éternité sur le sommeil d'enfants qu'elles s'étaient vues confier par la mort, nurses de marbre ou de granit les cachant du ciel par l'épaisse couverture de la cime des arbres. Au bout du chemin, une clairière s'ouvrit sur le centre du cimetière, véritable puits de lumière lunaire. Les tombes apparurent plus rudimentaires, simples stèles gravées du nom des défunts, disposées en cercles concentriques. Au milieu d'elles avait poussé un imposant rosier aux fleurs hybrides rouges et blanches, œuvre divine à laquelle ne manquait aucune fleur. Comme si même le pire des brigands n'osait prendre le risque d'attirer le courroux de celui qui avait posé quelque chose d'aussi beau en ce lieu aussi désolé.

Margaret s'assit devant l'une des pierres tombales et invita Jenny à la rejoindre. La magicienne ne la fit pas attendre, guère rassurée par l'ambiance lugubre de ce cimetière à la nature comme immobilisée sous une cloche de verre.

La médium se tenait face à une tombe vierge d'inscriptions. Elle fouilla la petite poche cousue à la poitrine de sa robe en coton et en sortit un bout de papier sur lequel était inscrit « Henry Bowell », qu'elle déposa sur la pierre.

— Ton mari est mort en mer, non ? Je sais bien que je n'ai pu te permettre de lui parler mais… avec ça, au moins, cela donne l'impression qu'il t'écoute.

— C'était ça ta surprise ? Mais enfin, Margaret… C'est… c'est…

Déjà qu'elle supportait à peine que sa cible l'appelle Hazel en roulant ses yeux de biche naïve, désormais était venu le moment qu'elle redoutait : fuir la vie de son alias n'était plus possible, le masque allait devoir être complètement endossé.

— Il suffit que tu lui dises ce que tu as sur le cœur. Je sais que ce n'est pas facile, j'ai vu que tu n'étais pas quelqu'un qui s'ouvrait facilement. Mais j'aimerais faire ça pour toi.

— Margaret…

— Appelle-moi Maggie.

Une foule de pensées affluaient dans l'esprit de Jenny. Elle connaissait à peine la médium, mais une sorte d'empathie irrépressible l'attirait vers elle. La magicienne sentait qu'elle aurait pu être amie avec cette femme, et ce, malgré leur différence d'âge. Par contre, ce qu'elle ne comprenait pas, c'était d'où venait la confiance aveugle que Maggie lui portait, particulièrement si elle voyait en effet à travers sa fausse identité.

— Merci, se contenta-t-elle de murmurer après un long moment d'hésitation.

Jenny s'agenouilla, l'esprit vide, sachant pertinemment que ce qu'elle avait lu sur ses fiches ne lui serait d'aucune aide en cet instant. La seule chose à laquelle elle pouvait se raccrocher désormais était ce morceau de papier qui, malgré le vent nocturne automnal, restait attaché à la triste pierre grise.

— Seuls quelques mots suffisent, Haz. Le plus dur, c'est de commencer, après, il faut laisser le reste couler.

« Haz », voilà que Maggie avait décidé d'un surnom à lui donner.

— Pourquoi… Henry… Pourquoi tu es parti ? Je t'aimais tant…

Dieu qu'elle sonnait faux, même un bambin ne l'aurait pas crue. Au théâtre, elle aurait certainement récolté des jetés de tomates. Mais Margaret ne l'en blâma pas et récupéra simplement le billet avant de le lui tendre.

— Au moins, on sait pourquoi il ne vient pas. Tu n'es pas prête, pas encore.

Elle ôta le papier « Henry Bowell » et sortit de sa poche un autre mot sur lequel était inscrit « Elisha Kent Kane », qu'elle déposa sur la pierre tombale. Jenny se leva mais la médium l'arrêta d'une main sur l'épaule.

— Je pense qu'il doit en avoir un peu marre de m'entendre parler seule. Dis-toi que c'est sa manière de rejoindre notre conversation. Il est comme toi, timide malgré une façade confiante, je suis convaincu que vous allez vous entendre.

Les deux femmes restèrent agenouillées un instant.

— Je peux lui dire bonjour… enfin, je sais pas si…

— Oui, vas-y, présente-toi.

Si elle avait du mal à mentir à des vivants, l'idée de leurrer des esprits la tourmentait moins, notamment parce qu' elle n'avait pas à affronter leur regard.

— Bonjour, monsieur Kane, enchantée de… vous

connaître. J'ai… j'ai perdu quelqu'un qui m'était cher. Vous avez dû le voir passer au moment où nous avons changé de papier.

Margaret sourit, comprenant bien que l'humour était une manière pour son invitée de cacher sa nervosité.

— Il était… enfin, je crois, un homme bon. Quelqu'un de vraiment passionné qui m'a appris à observer et à écouter. On ne discutait pas beaucoup, on n'a même jamais vraiment échangé, mais moi, cela me suffisait. J'ai passé une vie à l'écouter et lui à m'expliquer, toujours à mes côtés.

Une pensée incongrue lui vint : son sac lui manquait. Elle aurait aimé tenir *Les Chemins de l'Illusion*, ou, au moins, le savoir proche d'elle.

— Je ne vous connais pas, monsieur Kane, mais il n'y a aucun doute que vous avez marqué Margaret. Je pense que si vous acceptiez de lui parler un peu, de lui répondre ne serait-ce que d'un oui ou d'un non à une petite question, vous en feriez une nouvelle fois la femme la plus heureuse au monde.

À peine eut-elle fini sa phrase qu'une brise se souleva et eut raison du petit morceau de papier. Jenny essaya de le rattraper mais il lui glissa entre les doigts, s'envolant et disparaissant dans les ténèbres du bosquet.

— Je suis désolée, bredouilla-t-elle, troublée.

— Ne t'inquiète pas, il a toujours préféré les discussions courtes.

Elles restèrent encore agenouillées quelque temps, perdues dans leur méditation respective. Finalement Margaret se leva et porta son regard vers le ciel

— Tu sais, Haz, quand je suis avec toi, j'ai l'impression d'avoir de nouveau une petite sœur.

— Kate ?

La médium marqua une pause.

— J'aurais cru que tu étais trop jeune pour la connaître.

Mais oui, la seule et unique Kate Fox, ma première partenaire de scène.

Une bouffée d'adrénaline irrigua les veines et le cerveau de la magicienne. Envolés, les doutes, tergiversations sur le bien-fondé de son jeu de composition, ses scrupules à user aussi effrontément du mensonge. Jenny avait enfin ferré un gros poisson et elle n'avait pas l'intention de le lâcher.

— Qu'est-ce qui lui est arrivé ?

— New York, Haz, New York. Tout le monde ne peut pas supporter cette ville, ses soirées, son mouvement permanent, sa décadence. Les Fox sont depuis toujours des gens des champs. Mes parents avaient essayé Rochester, mais c'était déjà trop grand pour eux, et ils ont fini dans le petit village d'Hydesville.

Elle prit une grande inspiration.

— Nous, on était jeunes, on voulait voir la grande ville. Et que la grande ville nous en a fait voir : des fêtes somptueuses, des dîners mondains sans fin, des mets exquis qui fondent en bouche, de salons tous plus beaux les uns que les autres. Les plus grandes célébrités du pays se disputaient pour nous entendre parler de la météo. On ne savait où donner de la tête, on s'enivrait, on se laissait porter jusqu'à ce que… jusqu'à ce que ce fût trop.

— Tu as un petit papier avec son nom ? On aurait pu la joindre.

Margaret s'esclaffa.

— Non… Malheureusement on ne pourra pas la joindre ainsi. Je pense qu'elle est retournée là où tout a commencé. Il faudrait que j'aille y faire aussi un tour, un jour.

Les yeux de Margaret fixaient les étoiles.

— Oui, j'y retournerai… Un jour.

15

Les Chemins de l'Illusion par Gustave Marton

Les sorcières de Salem

Si tout le monde a entendu parler de cette histoire, je pense important de la rappeler en détail, car non seulement elle a changé l'histoire des États-Unis, mais en plus elle nous enseigne les conséquences que d'innocents jeux et mensonges peuvent avoir.

À la fin de l'année 1691, à Salem Village, petit bourg du Massachusetts, Betty et Abigail, respectivement fille et nièce du pasteur local, se réunissaient régulièrement pour s'amuser à prétendre jouer avec l'occulte. Un jour, elles allèrent jusqu'à demander à leur servante antillaise de leur apprendre à lire l'avenir. L'employée obtempéra naïvement, ne voyant là qu'une manière de partager avec elles quelques traditions ancestrales.

Le jeu des fillettes se mit vite à dégénérer. Cela commença par des visions étranges, puis apparurent des crises d'angoisse soudaines et, bientôt, des convulsions et des hallucinations.

Des médecins furent rapidement consultés, mais aucun n'arriva à trouver de solution. Pire, la maladie des enfants sembla contagieuse et d'autres jeunes filles du village furent atteintes de symptômes similaires.

Betty et Abigail, désormais convaincues de s'être adonnées à la sorcellerie, accusèrent trois villageoises de les y avoir initiées : une mendiante, une vieille dame pouvant à peine sortir de son lit et la servante antillaise. Les trois femmes eurent droit à un procès pour sorcellerie et furent bientôt envoyées en prison.

Or, même une fois les « sorcières » derrière les barreaux, les crises de folie continuaient de se propager. Betty et Abigail, dans leur frénésie, accusèrent d'autres personnes (dont une petite fille de quatre ans) ; toutes furent arrêtées et victimes de procès sommaires.

Face à l'accroissement du nombre de prisonniers, le gouverneur William Phips fut envoyé en tant que juge pour gérer cette situation sans précédent.

Celui-ci prit ce nouveau rôle tellement à cœur qu'il condamna à mort tous les accusés plaidant l'innocence, laissant seulement en vie ceux ayant avoué un acte de sorcellerie (telle la servante antillaise).

Au total, ces procès coûtèrent la vie à quatorze femmes et six hommes (dont un policier accusé de par son refus de participer à cette chasse aux sorcières).

Les arrestations et procès cessèrent en octobre 1692, le gouverneur ayant cédé à la pression du clergé bostonien, mené par Increase Mather, terrifié par ce massacre.

Dans son ouvrage Cas de conscience concernant les esprits maléfiques, *sorti peu après, Increase écrira ces lignes devenues célèbres : « Il est mieux que dix sorcières suspectées puissent échapper [à la loi] plutôt qu'une seule personne innocente soit condamnée. »*

La folie entourant les procès de Salem a bouleversé l'Amérique. Près de cent soixante ans plus tard, on ignore toujours comment ces petites filles en sont venues à avoir ces hallucinations et à convaincre tout un village de leur origine occulte. Une chose est sûre : quand on voit la violence inouïe que de tels visions et récits ont engendrée au sein d'une communauté aussi réduite, on prend conscience du danger d'un phénomène comme celui des sœurs Fox, qui ont convaincu bien plus qu'un petit village du Massachusetts, essaimant leur croyance du surnaturel à de nombreux pays.

À peine Margaret était-elle sortie du rockaway qui l'avait raccompagnée chez elle que Jim mit un coup de rênes aux chevaux.

— Margaret vous a donné mon adresse ? s'étonna Jenny.

— Pas besoin.

— Vous savez où j'habite ?

Le véhicule s'arrêta après quelques mètres, sans réponse du cocher. Une poignée de secondes s'écoula, comme si ce dernier attendait quelque chose.

— Je préfère être honnête avec vous, nous n'allons pas à votre appartement.

La magicienne se précipita pour fuir, mais à peine avait-elle entrouvert la toile de protection de la voiture qu'un homme à la carrure de gorille la bloqua. Par l'autre côté, un comparse, tout aussi costaud, entrait déjà dans l'habitacle. Le premier inconnu la repoussa et s'engouffra dans le véhicule avant de s'asseoir en la serrant de près. Jenny essaya de se lever, mais le gaillard à sa gauche utilisa son bras épais comme barrière.

— Assise, dit-il d'une voix grave au fort accent irlandais.

Jenny obéit alors que les deux individus tiraient les rideaux, la privant une nouvelle fois, dans cette soirée, de la vision du trajet. Elle prit un moment pour observer ces kidnappeurs. Leur chemise sortie du pantalon et leur chapeau mis de travers laissaient penser qu'il s'agissait de travailleurs qu'on avait essayé d'habiller convenablement sans leur expliquer comment porter proprement leurs vêtements.

— On va où ? demanda Jenny.

Ils ne lui répondirent pas et gardèrent un air stoïque, les yeux rivés devant eux.

Consciente que résister ou essayer de fuir relevait du combat inutile, la magicienne choisit de rester sagement assise, réfléchissant aux manières dont elle pourrait échapper à ses ravisseurs. La meilleure option semblait, encore et toujours, un bon coup dans l'entrejambe dès qu'elle aurait retrouvé sa liberté de mouvements. Néanmoins, en enchaîner trois avec succès lui semblait plus que présomptueux.

Bientôt, les bruits des sabots des chevaux et des roues cerclées s'arrêtèrent.

— Tends tes poignets en avant.

— Pardon ?

— Tends tes poignets en avant, grogna le plus trapu tout en agitant des menottes en fer.

Si elle les enfilait, elle n'aurait plus aucune chance de s'évader. Malheureusement, elle n'avait pas vraiment le choix, cette petite arène privilégiant la force pure. La magicienne se laissa donc attacher. L'acolyte muet lui ajouta un sac en tissu sur la tête.

Le combat s'était donc achevé avant même de commencer. Descendue du véhicule et aveugle, elle sentit le pas d'une porte, en entendit une autre s'ouvrir, avant d'avoir à monter quelques marches, constamment encadrée par le souffle bruyant des sbires qui l'accompagnaient. On l'assit sans ménagement, puis elle sentit ses poignets tirés en avant. Le sac fut enfin retiré et sa vision revint.

Elle fut instantanément éblouie par le scintillement de larges boucles d'oreilles argentées, accrochées à des lobes quasi élastiques. Baissant les yeux, son regard tomba sur des ongles longs que prolongeaient des doigts ridés couverts de bijoux, pianotant sur une table drapée d'un tissu mauve.

— Hazel Bowell, c'est bien ça ? demanda Leah Fox, que Jenny reconnut immédiatement.

La magicienne hocha nerveusement la tête. La pièce ressemblait à la salle de séance de Margaret, si ce n'était l'anneau en fer sur le meuble qui coinçait ses menottes. Un coup d'œil lui indiqua que l'anneau était soudé à cette table, tout effort pour l'arracher semblant d'avance inutile. D'autant que les lourdauds se tenaient toujours derrière elle, ne la quittant pas des yeux.

— Et votre mari était feu Henry Bowell, propriétaire de Bowell Exchange ?

De nouveau, elle opina du chef.

— Rappelez-moi les prénoms de vos enfants s'il vous plaît. Je ne suis pas très bien renseignée.

— Clark… Clark a neuf ans, c'est… il est passionné de papillons. Il… Il adore ça !

Elle avait tellement lu et relu la fiche de Hazel que celle-ci était gravée dans son cerveau. L'avoir répétée tant de fois à voix haute avait même donné un côté musical à son discours. Jenny n'aurait su dire si elle se montrait convaincante mais une chose était sûre, elle connaissait la vie de son alias comme si elle l'avait vécue.

— Et… Neil, mon cadet, il adore Shakespeare. *Roméo et Juliette… Le Songe d'une nuit d'été… Othello.*

— Hmm hmm, acquiesçait Leah, et vous-même, vous vous décririez comment ?

— Co… comment ?

L'autre cessa de pianoter et frappa la table du plat de la main.

— Eh bien oui. Comment parleriez-vous de vous ? C'est pas compliqué, non ?

La vieille femme adressa un coup d'œil à ses gorilles.

— C'est clair ce que je dis, ou pas ?

Les deux acquiescèrent à l'unisson.

— Bien, alors ? insista-t-elle en se retournant vers son otage.

Jenny agitait discrètement ses mains pour essayer de faire jouer l'anneau qui retenait ses menottes, en vain. Elle bredouilla :

— Je suis une veuve qui aime ses enfants, je... Je suis née à Stamford en 1862...

Leah l'interrompit d'un geste de la main.

— Vous avez de la chance madame « Bowell », je déteste la violence encore plus que je déteste qu'on se moque de moi.

Elle sortit une photo sépia d'une jeune fille brune aux yeux clairs en robe d'été qui posait devant un champ de feuilles de tabac.

— Voici la vraie Hazel Bowell, femme du défunt Henry Bowell, et mère de Neil et Clark.

La magicienne se figea un instant, puis tira frénétiquement sur ses menottes pour se libérer. Cette fois elle ne se cachait plus, mais cela n'avait pas l'air d'inquiéter ses hôtes.

— Votre erreur, c'est de vous être autant rapprochée de Margaret.

Leah Fox tendit l'image de la véritable veuve à l'un de css hommes de main, qui la mit soigneusement dans sa poche.

— Sachez que je ne souhaite qu'une chose : le bonheur de ma sœur. Mais que voulez-vous, elle est comme... Elle s'accorda quelques secondes de réflexion, cherchant le mot qui convenait le mieux tout en claquant des doigts pour meubler sa cogitation.

— ... aimantée par les mauvaises fréquentations, finit-elle par déclarer, heureuse d'avoir enfin trouvé les termes qui lui semblaient justes.

La magicienne sentait les menottes scier ses poignets. Un léger filet de sang perla sur le métal gris foncé tant elle s'acharnait à en défaire l'emprise.

— J'avouerais que vous n'avez pas eu de chance. Le type contre qui vous aviez défendu Margaret a eu l'audace de revenir demander une séance en pensant qu'une perruque et une fausse moustache m'empêcheraient de le reconnaître.

Jenny était maintenant complètement décoiffée, ses mèches

blondes rabattues sur son front cachaient son regard déterminé à sa ravisseuse.

— Vous lui avez fait quoi ? grogna-t-elle.

Leah leva un sourcil circonspect.

— Tiens : on ne bégaie plus ? On montre enfin son vrai visage ?

— J'ai répondu à assez de questions, c'est à votre tour maintenant.

— Ce n'est pas moi qui porte les menottes.

— Moi non plus.

En resserrant le pouce au plus près du majeur et grâce au sang qui avait coulé, Jenny était parvenue à glisser sa main, tout juste plus petite que la circonférence des menottes, hors du carcan de métal. Profitant du relâchement d'attention des hommes derrière elle, elle décocha un violent coup de coude dans les testicules d'un des gorilles, lui coupant instantanément le souffle et le pliant en deux. Sachant qu'elle n'aurait pas le temps de réitérer cette technique contre le deuxième, elle se redressa, prête à faire face à son assaut, tandis que sa propre victime glapissait écroulée au sol. Avant même que le sbire toujours debout puisse venger son compagnon tombé au combat, deux « tocs » secs retentirent. Leah, debout, avait frappé le sol de la canne qu'elle gardait toujours à portée de main.

— Personne ne m'écoute quand je dis que je déteste la violence ? Rasseyez-vous, mademoiselle.

Jenny ne savait que faire. Quant à son adversaire, il avait abandonné sa position de combat, montrant une docilité absolue aux exigences et ordres de la vieille dame.

— Allons, rasseyez-vous, vous aviez raison, les menottes étaient de trop. Parlons d'égale à égale.

La magicienne s'arrêta un instant pour observer la femme qu'elle avait en face d'elle. Ses cheveux coiffés en turban arboraient une petite fleur qui ne la rendait pas moins effrayante. Tous ces bijoux et habits excentriques exhibant sa richesse criaient qu'elle n'était qu'une parvenue, une intruse désespérément en quête de se fondre dans un milieu huppé où, quarante années après ses débuts, elle faisait pourtant toujours tache malgré sa renommée et l'argent accumulé.

— Rasseyez-vous, et je répondrai à votre question.

Jenny accepta cette maigre victoire et reprit place sur la chaise.

— Alors, vous aviez envie de savoir ce qu'il est arrivé à l'agresseur de Margaret c'est cela ? Vous êtes proches ?

Jenny resta muette et jeta un regard noir à Leah.

— Ah. Bien, bien, je vous dis tout. Vous n'êtes pas joueuse, mademoiselle...

La jeune femme restait sur ses gardes, prête à quelques représailles du sbire qu'elle avait envoyé au tapis, mais celui-ci ne fit que grimacer en se relevant avant de reprendre sa place.

— Comme je le disais, votre homme a eu l'audace de revenir pour demander une séance, pensant que je ne verrais pas au travers de son déguisement. Une erreur monumentale, je n'oublie jamais le visage de ceux qui ont fait du tort à ma famille.

William avait-il donc été borné au point de continuer à envoyer son agent même une fois sa couverture grillée ? La magicienne alla jusqu'à se demander s'il avait jamais lu le guide écrit par son père.

— Ensuite... disons que je lui ai offert une séance un peu particulière : il a revu l'esprit de sa grand-mère. Une fois qu'elle était là, ce fut facile de le pousser à révéler sa véritable identité. Et quand cette dernière a été révélée, il s'est senti de me dire qu'il n'était pas le seul individu à s'être infiltré dans le mouvement, qu'il y avait aussi...

Elle fit un mouvement en direction de Jenny de sa main truffée de bagues, geste théâtral et mélodramatique accompli dans un tintement métallique.

— ... Vous. La femme qui a protégé ma sœur.

Tout s'éclairait dans l'esprit de l'agent. L'homme n'avait

pas tenté de se réinfiltrer en quête d'informations, mais s'était fait attraper délibérément pour saboter l'alibi de Jenny. Son sous-fifre ayant été découvert, William voulait remettre les pendules à l'heure en effaçant une concurrente du tableau.

Un troisième type entra dans la salle et vint chuchoter quelques mots à l'oreille de Leah. Elle hocha la tête.

— Vous avez de la chance, ma chère. Margaret vient de confirmer que vous ne savez rien nous concernant, hormis ce que certains journaux racontent déjà, à savoir des mensonges et des calomnies. Elle tient à vous faire savoir qu'elle est déçue et souhaite que vous ne rentriez plus du tout en contact avec elle. Ce que je soutiens. Son bon fond m'a toutefois demandé qu'il ne vous arrive rien. À mon avis, sa gentillesse la perdra, mais je ne suis pas d'humeur à m'opposer à elle aujourd'hui.

— Alors, qu'est-ce que vous attendez encore de moi ?

Leah émit un long soupir.

— Vous m'avez l'air d'une femme intelligente je me dois donc de vous le demander : ne trouvez-vous pas votre mission ironique ?

Jenny la regarda, confuse.

— De quoi parlez-vous ?

— Allons, ne faites pas l'innocente. Je sais que vous opérez pour l'Église protestante. Il n'y a qu'eux pour financer des opérations d'une telle ampleur à l'encontre du mouvement spirite. Ses responsables seraient prêts à dépenser des fortunes pour nous voir disparaître, de vrais mauvais joueurs qui n'aiment pas la concurrence. Heureusement, ils ne peuvent pas le faire eux-mêmes, ça leur ferait une mauvaise image après la tragédie de Salem. Alors, vous et votre ami le molesteur faites la besogne à leur place.

Une religion qui cherche à détruire une autre religion en prouvant qu'elle n'est qu'une arnaque pour personnes naïves, voilà pourquoi Robert ne voulait pas lui parler du client, ayant peur que, face à ce paradoxe, Jenny refuse de rejoindre l'agence, songea cette dernière. Elle regretta que cette vérité émerge alors que sa couverture venait de se faire griller.

— Je sais qu'il n'y a rien de personnel là-dedans, continua la vieille femme, et que vous essayez juste de gagner dignement de quoi vivre. J'irais même jusqu'à dire que je respecte votre ténacité et votre témérité, il est rare de voir des femmes sur le terrain.

Leah Fox prit soudain un air sombre :

— Néanmoins, si vous vous approchez encore une fois de Margaret, ne serait-ce que pour la saluer, sachez que je me verrai dans l'obligation de recourir à la violence. Je ne le ferai pas moi-même, évidemment, mais soyez certaine que je veillerai à ce que vous le regrettiez. Suis-je bien claire ?

Jenny resta silencieuse.

— C'est à votre tour de répondre, cette fois-ci.

— C'est compris, daigna articuler la magicienne.

— On la raccompagne ? demanda le gorille à l'entrejambe intact, épargnant à son compère toujours grimaçant de remplir sa mission habituelle.

— Ah Tony, c'est ce que j'aime avec toi. Nous nous comprenons à demi-mot, dit joyeusement la vieille dame.

Tony sortit le sac en tissu et le proposa à Jenny comme un sommelier montrant fièrement un vin extrait de sa cave.

— Pas les menottes, dit-elle en s'adressant à Leah.

— Pas les menottes, répondit cette dernière en s'adressant à son sbire, et enlevez-lui le sac dans le fiacre. On doit étouffer sous ce machin.

Jenny saisit elle-même la cagoule et la posa sur sa tête, tout en songeant au moyen de faire payer William pour cette trahison qui aurait pu lui coûter la vie. D'enquête, cette histoire se transformait désormais en affaire personnelle.

16

Fiche mission : Les sœurs Fox (3/5)

Une fois le mouvement lancé, les sœurs Fox édictent rapidement des règles régissant le spiritisme afin d'éviter tout débordement :

1. La majorité des questions aux esprits doivent être fermées, avec oui ou non comme seules réponses possibles.

2. Les esprits ont un mode de communication clair et précis : un toc signifie non, trois tocs oui et deux veulent dire que la question n'arrive pas au bon moment ou que l'esprit ne sait pas.

Plusieurs coups forts et répétés indiquent que l'harmonie a été brisée et qu'il faut mettre fin à la séance sous peine d'enrager l'esprit.

3. L'harmonie (le lien entre médium et esprit) doit toujours être respectée. L'interprète des mots de l'Au-delà ne doit subir aucune violence ou menace, quels que soient les messages qu'il délivre.

4. Les membres du groupe spirite ne peuvent couper la parole des médiums sous aucun prétexte.

5. Il faut accepter que les esprits n'aient pas forcément réponse à tout. Même depuis là-haut, certaines connaissances leur restent inaccessibles.

Les Quakers ne leur suffisant plus, les sœurs Fox souhaitent développer le mouvement et donnent leurs

premières séances publiques au Corinthian Hall de Rochester, sur les rives du lac Ontario, et y enchaînent les succès.

Elles partent bientôt pour une tournée nationale, avec New York comme destination finale. Le succès n'est pas toujours au rendez-vous et les hostilités ne manquent pas, particulièrement dans certaines petites villes très religieuses où elles sont prises pour les servantes du Malin. Le souvenir des innocentes pendues à Salem étant encore frais dans l'esprit de l'Amérique, elles s'en sortent souvent avec plus de peur que de mal.

Une fois à New York, le trio devient un phénomène de société, et le spiritisme commence à se propager comme une traînée de poudre. Si jusque-là Leah accompagnait ses sœurs, plus timides, aux séances privées, les clients se font rapidement si nombreux que les jeunes femmes n'ont d'autre choix que de se débrouiller seules.

Notons aussi que Margaret et Kate sont, à ce très jeune âge, exposées à un monde de fête et de luxe qui les marquera à vie. De fait, rapidement, une faille apparaît entre Leah et ses cadettes. Celles-ci peinent à supporter le quotidien d'une grande ville, elles qui en rêvaient pourtant quand elles vivaient dans la morne campagne.

L'aînée prend donc le mouvement entier sur ses épaules et contacte Horace Greeley, le patron du *New York Tribune*. L'éminent journaliste commence à parler d'elles régulièrement dans son journal, tout en conseillant Leah sur la manière de conquérir le public. Bientôt, le prix des séances passe de un à cinq dollars par personne, sans diminuer l'affluence. Mieux, une clientèle plus mondaine se presse.

Margaret et Kate arrivent à négocier des retours réguliers dans leur petit village d'Hydesville, qui commence à leur manquer. Elles sont accueillies chez leur frère David, la ferme familiale ayant été condamnée par l'église locale, suite aux activités occultes qui s'y sont déroulées.

Jusqu'en 1852, les sœurs Fox font face à de nombreux détracteurs, comme les docteurs Lee et Coventry, qui affirment que les fameux claquements viendraient des genoux, ou bien les frères pasteurs Burr, qui prétendent que les bruits proviennent des pieds.

Malheureusement, les premiers n'arrivent pas à reproduire l'expérience, et les frères Burr se montrent incapables de réaliser plus d'un claquement par représentation là où les sœurs arrivent à en invoquer sans sembler avoir de limites.

Le cadet Burr aura même le pied gangrené puis amputé à force de se démettre le doigt afin de produire le fameux « toc », puis se verra traîné en justice par Leah et condamné à payer dix mille dollars au mouvement pour diffamation.

À partir de 1852, plus rien n'arrête les sœurs Fox. Le succès est assuré, la reconnaissance aussi, leurs ennemis les plus virulents réduits au silence.

Pour Leah, reste une ombre au tableau : un échange de lettres entre Margaret et un riche marin plein de promesses du nom d'Elisha Kane.

Au dernier étage du bâtiment abritant « les plus grands détectives du pays », tout du moins l'espérait-il encore, Robert Pinkerton fulminait. Il faisait les cent pas, usant le tapis au centre de son bureau dans une ronde parfaite face à une Jenny regardant piteusement sa robe tout en jouant nerveusement avec le tissu.

— Je ne pensais pas que William irait jusque-là. Il est déterminé mais…

Il arrêta soudain sa course, puis, avant de la reprendre de plus belle, agita rageusement son index.

— Je suis désolée, monsieur Pinkerton… Je suis désolée… J'aurais dû… J'aurais dû…

Jenny était revenue à l'agence sans même passer chez elle pour remettre ses idées au clair. Elle avait immédiatement raconté sa rencontre avec la matrone du mouvement, s'abstenant néanmoins de divulguer qu'elle connaissait désormais la véritable identité du commanditaire de l'enquête. Robert représentait sa meilleure chance d'avoir la vie dont elle rêvait, elle ne pouvait donc pas se permettre d'être hostile à son égard.

— Et puis, la couverture Hazel était si parfaite. Leah ne serait jamais parvenue à la remonter si cet imbécile n'avait pas… s'exaspéra le détective.

Il s'immobilisa, fixant désespérément le sol en quête de réponses. Jenny, de son côté, s'accorda enfin un peu de temps pour réfléchir aux multiples événements survenus durant les dernières vingt-quatre heures, réalisant seulement maintenant qu'elle avait eu de la chance de s'être sortie de l'enlèvement sans séquelles. L'adrénaline l'avait aidée à agir, mais, à présent que la tension était retombée, elle comprenait qu'elle avait frôlé au mieux un tabassage en règle, au pire un aller simple pour tenir compagnie à Elisha Kane et son père. Elle pensa aux sœurs en se demandant si elles avaient aussi enduré cet état de choc après la tentative de lynchage à Troy. La haine de Leah pour les réponses violentes venait probablement de là.

— Jenny, sachez que j'en suis désolé, mais je crois qu'il est de mon devoir de vous retirer de la mission.

Elle sortit de ses pensées comme frappée par une claque.

— S'il vous plaît, ne faites pas ça.

— Comment ça, « ne faites pas ça » ? Je vous payerai… Pas autant que la somme convenue, évidemment, puisque la mission n'a pas été menée à terme. Mais assez pour que vous n'ayez pas à vous soucier de problèmes d'argent pendant quelques mois.

Étrangement, Jenny ne voulait plus reprendre sa vie normale. Trop de questions resteraient sans réponses si elle abandonnait maintenant. La curiosité la consumait, elle avait désormais besoin de savoir, quoi qu'il en coûte. Peut-être était-ce à force de lire *Les Chemins de l'Illusion*, mais elle était convaincue que toute énigme avait une réponse, à condition qu'on accepte de la chercher assez longtemps. Après un instant de réflexion, la solution lui apparut, claire comme de l'eau de roche.

— Kate !

— Comment ça, Kate ?

— Vous avez lu les fiches mission ?

— Je les ai rédigées moi-même, dit-il fièrement.

— Bien, il y a trois sœurs médiums non ? Ma couverture est grillée pour deux d'entre elles, mais qu'en est-il de la troisième ?

Robert arrêta sa ronde et ne put réprimer un rire moqueur.

— Vous êtes sûre que vous les avez bien comprises, ces fiches ? J'ai précisé en introduction que Kate est portée disparue. Personne ne l'a vue depuis des années. Même en suivant régulièrement les allées et venues de Margaret, on n'a rien trouvé.

— Vous avez vérifié à Hydesville ?

Robert se dirigea vers son bureau et en sortit un petit carnet noté « Sœurs Fox – Observations Hydesville » qu'il brandit fièrement avant de le lancer à son agent.

— C'est toute la surveillance de la ville depuis un an, aucun signe de la sœur évaporée. Tout ce qu'il y a là-bas, c'est Daniel, le frère aîné, ainsi que sa femme, Lane. Mais ils sont âgés et méfiants, toujours à fermer volets et rideaux. Notre surveillance sur eux n'a rien révélé et toutes nos tentatives d'infiltration pour plus d'informations se sont montrées vaines. Y avait rien à tirer de ce couple, alors on a abandonné la piste.

Jenny feuilleta le carnet, tandis que Robert s'affalait sur son fauteuil. Soudain, elle frappa le bureau du plat de la main.

— Renvoyez une équipe, dit-elle comme prise d'une illumination.

— Pardon ?

Elle tapota vigoureusement le carnet.

— Si vous faites attention à ce que la femme de Daniel achète au marché, vous verrez qu'elle prend toujours de la viande pour trois. Trois côtes de bœuf, huit œufs ou un poulet entier ne leur font qu'un repas. Les quantités de haricots et de pommes de terre sont aussi trop grandes pour deux personnes.

Robert se leva et saisit le carnet des mains de la magicienne pour l'étudier à son tour.

— Les agents avaient conclu qu'ils devaient inviter régulièrement un voisin, ou bien qu'en tant que bûcheron Daniel faisait preuve d'un gros appétit.

— Il est de la même génération que Leah. Je vois mal un homme de quatre-vingts ans manier la hache et manger comme un ogre. La surveillance l'a-t-elle repéré en train de couper du bois ?

Robert tourna quelques pages.

— Non. Daniel paie un jeune homme qui vient livrer ce dont il a besoin.

— Renvoyez une équipe de surveillance, monsieur Pinkerton. Si elle ne trouve rien, déduisez son coût de la somme que vous deviez me payer. Mais si vos agents dénichent Kate, laissez-moi tenter une approche.

Jenny s'abstint de préciser que ce déclic provenait de ce que Margaret lui avait dit au cimetière : « Elle est retournée où tout a commencé. » Phrase qu'elle n'avait pas mentionnée dans ses rapports afin de garder ce joker dans sa manche. Néanmoins, voilà qu'elle misait dorénavant tout dessus alors que le risque que la sœur évaporée ne séjourne plus à Hydesville restait hautement probable. Après tout, Margaret n'avait plus aucun contact avec elle.

— Le coût de la mission serait bien supérieur à ce que l'agence vous doit.

Il ferma le carnet et le rangea dans un tiroir de son bureau.

— Pourtant, je dois admettre que trouver Kate nous donnerait une longueur d'avance non négligeable sur William.

Robert faisait face à un dilemme cornélien. Alors, comme chaque fois qu'il était en proie à ce genre de tiraillements, il s'assit à son bureau, attendant que son inconscient fasse son discret mais titanesque travail de peser le pour et le contre des différentes options, et lui accorde le privilège de livrer les conclusions qui feraient enfin avancer l'enquête.

— Là où j'ai plus de difficultés, je dois l'avouer, c'est à l'idée de vous remettre en selle, mademoiselle Marton. Vous avez failli y rester et pourtant vous êtes prête à risquer de nouveau votre vie pour cette enquête ? Expliquez-moi pourquoi.

Jenny posa une main sur son sac et se redressa, pleine d'assurance.

— La vérité. Je suis une adepte de la vérité. Et je veux le fin mot de cette histoire. Je sais que je n'arriverai à être satisfaite que si je l'arrache moi-même de la bouche de ces femmes.

Robert la jaugea, se demandant si la jeune femme pouvait décidément être l'atout qui leur avait manqué jusque-là. Son imprévisibilité et son indépendance la rendaient dangereuse, pour l'enquête comme pour elle-même. Le détective savait pertinemment qu'il ne supporterait pas d'avoir une autre mort sur la conscience, particulièrement si c'était celle de sa recrue.

— Bien. J'enverrai une nouvelle équipe de surveillance à Hydesville. Quant à votre réinsertion, je dois y réfléchir. Je pense que vous sous-estimez encore le danger encouru en persistant dans l'enquête. De toute façon, tant qu'on n'a pas plus d'informations ou une nouvelle stratégie d'attaque, votre mission est mise en suspens. En attendant, vous pouvez disposer. Mon cocher viendra vous chercher si nous avons besoin de vous.

Il sortit un papier vierge et se mit à rédiger les directives concernant l'espionnage du village. Jenny se dirigea vers la porte et se retourna, incertaine.

— Vous savez, monsieur Pinkerton, je pense que même si j'avais dit à Leah quelque chose qui ne lui plaisait pas, elle ne m'aurait rien fait. C'est une reine de l'intimidation, elle m'a confié elle-même ne pas aimer la violence.

— Elle dit aussi que ses sœurs parlent aux défunts.

Robert posa sa feuille sur le côté du bureau.

— Laissez-moi vous apprendre quelque chose que j'aurais aimé connaître avant de m'engager dans cette agence. Une leçon que j'aurais aimé lire dans le *Guide Pinkerton* mais que j'ai malheureusement dû apprendre à mes dépens : toute parole n'engage que la personne qui la croit.

Le regard de Robert vacilla. La phrase venait d'évoquer quelque chose de profond et de douloureux en lui. Surprise, la magicienne n'osa répondre.

— Allez, disposez, dit-il la mine dure.

17

Fiche mission : Les sœurs Fox (4/5)

Margaret Fox et Elisha Kane entament une romance qui émeut les journaux de l'époque. Mais la famille Kane ne voit pas cette idylle d'un bon œil, non seulement parce que Margaret n'est pas issue d'une famille huppée, mais aussi pour ce qu'elle représente. En effet, les principes du mouvement spirite vont à l'encontre des convictions de cette famille très catholique, qui n'hésite pas à raconter à qui veut l'entendre que la célèbre médium exerce sur leur fils une très mauvaise influence.

Elisha lui-même est opposé à ces pratiques. Sa force de persuasion convainc Margaret de quitter le mouvement et même d'entrer quelque temps dans un couvent. Le futur époux espérait sans doute que la foi et l'enseignement des religieuses dissuaderaient sa femme de contacter les esprits (il s'agit ici d'une conjecture, nos agents n'ayant pu contacter la famille d'Elisha).

Des fiançailles sont annoncées mais Elisha part pour une nouvelle expédition maritime vers l'Arctique. Il tombe gravement malade pendant cette dernière et quand il parvient enfin à en revenir, après avoir accompli l'acte héroïque de faire survivre son équipage pendant quatre-vingt-trois jours dans la toundra glaciale, sa tête n'est plus au mariage. Il veut

écrire un livre racontant son périple avant que la maladie n'emporte sa santé mentale.

Il meurt en 1857, cinq ans après avoir rencontré Margaret et sans que les noces aient jamais eu lieu. Sous prétexte de l'absence d'acte officiel, la famille du marin engage de puissants avocats afin d'être sûre que rien ne soit légué à Margaret, et y parvient aisément, allant même jusqu'à la priver du nom Kane.

Pourtant, malgré les possibles sanctions pénales encourues, nous savons que Margaret insiste encore, à ce jour, pour qu'on l'appelle Mme Kane, usant du nom Fox seulement pour la scène.

De son côté, Leah rencontre elle aussi quelques problèmes. Beaucoup de gens n'apprécient pas qu'une femme soit à la tête d'un mouvement aussi vaste que le spiritisme, qui compte environ deux millions d'adeptes en 1850. Consciente de telles réticences, elle pense qu'intégrer un homme à l'affaire rassurerait les conservateurs. En 1851, elle épouse donc Calvin Brown, son propre frère adoptif souffrant d'une maladie censée le terrasser rapidement et donner à Leah le statut de veuve. Calvin mourra en 1853. En 1858, elle se remarie à Daniel Underhill, un avocat spirite extrêmement fortuné.

Peu après la mort d'Elisha, Margaret réintègre le mouvement spirite, probablement par manque d'argent.

Pendant toutes ces années, Kate, à la botte de Leah, suit docilement le mouvement, profitant simplement de sa nouvelle vie, ne s'engageant dans aucune relation sentimentale (d'après nos informations).

Le mouvement, lui, continue de s'étendre, telle une épidémie, au point d'attirer des personnalités comme les écrivains Edgar Allan Poe ou Victor Hugo en France.

Jenny tira la table pour la disposer face au miroir fissuré de son petit appartement. Elle n'avait jamais autant écrit que depuis qu'elle consignait son activité d'agent dans les rapports destinés à l'agence. Même si elle finissait souvent par tout lui expliquer à l'oral, Robert insistait pour recevoir ces comptes rendus manuscrits auxquels il tenait tant.

« Je veux pouvoir y réfléchir à tête reposée, sans l'agitation et l'émotion du moment, philosophait-il. Parfois, un indice utile raconté trop vite peut être mis en lumière grâce à l'écrit. Et je ne parle même pas de la valeur juridique inestimable de ces documents. »

Elle arrêta cette tâche pour s'atteler à un exercice bien plus difficile mais nécessaire à l'enquête, sachant que ce qu'elle faisait là serait gardé secret de son patron.

La magicienne disposa face au miroir le petit papier sur lequel Margaret avait laissé virevolter sa main folle. « *Prends garde aux masques. À trop les porter, ils s'impriment à jamais sur notre visage, nous faisant oublier qui on était avant de les mettre*. »

Appliquant les conseils du détective, Jenny savait que, seule chez elle et sans limite de temps apparente, elle pouvait enfin commencer à réfléchir à ce problème en se coupant de l'affect et de la surprise ressentie sur le moment. Pour trouver l'astuce d'un tour de magie, la meilleure chose à faire était de voir si elle-même trouvait une méthode permettant de reproduire quelque chose de similaire à ce à quoi elle avait assisté. La première chose à faire était donc de vérifier si ce genre de message pouvait être écrit de manière consciente et sans implication des esprits. L'étape la plus difficile consistant, évidemment, à brusquer ses réflexes en passant d'une écriture allant de gauche à droite à une autre traçant de droite à gauche. Elle se plaça devant le miroir, pensant qu'il l'aiderait, mais la coordination entre l'œil et la main rendit son mouvement peu naturel, aboutissant à une écriture embrouillée et illisible.

— Comme étudier un nouvel alphabet… murmura-t-elle, donnant voix à sa pensée.

Une étincelle l'enflamma : l'erreur était de vouloir recopier le message. Or, il ne s'agissait pas d'apprendre le contenu par cœur, mais d'assimiler une nouvelle façon d'écrire. Prenant une autre feuille, elle y traça un alphabet classique, puis s'appliqua, en dessous de chaque lettre, à en reproduire sa correspondance miroir. Elle recommença à plusieurs reprises jusqu'à ce que ces a, b, c, d, etc. ne soient plus qu'en reflet inverse. Ensuite, elle s'entraîna à écrire séparément les lettres en formant des mots simples comme « garde », « masques » ou « notre ».

En quelques jours de pratique, sous le regard médusé de sa mère, elle devint douée en écriture miroir, s'amusant même à rédiger ainsi tout ce qui lui passait par la tête, constatant que plus ses tracés s'avéraient liés et fluides, moins l'effet cryptage se révélait à l'œil nu. Il s'agissait donc d'un simple tour, d'une banale supercherie, que n'importe qui peut apprendre s'il daigne lui accorder quelques heures.

Restait la nature du message, qui lui échappait encore : était-ce une mise en garde de Margaret ? Avait-elle vu clair dans son jeu depuis le début ou seulement durant la seconde séance ? À moins que… Jenny chassa l'idée de son esprit avant même qu'elle ne germe plus. Elle avait résolu l'énigme du texte miroir, le temps n'était pas à se laisser distraire par des hypothèses saugrenues.

Néanmoins, même si la découverte du secret des mots falsifiés renforçait sa conviction d'une mystification généralisée, demeurait à résoudre un mystère bien plus délicat : l'origine des tocs, tant de fois examinés et jamais élucidés.

Jenny passa les trois jours suivants à schématiser les plans de la pièce où se déroulaient les séances privées pour tenter d'imaginer où des mécanismes pouvaient être dissimulés. Elle écarta l'hypothèse de coups déclenchés par un minuteur lié à l'horloge. Comme elle en avait confirmation après la séance publique, les tours devaient fonctionner avec des clients ou spectateurs non complices, donc impliquaient d'accepter un degré d'« improvisation » dans les réponses de ceux-ci et, dès lors, d'avoir un contrôle sur les tocs en temps réel. Le système devait aussi pouvoir être actionné sans que les mains de la médium bougent. Si l'obscurité des lieux permettait la dissimulation de fils fins transparents, ceux-ci devaient être au sol et plaqués. Soit, mais l'hypothèse ne résolvait pas le cas des séances publiques, où les inspecteurs de scène, présents à la fin de chaque représentation depuis quarante ans, auraient assurément repéré la moindre attache suspecte.

Jenny échafauda, dessina, jeta, recommença, inventant des schémas de plus en plus complexes, allant jusqu'à imaginer des oiseaux dressés pour répondre à des mouvements précis exécutés par les sœurs, option dont l'absurdité lui apparut vite. Son cerveau bouillonnait, l'obsession la gagnait, l'énergie de vaincre la portait comme cette frénésie des chercheurs d'or en quête de la mine miracle dont l'Ouest se souvenait encore. De temps en temps, elle relevait le nez de sa table, regardait le lapin ahuri de la voir aussi absorbée et le délaissant, n'entendant rien des reproches de sa mère qui lui conseillait de se reposer, s'aérer l'esprit, puis replongeait dans ses pensées, conjectures et suppositions de plus en plus fantasques. Elle griffonnait sans cesse au crayon mine, même pendant les dîners que préparait Ellen et que payait Pinkerton, courtoisie dont l'agent profitait tant qu'elle n'était pas officiellement exfiltrée de l'affaire.

Finalement, après qu'une énième feuille vînt finir en boule dans la petite corbeille en osier, Jenny craqua.

— Papa, ça lui arrivait de… enfin de ne pas comprendre un tour.

— Ah mais c'est qu'elle a retrouvé la parole !

Jenny jeta un regard désabusé sur celle qui se moquait.

— Je suis désolée, c'est mon boulot.

— Ton travail d'actrice te demande de faire des schémas ?

Un silence passa.

— Des tours, tu me disais ? reprit sa mère en comprenant, vu les cernes de sa fille, que la contrarier n'était pas une bonne idée.

Jenny se redressa, enfin prête à écouter un avis extérieur.

— Eh bien, ton père aimait vraiment les spectacles de magie. Il pouvait voir le même cinq, six voire dix fois de suite. Au début j'essayais de le suivre, mais notre budget ne le permettant pas j'ai abandonné. Et, pour tout t'avouer, je me lassais de voir sans cesse la même chose, c'est dur de garder son émerveillement quand on sait exactement ce qu'il va se passer. Sauf pour ton père, qui faisait même mieux : une fois rentré à la maison, il s'efforçait de reproduire le spectacle. Et quand il n'avait pas le matériel nécessaire, il mimait la représentation à haute voix. « Un assistant caché par les rideaux lâche la rose depuis une plate-forme placée au-dessus du magicien, qui la rattrape discrètement dans son dos quand elle tombe. » Il prenait ça comme un acteur répète une scène et en venait même à imiter les accents. Tu aurais dû entendre son italien. Je me serais cru à Rome, rit Ellen. Et s'il échouait à comprendre comment un tour se faisait, il reprenait immédiatement un ticket pour sa prochaine représentation.

Imiter. Voilà l'erreur de Jenny : elle n'avait jamais écouté ce que Margaret et Leah disaient, convaincue qu'il importait de regarder leurs corps, de scruter le décor, d'espionner leurs gestes. En essayant de passer au-delà des apparences, l'agent n'avait jamais songé à se mettre à leur place, trop occupée avec le masque de son propre alias.

— Merci, maman.

Elle n'eut pas le temps de réfléchir à comment utiliser cette nouvelle perspective qu'on vint toquer à la porte, deux petits coups bref. Jenny sauta précipitamment de sa chaise pour aller ouvrir sous le regard curieux de sa mère.

— Ton travail ?

La magicienne ouvrit la porte et fit face au cocher de Robert arborant un sourire malicieux

— Madame Marton, il semble que vous deviez reprendre du service.

« Ainsi, ils ont trouvé Kate, j'avais raison ! » jubila-t-elle intérieurement sans pouvoir s'empêcher de laisser transparaître un peu de ce sentiment triomphant.

— Maman…

D'un geste de la main, sa mère lui fit signe qu'elle comprenait. Jenny s'apprêtait à s'élancer lorsque le cocher l'arrêta :

— Je vous conseille de prendre un sac avec de quoi vous changer, vous ne reviendrez pas avant quelques jours.

— Où allons-nous ?

Il répondit d'un sourire courtois signifiant qu'il ne pouvait dévoiler quoi que ce soit en présence d'une personne extérieure à l'agence. Depuis l'expérience avec Leah, Jenny se méfiait des cochers, qui plus est lorsqu'ils l'emmenaient vers des endroits secrets, mais la curiosité étant plus forte, elle fourra en urgence quelques vêtements dans un bagage, le *Guide Pinkerton* ainsi que *Les Chemins de l'Illusion*, et fut prête.

C'est tout juste si elle n'oublia pas d'embrasser sa mère en franchissant le seuil du petit appartement.

18

Fiche mission : Les sœurs Fox (5/5)

Intéressons-nous maintenant à la plus secrète des sœurs, celle qu'il a toujours été impossible de traquer comme de cerner : Kate Fox.

Il est évident, d'après les maigres informations que nous avons pu rassembler à son sujet, que la benjamine a toujours été tiraillée entre la personnalité indépendante et fougueuse de Margaret et l'imposant charisme de Leah. Écrasée par sa fratrie, elle semble ne manifester aucune volonté propre, accompagnant les rares incartades de Margaret avec qui elle entretient une forte complicité (d'après des sources les ayant connues plus jeunes). Même une fois le duo devenu célèbre, elle se contente de suivre son aînée. Un changement s'opère toutefois lorsque Margaret abandonne le mouvement (et ainsi sa petite sœur) au profit de son nouvel amour, Elisha.

À partir de ce moment-là, Kate, perdue, tombe à la merci de Leah. Pendant treize ans, elle se montre une docile bête de scène, vedette et figure de proue du mouvement. Mais en 1865, grâce à l'aide d'Henry Jenkens, un riche banquier membre du mouvement spirite, Kate s'évade enfin. Son sauveur l'accueille chez lui en Angleterre. Comme outre-Atlantique, le spiritisme prend aussi de l'ampleur à Londres et Kate devient bientôt la chouchoute des salons huppés grâce aux contacts haut placés du financier.

Une idylle commence entre elle et Henry, et il faut

peu de temps avant que Kate tombe enceinte. De leur union naît un garçon prénommé Ferdinand, auquel les adeptes du mouvement accordent vite des prédispositions spirituelles. Ce, au grand malheur des parents, qui essaient de le préserver de cet univers et de lui offrir une enfance « normale ».

Kate et Henry auront un second enfant, qui mourra en bas âge. Comme un malheur n'arrive jamais seul, l'époux décédera à son tour peu de temps après. Suivant la malédiction familiale, il ne lui lègue rien. Pire, elle découvre qu'il trempait dans des montages boursiers hasardeux et malhonnêtes. La veuve, endettée et sans le sou, rentre précipitamment aux États-Unis, dit-on. Sans que nous ayons, depuis, de nouvelles d'elle.

Parallèlement, Margaret essaie d'échapper au joug de Leah. Pour ce faire, elle fuit vers Philadelphie, où un riche banquier rencontré à Londres alors qu'elle rendait visite à Kate l'engage en tant que médium. Comme l'homme, apparemment obsédé par la foi, lui demande sans cesse d'être mis en relation avec des figures issues de la Bible (ainsi que nous l'ont confirmé sa secrétaire et sa gouvernante), la spirite, lassée, serait revenue à New York au sein du mouvement.

Quant à Leah, il a été complexe d'obtenir des informations récentes sur elle, tant elle fait attention à son entourage et à ne pas défrayer la chronique. Les seules choses que nous avons pu constater sont le développement tentaculaire du mouvement spirite ainsi que le fait qu'elle ait toujours réussi à écraser quiconque se mettait en travers de son chemin.

Après deux jours de voyage où elle avait affronté une poussière insinuante et tenace, deux jours durant lesquels les chevaux de la voiture n'avaient pas ménagé leur peine, Jenny aperçut enfin sa destination : Hydesville, ce village perdu au milieu de l'État de New York que l'Église décrivait comme maudit. Intriguée, elle observa les environs à travers la vitre de la diligence qui les avait conduits jusqu'ici, découvrant des champs de pommes de terre, maïs et tabac, ainsi que des vaches, poulets et chevaux qui regardaient la vie se dérouler à l'extérieur de leurs enclos infranchissables comme au travers d'un miroir. Les fermes se suivaient et se ressemblaient toutes, s'étendant à perte de vue jusqu'à l'horizon dévoilant son soleil couchant.

Le véhicule arriva finalement dans le centre-ville, bien plus développé que ce que l'agent imaginait pour une localité perdue au milieu de la campagne. Les magasins étaient dignes de ceux qu'on pouvait trouver à la grande ville, telle la boucherie *Bowyers*, qui n'hésitait pas à présenter à l'air libre, suspendus sous sa pancarte par ordre de taille, les différents animaux qu'elle proposait à la vente. Quand l'attelage passa devant le magasin, le boucher, souriant, décrochait un lièvre chassé le matin même pour le ranger à l'intérieur, de peur que son odeur n'attire les coyotes à la nuit tombée. Il y avait aussi *Raggis,* une boutique de vêtements éclectiques dont les collections allaient de la salopette traditionnelle indispensable aux journées de labeur dans les champs au veston habillé pour soirées chic de la capitale.

La calèche poursuivit son chemin, levant toujours un nuage de poussière ocre derrière elle, avant de s'arrêter devant une auberge d'apparence austère. Le bâtiment de briques rouges tortillait sa façade le long de la rue tel un serpent maladroit. De petites barrières en bois branlantes entouraient l'établissement auquel s'adossait une taverne, dont les portes battantes grinçaient encore du départ d'un client. Un brouhaha, mélange de dialectes sud-européens et d'anglais massacré par une multitude d'accents, s'échappait des lieux, donnant aux murs une langue propre digne d'une maison hantée.

— Vous êtes arrivée, mademoiselle Marton. Monsieur Pinkerton vous attend à l'intérieur.

Jenny prit son bagage, descendit, puis s'avança, intimidée par les lumières ballottantes s'agitant derrière les vitres sales. Elle poussa les battants de la porte d'entrée et vit une salle identique à l'idée qu'elle se faisait d'un saloon de ce type. Un groupe d'immigrés allemands trinquait, cognant bruyamment leurs chopes de liqueur de malt avant de les vider si vite que la moitié de la boisson coulait sur leurs vêtements, où elle se mélangeait à des taches sombres de terre et de fumier.

Quelques mètres plus loin, au centre d'un groupe d'Italiens jouant aux cartes, elle aperçut enfin son patron, attifé d'une salopette bleue et d'une chemise à col blanc ; habits qu'il avait vraisemblablement traînés dans la terre afin de leur donner un aspect sale plus authentique. Il avait abandonné ses lunettes pour laisser exprimer pleinement la vivacité de ses yeux argentés, tandis que ses cheveux grisonnants avaient été teints à la mélasse noire, le rajeunissant ainsi de quelques années. La magicienne eut un sourire furtif en le voyant grimé ainsi.

Elle s'apprêtait à le rejoindre quand un homme à l'entrée

l'arrêta d'un geste qui n'était pas sans lui rappeler celui du gorille de Leah.

— V'nez pour qui ?

Interloquée, Jenny regarda Robert avec insistance, dans l'espoir qu'il se retourne vers elle, mais il semblait absorbé par sa partie de cartes. En l'absence de réponse, le bouncer suivit la direction de son regard.

— Ah, le nouveau. J'l'aime bien ce type. Vous lui direz que…

Son lent cerveau s'aperçut qu'il n'avait pas prévu de fin à cette phrase.

— … 'fin vous lui direz qu'j'laime bien, d'ac ?

Elle se contenta de hocher la tête.

— Et s'il vous donne trop de pourboires pour vos « services », 'sitez pas à partager, hein, ajouta-t-il avec un clin d'œil avant de lui claquer les fesses, ce qui la propulsa au centre de la taverne.

Jenny envisagea une riposte, mais sa mission n'étant pas de se faire remarquer à peine arrivée, elle ravala sa fierté et avança vers la table où Pinkerton paraissait sur le point d'abattre un coup décisif. La magicienne reconnut une partie de stud poker.

La variante « stud » se jouait avec quatre cartes visibles par joueur ainsi que trois autres, que chacun était seul à connaître, présentées faces dissimulées. Chaque participant commençait avec deux cartes cachées et une visible, le solde étant ensuite distribué carte par carte au long de cinq tours. Jusqu'à l'abattage qui révélait le vainqueur, celui ayant la combinaison la plus forte.

À ce dernier tour, Robert se trouvait seul face à un petit bonhomme à musculature impressionnante disposant, devant lui, d'une paire de dames. Pinkerton, lui, n'avait aucune combinaison visible mais trois de ses cartes ouvertes étaient des piques.

La somme au centre avoisinait les trente-cinq dollars. Un type aux dents cariées se tourna vers l'Italien.

— *Bezzi, distruggimi quest'Americano* !

Le joueur révéla alors ses cartes en jubilant bruyamment. Avec une dame de plus en main, il jouissait d'un brelan. Son enthousiasme révéla une large dentition qui, comparée à la taille de sa petite tête, lui donnait l'air d'un piranha.

Robert examina les autres joueurs et remarqua enfin Jenny, qu'il accueillit gaiement.

— Ah ! miss Harper, vous arrivez au moment opportun.

Il la tira à lui et l'assit sur ses genoux, indiquant ainsi à la jeune femme la nature de sa nouvelle identité, puis lui montra discrètement son jeu. Sa main cachée contenait deux autres piques, ce qui lui donnait une couleur. Robert était donc gagnant. Ils échangèrent un sourire complice qui affola l'adversaire. L'air triomphant et narquois de ce dernier s'évanouit et il se mit à mâcher nerveusement sa chique de tabac.

— Bien joué, Bezzi.

Le détective lâcha ses cartes faces cachées, vers le croupier. Il s'était couché. L'Italien demeura incrédule un instant, puis éclata de rire avant d'empoigner la main de ses amis et de ramener billets et pièces vers lui. Robert poussa Jenny et se leva.

— Mes amis, j'ai assez perdu pour aujourd'hui. Et je ne veux pas faire attendre la demoiselle.

Des rires gras lui répondirent, tandis que des regards lubriques reluquaient la jeune femme qui l'accompagnait.

— Allez Johnny, encore oune partie, jouste dé quoi té réfaire ! proposa le gagnant de la manche précédente avec l'argent fièrement accumulé devant lui.

— Pouis s'il s'agit d'occouper la domoiselle, j'y peux m'en charger le temps d'oune manche, ricana son gros voisin à la barbe pas nette.

Robert fit mine de réfléchir un instant, regardant la table de jeu, puis mit une main dans sa salopette et exposa le revers de tissu de sa poche vide.

— Dès que la paye tombe les gars, vous pourrez compter sur moi.

Il leur adressa un au revoir de la main et prit Jenny par le coude, alors que les Italiens faisaient des gestes obscènes, imitant l'acte sexuel en se gaussant.

La chambre louée par Robert Pinkerton se situait à l'arrière du long serpent de briques. Une pièce sans âme, plus fraîche depuis longtemps, où trônaient un matelas de paille posé à même le sol, une table où se distinguait un remarquable travail de gravure fait au couteau de chasse par des clients qui avaient écrit : « Jason et Beth ont baisé ici », ainsi qu'une chaise bancale. La fenêtre, pas plus propre, donnait sur un terrain où poussaient des tomates.

Robert s'assit sur le lit et désigna la chaise.

— Si vous ne voulez pas tomber, le secret c'est de vous coller le dos au mur.

Jenny l'adossa au crépi terne avant de s'asseoir prudemment dessus.

— Vous étiez obligé de me faire passer pour votre prostituée ?

— C'était ça ou ma femme, et malheureusement votre fiche indique que vous n'êtes pas mariée.

— Alors je suis une prostituée ?

— Il vaut mieux que ces types-là vous oublient vite. Vous ne serez pas amenée à les revoir.

Jenny se renfrogna en pensant à tous les affronts qu'elle allait devoir supporter.

— Bon, vous m'avez fait venir pour quoi ? J'ai pas fait deux jours de trajet juste pour que vous vous pavaniez avec moi devant vos nouveaux amis ! D'une classe remarquable si je puis me permettre.

Robert prit ses lunettes sous son oreiller, se servit d'un coin du drap pour en essuyer les verres ronds, les posa sur son nez et s'allongea sur le lit en regardant le plafond.

— Elle vous l'a dit, n'est-ce pas ?

Jenny ne répondit rien.

— J'ai lu votre rapport sur la visite au cimetière, et vous

ne mentionnez qu'Elisha. Mais je suis sûr que c'est là qu'elle vous a parlé de Kate, vous étiez trop sûre.

— Ce qui compte, c'est le résultat, non ?

— Vous vous trompez, ce qui compte c'est la valeur des informations. Tant que vous me cachez des choses, on ne peut pas avancer. Pinkerton est comme une fourmilière, chacun doit faire sa part du travail afin que tout fonctionne. Le but est de former une intelligence commune, qui avance plus vite et plus fort que n'importe qui le pourrait indépendamment. Si vous souhaitez penser seule, alors vous n'avez aucune raison de rester à Pinkerton. Menez votre enquête de votre côté, récoltez la gloire, je ne vous demanderai rien. Mais si vous voulez poursuivre cette investigation au sein de l'agence, il va falloir jouer franc jeu, apprendre à travailler avec moi et non contre moi.

Jenny remarqua des colonnes de fourmis qui attaquaient les restes d'une omelette aux pommes de terre et au maïs que Robert semblait avoir à peine touchée.

— Je vais essayer, murmura-t-elle penaude.

— Non, vous allez réussir, nous n'avons plus le droit à l'erreur maintenant. Vous avez grillé votre couverture avec Leah et Margaret, s'il en advient de même avec Kate, tout ce que nous avons fait se sera avéré vain.

— Mais c'est William qui…

Elle n'acheva pas sa phrase que Robert avait déjà quitté sa position allongée pour se dresser devant elle.

— Je suis désolée, je ferai attention à l'avenir.

— Bien, je vois que vous êtes prête à reprendre du service.

Il sortit une petite enveloppe qui se trouvait sous le matelas et la lui tendit.

— Voilà toutes les informations dont vous avez besoin, on vous a trouvé une planque. Si quelqu'un demande, vous êtes la demoiselle de compagnie de Johnny Gort pour la semaine. L'opération commence à la prochaine nuit pluvieuse, qui peut survenir demain comme dans un mois, alors tenez-vous prête et étudiez ces papiers comme si votre vie en dépendait.

Jenny prit l'enveloppe, l'ouvrit et commença à feuilleter les pages des documents qu'elle contenait.

— Avant de partir, j'ai juste une question.

— Allez-y, répondit-il.

— Pourquoi n'avez-vous pas dévoilé votre main gagnante à la dernière manche de poker ? Ç'aurait été un bon moyen de montrer que vous n'étiez pas un imbécile naïf.

— Qui a dit que je ne voulais pas qu'ils pensent que j'étais, précisément, un imbécile naïf ?

La magicienne ne trouva encore une fois rien à répondre et sortit de la pièce, devinant sans le voir le petit sourire satisfait du détective.

Jonny prit l'enveloppe, l'ouvrit et commença à feuilleter les pages des documents qu'elle contenait.

— Avant de partir, j'ai juste une question.

— Allez-y, répondit-il.

— Pourquoi n'avez-vous pas dévoilé votre main gagnante à la dernière manche de poker ? Ç'aurait été un bon moyen de montrer que vous n'êtes pas un imbécile [illegible].

— On a dit que je ne voulais pas qu'ils pensent que j'étais [illegible]

La magicienne [illegible] sortit de la pièce [illegible]

[illegible]

[illegible] Benoît ne recevait aucun [illegible] (les rideaux étaient malheureusement [illegible] fermés, nous ne pouvions observer que l'entrée). Enfin, un agent a entendu à plusieurs reprises deux voix de femmes s'élever de la maison.

[illegible]

19

Fiche mission infiltration : Kate Fox

Suite aux informations et déductions apportées par l'agent, nous sommes retournés enquêter sur la ferme de Daniel Fox, à la recherche de sa sœur Kate. Après quelques jours d'observation, nous avons pu constater que Daniel était souvent accompagné d'une autre femme que Lane, son épouse. Nous avons aussi remarqué que, après les repas, trois sets de couverts partaient dans le seau d'eau savonneuse alors que Daniel ne recevait aucun invité (les repas se tenant malheureusement à volets fermés, nous ne pouvions observer que l'après). Enfin, un agent a entendu à plusieurs reprises deux voix de femmes s'élever de la maison.

De son côté, un fermier italien du nom de Bezzi a rapporté avoir plusieurs fois aperçu une autre « dame » dans la maison, « encore fraîche », selon ses dires. « Une femme d'environ cinquante ans habillée comme si elle en avait soixante-dix » est la façon dont il l'a décrite, selon notre agent sous couverture sur place en lien avec le fermier.

Tous ces éléments portent donc à croire que l'invitée secrète de la ferme est bien Kate Fox.

Il ne reste plus qu'à établir une stratégie d'approche.

Cependant, Daniel et sa femme sont méfiants. Les journaux cherchent encore un scoop sur les sœurs Fox, et il n'est pas rare de voir un journaliste tenter sa chance à la ferme, avant de reculer face à la carabine du vieux bûcheron.

La mission consistera donc à infiltrer un agent dans des conditions susceptibles de tromper cette vigilance, afin d'établir un contact durable avec la cible.

*

Alias de l'agent Jenny Marton (anciennement H.B.) pour la mission d'infiltration

Prénom : Adélia
Nom : Marlicht

Situation : Adélia, touriste londonienne venue explorer les États-Unis (et particulièrement les chutes du Niagara, auxquelles elle s'intéresse énormément), s'est fait agresser par un groupe de brigands sur son chemin vers New York. Ils l'ont dépouillée, ont volé ses bijoux, son véhicule et tout ce qui avait un tant soit peu de valeur. Adélia a réussi à s'enfuir de justesse et elle cherche un refuge à tout prix. Celui-là trouvé, il lui faudra y rester un peu, le temps de contacter ses proches et de récupérer assez d'argent pour regagner l'Angleterre.

Le mari d'Adélia : Wilson Marlicht, d'origine allemande, tient un magasin de thé de la franchise Aerated Bread Company. N'ayant pas le temps libre nécessaire pour faire partie du voyage, il a demandé à son épouse d'en profiter pour en apprendre plus sur les thés américains et les pâtisseries locales.

(C'est pourquoi nous avons joint quelques analyses

de thés et de gâteaux au dossier que vous trouverez dans votre sac.)

Les enfants :

Adélia ne consacre guère d'attention à ses trois enfants Halsey, Poppy et Bryan, dont une gouvernante s'occupe à plein temps.

(Je vous laisse être créative à leur propos, et n'hésitez pas à vous référer aux annexes du *Guide Pinkerton* pour plus d'idées.)

La vie à Londres : Londres, tout comme New York, est une énorme ville portuaire avec des docks florissants. Elle a donc toutes les caractéristiques d'un carrefour multiculturel, avec des immigrants venant notamment d'Irlande, récemment de Russie et d'Europe de l'Est voire de Chine, ayant chacun des quartiers attitrés.

Les industries majeures sont :

— Le textile, notamment dans les quartiers de Bermondsey et Southwark, spécialisés dans le travail du cuir et la confection de chapeaux, ou Bethnal Green, connu pour ses chaussures

— L'horlogerie et la bijouterie, faits à Clerkenwell

— La manufacture d'outils et de voitures à chevaux.

Si vous habitez à Londres, vous devez savoir que la ville a obtenu son système d'égout il y a treize ans, en 1875. Cela a énormément assaini la ville et a limité les épidémies de choléra, dont vos grands-parents vous ont évidemment parlé. Vous connaissez donc comme si vous l'aviez vécu le traumatisme de 1854, où la maladie a emporté plus de 23 000 personnes cette année-là (environ 1,5 % des habitants du Londres d'alors).

N.B. : En attendant que votre infiltration débute, vous êtes miss Harper, la « demoiselle » proche de Johnny Gort. En tant que « dame de compagnie », vous n'avez pas à répondre aux questions sur votre vie.

Ah, et j'ai dit à la couturière que vous prépariez un rôle pour une pièce de théâtre.

Jenny dut quitter l'auberge le matin même pour rejoindre « la planque », une maisonnette en périphérie de la ville. La bâtisse était de petite envergure et se confondait avec toutes les autres du bourg, si ce n'était pour les variétés exotiques de pommes de terre qui poussaient dans l'arrière-cour.

Selon Robert, c'était la demeure d'une famille d'immigrés qui, après s'être installée à Hydesville, avait décidé de visiter la Californie. Peu rassurés à l'idée de laisser leur nouvelle propriété sans surveillance, le logement avait été loué par un agent immobilier, qui n'était autre qu'un membre de Pinkerton sous couverture.

La maison débordait de souvenirs, que Jenny prit un malin plaisir à dénicher : des photos de famille dans les champs, des dessins de paysages étrangers, des papiers écrits en une langue incompréhensible. Menant son enquête pour passer le temps, la magicienne en vint à la conclusion que le couple d'agriculteurs semblait d'origine hollandaise vu leur taille impressionnante et le peu qu'elle pensait savoir de la langue. Ils avaient trois enfants, un adolescent et deux plus jeunes, sûrement nés avant leur traversée de l'Atlantique. Jenny rêva longuement des aventures de cette famille, seule évasion possible puisqu'on lui avait strictement interdit de sortir, sauf conditions exceptionnelles. Selon Robert : moins elle était vue, mieux ce serait. Plongée dans la nuit permanente des volets clos par peur des curieux, elle fureta ainsi dans tous les recoins de la maison, comme un petit animal nocturne indésirable.

Heureusement, Pinkerton avait l'habitude de soigner ses agents : tous les soirs, à dix-huit heures précises, des repas pour la journée à venir étaient déposés devant la porte à l'arrière de la maison.

Quand l'ennui la gagnait, elle sortait ses cartes et s'entraînait à les manipuler. Le miroir du salon et les lampes à pétrole lui procuraient un éclairage plus que suffisant. Lorsque les cartes la lassaient, elle passait aux gobelets, plongeant dans leurs arcanes et secrets au point d'en perdre la notion du temps, sursautant même lorsque retentissait la cloche à l'extérieur, indiquant la livraison des plats. C'est seulement au moment où elle faisait réchauffer ceux-ci sur la cuisinière à charbon qu'elle mesurait l'ampleur de sa solitude, songeant avec nostalgie à sa colombe et son lapin qui ne la laissaient jamais manger en paix.

Au bout du troisième jour, la costumière engagée par Robert toqua enfin à la porte. C'était une petite femme passionnée de théâtre et de Grande-Bretagne qui rêvait de pouvoir visiter ce pays. Elle aida Jenny à revoir ses tenues afin d'adopter un style londonien, à vrai dire pas tellement différent de la mode huppée new-yorkaise, et lui teignit les cheveux en brun à l'aide d'eau oxygénée et de phénylènediamine. La magicienne se reconnut à peine dans sa nouvelle robe bleue à volants triples. Les broderies de l'élégant habit dessinaient des roses noires le long de son décolleté en V, mettant en avant la pâleur de sa peau. Elle s'était rarement trouvée aussi ravissante, bien que la couleur brune de ses cheveux la désorientât un peu, comme si son reflet dans le miroir appartenait à quelqu'un d'autre.

Robert vint ensuite passer quelques après-midi dans la maison afin de lui faire répéter son accent anglais et revoir ses expressions : les « Putain ! » devinrent des « Bon sang ! », les « Bonjour » des « Bonne journée à vous ». S'il fallut aussi apprendre le langage du thé, le plus délicat pour la magicienne fut d'appréhender le personnage d'Adélia, ce nouvel alter ego qui l'observait intensément dans le miroir. C'est seulement lorsqu'elle put soutenir calmement son regard, s'appropriant enfin son image, qu'elle se sentit enfin prête.

Comme si le destin avait lu dans ses pensées, une nuit pluvieuse arriva enfin.

C'était une pluie d'automne torrentielle, avec ses lourdes gouttes qui lestent les vêtements à chaque impact, jusqu'à les transformer en poids morts handicapants. La luxueuse tenue de Jenny, que sa costumière avait pris tant de soin à élaborer, perdit vite de sa superbe. Sa robe fut éclaboussée de boue jusqu'aux genoux, ses bottines à talons s'enfoncèrent dans la terre imbibée pour en ressortir péniblement, serties d'une gangue marronnasse et visqueuse. Quant à ses cheveux noirs en queue-de-cheval, ils se transformaient en une masse humide et compacte donnant l'impression qu'elle s'était couverte d'une perruque bas de gamme.

Elle s'arrêta un instant devant le panneau : « N'approchez pas sauf si vous aimez la chevrotine dans le derrière », déglutit anxieusement puis traversa la distance qui la séparait de la ferme et frappa vivement du poing sur le bois de la porte.

— S'il vous plaît, il y a quelqu'un ? J'ai besoin d'aide, cria-t-elle affolée, du haut de son meilleur accent britannique.

Un judas s'entrebâilla sur un œil couleur noisette cerné de rides. Une vieille voix masculine tonna :

— Je peux rien pour vous. Si vous cherchez un endroit où dormir, continuez le long de la route pendant environ un mile et vous trouverez une taverne qui fera parfaitement l'affaire.

L'œil disparut et le battant de bois se referma. Robert l'avait prévenue que Daniel était méfiant. Elle reprit donc le texte maintes fois répété.

— Des brigands s'en sont pris à ma voiture, je n'ai plus d'argent ni d'endroit où dormir. J'ai peur qu'ils me retrouvent.

Je vous en prie, monsieur, on m'a toujours vanté l'hospitalité américaine !

L'œil reparut à travers le sas, inspectant l'intruse et son étrange accoutrement mouillé. Jenny vit en outre une femme passer furtivement la tête à travers des volets soudain entrouverts. Quelques bruits de pas suivirent, entrecoupés de chuchotements agités. Bon signe, quelqu'un qui se mettrait vraisemblablement de son côté, la solidarité féminine étant quelque chose sur lequel on pouvait compter tant qu'il n'y avait pas de rivalité de séduction. Après un court silence, elle entendit le son des verrous qu'on actionne.

Un violent éclair retentit au loin puis le long canon d'un fusil apparut dans l'entrebâillement de la porte, pointé droit sur elle.

— Qu'est-ce que vous comprenez pas quand j'dis que je peux rien pour vous ?

La magicienne leva immédiatement les bras, paralysée. Le canon se trouvait à moins d'un mètre de son visage. Impossible que le tir la rate, même malgré l'âge avancé de l'homme qui la mettait en joue et qui semblait peiner à tenir l'arme droite.

— Ceci est une propriété privée. Si j'vous tirais dessus, j'aurais même pas à m'justifier. J'vous enterrerais dans mon verger et vous feriez un engrais formidable. Allez, jeune fille, un mile ça passe tout seul.

Il lui intima l'ordre de bouger d'un mouvement de canon vers la route.

— Non !

— Non ?

Jenny se surprit elle-même. Un tel refus pour une innocente victime dans le besoin n'avait pas été prévu dans le plan de Robert, mais la préparation minutieuse et le costume endossé l'avaient aidée à entrer pleinement dans son rôle de touriste intrépide traversant l'Amérique.

— Je préfère mourir fusillée devant votre porte que violée et poignardée sur la route de votre maudit mile. Si vous pouvez vivre avec le poids de ma mort sur la conscience, alors tirez, car je ne bougerai pas d'ici tant que je ne serai pas à l'abri.

La porte s'ouvrit un peu plus et révéla une femme frêle aux traits ridés, aussi fine que le canon du fusil de son mari. Elle passa devant ce dernier et caressa la joue de Jenny d'une main maternelle avant de déposer une couverture épaisse sur ses épaules.

— Rentre ma grande, tu dois avoir froid.

— Mais chérie...

— On a essayé ta méthode et ça n'a pas marché, maintenant on suit la mienne.

Daniel ne tenta même pas de répondre. Après trente-deux années de vie commune, il n'avait plus la force d'argumenter et Lane le savait. La maîtresse de maison accompagna son invitée à l'intérieur et l'assit près du feu. Son mari avait baissé le fusil, mais se montrait toujours méfiant à l'égard de cette intruse qui grelottait près de sa cheminée. Jenny fixa son regard sur les flammes pour ne pas affronter celui du vieil homme qui l'examinait comme si elle était un animal sauvage blessé, cherchant à déterminer le danger de l'avoir chez lui.

Lane prit le sac de l'Anglaise et commença à le fouiller – ce dont celle-ci ne s'offusqua pas alors qu'en temps ordinaire elle aurait protesté – sortant quelques habits, des notes sur les thés et gâteaux américains, ainsi que le carnet *Les Chemins de l'Illusion* auquel elle prêta peu d'attention. Elle exhiba le bagage ouvert à Daniel, qui leva un sous-vêtement à l'aide de son canon, le rapprocha, l'inspecta puis le laissa retomber dans le sac.

— Pour une fois, Dan, fais-moi confiance. Qu'est-ce qu'elle a à y gagner ?

— Tu les connais pas, c'est des fanatiques ! Parfois c'est juste pour l'approcher et l'interroger mais y en a qu'ont essayé de la descendre. T'as eu de la chance d'arriver après tout ce foutoir, mais moi je sais…

— Le vieux croûton qui te sert de cervelle ne comprend plus les choses clairement. Tu veux que je te dise, c'est toi qui es devenu un fanatique ! Plus personne se soucie de sa vie d'avant. En plus, qui sait, elles pourraient s'entendre ?

Daniel fit une moue boudeuse puis jeta un nouveau coup d'œil à leur invitée. Avec ses cheveux noirs dégoulinant et la couverture à motifs coquelicot déposée sur ses épaules par sa femme, l'intruse ressemblait désormais à une fillette égarée.

— Juste cette nuit, hein ? Et au moindre truc suspect, Val s'occupera d'elle, menaça-t-il en tâtant son fusil.

Lane jeta un coup d'œil à son mari et secoua la tête en se demandant comment elle avait réussi à supporter ce benêt autant d'années. Elle posa les affaires de Jenny dans l'entrée et alla faire chauffer de l'eau dans la cuisine avant de revenir vers son invitée.

— On m'a dit qu'en Angleterre vous étiez plutôt thé, mais est-ce qu'un café vous aiderait à vous sentir mieux ?

Les années avaient gravé sur le visage de Lane des rides joyeuses au coin des yeux et des lèvres, que les flammes de la cheminée rehaussaient d'une lumière orangée, lui dessinant l'aura d'un ange bienveillant.

— Un café sera très bien. Merci pour… Enfin, de ne pas m'avoir laissée dehors. Je… Je n'aurais pas pu…

Le sourire de la vieille dame tirait tout son visage vers le haut. Jenny n'eut pas le temps de le lui rendre car un bruit étrange se fit entendre en provenance de l'entrée, comme si un raton laveur fouillait furieusement une poubelle.

— Kate, non ! cria alors Daniel d'un ton impératif.

Le bruit cessa et une ombre fila à travers le couloir avant de faire grincer les marches de l'escalier.

— Vous n'avez rien à boire dans votre sac ? s'enquit l'épouse, soudain agitée.

Jenny secoua la tête, perplexe. Lane respira.

— Bien, je vous laisse près du feu, n'hésitez pas à vérifier qu'aucune de vos affaires n'a disparu.

La propriétaire de la maison fit quelques pas, se retourna et demanda :

— Vous aimez les patates douces ?

20

Les Chemins de l'Illusion
par Gustave Marton

Un avant-propos (1/2)

Pourquoi cet ouvrage ?

Avant que nous ne nous aventurions ensemble dans le monde de l'illusion, il convient de me présenter. Comme vous l'aurez certainement deviné, mon nom est Gustave Marton, et j'aime à croire que je suis illusionniste. J'écris « j'aime à croire », car il s'agit du genre de choses que l'on ne peut décider soi-même ; on devient magicien dès que notre audience juge que l'on en est un.

Personnellement, mes premiers spectateurs ont été mes parents. Nous habitions dans les faubourgs de Paris, en France. Ma mère passait ses journées au foyer à nous éduquer, mes trois frères et moi. Mon père, quant à lui, était un artisan spécialisé dans la confection de selles de chevaux, fournissant les vendeurs chic des quartiers huppés de la capitale, dont les commerces juraient ensuite que tout était fabriqué par eux et n'hésitaient pas à vendre la selle trois fois le prix qu'elle avait été achetée. Mais cela ne gênait pas mon père, le tumulte de Paris lui tapait sur les nerfs et il aimait le calme et la monotonie sans surprise de sa banlieue.

Pourtant, pour fêter mes neuf ans, il décida de nous sortir « à la grande ville ». Sans doute était-ce simplement pour faire plaisir à ma mère, mais qu'importe, puisque cette soirée a changé ma vie. Après un restaurant où je goûtai pour la première fois de la viande racée, un délice qui n'était que l'entrée de cette merveilleuse nuit, nous allâmes au théâtre. Mon père avait réservé des places pour un spectacle de magie, et pas n'importe lequel : celui de Bartolomeo Bosco, un magicien auquel je consacrerai un chapitre plus loin.

Le spectacle me transporta. Ce qu'arrivait à accomplir l'homme sur scène avec de simples gobelets en fer et quelques balles dépassait les limites de mon imagination.

Il faut savoir que durant ma jeunesse, mon père m'avait destiné à reprendre son affaire, et que je n'avais jamais considéré que mon futur puisse être différent. Or ce soir-là, mon cœur fut emporté loin de cet avenir tout tracé. Il appartenait désormais à un monde où tout était possible : celui de la magie.

Porté par ce qui devint d'emblée une passion, je me mis à écouter en cours, à apprendre sérieusement à lire et écrire, passant rapidement de cancre à élève assidu. Une fois mes leçons achevées, je cirais des chaussures pour arriver à me payer des ouvrages sur l'escamotage que proposaient certains libraires d'occasion, ouvrages que mes parents jamais ne m'auraient offerts, jugeant cela comme une perte d'argent. Ensuite, je rentrais chez moi et pratiquais, jusqu'à ce que mes mains tressautent de douleur à cause des contorsions imposées. Un petit prix à payer, pensais-je, si cela me permettait un jour d'emmener une foule sur le chemin d'une illusion de ma création, comme Bosco l'avait fait devant moi. Les années s'écoulèrent, et ce que mon père avait d'abord pris comme un bête passe-temps, puis une crise de préadolescence, devint mon seul sujet de discussion. Finalement, exténué par cette lubie qu'il jugeait inutile, il me chassa de la maison, m'intimant de n'y revenir que lorsque je saurais coudre le cuir. Je le remercie encore aujourd'hui de m'avoir libéré, car les livres ont leurs limites : au fond de moi, je savais que le seul moyen d'en apprendre un peu plus sur l'illusionnisme était d'aller vers une nouvelle terre, riche d'opportunités, mais mon manque d'audace et ma peur de perdre mon filet de sécurité me freinaient. Privé du confort et de la sécurité d'un foyer, plus rien ne me retenait en France. Cela arriva au moment opportun car un autre pays m'appelait désespérément, un pays neuf où l'on parlait déjà d'événements surnaturels dépassant l'entendement : l'Amérique.

Comparé à ce que Jenny avait pu manger à la planque, la purée de patate douce et le steak lui parurent divins. Elle n'aurait su dire si c'était la qualité du plat ou le fait de ne plus avoir à souper seule dans la pénombre, mais ce repas arrivait à la réchauffer plus qu'elle ne l'avait été avec l'épaisse couverture devant le feu de cheminée. Malgré ce sentiment agréable, l'agent ne put s'empêcher de remarquer les couverts en aluminium, dépense rare en ces contrées. À vrai dire, l'apparente simplicité de cette demeure cachait un luxe discret : le miroir posé au-dessus de la cheminée accueillait un cadre doré à moulures de lierre, un piano en chêne massif ornait un coin du salon et des vases asiatiques à dessins raffinés occupaient différentes étagères. Une opulence qui contrastait crûment avec les lattes en bois rustiques du plancher et les habits austères du couple qui l'accueillait.

Jenny était si absorbée par cet étrange décor qu'elle mit du temps avant de remarquer qu'une quatrième assiette de nourriture fumante était posée à table devant une chaise vide. La curiosité de son invitée n'échappa pas à la cuisinière.

— Elle a son caractère mais elle descendra bientôt.

À peine eût-elle prononcé ces mots que des bruits sourds résonnèrent sur les marches qui menaient à l'étage. Tel un fantôme hantant les lieux, une femme d'une cinquantaine d'années, flottant dans sa robe de chambre à fleurs violettes, apparut au bas de l'escalier. Des yeux alourdis de cernes de fatigue vieillissaient son visage bougon. Si notre magicienne avait dû la décrire, elle aurait dit que Kate était la version « chaotique » de Margaret. La sœur Fox jaugea Jenny.

— C'est qui ? demanda-t-elle agressivement.

— Kate, je te présente…

Lane s'arrêta, réalisant qu'elle avait déjà oublié le prénom de son invitée.

— Adélia, répondit cette dernière de son plus bel accent anglais.

Nouveau prénom, nouvel accent et nouveau masque ! Alors même qu'elle commençait presque à se retourner quand elle entendait le prénom Hazel, voilà qu'elle devait déjà être quelqu'un d'autre. Au revoir Henry, cher époux disparu ; au revoir Clark et Neil, enfants chéris. Sonnait l'heure de Wilson, Halsey, Poppy et Bryan.

Kate s'approcha de Jenny, la renifla, passa une main dans ses cheveux encore humides puis porta l'eau qui en coulait à sa bouche, comme un chat déshydraté.

— Kate ! Ça suffit ! assieds-toi maintenant.

Daniel regardait sa sœur presque hilare, espérant qu'elle arriverait à faire fuir l'invitée imposée. Mais elle n'en fit rien et alla s'asseoir, avalant sans mot dire une bouchée de purée avant de regarder de manière morose son verre rempli d'eau. Après une courte contemplation, elle le frappa d'une pichenette, manquant presque de le renverser.

— Et si on faisait un jeu ? proposa-t-elle soudain en redressant la tête.

Jenny put alors apercevoir des yeux bruns, similaires à ceux de Margaret. Ils avaient ce même éclat éteint, comme un phare ne fonctionnant plus depuis des années.

— Adélia, aimez-vous jouer ? insista-t-elle puisque personne n'avait daigné répondre à sa première question.

— Elle a déjà eu une soirée difficile, laisse-la manger en paix. Mince, tu n'es plus une petite fille !

Mais Kate continua de fixer Jenny, ignorant complètement

sa belle-sœur. Un ange passa avant que la magicienne ne consente à répondre.

— Eh bien, si cela peut détendre l'atmosphère, pourquoi pas ?

Elle essaya d'englober tous ses interlocuteurs du regard, comme elle avait appris à le faire pour le public de ses spectacles, mais Daniel lui refusa cela en fixant sa sœur d'un air narquois qui ne la rassura pas. Il était évident que, quoi qu'il se passe, il voulait que sa femme s'en sente responsable.

— Aaaaah enfin ! Si vous saviez comme on s'ennuie dans cette maison. On peut jamais s'amuser, avec les deux vieillards.

— Kate ! Ça suffit avec ton insolence, tu es une dame, comporte-toi comme telle.

Lane reçut pour toute réponse une langue teintée d'orange par la purée de patates douce.

— Allons, je ne veux embêter personne. Mangeons et nous verrons cela après le repas... Kate, c'est ça ?

L'ancienne médium ne répondit pas et adopta un air renfrogné avant d'avaler son verre d'eau d'un seul trait et de le poser brutalement sur la table.

— Garçon, un autre !

Daniel leva avec cérémonie son bras malgré l'arthrite et prit la carafe pour servir sa sœur. Nul doute qu'il savourait ce moment.

— Vous n'avez rien d'un peu plus fort ?

— Pas pour vous, mademoiselle, dit son serveur.

Kate souleva le verre à moitié rempli et le fit tourner d'une main experte. Elle le huma, y trempa les lèvres, avant de le mettre dans l'axe d'une lampe à huile pour en observer la couleur.

— Cuvée mille huit cent quatre-vingt-huit, un peu jeune mais rond en bouche.

L'ambiance se détendit sous le bruyant rire communicatif que Daniel retenait depuis que sa sœur s'était installée à table.

Le repas reprit et Jenny en profita pour raconter une partie de son périple et de sa vie, texte qu'elle avait longuement répété avec Robert durant les après-midi étouffants passés dans la maison aux volets clos. La magicienne avait découvert qu'elle racontait mieux les mensonges quand elle les apprenait par cœur, comme des poésies. Elle n'avait pas besoin d'être Adélia, elle pouvait rester Jenny tant qu'elle ne déviait pas du texte. Même le maître de maison buvait désormais ses paroles, signe que cette infiltration, malgré un départ difficile, était un succès.

Après avoir aidé à nettoyer la vaisselle dans un baquet d'eau savonneuse, Jenny alla sécher ses mains près de la cheminée, laissant bientôt ses pensées se perdre dans les flammes. Kate la rejoignit finalement.

— Arrête avec l'accent britannique.

— Pardon ?

— J'ai vécu en Angleterre plusieurs années, et je sais reconnaître les pâles imitations. J'irais même jusqu'à dire que t'as jamais mis un pied là-bas.

La cadette Fox s'installa dans le rocking-chair près de l'âtre alors que Jenny s'assurait que Daniel et Lane se trouvaient hors de portée de la conversation.

— Je… ne vois pas ce que vous voulez dire.

— Aerated Bread Company, c'est ça le nom du magasin de ton mari ?

Jenny approuva.

— Dans quelle rue se trouve-t-il ?

La jeune femme cessa de respirer et ferma les yeux, elle l'avait, elle en était sûre. Elle voyait encore le papier où c'était écrit, elle s'entendait répondre à cette même question que Robert lui avait posée pour être sûre qu'elle était prête. Il fallait juste qu'elle se rappelle ce qu'elle avait répondu à son patron quand il l'avait interrogée. Puis après quelques secondes de réflexion, elle arriva enfin à entendre l'écho de son souvenir et déclara, tout excitée :

— 27 Holler Street ! En face de la bibliothèque Lobbers !

Elle était sûre que c'était la bonne réponse, revoyait clairement la fiche où c'était inscrit. Kate pouvait peut-être communiquer avec les défunts, mais c'était un talent moindre comparé à la discipline de travail que la magicienne avait acquise.

— Bel accent new-yorkais, admira l'autre.

Jenny avait été si heureuse d'arriver à répondre à la provocation de la médium qu'elle en avait oublié son faux accent. Elle venait de sauter à pieds joints dans le piège tendu.

— Je… Je… Non… NON ! C'est… Je suis londonienne, je vous jure !

La magicienne bafouillait, l'accent sonnait maintenant faux même à ses propres oreilles. Kate se contentait de la regarder de haut tout en balançant le fauteuil à bascule d'avant en arrière à un rythme soutenu.

— Hin hin…

Tout le temps passé en planque à étudier Londres, son histoire, ses épidémies de choléra, sa culture, sa nourriture, venait de partir en fumée pour un banal instant d'inattention. Cette Kate était loin d'être aussi stupide qu'elle le laissait croire.

— Chère Adélia, même si je doute qu'il s'agisse de votre véritable prénom, je sais que je vous l'ai déjà proposé tout à l'heure, mais que diriez-vous de jouer ensemble ? Je n'accepterai aucun refus.

Jenny tourna les yeux vers le salon, où Daniel et Lane jouaient aux cartes. Elle croisa le regard de cette dernière qui lui fit un clin d'œil. Daniel s'empressa de taper sur la table et de récupérer le jeu d'un air réjoui.

— Te soucie pas d'eux, ils ont leur petit rituel du soir. Une des seules raisons pour les déranger serait, par exemple, que j'aie à leur signaler que nous avons une espionne dans cette maison. Et l'on ne voudrait pas que cela arrive, n'est-ce pas ?

Jenny abandonna complètement l'accent factice.

— Je suis juste quelqu'un qui cherche un abri le temps de…

Elle s'interrompit en pleine phrase, comprenant que son mensonge ne tenait plus debout et qu'on n'improvisait pas une nouvelle identité d'un claquement de doigts.

— Tu sais, Daniel a enterré des gens dans le jardin pour moins que ça. Tu es sur sa propriété, pauvre touriste dont personne n'a jamais entendu parler. L'affaire serait oubliée avant l'aube.

Les lèvres de la magicienne tremblaient, elle ne se contrôlait plus. Le frère Fox pouvait-il réellement l'abattre s'il apprenait qu'elle leur avait menti ? Elle se rassura en songeant que si Kate avait voulu se débarrasser d'elle, elle l'aurait fait plus tôt. Jenny n'avait d'autre choix que d'accepter ses règles.

— Quel jeu ?

Un franc sourire orna le visage de Kate, et Jenny savait pertinemment qu'il n'annonçait rien de bon.

21

Les Chemins de l'Illusion par Gustave Marton

Un avant-propos (2/2)

L'Amérique était bien différente de la France en cette année 1857, et le pays en plein tumulte. Les tensions entre le Nord et le Sud montaient sans cesse, et les habitants de New York cherchaient à se positionner dans un conflit qui s'annonçait inévitable. Le pays était en outre secoué par un autre genre de séisme : le spiritisme. Depuis l'avènement des sœurs Fox au début des années 1850, les magiciens cessaient de justifier leur travail par l'illusion, et les rares qui le faisaient n'intéressaient plus personne, étant pris pour des imposteurs utilisant des astuces pour faire des tours supposés « magiques ». Le succès fut réservé aux charlatans se prétendant capables de communiquer avec les esprits et attribuant à ces derniers leur performance d'illusionnistes. Je préciserai la notion « d'identité de spectacle » plus tard dans ce livre, mais je peux déjà écrire que ce que j'observais là m'affligeait. Se rassemblant sous une seule bannière, la profession se transformait en énorme affaire de croyances et s'opposait même à la science, jusqu'alors soutien et éternelle source d'inspiration des magiciens. Je n'en revenais pas de voir les illusionnistes dénigrer en public le même progrès qui leur permettait d'effectuer leurs tours. Les spectacles que j'allais voir me mettaient tellement hors de moi que je me suis à plusieurs reprises surpris à me lever durant une représentation pour hurler le secret des tours présentés, me voyant ensuite, évidemment, sorti comme un malpropre par la sécurité.

Je choisis donc de créer mes propres spectacles. À même la rue, au cœur du marché des docks proche du port de New York. J'y trouvai mon public, des gens heureux de voir autre chose que des diseuses de bonne aventure narrant des banalités sous prétexte de porter la parole d'un autre monde. L'amour est même venu sonner à ma porte sous les traits doux d'une marchande de fleurs qui opérait non loin. Je tairai son nom afin qu'elle ne souffre pas de mon succès, mais j'aimerais dire que son charme éclipsait la beauté de toutes les roses déployées sur son chariot ambulant. Elle m'accorda son attention peu après mes débuts, se demandant quel phénomène pouvait arrêter la course de gens dans la cohue infernale du marché dominical. Hélas, son avenir était promis par ses parents à un voisin espagnol ayant un peu d'argent. Malgré ce futur plus sûr, elle osa revenir sur leur promesse pour me donner une chance, à moi comme à mes tours. Aujourd'hui nous sommes heureux ; et si nous n'avons pas encore d'enfants, je suis certain qu'elle fera une merveilleuse mère.

Le succès de mon spectacle de rue me permit rapidement de jouer dans des endroits plus adaptés. Ces succès s'enchaînèrent à d'autres jusqu'à mon ultime réussite, que vous tenez maintenant entre vos mains : un exemplaire de ma réflexion sur le monde de la magie ; ouvrage qui, je l'espère, saura convaincre l'Amérique et le monde qu'elle est une discipline sérieuse et non l'œuvre de créatures éthérées.

Mais ne laissez pas ces considérations personnelles vous inquiéter et, sans plus ample préambule, commençons tout de suite votre transformation d'amateur à professionnel de la prestidigitation. Ce texte vous révélera maintes techniques, trouvailles et tours qui seront tous à votre portée pourvu que vous leur accordiez un peu de pratique. Tout ce que je demande en retour, c'est que vous me laissiez être votre guide pour l'étrange voyage que nous allons faire ensemble, sur les Chemins de l'Illusion.

Full aux valets par les cinq, la victoire de cette main lui était assurée, essayait de se convaincre Robert Pinkerton pour ne pas faire face au fait qu'il avait perdu le contrôle de ses parties de poker avec les fermiers. S'il leur avait laissé gagner les premières manches afin d'entrer dans le groupe, voilà plusieurs jours qu'il perdait sans le vouloir. À vrai dire, une fois qu'il eut réellement commencé à jouer, ses victoires lui donnèrent une confiance malsaine, le menant à un enchaînement de défaites qu'il se leurrait à attribuer à une malchance temporaire. Il aurait aimé penser que ces paysans d'origine italienne se liguaient contre lui et trichaient, mais il savait pertinemment combien c'était improbable. Peut-être se redistribuaient-ils ce qu'ils lui soutiraient, mais le détective voyait bien que les griefs entre eux demeuraient d'une partie à l'autre. Et voilà que, à cause de son entêtement, une grosse partie du budget de la mission était passée entre leurs mains[1]. Pourtant, le détective était convaincu que cette main signerait son retour aux victoires. Il ne restait plus que lui, Bezzi et son frère Claudio. Ce dernier ne l'inquiétait pas,

1. Il avait tant pris l'habitude de travailler avec des fonds illimités quand l'agence prospérait sous la direction de son père, qu'il avait désormais des difficultés à limiter ses dépenses. S'il continuait ainsi, nul doute qu'il ne tarderait pas à devenir l'opposé de Leah, un nouveau pauvre. Trois cents dollars avaient bifurqué de sa poche vers celles des Italiens, et notamment de Bezzi qui semblait aujourd'hui dans une veine sans égale.

bluffant sûrement une suite avec cinq, sept, neuf, et dix de couleurs variées devant lui. Bezzi, en revanche, tenait un jeu potentiellement plus alarmant avec trois cœurs révélés, ce qui signifiait qu'il ne lui manquait que deux cœurs en main pour la couleur. Mais le paysan haut comme trois pommes agissait comme d'habitude lorsqu'il bluffait, mordillant la croix en or qu'il avait autour du cou. Le petit bijou grinçait contre ses dents alors qu'il regardait le tas de dol's et bucks accumulés devant lui.

— Jou relance dé soixante-dix dollars, annonça le petit italien à l'accent prononcé.

Il jeta avec arrogance ses billets dans le tas. Bezzi savait pertinemment que Robert n'avait plus de liquide, et cette dernière relance visait à pousser à se coucher ceux qui restaient.

En réponse, le détective prit dans sa poche la montre à gousset qu'il tenait de son père, l'ouvrit et l'exhiba à ses compagnons de jeu. À l'intérieur se trouvait une photo de toute la famille Pinkerton devant le bâtiment de l'agence : William regardait son père avec admiration, alors que Robert fixait l'objectif en faisant le pitre. Il tenait beaucoup à ce cadeau d'une valeur sentimentale inestimable, mais il ne pouvait se permettre de laisser passer la somme devant lui. Ses cartes ne pouvaient pas le faire perdre, il en était convaincu.

— C'est de l'or véritable dessus. Vous admettrez bien sûr le fait que cela vaut largement soixante-dix dollars, non ?

Bezzi demanda à ausculter l'objet, vérifia s'il fonctionnait, gratta le dos d'un ongle sale pour contrôler que ce n'était pas du plaqué, puis le lança au milieu des jetons avant de hocher la tête.

— Tou as des *palle*, mon ami, commenta le croupier.

— Palle ? demanda avec curiosité Robert.

Son voisin désigna ses testicules avant de lui faire un petit clin d'œil.

— Ça ou il est jouste très bête, dit Bezzi.

Claudio se coucha. Il ne restait plus que Robert et l'autre

Italien. Le détective sentit des mains féminines se poser sur ses épaules mais n'en eut cure, en cet instant il vivait uniquement pour le jeu. L'adversaire révéla ses cartes : trois cœurs dans la main, trois sur la table, la couleur. Le petit homme cracha sa croix avec un sourire malin, bien conscient qu'il avait mené le touriste en bateau.

— À toi lé nouveau.

Désespéré et une sourde colère contre sa propre bêtise lui nouant la gorge, Pinkerton jeta ses cartes au croupier sans les révéler, abasourdi de voir la montre familiale disparaître dans les mains du joueur au sourire carnassier et sous les acclamations de ses compatriotes.

— Il vous reste combien ?

Robert reconnut la voix de Jenny et comprit qu'elle avait assisté à la débâcle.

— Plus rien. J'ai tout perdu.

Il se sentait vide et humilié. Ce n'étaient que des fermiers de pacotille, sans plus aucun intérêt pour la mission, mais il s'était bêtement laissé prendre à leur jeu. En quelques manches victorieuses, il était devenu accro à la sensation de maîtrise et de pouvoir, sensation dont les échecs consécutifs de l'agence l'avaient privé ces derniers temps. Brusquement, un élément important le frappa : le bâtiment Pinkerton apparaissait sur l'image contenue dans la montre à gousset. Si Bezzi la gardait, il découvrirait forcément ce détail et le percerait à jour. Cela signifiait qu'il venait de griller sa couverture de la façon la plus stupide possible, en tendant littéralement une photo de la famille de sa véritable identité.

— Alors, Johnny, tou restes à table ou pas ? demanda le croupier.

Robert se retourna vers la magicienne avec un air suppliant.

— Jen… Miss Harper, j'ai épuisé mes fonds mais j'ai BESOIN de récupérer cette montre ! Pourriez-vous m'avancer ?

— Juste la montre ?

— Oui, j'arrête dès que je la récupère. Cinquante dollars

feront l'affaire, je les ai dans ma chambre, je vous les rends dès que la partie est finie.

Jenny observa un instant le pauvre homme, sincèrement désespéré.

— Poussez-vous.

— Pardon ?

Elle lui asséna un petit coup de hanche pour l'intimer de lui laisser la chaise. Robert s'exécuta en rechignant.

— Toi là-bas, dit-elle en s'adressant à Bezzi.

— Moi ?

— Oui, je te rachète la montre pour soixante-dix dollars.

L'Italien prit l'objet de convoitise entre ses mains afin de mieux l'apprécier, observant dans l'or brillant son visage détruit et ses gencives noircies par la chique à tabac.

— Ji sais pas, c'est oune beau bijou. Cent dollars et elle est à toi.

— Quatre-vingts dollars.

Bezzi ouvrit le capot et regarda la photo.

— Ji commence à m'attacher à cette famille. Cent vingt dollars.

Il exhiba de nouveau son sourire hideux, parfaitement conscient de l'effet qu'il faisait. Jenny avait espéré que sa féminité l'aurait aidée à obtenir un traitement de faveur, mais il n'en était rien. Ces fermiers n'avaient aucune sympathie pour elle.

— Eh, croupier ! Pourriez-vous me donner cinquante dollars en petite monnaie ?

— Dès que tou me donnes cinquante dollars, y a pas de problème ma belle, glousa ce dernier, l'un des Italiens du clan.

Jenny réfléchit un instant, consciente qu'il n'y avait pas vraiment d'issue conventionnelle à ce problème.

— Vous l'avez entendu : mon ami a cinquante dollars dans sa chambre, mais disons que même s'il ne les avait pas, ces cinquante dollars correspondent au prix d'un moment en ma compagnie. Si je perds tout et que mon ami ne peut pas rembourser, celui d'entre vous qui m'aura prêté les cinquante dollars aura le droit d'en profiter. N'est-ce pas une proposition alléchante ?

Tous les joueurs hochèrent la tête de concert, sauf Robert, qui la regardait, terrifié. Voilà que sa propre agent, probablement vierge, avait promis de coucher avec un inconnu pour récupérer ce que, lui, avait perdu. Peut-être William avait-il raison, peut-être était-il vraiment indigne de tenir l'agence.

Un air de triomphe libidineux sur le visage, Bezzi sortit immédiatement les cinquante dollars de sa pile personnelle avant de les donner à Jenny, accompagnant son geste d'un clin d'œil vulgaire. Le contrat tacite était ainsi scellé, elle ne pouvait désormais plus reculer.

Les premières parties furent laborieuses. Malgré de petites mises, elle perdait beaucoup. Son jeu semblait chaotique voire aléatoire, et qu'elle demande constamment des précisions sur les combinaisons ne rassurait pas Robert. Heureusement, descendue à vingt dollars, enfin une bonne main lui permit de remonter à soixante-dix. Elle continua d'enchaîner petites défaites et victoires de manches plus importantes, remportées à la surprise générale des habitués du saloon rassemblés autour de la table pour voir une femme battre les champions du village. Finalement, après une main qu'elle remporta de justesse, sous les yeux atterrés de ses adversaires qui ne comprenaient pas comment une débutante connaissant à peine les règles pouvait les battre ainsi, l'agent avait enfin obtenu les cent soixante-dix dollars de gains. Son but atteint, elle se leva, jeta la somme à Bezzi et prit la montre qui trônait sur le tas de pièces qui avait sensiblement diminué depuis son entrée en lice. Appuyant sur le clapet, elle jeta un coup d'œil à l'intérieur de l'objet qu'elle avait failli payer au prix fort. Sur la petite photo en noir blanc, protégée par une mince plaque de verre, l'innocence des deux frères Pinkerton encore adolescents la toucha, la rendant nostalgique d'une époque qu'elle n'avait pas connue.

— Ce sera ma paye.

Elle fit tournoyer la petite horloge ouverte devant Robert encore ébahi par la prouesse de sa recrue, puis le prit par la main sous le regard muet des autres joueurs, impressionnés par son aplomb.

Arrivés dans la chambre, le détective ferma la porte à clef et vérifia, à travers la serrure, que personne ne les avait suivis. Jenny, de son côté, s'écroulait sur la chaise branlante, comme si le poids du monde venait de lui être ôté des épaules.

— Vous m'avez ébloui, ma chère ! Avez-vous fait semblant de ne pas savoir jouer ou bien était-ce la chance du débutant ?

— Dans la magie, il n'y a pas de hasard, monsieur Pinkerton. Disons juste que j'aide les coïncidences.

Elle sortit un valet de sa manche, qu'elle mit dans la montre à gousset avant de la poser sur le petit bureau.

— À la fin de chaque manche, les joueurs ont le regard rivé sur une seule chose : l'argent. Le tas au milieu et le leur, voilà ce qu'ils regardent. Je profitais de cet instant pour passer une carte de ma main à ma manche, en prenant soin de bien tasser celles que je rendais au croupier. Je gardais toujours ma plus grande carte, que je remplaçais par une autre de ma main quand cela m'arrangeait. L'astuce est de ne pas gagner souvent et rien de spectaculaire, juste de quoi augmenter ses gains peu à peu.

— Et s'ils vous y prenaient ?

— Je ne mettais les cartes dans ma manche que sur mes mains perdantes, et laissez-moi vous demander : qui inspecte les perdants ?

Robert opina du chef, impressionné.

— Vous apprenez vite, ma chère. Si vous continuez comme ça, nul doute que vous aurez bientôt votre photo dans les escaliers de l'agence. De magicienne de talent à détective… les théâtres s'arracheront votre spectacle. « Jenny la magnifique » remplacera le « Mahatma blanc » en un rien de temps. Vous me laisserez une place à la première, j'espère ?

— Évidemment, mais je ne pourrai pas vous faire monter sur scène pour un tour, je ne voudrais pas que les gens puissent croire que nous sommes complices.

Ils rirent bruyamment, la jeune femme se demandant toutefois si ce rêve ancien demeurait accessible. Le détective reprit son souffle.

— Bon, trêve de plaisanterie. On en est où avec notre chère Kate ? Dites-moi que vous êtes sortie juste pour une course et que vous y retournez immédiatement. Faites-moi votre rapport à l'oral, je m'occuperai de le rédiger.

La mine réjouie de la magicienne disparut.

— Kate est… Ce n'est définitivement pas la même partie qu'avec Margaret. Chez Daniel, elle n'est pas invitée mais hôte. Je suis convaincue que ce ne sont pas les revenus d'ancien bûcheron de son frère qui paient les belles choses disséminées dans leur maison. Bref, je la soupçonne d'avoir fait chanter Leah et obtenu une grosse somme contre son silence. De quoi permettre à Kate de conserver un train de vie agréable, même dans un bourg aussi reculé qu'Hydesville. La seule chose que son frère lui refuse, c'est l'alcool.

Robert s'allongea sur son matelas de paille, les yeux au plafond. Cela l'aidait à réfléchir.

— L'alcool, hein ? Ça ne m'étonne pas, les cadettes Fox ont été exposées très jeunes aux soirées mondaines. Kate a commencé à douze ans. Si elle a pris goût aux liqueurs et au vin à cet âge-là, pas étonnant qu'elle en soit devenue dépendante par la suite. La question est : pourquoi Daniel et son épouse ne cèdent-ils pas là-dessus ? À moins que vous n'ayez la réponse ?

— Non, malheureusement. Peut-être cela fait-il partie du contrat avec Leah ?

— Peut-être. Ça paraîtrait logique.

Robert, son sérieux retrouvé, réfléchit à l'ensemble des informations que venait de lui livrer son agent et à la façon de les utiliser au mieux. Jenny avait retardé autant que possible l'annonce de la mauvaise nouvelle, mais elle ne pouvait laisser son patron dans l'ignorance plus longtemps.

— Kate… Hmm… Elle sait que… enfin elle a deviné que je n'étais pas vraiment…

Le détective se redressa, intrigué.

— Pas vraiment ? demanda-t-il tout en ayant conscience que depuis que les missions de couverture existaient, le début de phrase « elle a deviné que je n'étais pas vraiment… » annonçait le plus souvent des problèmes.

— Pas vraiment Adélia Marlicht.

Il prit une grande inspiration et se leva. L'hypothèse qu'il redoutait le plus s'était réalisée.

— MERDE !

Son poing éclata une des planches en bois qui séparaient la chambre de l'extérieur.

— Mais… mais je suis encore dans la maison ! N'est-ce pas ce qui compte ? Tout n'est pas perdu, Robert.

— Ne m'appelez pas Robert lorsque ça vous arrange, c'est monsieur Pinkerton.

Il haletait tant que son cœur donnait l'impression de bondir dans sa poitrine.

— Vous n'êtes pas virée de la maison ? Pourquoi ? Vous êtes en train de m'expliquer qu'ils ont découvert que votre identité n'était que pure invention et ça ne les a pas embêtés plus que ça ? Le même vieillard qui tire à bout portant sur des journalistes se ficherait qu'une femme lui mente intégralement sur son identité ? Bordel, vous vous payez ma tête ou quoi ? hurla-t-il.

Elle n'avait jamais pris Robert pour un homme violent, mais voilà qu'il se montrait le digne frère de William.

— Il n'y a que… Kate. C'est la seule qui est au courant, je vous jure.

Il se retourna enfin vers elle.

— Comment ça ?

— Kate sait que je suis son seul moyen d'avoir de l'alcool. Elle semble prête à tout pour une bouteille, même à laisser une menteuse s'installer chez elle sans prévenir Daniel ou Lane.

La colère de Robert s'envola pour laisser place à l'étonnement. Il se rassit sur le lit en tailleur et leva la tête vers sa recrue.

— Vous avez déjà acheté la bouteille ?

— Je venais justement vous voir pour l'argent. J'étais censée être dépouillée par des brigands, le couple pense que je suis allée envoyer un message à Londres pour que mon époux m'aide à rentrer, mais Kate m'a intimé l'ordre de revenir avec de l'alcool.

— Comment vous a-t-elle menacée ?

— Elle a gardé l'intégralité de mes affaires, même si elle a avoué savoir que je n'ai aucun bien de valeur. Elle a aussi ajouté que je n'avais pas encore trouvé ce que je cherchais ici et qu'elle seule pouvait me permettre d'y arriver. À condition que je lui ramène une bouteille. Elle en a fait un jeu qu'elle a appelé « un coup toi, un coup moi ».

Robert lui tendit dix dollars, maigre économie qu'il n'avait pas encore perdue aux cartes.

— Ça devrait être suffisant pour deux bouteilles d'un vin correct, non ?

La magicienne marqua un temps.

— Pourriez-vous me donner douze dollars ? Je comptais acheter du vin et le substituer avec du jus de raisin. Cette Kate n'a pas eu une vie facile et je ne voudrais pas… enfin, vous voyez ?

Son patron lui mit les dix dollars dans la main.

— Non, je ne vois pas. Achetez du vin et contentez-vous de poursuivre la mission. Il y a déjà assez de tromperies dans cette histoire pour que vous n'en rajoutiez pas. Kate est maligne. Si ce n'est pas vous qui lui fournissez de l'alcool, elle trouvera quelqu'un d'autre. Et une femme ivre a la langue plus déliée qu'une femme qui boit du jus de fruits.

Jenny regarda les pièces, y voyant le reflet futur d'une

Kate en train de dégobiller douloureusement dans les champs à côté de la ferme.

— Maintenant disposez, agent Marton. La prochaine fois que je vous vois, ce sera avec le secret de ces foutus esprits frappeurs ou alors ce sera la fin de notre collaboration.

22

Guide Pinkerton du parfait agent
par Allan Pinkerton

La cible et vous

Félicitations, vous avez réussi à approcher votre cible. Vous devez maintenant être si proches qu'elle croit tout connaître de vous. Elle vous considère comme une personne de confiance, ayant connu des troubles similaires aux siens. Si vous avez fait un excellent travail, il est même possible que, tenant trop à votre amitié, elle se retienne de tout vous avouer de cette vérité qui la ronge comme un ulcère. Et plus vous la maintiendrez dans cet état, comme une machine sans moyen d'évacuer la vapeur accumulée, plus vous tirerez des confessions intéressantes, car, lorsque la pression explosera, votre proie n'omettra aucun détail, trop heureuse de se débarrasser du fardeau qu'elle traîne depuis des années. Il ne tiendra qu'à vous de récupérer ces charges pour les livrer à la justice afin que la vérité éclate et que le criminel soit puni.

Les seuls criminels qui ne se confessent pas sont ceux dénués d'empathie, tellement convaincus que leur crime était nécessaire qu'ils se croient fondamentalement bons et ne pensent pas mériter de

punition pour leurs actions. Ces gens-là représentent le plus grand danger pour notre société. Si vous en croisez, parlez-en à votre coordinateur de mission. Une fois leur secret découvert, votre vie peut être menacée.

Daniel et Lane ne se doutèrent de rien. Ils félicitèrent même Jenny d'avoir réussi à se rapprocher de Kate. Elle n'était apparemment pas une femme facile, ils la décrivaient comme « une gamine dans un corps de femme, une intelligence sournoise, en plus ». Le soir de son retour, après un dîner copieux et l'habituelle partie de cartes, le couple alla se coucher tandis que l'Anglaise « racontait » à Kate comment Londres avait évolué depuis le départ de la cadette, ne cessant de vanter le succès du salon de thé de son époux.

Une fois seules, elle put cesser son baratin sur sa passion des pâtisseries, et la dernière des Fox révéla son vrai visage, ses yeux gourmands fixant les formes bombées du sac de Jenny.

— C'est dedans ?

La magicienne approuva, regrettant déjà ce qui allait arriver. Kate se leva, s'arrêta un instant près de l'escalier qui menait aux chambres pour tendre l'oreille, avant de se diriger vers le bagage et d'en sortir délicatement l'objet de convoitise.

— Pinot noir, 1884, vallée de Napa. Tu t'es pas foutue de moi, ma chère, ça vaut au moins cinq dollars la bouteille, ça.

Elle tourna son Graal dans tous les sens. Le bouchon, cacheté de cire rouge, et le label du domaine, à l'étiquette scellée, luisaient tous deux comme des rubis.

— Bon, avant qu'on attaque, y a une chose que j'aimerais

régler. Je peux pas continuer à t'appeler juste « ma chère », et Adélia je trouve ça laid, alors, dis-moi comment tu t'appelles, s'il te plaît.

— Hélène, Hélène Nivon.

Kate la regarda un instant ; un toc résonna.

— Non, c'est pas ça. Et je m'en fiche de ton nom de famille, je veux juste un prénom ou même un surnom.

Ainsi Kate possédait aussi le « don » des claquements. Mais au-delà de ce talent, c'était comme si quelqu'un la prévenait dès qu'elle avait affaire à un mensonge. Jenny chassa l'idée et se dit juste que tant d'années de pratique dans les salons privés avaient dû rendre la sœur Fox sensible aux tromperies. Elle s'efforça de maîtriser parfaitement le ton de sa voix pour ne rien laisser transparaître.

— Vera.

Encore un toc.

— Écoute, j'ai récupéré le vin. Honnêtement, si je t'ai pas dénoncée là, tout de suite, c'est par courtoisie. Je te laisse encore une chance, après tu règles ça avec mon frère. Par contre, je préfère te prévenir, il est moins patient que moi.

— Barbara…

Cette fois, aucun toc, juste un regard sceptique de Kate, qui suffit à faire céder la magicienne.

— Jenny, appelle-moi Jenny.

Kate sembla enfin satisfaite. D'un coup de dent expert, elle décapita le capuchon de cire avant de le cacher dans sa robe.

— Faut laisser aucune trace, expliqua-t-elle avec un clin d'œil.

Elle passa la main sous une commode proche, tâtonna quelques instants puis sortit un tire-bouchon à poignée d'acajou. D'un geste éprouvé, elle enfonça la vrille dans le col et ôta prestement le bouchon en liège.

Elle but au goulot, à la verticale. Son débit ne s'arrêta que lorsque la moitié de la bouteille fût vidée, sans qu'aucune goutte ne soit tombée à côté. Cela fait, elle la tendit à sa pourvoyeuse. Cette dernière dut admettre que Kate, requinquée par l'objet de son addiction, semblait avoir rajeuni de dix ans. Son visage était si détendu qu'on aurait cru qu'elle venait de fumer de l'opium.

— À toi, Jenny. Lâche-toi, on a deux bouteilles.

La magicienne prit timidement le vin, en avala une petite lampée et toussa alors que le goût âpre imprégnait sa bouche.

— Je me doutais bien que t'étais pas une grande buveuse. Mais t'inquiète, tu vas apprendre. J'ai envie qu'on se connaisse un peu plus, toi et moi.

Elle attrapa la bouteille des mains de son invitée, puis se dirigea vers une étagère dans l'entrée. Sur la pointe des pieds, elle passa la main sur le haut du dernier rang et sortit une boîte d'allumettes, qui contenait une clef.

— Je sais pas pourquoi, mais ils sont convaincus qu'en cachant les objets en hauteur je pourrai pas les atteindre. Même à cinquante ans et après avoir créé un mouvement à l'échelle mondiale, ils me voient encore comme une gamine de douze ans.

Elle fouilla alors dans un tiroir de la commode et en sortit quelques bougies qu'elle jeta à Jenny.

— On va où ? s'étonna cette dernière en les attrapant.

— Je connais l'endroit parfait pour discuter tranquillement.

Elles marchèrent environ deux kilomètres à travers des champs de tabac. Jenny n'avait pu résister à prendre son sac contenant *Les Chemins de l'Illusion.* L'idée de laisser le livre loin d'elle lui était tellement insupportable qu'elle avait même fait demi-tour après avoir franchi la porte pour aller le prendre, au risque d'attirer des soupçons chez la sœur Fox.

Une fois dehors, il n'en avait rien été. Kate ne semblait même pas avoir remarqué cette conduite étrange et fonçait, bouteille à la main, traçant un sillon dans les plantes que Jenny suivait quand elle la perdait de vue. Heureusement, la médium s'arrêtait de temps en temps pour caresser les feuilles, ou bien simplement pour contempler la pleine lune qui les illuminait. Jenny avait beau demander régulièrement où elles allaient, elle ne recevait pour réponse que le grésillement nocturne des lucioles, phares miniatures de cette immense mer végétale. La course frénétique prit fin devant une maison que Jenny connaissait par cœur, tant elle l'avait vue en photo dans les dossiers Pinkerton.

— La ferme Fox…

La demeure n'était pas bien grande. Des fenêtres en croix, des murs de bois d'environ cinq mètres de hauteur, un toit de tuiles surmonté d'une modeste cheminée, une étendue d'herbe qui n'avait pas été taillée depuis une éternité. Les arbres entourant la maison avaient une allure étrange : ils poussaient de travers, leurs branches s'entremêlant comme des serpents figés dans un éternel combat. Cet entrelacs énigmatique n'empêchait pas quelques chiens de prairie d'y voir un refuge confortable.

— Comme je le pensais, ce sont les esprits qui t'intéressent. Alors tu vas être servie.

Kate jeta au loin la bouteille vide, qui disparut dans les hautes herbes. Elle prit quelques bougies des mains de Jenny, se dirigea vers la petite porte en bois, l'ouvrit dans un grincement rauque et disparut dans l'obscurité.

La magicienne ignorait pourquoi, mais elle trouvait à la bâtisse une aura étrange, comme si, malgré l'abandon, quelque chose y vivait toujours.

— Alors Jenny ? Tu viens ou tu préfères juste me jeter l'autre bouteille ?

L'agent pénétra dans la ferme alors que Kate allumait les bougies et les plaçait sur des candélabres poussiéreux. Une pâle couleur orangée éclaira le bois fatigué des lieux. À la lueur vacillante, elles s'assirent mollement à terre, Jenny posant discrètement ses affaires dans un coin avant de s'adresser à Kate.

— C'est ici, n'est-ce pas ? C'est dans ce salon que tout a commencé ?

Kate regarda autour d'elle, cherchant à faire remonter les souvenirs de la brève innocence que ces murs décrépis avaient abritée.

— Nan.

— Nan ?

Comme elle quémanda l'autre bouteille, Jenny la lui tendit prudemment en se penchant en avant. La médium claqua la langue après une généreuse gorgée.

— Meilleure que la précédente.

Elle renvoya la bouteille à Jenny, qui la saisit au vol de justesse.

— Vu que je sais rien de toi et que j'aime pas boire avec une inconnue, tu vas me dire exactement ce que tu espères obtenir de moi. Si j'apprécie ce que j'entends, peut-être te le donnerai-je. Sinon, eh bien, disons qu'on aura juste partagé un bon vin dans un cadre unique.

Elle s'assit sur un vieux tapis ocre, le tapota et invita Jenny à la rejoindre.

— Ce que je veux, hein ?

La magicienne s'installa, but à son tour et se prit à trouver un petit goût agréable à la chose.

— La vérité… Je crois.

Kate la regarda un instant puis partit en un rire sonore. Son invitée demeura stoïque, sérieux qui accentua l'hilarité de la médium. Finalement, elle parvint à reprendre son souffle.

— Tu ne trouves pas la requête ironique de la part de quelqu'un qui se fait passer pour ce qu'elle n'est pas ?

— N'est-ce pas ce que vous avez fait vous-même pendant quarante ans ?

Un court silence s'installa, Kate se pencha en avant pour attraper le vin restant mais Jenny recula son bras.

— Vous répondez à ma question et je vous rends la bouteille, sinon je renverse tout par terre, disparais et vous ne me retrouverez jamais.

Le poing de Kate se referma lentement sur le vide.

— Tu es magicienne, n'est-ce pas ? Des Jenny qui se donnent en spectacle dans New York, doit pas y en avoir quarante mille.

— Comment vous le savez ? Les esprits ?

Kate pointa son index vers le haut et l'agita pour signifier une négation.

— *Les Chemins de l'Illusion*, c'était la seule chose que tu n'as pas mentionnée concernant Adélia. J'ai feuilleté le manuscrit pendant ton absence, et vu à quel point l'auteur détestait le spiritisme et les charlatans. J'ai donc compris la véritable raison de ta venue, même si je dois avouer que j'espérais plus original : tu cherches à prouver que, nous, les sœurs Fox, ne sommes que des menteuses qui en ont après l'argent des naïfs en deuil.

— N'est-ce pas ce que vous êtes ?

Kate lorgnait le vin.

— Je suis sûre que tu connais notre histoire. Au moins les grandes lignes, tout le monde connaît les grandes lignes.

— Je veux ta version.

— Ma version ? Qu'est-ce que tu ferais du récit d'une menteuse ?

— Contrairement à l'auteur des *Chemins de l'Illusion*, je n'ai de certitude sur rien. Tout ce que je cherche, ce sont des réponses. Lui m'a fourni les siennes, je pense que vous méritez aussi de pouvoir vous expliquer.

— Et qu'ai-je à faire de l'opinion d'une jeune écervelée qui ne sait même pas imiter un accent correctement ?

Jenny lui donna la bouteille en gage de bonne foi, Kate la caressa un instant avant d'y boire un peu.

— Racontez-moi ce qu'il s'est passé ici, s'il vous plaît. Il n'y a que vous qui avez les réponses.

Kate but encore. L'alcool agissait sur elle comme un élixir de jouvence, la rajeunissant à mesure que le niveau du vin baissait. Lorsque la dernière goutte tomba dans son gosier, elle éclata le verre dans la cheminée éteinte depuis tant d'années.

— T'as gagné, Jenny. Coup de bol pour toi, l'alcool me donne envie de raconter des histoires. Et rien ne vaut celle de la nuit du 31 mars 1848. Celle où tout a commencé.

Jenny se redressa et croisa les jambes, prête à écouter, même si l'alcool lui donnait l'impression que la maison tanguait légèrement.

— À cette époque, nous étions encore quatre à vivre ici. Ma mère, aussi appelée Margaret, mon père John, ma sœur Maggie et moi-même. Nous venions de déménager de Rochester pour venir dans ce village paumé. Maggie et moi avions perdu tous les amis que nous nous étions faits à la grande ville, et franchement, on était assez désœuvrées. Notre père passait la journée au travail et notre mère… disons juste qu'elle n'a jamais été très rigolote. Maggie et moi logions dans le grenier. Pour une raison que j'ignore, tout le monde pensait que cette maison était hantée, du coup nous l'avions eue à bas prix, deux choses dont ma sœur et moi nous fichions éperdument. En revanche, maman, elle, n'arrivait pas à dormir convenablement depuis qu'on avait emménagé, prétendant que quelque chose la dérangeait. Selon elle, il y avait des bruits, la nuit, qui venaient d'on ne sait où. C'en était arrivé à un point où, une fois le soleil couché, chaque craquement de planche la faisait sursauter. À l'initiative de ma sœur, rongée par l'ennui de cette campagne, nous nous sommes mises à lui faire des blagues. On redoublait d'ingéniosité pour faire vivre cet esprit dans la maison. Un soir sur deux, avant de dormir, nous attachions des pommes à un fil imbibé de la cire d'une bougie allumée. Quand le fil brûlait et cassait, le fruit tombait en un son sourd. D'où l'apparition de bruits dans une pièce apparemment vide. Dans notre lit, installées au grenier, rien ne nous faisait plus pouffer que d'entendre maman hurler sur mon père au beau milieu de la nuit à cause de ces effrayants sons à retardement. Mais notre mère, ça la rendait de plus en plus agitée. Elle s'est confiée à ses voisines qui lui ont conseillé d'essayer de dialoguer avec l'esprit. Alors elle attendait les bruits puis elle se mettait à parler seule... posant sans cesse des questions à ce mystérieux esprit frappeur sans jamais qu'il lui réponde. Les pommes ne pouvaient après tout tomber qu'une seule fois. Et puis il y a eu ce fameux soir du 31 mars 1848... Raah je m'en souviens comme si c'était hier.

Kate avait les yeux embués. Elle n'était plus vraiment là, hantée par le fantôme de son enfance lui faisant revivre la scène qui avait changé le cours de sa vie. Jenny ne dit rien, le train était lancé dans la bonne direction, comme l'avait annoncé le manuel Pinkerton.

— C'était par une nuit venteuse, ça j'en suis sûre. Maggie et moi nous trouvions dans le grenier à jouer avec des poupées pendant que nos parents nous croyaient endormies. Mais voilà, ma sœur en avait, cette fois-ci, assez de ces jeux « pour les enfants ». Elle en avait marre d'Hydesville, Rochester lui manquait et elle blâmait maman de cet exil rural. Alors, elle suggéra de lui jouer un tour en invoquant l'esprit qui l'empêchait de dormir pour lui faire croire qu'il venait la manger. Avec le vent qui agitait les volets, simuler la colère de l'être occulte serait simple comme bonjour. On s'est installées dans l'escalier et Maggie a hurlé, prétendant que l'esprit de la maison désirait s'exprimer, qu'il s'appelait Monsieur Satan et avait un message pour nous. On voulait juste effrayer notre mère, mais ce qu'on n'avait absolument pas prévu, c'est que l'esprit nous réponde, et sans qu'il soit question du moindre battement de volet. Monsieur Satan nous parlait sous forme de tocs, répondant à nos questions par oui ou non. Il semblait tout connaître de nous : nos âges, nos noms, nos occupations. Il répondait juste à chaque fois. Même mon père était terrifié cette fois-ci. Ma mère jugea ce problème trop gros pour être géré seul, elle alla chercher son amie et voisine, madame Redfield, qui avait toujours été sceptique quant à sa paranoïa. Pourtant, à peine eut-elle entendu les claquements tomber juste sur son âge et le nom de son défunt mari qu'elle-même partait chercher d'autres voisins afin de vérifier avec eux qu'elle n'était pas folle. Bientôt, tout le village s'ameutait à notre fenêtre malgré l'heure tardive, pendant que nous interrogions Monsieur Satan sur son identité et ses volontés. Je m'en souviendrai toujours : plus de trois cents personnes venaient de se faire tirer de leurs lits douillets et regardaient d'un œil hagard, mais curieux, un homme autoproclamé porte-parole poser des questions à l'esprit. À l'aide d'un ancien télégraphiste, nous avons pu formuler des questions plus précises auxquelles l'esprit répondait en utilisant le morse. On détermina que Monsieur Satan était un colporteur du nom de Charles B. Roma. C'est lorsqu'il raconta avoir été assassiné par les précédents propriétaires et enterré dans la cave que les habitants, devenus fous, se précipitèrent pour creuser dans notre sous-sol à la recherche du cadavre. Ils ne trouvèrent que des fragments d'os qui auraient pu appartenir à n'importe quel animal, néanmoins, cela suffit à faire parler de nous. Assez pour que, deux ans plus tard, moi, Maggie et Leah soyons les stars de New York.

Jenny contemplait Kate, en larmes, recroquevillée sur elle-même, redevenue une petite fille de douze ans dépassée par les événements.

— Ces tocs, ce Monsieur Satan, c'était encore votre système de pommes, n'est-ce pas ? Il n'y a jamais eu d'esprit dans cette maison.

Kate se leva et s'essuya le visage en reniflant.

— Je ne suis qu'une pauvre ivrogne nostalgique, qui suis-je pour dire ce qui est et ce qui n'est pas ?

23

Les Chemins de l'Illusion par Gustave Marton

S'il existe un bonheur inégalable dans l'illusion, c'est la joie qu'elle me procure. Voir l'émerveillement dans les yeux de mon public après avoir réussi à maîtriser des tours complexes m'a toujours fait plus d'effet que n'importe quelle injection de morphine ou d'opiacé administrée par un médecin de guerre peu regardant. Les applaudissements à la fin d'un spectacle me donnent l'impression de m'élever au-dessus du monde, porté par cette foule dont je ne connais rien, avant d'être redéposé doucement, une fois éclipsé en coulisses. Rien n'est comparable. Néanmoins, cette volupté a un prix : son manque. Les magiciens sont comme les politiciens, un jour ils sont au sommet du monde, et le lendemain ils ne sont plus rien. Il n'est donc pas étonnant que certains en viennent à tricher, à abandonner la discipline qui leur a tant donné pour la travestir en mystification grotesque afin de savourer une fois de plus les applaudissements et l'admiration. J'ai même vu des canailles en venir à saboter les tours de leurs confrères, jaloux d'un succès auquel ils n'avaient plus accès.

Ne vous laissez donc pas consumer par les aléas de l'enthousiasme d'une assistance crédule. À la fin de la représentation, la seule personne qui saura si vous avez réussi une bonne performance, c'est vous !

Sur le chemin du retour vers la ferme de Daniel, Kate était si hilare qu'elle essayait désespérément de prendre appui sur les épis de maïs afin de ne pas perdre l'équilibre. Mais, inévitablement, une tige finit par ployer sous son poids, l'entraînant dans une chute aussi lente que comique, ponctuée d'un froissement de feuillages écrasés. Jenny voulut l'aider mais la médium imbibée la repoussa et se dressa droite comme un i, avant de proférer un « CHUUUUUT » très sonore. Puis elle reprit sa route, marchant de manière si raide qu'elle ne pliait pas les jambes, comme un soldat de bois animé par un bambin. Jenny sentait sa tête tourner des quelques gorgées que Kate lui avait concédées. Se trouvant soudain légère, elle s'aperçut qu'elle avait laissé ses affaires à la ferme, ce qui ne manqua pas de la faire rire à son tour. Néanmoins, dans cette obscurité au milieu des champs touffus, elle savait qu'il lui serait quasiment impossible de revenir sur ses pas. Elle aurait pu éventuellement compter sur sa capacité à porter attention aux détails de son environnement comme elle en avait tant l'habitude, mais elle savait que c'était peine perdue à cause de sa propre ébriété ; Jenny s'était dès lors fixé une unique mission, ne pas perdre sa cible de vue. Malheureusement, la tâche s'avéra plus ardue qu'anticipée quand, titubante, elle eut le malheur de lever la tête et de se laisser absorber par le ciel étoilé, l'espace de ce qui lui parut comme une seconde. Quand son regard revint dans l'axe de la marche, elle se découvrit complètement seule. La nuit noire et les lucioles pour seules compagnes, elle s'enfonça à l'aveugle dans les hautes herbes. Finalement, après plusieurs minutes d'errance, la fatigue eut raison d'elle et elle s'allongea dans un champ de tabac, se laissant submerger par l'ivresse. Les étoiles disparurent tandis que ses yeux se fermaient, l'enfonçant dans les ténèbres de son imagination.

La première image qui lui apparut fut celle d'un miroir, s'ouvrant comme une fenêtre vers le passé. Elle s'y voyait encore blonde, en train de faire des manipulations devant petits et grands émerveillés par les cartes qu'elle sortait de l'arrière de leurs oreilles sans les avoir touchées. Un temps où tout était plus simple. Alors que Jenny achevait son tour, le miroir se rapprocha du public en train d'applaudir à tout rompre et s'arrêta sur une jeune femme ayant un gâteau en bouche, accompagnée d'un mari rondelet. C'était à nouveau Jenny, mais brune et affublée du costume d'Adélia. Cependant, cette dame n'imitait personne, c'était réellement une touriste anglaise en vacances avec son époux. Un peu plus loin, une autre Jenny, voilée de noir celle-ci, observait tristement la scène avec réserve : Hazel Bowell. Quelques rangs derrière, une prostituée encore affublée du visage de la magicienne séduisait un homme bien mis, au point de lui caresser le bras et de susurrer à son oreille des mots doux à faire rougir : mademoiselle Harper.

— Vois-tu ma fille dans tout ça ?

Jenny se détourna du miroir. Derrière elle, se tenait un homme à la peau et aux habits gris, comme sorti d'une photographie en noir et blanc. Un homme dont elle avait maintes fois admiré le portrait.

— Papa…

L'homme passa devant elle et observa l'étrange écran.

— Le public a l'air absorbé par le spectacle. C'est de très bonne facture, digne d'un grand théâtre.

Sa voix ressemblait avec exactitude à l'imitation qu'en faisait sa mère.

— Je… Je n'ai fait que suivre tes traces.

Autour d'elle, il n'y avait que les ténèbres et la lumière venant du miroir. Son père fit un pas de côté et désigna la Jenny sur scène.

— Celle-là oui, mais les autres semblent suivre un sillon qu'elles tracent seules.

Jenny se pencha vers le miroir et observa ses alias alors que la foule se dissipait après la représentation, chacun reprenant sa vie, quittant la glace, trop petite pour toutes les contenir.

— On ne peut suivre tous les chemins à la fois, mademoiselle Marton. Le moment est venu de choisir où vous vous situez, de mon côté ou du leur.

La voix avait changé, plus grave, plus familière. Elle se retourna pour faire face à Robert.

— Je suis avec vous… Je vous le promets !

— Ce n'est pas à moi qu'il faut le dire.

Il donna un petit coup de menton vers la projection, où se trouvaient maintenant Margaret et Kate. Habillées de robes d'été, elles couraient gaiement dans Central Park, le visage radieux, tout en jetant des coups d'œil joueurs vers l'autre côté du miroir, invitant à les suivre.

— Mais faites vite votre choix, car j'ai déjà fait le mien.

La voix avait encore une fois changé, mais elle n'eut pas à se retourner pour savoir qui parlait car son propriétaire fit un pas en avant et la bouscula avec un petit tonneau. William était en train d'asperger le miroir de pétrole. Jenny essaya de l'arrêter mais, retenue par des fils dont les points d'attache se perdaient dans l'obscurité, elle ne put rien faire.

— Il est l'heure de se réveiller, ma petite.

Le cow-boy frotta une allumette contre le talon de sa chaussure en cuir et la lança sur le miroir. Au moment de l'impact, Jenny fut brutalement tirée de son sommeil enivré par un coup de feu.

Sa tête tournait encore. Inconsciente du temps écoulé, elle n'aima pas sa bouche pâteuse et encore moins le mal de chien que lui faisait son crâne. Le plus étrange était cette odeur de brûlé qui lui titillait les narines. Un nouveau coup de feu acheva de l'aider à reprendre ses esprits. Elle se releva péniblement et avança maladroitement dans sa direction. Au loin, le jour perçait, commençant à baigner l'horizon d'une lumière rousse. Elle approcha un peu plus et comprit alors que la lumière ne provenait pas du soleil, mais de flammes en train de dévorer une maison de bois. Elle voyait des formes s'agiter : un cheval nerveux qui tournait autour de la bâtisse ainsi qu'un homme armé d'un fusil semblant le viser.

Jenny retira ses bottines recouvertes de terre afin de courir plus facilement. Sortant du sentier, elle coupa à travers les plantations, laissant sur ses pas un sillon de tiges écrasées. À la lisière du champ, cachée entre des feuilles, elle reconnut l'individu : Daniel Fox. Il tira un nouveau coup de feu, qui sembla presque lui déboîter l'épaule. Courbé sur sa monture se tenait un cavalier au visage protégé par un foulard laissant juste entrevoir des yeux clairs. De ses mains gantées, l'homme enflammait de petits sacs qu'il envoyait avec puissance et précision au travers des fenêtres brisées telles des boules de feu.

— Bordel, mais descends de ton cheval, que je te troue le cul, petit enfoiré !

Les doigts tremblant de rage de l'ancien bûcheron peinaient à recharger la carabine, dont il n'aurait jamais pensé, un jour, devoir changer les munitions dans l'urgence. Le cavalier, lui, ne semblait aucunement se soucier du fermier. Il retint même son étalon pour contempler son œuvre. Dévoré par les flammes qui engloutissaient maintenant le bâtiment entier, l'étage supérieur s'effondra et écrasa le porche, barrant l'entrée et propulsant une bouffée de chaleur incandescente qui fit reculer Jenny par instinct de survie. Heureusement, la nuit fraîche et le mois d'octobre fournissaient assez d'humidité pour que l'incendie ne se propage pas aux champs.

À l'instant où la magicienne s'élançait hors de sa cachette pour prendre part au combat, Kate sortit de nulle part et planta un couteau de cuisine dans la cuisse droite du cavalier, à la grande stupéfaction de celui-ci. Elle eut un sourire satisfait alors que le pantalon de l'inconnu commençait à s'imbiber de sang.

— Je savais qu'un type de ton genre pointerait son nez tôt ou tard, et je l'ai caché dans un buisson rien que pour toi.

L'homme regarda la blessure avec indifférence, retira le couteau de la plaie avant de le jeter dans les flammes, puis saisit violemment les longs cheveux bruns de Kate. Elle se débattit pour tenter de lui faire lâcher prise, en vain.

— J'attendais une meilleure anticipation de la part d'une médium.

Quand Jenny arriva enfin à la hauteur de Daniel, elle soutint le fusil afin de l'aider à recharger. Le vieil homme lui accorda un regard de gratitude, bascula le canon sur la culasse, pointa l'arme vers le pyromane et appuya sur la gâchette. Un premier coup de feu effleura l'épaule de l'inconnu, lui faisant relâcher son emprise.

— Touche pas à Kate ! hurla le vieux bûcheron.

Celle-ci s'éloigna de quelques mètres en titubant avant de s'écrouler, sous le coup de l'émotion et de l'alcool. Le cavalier se retourna alors, donna un coup de talon à son cheval et le lança sur Daniel. Arrivé à sa hauteur, un coup de pied ajusté de la jambe valide fit voler le fusil et chuter son propriétaire.

Ne restait plus que Jenny face au belliqueux étranger. Il la dévisagea un instant.

— Ça vous va bien les cheveux bruns, ma grande.

Sur ces mots, il ajusta son chapeau et lança son étalon au galop. Daniel récupéra le fusil, mais, avec le choc reçu, sa visée était si hésitante qu'il n'osa tirer de peur de toucher son invitée ou sa sœur. De toute façon, l'incendiaire avait déjà disparu, ne laissant derrière lui que ruine et désolation. Daniel contemplait la catastrophe, impuissant, tandis que les flammes finissaient de dévorer tous les souvenirs qu'il avait pu forger ici.

Lane ne tarda pas à le rejoindre, accompagnée des voisins armés de calibres divers et de seaux d'eau, mais il était trop tard. De la demeure ne restait déjà plus que la silhouette des structures et charpentes en train d'être calcinées, le brasier avalant le bois à une vitesse terrifiante.

Tandis que le groupe s'efforçait d'éteindre l'incendie, Daniel resta assis, immobile, sans voix. Les voisins s'activaient pour sauver ce qui pouvait l'être, mais lui avait les yeux rivés sur la vision infernale d'une vie en cendres. Quand tout fut fini, il se releva et tomba dans les bras de sa femme avant de se laisser aller à quelque chose qu'il s'était toujours interdit : pleurer. Vu les décennies écoulées depuis ses dernières larmes, il avait cru ses conduits lacrymaux hors d'usage, mais, la tête posée sur les frêles épaules de l'épouse qui l'avait toujours soutenu, il se prenait, comme un enfant, à hoqueter et à ne plus respirer convenablement. Oui, la nuit avait été difficile pour Daniel Fox.

24

Guide Pinkerton du parfait agent
par Allan Pinkerton

Pinkerton et vous

Nous l'avons maintes fois répété au long de ce guide, mais sachez que si l'on affirme que Pinkerton sera toujours là pour vous, l'agence attend que vous en fassiez autant pour elle. Il est essentiel que, quoi qu'il vous arrive, cela ne soit jamais, je dis bien JAMAIS, lié à Pinkerton. L'agence trouvera toujours les moyens de vous défendre si vous êtes simplement considéré comme une personne curieuse. Tout au long de la procédure, vous serez aidé par notre équipe juridique, l'une des meilleures du pays. Néanmoins, si vous vous dévoilez comme membre de notre personnel, vous réduirez tout le travail de ces avocats à néant.

Laissez-moi rappeler que l'agence gère les affaires que la police a, soit abandonnées, soit trouvé inintéressantes, et qu'il faut généralement résoudre à l'aide d'une pression psychologique prolongée sur la cible. Ce que nous faisons est juste, je n'en doute pas. Pourtant, si l'État apprécie nos résultats, il ne connaît pas nos méthodes. Et c'est mieux ainsi.

Nous comptons donc sur vous pour ne jamais révéler votre véritable identité ni, bien sûr, l'organisme

pour lequel vous travaillez. Un seul incident pourrait amener l'entreprise à fermer et vous envoyer en prison, voire vous faire passer la corde au cou.

(*Cf.* en annexe l'affaire Drysdale pour un exemple édifiant.)

Sa maison réduite à un tas de cendres, Lane décida qu'emménager dans l'ancienne ferme de ses beaux-parents était la meilleure solution. Plusieurs habitants d'Hydesville avaient proposé de les loger chez eux, mais, face au silence de mort qu'observait son mari, elle jugea préférable de rester en famille. Adélia, dont le soutien à Daniel pendant l'incendie n'était pas passé inaperçu, fut invitée à rester avec eux, au moins jusqu'à ce qu'elle puisse rentrer en Angleterre. Le couple, la médium et la magicienne s'installèrent donc dans l'ancienne bâtisse familiale Fox. Exténués, Lane et Daniel ne remarquèrent ni les taches de vin encore récentes qui imbibaient le tapis, ni les éclats de verre parsemés autour de la cheminée, davantage absorbés par la nécessité de faire un grand ménage dans ces lieux recouverts de poussière et de trouver le strict nécessaire pour y vivre correctement cette première nuit. Kate demanda à dormir au grenier avec Jenny, dans la chambre où elle avait grandi. Lane n'émit aucune objection et partit consoler son mari, toujours cloîtré dans son deuil muet.

Au creux du lit de la chambre-grenier, hâtivement agrémenté de draps et d'un édredon prêtés par les voisins, Jenny était rongée par la culpabilité. L'identité de l'incendiaire masqué ne faisait aucun doute : William Pinkerton. Il n'y avait que lui pour l'appeler « ma grande » et prendre autant de plaisir à manier les flammes. Plusieurs questions la taraudaient. La première étant « Pourquoi ? ». Quel intérêt de mettre le feu à cette maison, alors que personne n'avait été blessé ni même enlevé ? La seconde était bien plus terrifiante : « Comment avait-il trouvé Kate ? » Soit le frère cadet bénéficiait d'agents doubles prétendant travailler pour Robert, soit, et elle le redoutait, William l'avait fait suivre. Si tel était le cas…

— Ce type, tu le connaissais, n'est-ce pas ?

Dans le lit face au sien, Kate la fixait.

— Non.

— Mensonge. J'ai vu quand il s'est arrêté pour te parler. J'en ai assez, Jenny. Parle.

La magicienne ne savait que répondre. Elle n'avait pas eu le temps de mettre les choses à plat et d'étudier la stratégie à adopter pour affronter ce qu'elle avait, évidemment, perçu comme un nouvel échec dans son infiltration.

Trois tocs résonnèrent dans le petit grenier.

— Parle, j'ai dit. J'en ai plus qu'assez de ces cachotteries ! Le jeu est fini.

Jenny fut gagnée par un instant de frayeur, se demandant en frissonnant si les esprits pouvaient faire plus que taper sur les murs.

— Je le connais, oui. C'est un homme qui, comme moi, cherche la vérité à votre sujet.

— Tu travailles avec lui ?

Elle en avait déjà trop dit. Mais après ce qu'il s'était passé, elle ne s'imaginait plus pouvoir martyriser la jeune femme pour la pousser à la confession.

— Non.

Un toc résonna.

— Mensonge.

— Ton esprit se trompe.

Un nouveau toc résonna.

— MENSONGE !

La médium se dressa, figure sombre et menaçante couronnée d'un rayon de lune.

— Toi qui exiges la vérité depuis que nous nous sommes rencontrées, tu ne m'en as pas avouée une seule. Dis-moi tout maintenant ou prépare-toi à subir le courroux des limbes !

Kate était vraiment effrayante, ses cheveux en bataille cernés d'un halo argenté faisaient écho à la confusion dans laquelle baignait Jenny. Celle-ci dut rassembler toute sa volonté pour articuler une réponse.

— Je ne peux pas, je dois régler ça seule. Je ne le laisserai plus vous nuire à l'avenir, c'est tout ce que je peux promettre.

La médium sortit de ses draps, s'approcha de la magicienne et la regarda, scrutant avec une intensité étrange les yeux bruns de Jenny, à la recherche d'indices. Rien ne lui vint. Elle s'assit seulement au bout du matelas de son invitée, lasse.

— Je ne fais plus confiance aux promesses, mes grandes sœurs en étaient spécialistes : « Il ne t'arrivera rien, tu verras, c'est juste quelques spectacles, fais ce que je te dis », ou bien : « Mais Kate, évidemment que je ne te laisserai jamais seule ». J'ai bien compris que tout ça valait rien, que j'avais tort de croire bêtement que je pouvais passer ma vie à laisser les autres la gérer à ma place. Mais je ne commets plus cette erreur, particulièrement avec les menteuses.

— Alors, tu vas me dénoncer ?

Kate la dévisagea, le regard noir, agitée.

Et puis, après ce qui parut à Jenny une éternité, ses yeux s'apaisèrent, la crispation de ses sourcils se relâcha, celle de son corps aussi, et la médium se mit à caresser machinalement l'édredon, comme pour chasser sa colère.

— Non… Je t'ai vue aider Daniel avec le fusil. Qui que soit ce pyromane, je pense que t'aurais bien aimé le voir avec une balle entre les deux yeux. Et je pense que Daniel ne s'en remettrait pas s'il savait ce que je sais.

— Alors quoi ?

Kate regarda la lune, prit une grande inspiration et baissa les yeux.

— Alors rien. Je ne peux pas te tirer les vers du nez, mais quelque chose me dit que tu le penses vraiment quand tu dis que tu veux nous protéger. Tu es une énigme insoluble Jenny, et je ne sais que faire de toi.

La magicienne réfléchit un instant puis se leva du lit et se mit à fouiller l'armoire du vieux grenier.

— Tu cherches quoi ? demanda Kate.

Jenny toussa à cause de la poussière soulevée, ferma les deux portes, passa la main sur l'étagère, se dirigea vers une commode en état tout aussi piteux, vérifia l'un après l'autre les tiroirs au bois mangé par les vers.

— Un jeu de cartes. Vous avez grandi ici, toi et ta sœur, non ? Vous jouiez forcément aux cartes.

Tout était vide. Il faut croire que la famille Fox avait été rudement efficace dans son déménagement, quarante ans plus tôt.

Kate sourit, se leva à son tour et sortit de la pièce sans dire un mot. Jenny entendit juste le bruit de ses pas rapides dans l'escalier. Lorsque lui parvint le grincement d'une porte, son sang ne fit qu'un tour. Songeant que c'était celle de la chambre de Daniel et Lane, elle en conclut que la médium avait préféré la dénoncer. Si Daniel n'était pas en état de lui nuire, sa femme s'en chargerait sûrement. Et comme les habitants du village ne devaient dormir qu'à moitié vu l'agitation créée par l'incendie, nul doute que même si elle parvenait à s'échapper de la ferme, elle ne quitterait pas Hydesville indemne pour autant.

Jenny commença à ranger en hâte les affaires qu'elle avait abandonnées sur place lors de l'escapade enivrée. Quand, sac à la main, elle arriva à l'escalier, Kate se tenait devant elle, agitant des cartes avec un air sarcastique.

— Mon frère garde le jeu dans sa poche quoi qu'il arrive, sauf pour dormir. Et crois pas que je te laisserai partir comme ça, dit-elle d'un air malicieux.

De retour dans le grenier, la médium alluma une lampe à pétrole, empruntée aux voisins par sa belle-sœur après l'incendie. Jenny examina les cartes, des New York Consolidated Card Company si âgées que ne se distinguaient plus vraiment ni les chiffres ni les lettres des miniatures. Le couple les avait tellement usées que la plupart se décollaient même de leur surface cartonnée. La magicienne s'en moquait : elle trouvait un certain charme aux objets ayant vécu, et ces cinquante-deux morceaux de carton racontaient l'histoire d'un couple uni par un rituel qu'aucun désastre ne saurait perturber.

— Tu aimes les tours de magie ? dit la magicienne tout en battant les cartes d'un geste professionnel.

Kate réfléchit.

— Je dois t'avouer qu'à New York, moi et mes sœurs avons assisté à tous les spectacles d'illusion possibles. J'ai vu des femmes tranchées en deux et des gens s'élever dans le ciel. Tu penses pouvoir faire mieux ?

La magicienne fit glisser une à une les cartes de sa main droite à sa gauche d'une simple pression du pouce et du majeur, donnant l'impression que cœurs, carreaux, trèfles et piques volaient de l'une à l'autre.

— J'aimerais au moins essayer.

Kate approcha de Jenny et regarda le jeu.

— Je sais pas si je suis vraiment d'humeur à la magie, ce soir.

Le paquet sautait d'une main vers l'autre à une vitesse fulgurante.

— Ma chère Kate, pour une femme qui vient en aide aux personnes en deuil grâce à son talent, tu m'étonnes. L'intérêt de la magie est précisément de se changer les idées. Sa fonction même est de divertir, de transporter dans un monde où tout devient possible. Juste l'espace du numéro, accorde-moi la chance de faire s'envoler tes problèmes.

La médium lui jeta un regard intrigué.

— Tu es bien sûre de tes talents. Il y a peu de tours dont je n'arrive à trouver le truc en un coup d'œil.

Jenny interrompit son ballet de cartes.

— Si sûre que je suis prête à te mettre au défi. Faisons un pari, si j'échoue à te distraire de tes soucis et que tu découvres comment j'ai fait le tour alors je te dirai exactement ce que tu veux savoir. Qui m'envoie et qui était le type à cheval ayant mis le feu à la maison de ton frère.

Kate réfléchit un instant.

— Et si je ne trouve pas ?

— Alors tu me révèles comment Margaret et toi avez fait pour parler aux esprits.

Kate s'assit à genoux et tendit sa main.

— Marché conclu.

Jenny la lui serra avant de déglutir, légèrement angoissée par ce qu'elle venait de promettre. Malgré ses airs naïfs, Kate était probablement l'une des meilleures illusionnistes de ce siècle, et elle, simple magicienne de rue, venait de la mettre au défi. Elle mélangea furieusement les cartes, se demandant quel tour pourrait, à coup sûr, tromper une femme qui avait tout vu. Kate regardait fixement le paquet, déjà en train de chercher l'éventuel truc d'une manipulation qui n'avait pas même débuté. Finalement, elle lui tendit le jeu.

— Tiens, mélange-les avant qu'on commence, je ne voudrais pas que tu penses que j'ai préparé le paquet.

Kate retourna le jeu et vérifia que les cartes étaient en désordre, puis elle se mit à les mélanger maladroitement, tordant un peu plus le jeu déjà usé.

Elle rendit le tout à Jenny, qui étala les cartes faces cachées en éventail déplié. Leur dos marron parsemé d'orchidées roses donnait à l'ensemble l'aspect d'un lierre cherchant à s'étendre sur les planches grisées de poussière.

— Bien. Maintenant, choisis au hasard une carte, sans me la montrer évidemment.

Kate en tira une à l'extrême gauche et la plaqua prestement contre sa poitrine avant d'y jeter un bref coup d'œil. Le 9 de trèfle.

— C'est bon ? demanda la magicienne.

Kate approuva, la carte toujours précautionneusement serrée contre elle. Jenny replia l'éventail.

— Bien. Maintenant, je vais lentement effeuiller le paquet, et tu m'arrêteras quand tu veux, ce sera là où tu placeras ta carte, face cachée, évidemment.

Les cartes firent un petit bruit de « flip flip flip » alors que Jenny les faisait défiler.

— Stop.

La magicienne arrêta son pouce, coupa le jeu en deux et laissa Kate y remettre son 9 noir.

— Parfait, le but de ce tour est que le paquet retrouve ta carte de lui-même. Mais comme il aime bien les défis, lui aussi, on ne va pas simplement lui laisser la carte à l'endroit où tu l'as mise. On va mélanger le jeu bien comme il faut.

Jenny coupa deux petits paquets au-dessus, les fit passer en dessous, puis se lança dans un mélange américain. Elle coupa le tas en deux, effeuilla les cartes de manière à entrelacer le duo de paquets puis rapprocha ses doigts afin d'uniformiser l'ensemble.

— J'aime bien ce mélange, dit Kate, impressionnée par la rapidité d'exécution.

La magicienne la regarda d'un air amusé.

— Alors refaisons-le, mais un peu différemment, cette fois-ci.

Elle présenta deux tas égaux et retourna la partie du bas face ouverte. La première carte était un valet de carreau.

— Je vais maintenant remélanger exactement comme avant.

Kate la vit effeuiller les piles de manière que les cartes à droite et à gauche semblent s'interpénétrer. Puis elle remit les paquets côte à côte avant de les assembler et de reprendre l'ensemble en main.

— Là, on peut dire que c'est un bon mélange, n'est-ce pas ?

Kate approuva. Jenny ouvrit une première fois le jeu vers la partie haute du paquet, montrant une carte face ouverte, le 3 de pique.

— Je crois que j'ai fait n'importe quoi. Les cartes sont sens dessus dessous.

Elle ouvrit une deuxième fois le jeu vers le bas et cette fois-ci la carte était face cachée.

— Tu... tu es censée retrouver ma carte comment ?

— Qui a dit que j'allais retrouver ta carte ?

Elle ouvrit une dernière fois le paquet. Là, les deux tas tenus par la magicienne exhibaient des cartons aux faces dissimulées. Elle referma le paquet.

— Comme je te l'ai annoncé ce n'est pas moi qui vais retrouver ta carte mais le paquet. Après, c'est comme avec les esprits, il faut juste savoir lui parler.

Elle claqua des doigts.

— Voilà, c'est fait, ta carte est retrouvée.

Kate la regarda, abasourdie.

— Attends : tu es en train de m'annoncer que ma carte est au-dessus du paquet ?

— À toi de vérifier.

Avec suspicion, la sœur Fox retourna la carte du haut : un as de pique. Elle le présenta triomphalement à l'illusionniste, même si elle affichait une pointe de déception, pensant enfin trouver un tour qui réussisse à la confondre.

— Ce n'est pas ma carte.

— Hmmm, tempéra Jenny, en vérité, comme je te le dis, je fais confiance au paquet pour ce tour. Personnellement, je n'ai aucune idée de ta carte. Pourquoi ne lui demanderions-nous pas poliment ?

— C'est ridicule, ça ne parle pas, un jeu de cartes.

— Les morts non plus, à ce que je sache.

Kate se tut.

— Mes chères cartes, pourriez-vous avoir l'amabilité de me montrer la carte de Kate ?

Jenny tendit l'oreille vers le paquet puis secoua la tête.

— Il m'a dit que c'était bon et qu'on s'y était juste mal prises. Tu permets ? dit-elle en pointant le tas.

L'autre acquiesça. La magicienne mit une nouvelle fois le

jeu en éventail, toutes les cartes étaient maintenant face cachée, sauf une.

— Mon neuf de trèfle !

La spectatrice hébétée prit sa carte et la retourna dans tous les sens. Pas de doute, il s'agissait bien de la carte qu'elle avait piochée auparavant.

— Mais comment… comment ? s'étonnait-elle en une naïveté quasi enfantine.

— Une magicienne ne révèle jamais ses secrets… à moins qu'elle ait perdu un pari, évidemment.

Le sourire de la médium disparut. Elle ne pouvait réfuter qu'elle s'était fait avoir. Son esprit repassait chacun des gestes et étapes de la manipulation, mais une vérité s'imposait : elle-même n'avait rien décelé. Elle tomba sur le lit comme une masse, la carte contre son cœur.

— La vérité sur les esprits, hein ? C'était ça le pari.

Jenny hocha la tête mais Kate ne la regardait déjà plus.

— Je t'ai expliqué comment cela a commencé, une simple blague que deux adolescentes ont jouée à leur mère et qui a dégénéré, beaucoup plus que Maggie ou moi aurions jamais pu l'imaginer. Tout notre village s'est rassemblé dans le salon. Ces gens qui passent leur journée aux champs à retourner la terre, à traire des vaches et à nourrir leur bétail n'avaient pas hésité, même épuisés, à venir en plein milieu de la nuit juste dans l'espoir d'entendre une voix d'un autre monde.

— Celle du colporteur ?

— Charles B. Roma. Et encore quand je dis une voix, ce n'est même pas ça, on parlait juste d'un signe de vie…

— Et alors ? D'où ce signe provenait-il ?

Jenny sentait l'impatience monter. Un tour de magie réussi et voilà qu'elle allait enfin connaître le secret des sœurs Fox ; être près du but l'excitait.

— Ma réponse ne va pas te plaire, mais…

Kate la regardait enfin.

— Mais… ?

La médium prit une grande inspiration.

— Pourrais-tu me croire si je te dis qu'il m'a été soufflé par l'esprit lui-même ? Je sais que ça paraît fou et que c'est exactement l'inverse de ce que tu veux entendre, et pourtant...

Les mots sortaient difficilement mais Jenny n'osait l'interrompre.

— Pourtant... je ne sais pas pour Margaret, mais à ce moment-là... j'ai ressenti quelque chose. Comme... comme une sorte d'aura venant de notre cave. On n'y a trouvé que quelques ossements, mais je suis convaincue qu'il y a plus. Que Charles voulait qu'on lui rende justice, qu'on sache qu'il a existé et qu'il est mort ici. Et qu'il s'est dit que... eh bien que le meilleur moyen pour cela était d'utiliser deux gamines joueuses comme messagères.

Un long silence s'installa. Jenny ne savait que penser. L'aube naissait lentement, accompagnée d'une rosée dessinant un voile de gouttes fines sur la vitre de la lucarne du toit.

— Ce que cet esprit ignorait, c'est qu'il nous a condamnées, ma sœur et moi. Nous n'aurions jamais dû avoir la vie qu'on a eue. C'était trop tôt. New York, la célébrité, l'argent, l'alcool... ça dévore l'âme. Ça te mange toute crue, et ce qui en ressort après c'est... une... oui, une coquille vide.

L'humidité extérieure semblait avoir traversé le verre pour venir rouler le long des joues de Kate Fox. Cette dernière réprima un sanglot d'une grimace douloureuse.

— Je sais bien qu'après mon décès je n'aurai pas accès à l'autre monde, ni même la possibilité de parler à des médiums. Non, quand je mourrai, je serai juste bonne à être mangée par les vers, qui ne toucheront même pas à mes organes pourris par l'alcool.

Kate pleurait désormais à chaudes larmes, incapable d'articuler un mot de plus. Jenny hésita à l'interroger plus avant puis se ravisa, doutant de pouvoir obtenir autre chose d'elle dans cette nuit si agitée.

Malgré toute la fatigue qu'elle ressentait, le sommeil tardait à venir. La magicienne ne pouvait s'empêcher de tourner l'affaire dans sa tête et d'entendre une petite voix au fond d'elle qui demandait anxieusement si son père faisait partie des gens qui, comme Charles, avaient accès aux médiums, ou bien si, lui aussi, faisait partie des coquilles vides.

25

Les Chemins de l'Illusion
par Gustave Marton

Je préfère vous prévenir, ce chapitre introduit un tour de magie ambitieux, exigeant manipulation, pratique et rigueur pour qui veut le maîtriser. D'où la longueur inhabituelle de cette section puisque je tâcherai de m'efforcer à décrire chaque étape avec minutie afin que vous ayez une image claire de mes explications.

Sachez que ce travail ne sera pas vain, car si vous exécutez bien ce tour, votre spectateur en émoi ne pourra que vous considérer avec admiration. C'est pour cette raison qu'il est nommé : ***Triomphe.***

Pour ce tour, vous aurez besoin de :

— Un jeu de cartes classique (complet c'est mieux, mais incomplet fonctionne aussi).

— Un spectateur (n'hésitez pas à prendre un vaste public. Les manipulations étant totalement invisibles, il n'y a aucun risque qu'il voie quelque chose).

— Deux mains habiles et entraînées.

— Un support où poser les cartes (une table est évidemment un incontournable).

— Plusieurs jours de concentration dédiés à l'apprentissage.

Le tour :

Après avoir montré au spectateur que votre jeu est on ne peut plus classique, proposez-lui de le mélanger (voire de le fouiller si le cœur lui en dit) afin d'ancrer sa conviction qu'aucune tricherie n'a été préparée à l'avance.

Reprenez le paquet. Faites saisir une carte au hasard (je suggère la méthode de l'éventail). Dites à votre spectateur de l'observer et de s'en rappeler.

Ensuite, faites-lui remettre la carte où il le désire (je recommande la méthode du « Arrête-moi quand tu veux », qui consiste à effeuiller les cartes et ouvrir le jeu lorsqu'il vous dit « stop »).

Coupez le jeu une première fois, puis effectuez un mélange dit à l'américaine (si vous ignorez de quoi il s'agit, reportez-vous à sa description à l'étape 3 de l'explication du tour). Proposez d'aller plus loin dans le désordre en séparant le paquet en deux puis en retournant l'un des tas face visible avant de remélanger l'ensemble selon la même technique.

Enfin, montrez que les cartes sont mélangées dans tous les sens en ouvrant le paquet à trois reprises.

À l'aide d'un claquement de doigts ou d'un abracadabra, annoncez enfin que le paquet s'est ordonné de lui-même.

Étalez-le et insistez sur le fait qu'il n'y a qu'une seule carte à la face visible, alors que toutes les autres sont dissimulées. C'est celle de votre spectateur.

Le truc :

Le tour nécessite plusieurs étapes que je vais désormais décrire. N'hésitez pas à vous entraîner à chacune indépendamment et lentement. Quand vous serez assez confiant, commencez à pratiquer devant un miroir ou un ami magicien – si vous en avez un.

Étape 1 :

Elle consiste à déterminer où le spectateur a remis sa carte dans le jeu… sans qu'il s'en aperçoive.

Le tour ne débute en effet réellement qu'au moment où

celui-ci a posé sa carte dans le paquet. À cet instant, il est important que vous marquiez, à l'aide de votre auriculaire, l'endroit. Pour ce faire, il convient d'ouvrir le jeu (grâce à la main qui ne tient pas le paquet), de laisser le spectateur y remettre sa carte et de poser sur sa tranche l'auriculaire de la main qui tient le paquet. Ensuite, tout en refermant le jeu, vous ferez glisser la carte en question à l'aide de l'auriculaire afin de créer un léger décalage avec le reste du paquet (invisible à l'œil nu mais que vous devriez pouvoir sentir).

L'avantage de l'auriculaire est qu'il permet que le décalage s'opère entièrement de votre côté du jeu, de telle manière que même le spectateur le plus attentif ne puisse rien voir.

N'hésitez pas à pratiquer encore et encore cette première étape avant de passer à la suivante.

Étape 2 :

Il s'agit maintenant de faire remonter la carte du spectateur au sommet. Pour cela rien de plus simple : coupez le jeu (je suggère en trois tas, mais choisissez le nombre qu'il vous plaît) et faites qu'une des coupes soit à l'endroit précis où se trouve la carte du spectateur (que vous avez marquée grâce à l'étape 1). Il vous reste à mettre le tas avec la carte du spectateur au-dessus et à entasser les autres tas en dessous.

Cette étape est simple, mais soyez sûr de la maîtriser parfaitement avant de passer à la suivante.

Étape 3 :

Il s'agit ici d'effectuer un mélange américain « contrôlé ». Cette méthode d'entremêlement consiste à couper le jeu en deux tas approximativement égaux puis, à l'aide de vos deux pouces, à effeuiller rapidement les cartes des paquets de manière à ce que celles-ci s'entrelacent harmonieusement.

Entrons dans le détail technique de ce mélange :

i. Une fois le jeu coupé, prenez les deux demi-paquets, un dans chacune des mains. Celles-ci doivent être positionnées de la même façon : placez le pouce sur l'extrémité supérieure du paquet et soutenez le bord opposé avec le majeur, l'annulaire et l'auriculaire. L'index, lui, doit être plaqué contre le dos du paquet, afin de créer une tension.

ii. Pliez doucement les cartes. Utilisez le pouce et l'index de chaque main pour courber délicatement les deux demi-paquets afin que leurs centres s'incurvent légèrement autour de l'index.

iii. Effeuillez les cartes : rapprochez les bords supérieurs des deux demi-paquets, courbez le haut des cartes un peu plus vers l'arrière et faites lentement remonter vos pouces pour libérer une à une les cartes, tout en maintenant la pression de l'index sur le centre. Les bords des deux demi-paquets devraient alors s'entremêler de façon naturelle.

iv. Enfin, rapprochez vos mains pour courber un peu plus l'ensemble vers le haut (attention à garder vos pouces sur les cartes afin qu'elles demeurent alignées). Uniformisez le jeu en relâchant la pression des trois doigts à l'arrière puis en poussant les tas l'un dans l'autre.

Le mélange américain permet de garder la même carte en haut du jeu : pour ce faire, il suffit que la main tenant le tas coiffé de la carte qui vous intéresse soit la dernière à l'effeuiller.

Redisons-le : l'entraînement est la clé de cette manipulation un peu ardue, néanmoins, même en dehors des tours, elle reste impressionnante à observer. Si vous envisagez un jour de tricher dans une partie de poker, sachez que ce mélange dit américain se révélera incroyablement utile et efficace.

Étape 4 :

Les cartes sont maintenant « mélangées ». Prévenez le spectateur que vous allez ensuite effectuer un mélange plus poussé afin d'être sûr que le jeu soit en chaos total. Coupez encore une fois le jeu en deux, prenez le tas inférieur (celui où il n'y a pas la carte de votre spectateur) et retournez-le vers le haut, de manière à ce qu'il y ait un tas faces visibles et un autre faces cachées.

Vous allez maintenant prétendre reproduire un mélange à l'américaine. Or il n'en est rien. Au lieu de les entrelacer, vous superposerez tout bêtement les deux tas, tout en gardant la carte du spectateur au-dessus. Afin de faire cela, répétez le début du processus de la manipulation, mais en prenant soin de ne pas courber les cartes comme indiqué dans les phases ii et iii. Au début de cette dernière, rapprochez les bords supérieurs des deux tas en veillant à les garder parallèles. Effeuillez alors les cartes des pouces : elles ne devraient pas s'entremêler.

À la place de la phase iv, l'index de la main droite va pousser la carte du spectateur (toujours face cachée) vers le tas de cartes face visibles. Cela masque la manipulation suivante ; à condition, évidemment, de synchroniser les deux mouvements !

De la main gauche, faites discrètement rentrer le paquet aux faces visibles entre celui des faces cachées et la carte du spectateur, le tout en maintenant la pression de l'index droit.

Fait de manière rapide, l'ensemble donne l'illusion d'un nouveau mélange à l'américaine alors qu'il n'en est rien. Or le spectateur, ayant déjà vu une première fois le mélange réalisé correctement, s'imagine revoir la même chose et relâche son attention.

Étape 5

À ce moment du tour, le jeu est ainsi composé :

— Tout en haut, la carte du spectateur, face cachée ;
— Juste en dessous, le tas de cartes faces visibles ;
— Encore en dessous, celui des cartes faces cachées.

Vous l'aurez compris, le but de cette dernière étape est de passer les cartes faces visibles en faces cachées et celle du spectateur en face visible.

La première chose à faire est de montrer que le jeu est sens dessus dessous au spectateur. Pour cela, coupez une fois dans la partie supérieure (les cartes faces visibles), puis une fois dans la partie inférieure (les cartes faces cachées). Vous devriez tomber sur deux sens de cartes différents, confirmant à l'observateur que ce qu'il pense avoir vu (le deuxième mélange) est réel.

Logiquement, vous devriez aussi sentir l'endroit où les deux tas se séparent grâce à la légère courbure donnée aux cartes par le mélange américain. C'est là que vous allez effectuer une troisième coupe, que l'on justifie comme la suite des coupes démonstratives précédentes (pour vous assurer d'avoir choisi le bon endroit, vérifiez que les deux cartes révélées par la coupe sont faces cachées, et renouvelez l'opération en cas d'erreur).

La manipulation va survenir au niveau du tas du dessus, que vous allez devoir retourner, plaçant la carte du spectateur, auparavant en haut et face cachée, en bas et face visible. Une petite rotation du tas dans votre main devrait suffire (entraînez-vous, vous verrez combien c'est facile ; et si cela ne l'est pas, vous pouvez changer le tas de main).

En replaçant ce tas au-dessus de l'autre pour refermer la coupe, la carte du spectateur se trouvera au centre du jeu de cinquante-deux, seule carte à la face visible, prête à être révélée.

Si vous maîtrisez ces étapes, vous voilà fin prêt pour le point d'orgue du tour : la révélation de sa carte à votre spectateur, qui se demande encore comment elle est arrivée là.

N'hésitez pas à travailler votre mise en scène pour faire de cette illusion quelque chose de réellement personnel.

Les quelques journées qui suivirent l'incendie furent calmes. Une certaine Mme Sanders avait réuni un comité d'urgence pour le cas « Daniel et Lane » (le cas « Fox » existait déjà dans les annales de la ville depuis quarante ans), et la ferme reprit vie sans que le couple n'ait à dépenser un sou. Tout le village mit la main à la pâte. Les immigrés, qui avaient la réputation de n'aider que leur communauté, virent là une occasion de prouver leur valeur en tant que membres d'Hydesville. La maison fut décorée d'objets venus tout droit de Milan, Berlin, Budapest, et prit une teinte colorée et chatoyante qui donnait un agréable sentiment de dépaysement à ses visiteurs.

Pourtant le couple ne s'y sentait pas à l'aise, sachant pertinemment que cet endroit n'était pas « chez eux », parce qu'il n'y avait plus de « chez eux ». Rien dans cette nouvelle maison ne leur appartenait vraiment, et pourtant, c'était désormais tout ce qu'il leur restait.

Afin de canaliser sa colère, Daniel passait ses journées à s'entraîner au fusil. Se jurant de ne plus jamais manquer sa cible, il explosait boîte de conserve après boîte de conserve. Le vacarme assourdissant de sa pétoire arrivait à étouffer le bruit de ses pensées. S'il résista à l'appel de la liqueur, ce fut grâce au souvenir du terrible alcoolisme de Kate qu'il ne s'autorisait pas à infliger à sa femme.

Sa sœur, en revanche, s'était remise à boire, et personne

n'avait osé l'en empêcher. Tout ce que son frère et sa belle-sœur avaient pu faire, c'était de négocier : pas plus d'une bouteille par jour pendant ce deuil.

Jenny savait son temps chez les Fox compté. Personne ne se souciait réellement d'elle, mais ses hôtes risquaient chaque jour qui passe de lui poser une question embarrassante ou, pire, d'écouter Kate déblatérer une fois son vin quotidien avalé. Et puis, même si la médium parlait peu depuis l'incendie, le travail de rapprochement réussi par Jenny semblait réduit à néant. Kate passait en effet les journées à déplorer les tourments de son frère, dépérissant d'en être la cause profonde, noyant sa culpabilité dans l'alcool au point de laisser ressurgir ses vieux démons.

La magicienne occupait donc son temps à étudier la cave. Où elle passait des après-midi dans le silence, cherchant à sentir ce que Kate avait senti. Sans y rien trouver, sauf le large trou creusé par les villageois quarante ans auparavant.

Et puis, un midi, quelques jours après l'incendie, juste avant de servir le repas, Lane réunit les trois autres occupants de la maison dans la salle à manger afin de leur lire un courrier venu de New York, courrier qu'elle avait attendu avec impatience.

« Chers Daniel et Lane,

C'est pleine de compassion que je réponds à la lettre que vous m'avez envoyée. Ce qui vous est arrivé est tout bonnement affreux, et j'espère pouvoir assister moi-même à la pendaison du voyou qui a détruit votre si belle maison. Je me souviens encore des chaleureux après-midi que nous y avons passé en famille pendant l'hiver 46.

Quant à la proposition de Daniel, je pense moi aussi qu'il serait sage que vous déménagiez au plus vite à New York. Je me chargerai personnellement de veiller à ce que vous n'y manquiez de rien. Votre protection sera assurée par les membres du mouvement spirite, vous n'aurez donc rien à craindre.

J'attends votre retour avec impatience.

Leah Fox. »

Alors que le couple souriait pour la première fois depuis le drame, Kate, elle, était blême.

— Adélia, tu penses que tu pourras te débrouiller seule pour retourner à Londres ? interrogea Lane.

— Non.

La réponse ne venait pas de Jenny mais de la médium, le regard animé d'une énergie féroce.

— Vous pouvez pas me faire ça. Pas New York.

Daniel tenta de prendre doucement la main de sa sœur, mais celle-ci la retira immédiatement, comme si ce contact familier la brûlait.

— Tu préférerais rester ici avec…

Il désigna la cave d'un doigt arthritique.

— Là-bas, on s'occupera toujours de toi, intervint Lane. On veillera à ce que tu ne retombes pas dans l'alcool.

Sa belle-sœur se leva, gagnée par une rage froide.

— Est-ce que vous savez au moins pourquoi je me suis mise à boire ? Vous croyez que c'est quoi qui me pousse à m'enfermer dans ce trou paumé où j'ai accès à rien ? Hein ? Mais vous, vous avez aucune idée de ce qu'elle me demande, ou bien vous vous en fichez ? À vrai dire, je crois que je préfère ne pas connaître la réponse.

Sur ces mots, elle courut se réfugier à l'étage, ne laissant même pas au couple l'occasion de lui répondre.

Lane se tourna vers son mari.

— Elle comprendra, hein ? Ça fait longtemps qu'on n'a pas vu Leah mais… elle peut pas être aussi terrible que Kate le prétend, non ? Enfin…

Daniel ne lui donna pour toute réponse qu'un sourire muet puis marmonna :

— Partir d'ici… c'est tout ce qui compte.

Fantôme installé à la table des membres d'une famille réputée pour parler aux esprits, Jenny vit les Fox se projeter dans une nouvelle étape de leur vie, un chapitre où Adélia n'avait plus sa place. L'infiltration chez Daniel et Lane prenait fin, et l'agent savait pertinemment que les réponses qu'elle avait obtenues ne plairaient pas à son patron.

26

Guide Pinkerton du parfait agent
par Robert Pinkerton

Ne pas céder à la panique

Maintenir une couverture est un exercice de funambulisme, et nombreux seront les moments où vous aurez l'impression d'être en déséquilibre. L'entourage de votre cible appelle votre nom sans que vous vous retourniez ; on sollicite de vous un détail précis sur le lieu où vous avez grandi dont vous n'avez aucune idée ; vous vous retrouvez face à quelqu'un qui ne vous accorde aucune confiance… Les situations déstabilisantes en mission ne manquent pas. Votre couverture est votre vie, mais n'oubliez pas que vous êtes plus que cela ; vous êtes un agent de Pinkerton, choisi pour son talent : aussi, ne vous sous-estimez jamais.

Il y aura aussi des moments où vous vous sentirez seul, sans possibilité de contacter votre responsable ou d'autres collègues. On connaît même certains agents tellement impliqués dans leur mission qu'ils en viennent à oublier leur réelle identité, se fondant tant dans leur rôle qu'ils jureraient être nés tels que leur alias l'affirme.

Dans ces périodes complexes et dangereuses, il faut savoir se recentrer. Vous devez vous rappeler pourquoi

vous êtes là, qui vous êtes, ce que vous avez accompli jusqu'alors, ce que votre cible est soupçonnée d'avoir fait.

Pour cela, recourez aux méthodes, simples mais primordiales, auxquelles votre superviseur vous a formé. N'hésitez pas à revenir vers lui si le moindre doute vous assaille.

Mais surtout, surtout, si, à un moment, vous perdez confiance en vos compétences, sachez que l'agence, elle, ne perdra pas confiance en vous. Nous n'avons jamais abandonné et n'abandonnerons jamais un des nôtres, et nous irons vous secourir des entrailles de l'enfer s'il le faut.

C'est cela, la garantie Pinkerton.

Robert Pinkerton faisait comme à son habitude, les cent pas dans la petite chambre, tandis que Jenny, assise sur la chaise branlante, lui racontait en détail les événements survenus depuis l'incendie jusqu'au départ des Fox pour New York. Il hochait la tête tout en l'écoutant attentivement, les yeux rivés au sol, gravant chaque élément dans sa mémoire, des plus importants aux plus anodins. Depuis qu'il fréquentait la magicienne, il avait compris que l'erreur était de porter attention uniquement à ce qui brillait et était bruyant au lieu de regarder l'envers du décor. Le détective, même après vingt ans de carrière, savait que l'apprentissage de son métier n'était jamais terminé. Son père lui avait beaucoup enseigné, mais par la suite l'agence lui avait démontré que tous les gens qui croisaient sa route avaient une leçon à offrir, un nouvel élément de compréhension du monde duquel il avait été ignorant jusque-là. Aujourd'hui, ponçant le plancher de pas incessants, il essayait d'assimiler celui que Jenny lui délivrait.

Il avait désormais compris que le secret des sœurs Fox ne serait pas dévoilé grâce à un coup de génie de la magicienne ou d'un des autres agents sur l'affaire, il faisait partie de leur vie depuis trop longtemps. La seule solution était donc que les sœurs le révèlent malgré elles. En conséquence, la finesse était de mise. Or il ne s'agissait pas de faire avouer un meurtrier quelques jours après que celui-ci eut commis son méfait, cela semblait un jeu d'enfant à côté de cette enquête. Ici, il s'agissait de démasquer le fondement d'une secte qui existait depuis quarante ans, sans que personne n'ait pu s'y opposer convenablement.

— Hmm... Donc Daniel était au sol et mon frère n'a rien fait ? Il est juste parti ? Et à côté de ça on a le retour à New York...

— Vous pensez à quoi ?

Les éléments s'assemblaient dans la tête de Robert pour créer un tableau cohérent, qui dépeignait Hydesville, Leah, New York et William.

— Je pense que le couple Fox a fait exactement ce que Will prévoyait. Je ne saurais dire comment il vous a retrouvée, mais je ne peux vraiment être étonné. Après tout, c'est un Pinkerton. J'ai dû faire jouer quelques contacts pour activer la planque, mais même si je leur ai dit de rester discrets, mon frère demeure le patron de ces gens. Il n'est donc pas surprenant qu'il ait eu vent de l'opération.

Il consulta l'image contenue dans le clapet de sa montre : William y était jeune et souriant, l'air dynamique. Robert tenta de se rappeler la dernière fois où il l'avait vu de bonne humeur. C'était si loin. Cette foutue guerre civile les avait changés. Même sans être montés au front, ils n'étaient pas revenus indemnes. Son frère l'avait payé de son humanité, devenant ce qu'il méprisait enfant : un adulte froid, sans aucune empathie pour les victimes innocentes qui barraient le chemin jusqu'à son but.

— Mais pourquoi ? Ça l'avance à quoi d'avoir brûlé cette ferme ? Tous les Fox n'en sont devenus que plus méfiants, non ? Je veux dire, s'ils étaient déjà sur le qui-vive après la confrontation que j'ai eue avec Leah, maintenant ils doivent être...

Et soudain, une idée le frappa : William n'avait eu aucune intention d'obtenir le secret à Hydesville. Il avait compris que la bataille se jouerait à New York.

— Jenny, vous m'avez bien dit que Kate avait eu une réaction violente quand on lui a parlé de New York, n'est-ce pas ?

— Oui, pourquoi ?

— Parce qu'on vient de comprendre l'objectif de l'incendie : la renvoyer à New York !

Il cessa d'arpenter la pièce et fit face à la magicienne.

— Mais oui, il cherche à rendre sa cible vulnérable. Kate a tout fait pour fuir la ville. Là-bas, elle sera angoissée, prête à s'isoler, à s'échapper. New York est gigantesque, aucun doute qu'elle voudra de l'air, et c'est à ce moment-là qu'il va agir. Seule, elle sera facile à capturer et à interroger. Il n'hésitera pas à faire ce qu'il faut pour qu'elle crache le morceau.

Il tapa dans ses mains, fier de son raisonnement mais inquiet. Si Kate Fox tombait dans le piège de son frère, c'en était fini d'elle. Robert avait déjà assisté aux interrogatoires de William, et il ne les autorisait qu'en dernier recours lors d'enquêtes dont l'échec signifierait l'exécution d'un agent. Or, même dans ces cas-là, il avait toujours regretté de l'avoir laissé faire. Son cadet avait l'obsession des coupures, qu'il cautérisait à l'aide de tisons brûlants, méthode qui évitait la perte de sang et permettait d'éterniser un interrogatoire. Une barbarie efficace, certes, mais qui lui répugnait.

Et à ce sordide jeu, il était évident que Kate, qui n'était ni un soldat aguerri ni même une femme endurcie, craquerait rapidement.

— Robert, asseyez-vous, s'il vous plaît. Je ne vous ai pas tout dit.

Le détective n'écoutait pas, s'imaginant déjà en train de sauver les sœurs des griffes de William et d'obtenir une séance avec elles en guise de remerciement, peut-être même un indice crucial vers leur secret.

— ROBERT !

Il sortit de sa rêverie et contempla le visage sérieux de son agent, avant de consentir à s'asseoir au bord du lit.

— Monsieur Pinkerton… Il n'y a pas de secret. William

peut les torturer autant qu'il veut, les sœurs ne diront rien parce que… Parce que c'est tout bonnement impossible, voilà.

L'homme attendit la suite, en vain.

— Qu'est-ce que vous me chantez là ?

— La ferme était abandonnée depuis des lustres, nous nous y sommes rendues précipitamment en plein milieu de la nuit. Et même dans ces circonstances, Kate a réussi à produire un toc. Comment ?

— C'est à vous de répondre à cette question, c'est exactement pour cela que je vous ai engagée.

Jenny se leva, exténuée.

— Et c'est la seule question sur laquelle je n'ai pas avancé depuis le début de cette enquête. Mais je commence à penser que la solution la plus simple reste encore la plus improbable… Ces femmes peuvent communiquer avec les esprits ! Ou alors elles actionnent quelque chose par la pensée… Je ne sais pas, Robert, je ne sais plus.

— Quelles sont vos preuves ?

— Justement, je n'en ai aucune ! C'est bien ça le problème : il n'y a aucun élément, à part les tocs, sur lequel s'appuyer. Et aucun doute non plus qu'elles en soient à l'origine, vu qu'elles sont les seules à pouvoir les invoquer…

Robert se pencha vers son sac et prit les fiches sur les sœurs Fox ainsi que les feuilles de rapports de mission. Il devait y avoir un détail qu'il avait raté, quelque chose qu'ils laissaient de côté. Le détective s'attela à les examiner attentivement, oubliant complètement l'agent qui se tenait en face de lui.

— Je les ai épluchées de long en large, ces fiches, dit-elle, vous ne comprenez pas ce que cette enquête représente pour moi. Parler avec l'Au-delà, c'est une croyance contre laquelle mon père s'est battu toute sa vie, et moi, je voyais là une manière de reprendre son flambeau. Quand vous m'avez donné l'occasion d'enterrer le spiritisme, j'ai cru à un signe divin, et maintenant… je vois cette affaire comme un canular céleste qui m'indique que je n'ai été qu'une sotte. Une pauvre imbécile qui se pensait au-dessus du public crédule, alors que je refusais simplement de voir la vérité en face.

Robert enchaînait les papiers à une vitesse fulgurante. Ses yeux dévoraient les pages, s'arrêtant juste sur les mots-clefs. Les quarante dernières années de ces femmes défilaient devant lui comme un flash. Il avait depuis longtemps abandonné le terrain pour laisser agir ses employés, plus jeunes, plus vifs et plus audacieux devant le danger. Lui ne travaillait plus qu'en tant qu'agent de renseignement préparatoire, ou comme contact local ; travail où, ainsi que l'avaient prouvé les parties de poker perdues, il n'excellait pas particulièrement. Contrairement à son frère qui adorait les conflits, les drames humains et les arrestations spectaculaires, lui préférait rester dans l'ombre, ausculter calmement les informations et les preuves avant de planifier la suite des opérations. Et ici, devant ces feuilles, dans cette petite chambre au cœur d'un des milliers de villages perdus de la campagne américaine, sa faculté d'analyste pouvait enfin briller. C'était un talent qu'il avait laissé endormi depuis plusieurs années, n'ayant pas eu d'affaire qui nécessitait une telle réflexion depuis bien longtemps. Son réveil lui donnait la sensation de remettre une locomotive à vapeur sur les rails ; il sentait le foyer de l'engin enfin se rallumer et les roues prendre petit à petit de la vitesse afin de retrouver une allure qui dépasserait toutes les autres. Son esprit bouillonnait. Les pièces du puzzle qui, auparavant, semblaient provenir de dessins différents commençaient peu à peu à s'assembler pour donner un tableau, flou, certes, mais de plus en plus cohérent.

— Je l'ai.

— Quoi ?

— Je sais exactement comment on peut vérifier si les sœurs parlent aux esprits. Et le mieux dans tout ça, c'est qu'aucune des Fox n'aura besoin d'être présente.

William n'avait qu'à bien se tenir. Car voilà que venait le tour de Robert d'entrer en scène.

27

Guide Pinkerton du parfait agent
par Allan Pinkerton

Introduction aux annexes

Vous voilà maintenant arrivé aux annexes, la conclusion de ce guide approche.

L'avez-vous lu en entier, ou alors êtes-vous simplement curieux de ce que la fin réserve ?

Je sais que beaucoup de mes agents se réfèrent à cette partie lorsque l'enquête devient si longue et tortueuse qu'ils se demandent s'ils en verront le bout. Ces annexes parviennent souvent à leur montrer qu'ils sont en réalité près du but et que tous leurs efforts, souffrances et mensonges, n'ont pas été vains.

La fin d'une enquête est quelque chose que nous attendons tous avec impatience, c'est le passage à une autre étape de la vie.

Car il est rare qu'une enquête Pinkerton laisse ceux qui la mènent indemnes. Vous découvrirez donc, dans les rapports contés ci-après, des solutions à des problèmes que des confrères ont rencontrés, et auxquels vous pourriez, vous aussi, être confrontés un jour sur le terrain.

Ces annexes sont aussi faites pour que vous compreniez réellement, intimement, ce qu'être un agent Pinkerton signifie et ce qui est attendu de vous.

Comme toute la théorie du monde ne vaut pas un peu de pratique, utilisez les affaires évoquées comme support et non en exemple. Chaque problème possède une solution adaptée, et il est toujours préférable d'avoir un esprit flexible plutôt que d'être un animal savant apprenant bêtement des tours.

Les camarades de poker de Robert lui prêtèrent les deux pelles sans poser la moindre question. L'incendie de la ferme Fox avait rapproché le village et réussi à balayer le communautarisme présent dans le hameau. Les Italiens ne manquèrent toutefois pas de le titiller sur la mystérieuse joueuse qui avait raflé la mise, demandant à combien s'élevait la nuit et si elle était aussi habile au lit qu'aux cartes. Le détective avait rétorqué qu'en tant que gentleman il ne pouvait parler de tels sujets, mais que, pour ce qu'elle faisait, il aurait payé le double de ce qu'elle lui demandait… malheureusement, ses pertes au poker ne le lui permettaient pas. Alors que les comparses du saloon s'esclaffaient grassement, le détective s'éclipsa discrètement. Un de ses talents acquis à l'agence était de quitter une conversation sans faire de vague, comme s'il n'avait jamais été présent. Talent d'autant plus impressionnant que son imposante carrure était difficile à ne pas remarquer.

Il ne lui restait plus qu'à attendre la nuit. Voyant bien que Jenny était agitée depuis son retour de la ferme des Fox, ses ongles d'habitude impeccablement limés étant maintenant striés d'irrégularités tracées à coups de dent, il avait jugé préférable de ne pas lui révéler son plan.

La magicienne essayait de s'occuper en lisant les comptes rendus d'enquêtes précédentes, mais son esprit n'arrivait pas à assimiler ce qu'elle voyait. Elle se reprenait à lire plusieurs fois la même page, confondant nom de code, alias et cible, jamais vraiment certaine du rôle de chacun. Elle qui avait l'habitude de pouvoir concentrer son attention comme la trajectoire d'une balle de fusil réalisait désormais qu'elle était incapable de toucher sa cible. Les cachotteries de son patron n'aidaient pas. À vrai dire, c'était pour cela qu'elle avait commencé à se pencher sur les annexes : dans l'espoir de devancer la révélation du détective. Elle avait déjà passé la matinée à relire toutes les fiches, pendant que Robert négociait ses pelles.

Maintenant, coincée avec lui dans cette petite chambre, les minutes lui semblaient interminables tandis que Robert, allongé, jouait simplement avec une petite balle qu'il lançait en l'air et rattrapait, serein.

— Comment vous faites ? demanda-t-elle.

— Hmmm ?

Il arrêta la balle.

— Vous êtes si certain que votre plan va marcher ?

— Croyez-moi, cette fois-ci, il est infaillible.

L'affirmation troubla plus encore Jenny, qui imagina appeler les esprits avec une pelle.

— Et on doit absolument attendre ce soir ? Ne peut-on pas y aller maintenant ?

— Patience, Jenny. Précipitation est mère de négligence. Ce ne sont plus que quelques heures. Profitez-en pour peaufiner vos tours, une activité manuelle aide toujours à se vider l'esprit.

Il reprit calmement ses lancers de balle, essayant d'approcher le plus possible du plafond sans jamais le toucher. La magicienne, de son côté, fut surprise de trouver des cheveux bruns dans sa main, ne réalisant qu'après un instant de perplexité qu'il s'agissait des siens, arrachés sans y prendre garde. Ces heures d'attente lui paraissaient aussi longues que des semaines.

Le court séjour de Daniel, Lane et Kate à la ferme Fox avait réussi à faire perdre à la bâtisse un peu de son aspect lugubre, notamment grâce aux diverses décorations laissées par les voisins et au dépoussiérage méthodique de certaines pièces entrepris par Lane. Quelques provisions laissées dans la cuisine, que la fratrie n'avait pu emporter dans son départ précipité, achevaient de donner aux lieux une atmosphère plus vivante. Sur de petits paniers en osier remplis de fruits et légumes, on pouvait lire : « De la part des Sorelli, un prompt rétablissement à vous ». Sur un paquet emballé de steaks, une inscription moins polie disait : « Que cette viande vous donne la force de botter le cul à ce type », et était accompagnée d'une signature qui s'étalait sur la moitié de la petite carte.

Robert attrapa une pomme trop mûre, la plongea dans le petit seau d'eau savonneuse à moitié rempli, souffla un peu dessus pour enlever la mousse et croqua dedans. S'appuyant sur sa pelle, il posa son front contre une vitre et contempla la nuit dans laquelle les nuages épais ne laissaient passer pratiquement aucune lumière, exactement comme la grisaille de la journée lui avait permis de le prédire.

— Vous ne voulez toujours pas me raconter ce qu'on fait ici ?

Il sortit de sa rêverie et prit une dernière bouchée de sa pomme avant d'ouvrir la fenêtre et de lancer le trognon dans les hautes herbes qui entouraient la maison.

— Pourquoi garder le secret plus longtemps ? On va creuser !

Il ferma la fenêtre et se dirigea vers la porte de la cave, pas plus difficile à déverrouiller que celle de l'entrée. Ici on craignait plus les fantômes que les voleurs maintenant que tout le monde était parti.

— Enfin, Robert… vous ne pensez tout de même pas…

Il ouvrit la porte, révélant les escaliers qui s'enfonçaient dans l'obscurité.

— Et si, dit-il en faisant tourner sa pelle de manière enjouée.

Elle s'approcha de lui.

— Il y a quarante ans, tout le village s'y est mis, et ils

étaient motivés par une ferveur quasi religieuse. Qu'est-ce qui vous fait penser qu'on aura plus de chance qu'eux ?

— Je suis bien content que vous me le demandiez.

Il posa l'outil sur le côté et alla chercher deux lampes à huile au salon, puis enflamma leurs mèches grâce à la boîte d'allumettes qu'il conservait dans sa poche. Il donna une lampe à son agent sans lui demander son avis, attrapa sa propre pelle et dévala les marches.

La cave n'était pas plus large que la salle d'attente du salon de Margaret. La magicienne se demandait à nouveau comment autant de personnes avaient pu être fascinées par une si petite pièce. Le plancher qui recouvrait le sol en terre était tapissé de différentes strates de poussière, et une famille d'araignées avait élu domicile dans chaque coin de l'endroit, les recouvrant de toiles de tailles variées. Le trou dans le bois, grand comme une table pour cinq et assez profond pour arriver au niveau de la poitrine de Jenny, n'avait jamais été comblé. Des mousses, moisissures et lichens le peuplaient, le couvrant d'un linceul verdâtre.

Robert y descendit et enfonça sa pelle avant de poser le pied sur le fer.

— Nous, on a déjà le travail de cent hommes qui a été fait. On doit juste finir ce qu'ils ont commencé.

— Et s'il n'y a rien ?

— Quand vous saurez comme moi qu'il n'y a rien ici, insista-t-il fortement, alors on pourra se concentrer de nouveau sur l'enquête et enfin montrer au monde que les sœurs Fox ne sont que des arnaqueuses. Cette cave vide sera notre première preuve.

La pelle souleva une masse de terre que Robert jeta derrière lui dans un arc parfait. Jenny remarqua que le geste était plutôt expert, l'homme n'en était visiblement pas à son premier déterrement. Pendant qu'elle se perdait dans ces macabres observations, Robert avait déjà retiré la première couche de terre.

— Vous venez m'aider ou vous comptez les gravats ? dit-il, haletant.

Même si son mouvement était efficace, l'âge et les repas copieux semblaient avoir eu raison de sa condition physique. Il était déjà rouge et dégoulinant.

Jenny attrapa son outil, s'assit au bord du trou et sauta dedans à son tour.

Cela faisait plus d'une heure qu'ils creusaient sans relâche. Robert avait tant sué que sa chemise était passée du bleu ciel au bleu marine. Jenny, elle, sentait de grosses gouttes tomber de son front sur ses mains meurtries, se rendant compte que chaque pelletée représentait un effort au-dessus de ses moyens. Ses bras criaient grâce. Le vrai défi n'était pas d'enfoncer la pelle, même si, plus ils avançaient, plus la terre devenait compacte. Non, le plus difficile restait d'envoyer le déblai derrière soi en un arc efficace afin qu'il ne retombe ni ne glisse dans la cavité.

Au début, elle avait opté pour une stratégie en deux étapes : tout d'abord, creuser la terre, puis se concentrer pour la lancer derrière. Robert lui avait expliqué que c'était une erreur, car elle gâchait ainsi l'élan créé par le pelletage. Un mouvement unique permettait au contraire d'optimiser son effort, et la magicienne s'était donc tournée vers cette méthode. Cependant, malgré ces conseils d'expert, elle était sur le point de craquer.

Soudain, le rythme régulier de la pelle du détective s'enfonçant dans le sol s'arrêta.

— Pre…

Il souffla bruyamment avant d'éponger son visage fumant avec son mouchoir.

— Prenons… une… pause, articula-t-il péniblement.

Sans attendre l'approbation de sa collègue, il lâcha son outil et se hissa maladroitement sur le plancher, qui était maintenant à la hauteur de son menton.

Jenny le rejoignit près du mur contre lequel il s'était assis, dans l'un des rares endroits encore épargné de gravats. Elle s'accroupit à son tour, essayant de calmer son rythme cardiaque.

Ils contemplèrent ensemble la cave, qui semblait en proie à une invasion de taupes tant se multipliaient les mottes d'humus noir sur le plancher, et rirent entre deux inspirations douloureuses.

— Vous pelletez bien pour…

Il n'acheva pas sa phrase par manque de souffle.

— Pour une femme ?

— Pour quelqu'un… dont c'est la première fois.

Elle sourit, se demandant s'il voyait enfin en elle un égal.

— Vous voulez qu'on creuse encore… ou vous êtes enfin convaincue… qu'il n'y a rien dans cette cave ? demanda-t-il.

Le trou béant semblait la narguer, elle ne pouvait croire que Kate lui avait menti quand elle lui avait parlé avec tant d'émotion de Charles B. Roma. Cela semblait stupide, mais Jenny demeurait convaincue de la sincérité de la médium. Pourtant, elle devait se rendre à l'évidence : ils avaient creusé sous l'endroit où l'on avait jadis déterré quelques ossements suggérant qu'un corps gisait quelque part encore dessous.

— Vous savez, je ne vous blâme pas. C'est tentant de croire à l'après-mort. De plus, je vous ai engagée justement parce que votre pensée est différente de la mienne. Vous résolvez les problèmes autrement. Seulement voilà, de temps en temps… les faits parlent d'eux-mêmes.

La fatigue embrumait l'esprit de la magicienne. Après la découverte des ossements, il était évident que le groupe du village avait continué à creuser. La trouvaille avait même dû les motiver à œuvrer de plus belle. Et pourtant, si ces ossements appartenaient réellement à ce Charles B. Roma, comme le prétendait la spirite, le reste du squelette ne pouvait être enfoui bien loin.

Jenny entreprit d'observer soigneusement la pièce. Il lui fallait faire abstraction de l'évidence et se concentrer pour déceler l'invisible. Comme dans les tours de magie, si ce n'est qu'ici il n'y avait aucun mouvement. Juste elle, cette cave, cette fosse, ces planches et ce potentiel cadavre, caché aux yeux de tous ceux qui s'étaient aventurés en ces lieux. Elle se donna comme contrainte d'ignorer l'excavation qui avait, jusque-là, accaparé son attention, convaincue que la solution se trouvait ailleurs. Soudain, elle comprit.

— Robert, vous avez raison. J'ai traversé une période de confusion, et je me suis laissée avoir par votre assurance. Je dois cependant vous dire, avec tout le respect que je vous porte, que vous avez pris le problème à l'envers.

— À l'envers ?

Elle hocha la tête.

— Vous aviez raison sur un point : il est étonnant que les villageois n'aient trouvé que des fragments d'os, que personne n'a pu réellement examiner, qui plus est. Il pourrait s'agir du corps d'un petit animal ou simplement de gravats blancs de forme irrégulière.

Elle commença à tourner autour du trou, en prenant soin d'examiner les alentours.

— Évidemment que ce ne sont pas des os, puisqu'il n'y a rien.

Elle mima un non de la tête.

— Partons du principe qu'il y a vraiment une dépouille ici. Il semble évident qu'elle n'est pas en plein milieu de la pièce, dans la fosse. Creuser plus profondément que les villageois semble donc ridicule.

Enfin, elle s'arrêta et trouva ce qu'elle cherchait dans un des coins près de l'escalier. Elle attrapa sa pelle et fit sauter une planche de bois d'un coup sec en s'aidant de son pied. Elle la prit et la montra à Robert. Ce dernier, stupéfait, observa un instant le bout de bois, puis le sol.

— La couleur… votre planche est légèrement plus claire.

— Ce qui signifie ?

Il se dressa et l'examina de plus près.

— Que… Mince, le plancher a été refait spécifiquement

à cet endroit, sa couleur n'est pas la même que dans le reste de la cave !

Jenny approuva.

Toutes les planches du coin droit avaient été arrachées et les deux compères s'étaient remis à la tâche.

— Vous savez… que… ça ne veut rien dire, haletait-il.

Jenny ne l'écoutait pas, l'adrénaline la submergeait alors qu'elle creusait frénétiquement, sans se demander si elle avait envie de trouver quelque chose ou non. Ce qui lui importait était d'au moins obtenir une réponse.

Son rythme effréné poussait Robert à se surpasser lui aussi, et il ne fallut qu'une demi-heure pour que la pelle de la magicienne frappe un objet plus dur que la terre à laquelle elle était jusque-là habituée.

L'outil venait d'entailler quelque chose de clair, qui dépassait de l'amas brun.

— Vous croyez que c'est…

Le visage de Robert passa du rouge foncé au blanc pâle, comme si le sang avait quitté son corps.

— Allons, allons… C'est… C'est sûrement… ce sont… des gravats… Oui ce sont des gravats… Pour sûr que… que…

Jenny avait compris que son patron n'était plus en état d'agir. Elle entreprit donc de creuser seule autour de cet étrange morceau blanc.

À chaque pelletée de son agent, le détective répétait son mantra : « Ce sont des gravats, rien que des gravats. » Cependant, la réalité qui se dessinait sous ses pieds fit peu à peu s'éteindre sa prière désespérée.

La magicienne lâcha sa pelle.

— Robert… Robert ! Vous voyez ce que je vois. C'est… c'est…

C'était un crâne humain en parfait état, si ce n'était la petite fêlure qu'avait créée Jenny en cognant dedans.

— Vous réalisez ce que ça signifie ?

L'homme le savait, visiblement, car il ne prononçait plus un mot.

— Elles avaient raison ! Nous venons de prouver de manière indiscutable que…

— Taisez-vous !

Le regard du patron était désormais furibond.

— Sortez du trou.

— Mais…

— Jenny, ne m'obligez pas à me répéter.

Elle s'exécuta.

— Retournez à l'auberge et attendez-moi là-bas. Ne discutez pas.

Elle ouvrit la bouche mais ne dit rien, étant elle-même encore sous le choc. Le détective s'assit sur une motte de terre fraîchement déterrée, les yeux rivés sur le crâne.

— Je vous rejoindrai quand je vous rejoindrai, ne m'attendez pas pour dormir.

— Robert…

— Bonne nuit, Jenny.

Elle était trop épuisée pour se battre et était elle-même contre les décisions prises à la hâte. La vérité était qu'aucun des deux n'avait réellement envisagé la possibilité de bel et bien trouver un cadavre. Malgré la certitude que la magicienne avait osé exprimer, un immense doute subsistait en elle. Robert avait peut-être raison, mieux valait consacrer les heures suivantes à une réflexion solitaire.

Elle se mit donc en route vers l'auberge, tout en se demandant si son père avait eu un rôle dans tout cela, si d'en haut il l'avait aidée à voir l'invisible.

Les questions qui se bousculaient dans sa tête n'empêchèrent pas sa fatigue physique de la plonger rapidement dans un profond sommeil dès son arrivée dans leur chambre.

28

Guide Pinkerton du parfait agent

Annexe – Affaire Drysdale :
Interview de l'agent Kate Marne,
retranscrite par Kendall Phillips
octobre 1866 (1/2)

Pour ma première contribution au guide, je pense qu'il convient de me présenter. Depuis quelques années, j'ai pris ma retraite sous un alias que je ne peux dévoiler, mais sachez qu'à l'époque de Pinkerton, on m'appelait Marne. Trop de femmes se prénommaient Kate et je n'étais pas du genre à ce qu'on me confonde. Les autres agents pouvaient pas me piffer, sûrement parce que, malgré le fait que j'étais une femme, j'enquillais plus de résultats qu'eux. Cela n'empêchait pas Allan de régulièrement m'envoyer en mission, et là, malgré nos différends, les agents se comportaient toujours de manière professionnelle. Ils m'ont sauvé la vie plus de fois que je ne saurais compter.

Mais parmi toutes les enquêtes que j'ai faites, s'il y en a une qui m'a marquée à jamais, c'est l'affaire Drysdale, en 1856.

Le boss avait été appelé personnellement par le maire pour enquêter sur les circonstances d'un meurtre dans la petite ville d'Atkinson, dans le Mississippi. Comme à son habitude, il était arrivé discrètement et déguisé de manière à le rendre méconnaissable, même pour quiconque aurait vu sa tête dans les journaux. Le boss avait une telle notoriété que cela nuisait à ses couvertures. Il y avait déjà sept ans qu'il avait abandonné le terrain à cause de cela.

Revenons-en à l'affaire : la victime c'était George Gordon, un banquier aimé de tous, selon les dires des habitants de la ville. Il n'hésitait apparemment pas à accorder des crédits aux personnes en difficulté et se montrait toujours compréhensif vis-à-vis des retards de paiement. Il n'aimait ni l'alcool, ni le jeu, ni les femmes et vivait seul, prenant son seul plaisir dans la manipulation des chiffres et dans les placements juteux.

Un gentilhomme comme on n'en fait plus, disaient les clientes. Personnellement, j'aurais dit que c'était l'homme le plus ennuyeux du monde.

Et voilà-t-y pas que ce monsieur parfait est retrouvé dans son bureau, le crâne sauvagement défoncé et son coffre-fort complètement vide. Je n'ai pas pu observer le corps, mais apparemment c'était pas beau à voir. Le boss m'a dit qu'un flic local a rendu son déjeuner en voyant la scène du crime. La cervelle était étalée sur le bureau et le gars avait encore les yeux ouverts, comme s'il y croyait pas vraiment. C'est pas moi qui le dis, c'est le rapport de police.

Le coup venait de derrière et il n'y avait aucun signe d'effraction dans la banque. Le boss en vint donc à la conclusion que soit le banquier était sourd à ce moment-là et n'avait pas entendu le tueur arriver dans son dos, soit, et c'était le plus probable, son meurtrier était quelqu'un qu'il connaissait et qu'il avait invité pour une session de travail nocturne.

L'heure du crime avait été estimée à vingt-deux heures environ, ce qui réduisit la liste des coupables potentiels aux deux clients qu'il avait l'habitude de recevoir tardivement. C'est ça l'avantage des petits villages, tout se sait vite.

Les deux clients étaient un joaillier dont j'ai oublié le nom et un commis du comté du nom d'Alexander Drysdale.

Comme vous vous en doutez, c'est dans l'entourage de Drysdale que l'on m'a chargée de m'infiltrer. Mais vous vous demandez sûrement : Pourquoi ? Pourquoi se concentrer d'abord sur le commis et pas sur le joaillier, deux types qui faisaient face aux mêmes difficultés de paiement et donc avaient deux motifs similaires ?

Eh bien c'est simple, voyez-vous, la cheminée présente dans le bureau du banquier montrait des signes qu'un feu y avait été allumé très récemment. Allan l'avait donc fouillée à la recherche d'un indice et était tombé sur le reste d'un papier à moitié calciné qui indiquait une note de dette au nom de... Je pense que vous l'avez deviné : Alexander Drysdale.

Assez d'éléments étaient réunis pour que l'enquête commence et que j'entre sur le terrain sous le nom de Mlle C. Potter, une demoiselle empotée qui avait eu le malheur de se blesser grièvement après une balade à cheval en compagnie de Mme Drysdale.

Je l'avais convaincue de me laisser utiliser sa maison le temps de ma convalescence (avec la complicité

du médecin local que nous avions missionné pour cette affaire).

J'étais infiltrée, la seule chose qu'il me restait désormais à faire était de rassembler les preuves de la culpabilité de notre commis. Malheureusement, l'affaire se montra rapidement plus compliquée que prévu…

Un rayon de soleil matinal vint caresser les mèches brunes qui recouvraient le visage de Jenny, créant une ombre devant ses paupières la protégeant d'un réveil trop brutal. Elle avait dormi d'un sommeil si lourd que la découverte des ossements à la ferme Fox lui semblait appartenir au domaine du rêve. Mais quand elle se redressa sur le lit, ses muscles endoloris par le travail imposé la veille ainsi que la vision de vêtements éparpillés au sol lui confirmèrent que sa soirée avait été bien réelle.

En face d'elle, Robert dormait assis dans un coin de la chambre, avachi contre le mur dans un équilibre précaire. Si les vêtements de Jenny avaient pris une légère teinte brune, ce n'était rien comparé à ceux de son patron. Il était couvert de terre de la tête aux pieds. Ses ongles pourtant courts étaient pleins de petits grains noirs, qui s'étaient aussi immiscés dans les innombrables coupures qui parsemaient ses doigts. Au niveau des phalanges, elle distinguait des ampoules semblables à des haricots blancs.

Elle regarda ses propres mains : même si les cloques et entailles ne manquaient pas, elles paraissaient minuscules comparées à celles du détective. Qu'avait donc fait Robert une fois qu'elle était partie ?

Malgré sa curiosité, la magicienne préféra patienter avant de le réveiller. Une faim abyssale la tenaillait, aussi ne doutait-elle pas qu'il en serait de même pour son patron. Elle décida donc d'aller chercher de quoi petit-déjeuner pour eux deux.

Dans le saloon de l'auberge, les Italiens jouaient déjà aux cartes pendant que la patronne de l'auberge nettoyait de longues traces de terre menant de l'entrée aux chambres en grommelant :

« … de clients… à dégueulasser mon sol… une fois, j'aimerais me réveiller et pouf !… si propre que la veille… mais non… NOOON ! »

— Oh la matrone ! Tou la fermes un peu ? cria l'un des joueurs.

Elle continua à marmonner, tout en jetant des regards noirs à l'importun.

Jenny se dirigea vers le gros aubergiste bourru derrière le comptoir. Son regard était perdu dans le vague, sommeillant les yeux entrouverts alors que sa femme s'échinait à donner un semblant de propreté à leur commerce.

— Vous avez quoi à petit-déjeuner ici ?

— Café, répondit-il sans vraiment être là.

— Hmm hmm, acquiesça-t-elle, peu satisfaite.

L'homme ne croisa même pas son regard. Jenny vit que, au-dessus du comptoir, une ardoise qui n'avait pas été utilisée ou nettoyée depuis bien longtemps indiquait « Menu du jour : sandwich bacon omelette ».

— Ça marche aussi pour aujourd'hui, le sandwich ?

Il tourna enfin ses yeux vitreux vers elle, sans bouger un seul muscle de son corps, dans un mouvement similaire à celui d'un lézard.

— V'savez pas lire ou quoi ? Y a marqué menu du jour, maugréa-t-il comme si chaque mot représentait un effort surhumain.

Elle patienta un instant, s'attendant à quelques précisions supplémentaires, en vain. Il semblait tel un automate attendant qu'on appuie sur un bouton avant de faire quoi que ce soit.

— Hmm, hmm, acquiesça-t-elle à nouveau, donc deux sandwichs omelette bacon ?

Le tenancier se leva péniblement, comme si on avait réactivé une machine à l'arrêt depuis des années dont les premières actions dégrippaient les rouages. Il se dirigea vers ce que Jenny pensa être la cuisine sans dire un mot de plus.

Elle entreprit de s'asseoir à l'une des nombreuses tables vides, sur un tabouret en bois aussi branlant que la chaise de la chambre de Robert, attendant que l'homme active ses fourneaux.

— Eh !

Jenny n'avait pas encore trouvé son équilibre, mais elle s'était aperçue qu'en s'appuyant sur la table avec ses bras, elle ne tombait pas.

— Eh la demoiselle !

Bezzi, cartes et dollars scintillants devant lui, pointait, d'un geste du menton, une chaise située à une table proche de la sienne, qui semblait la seule fabriquée par un artisan compétent.

La magicienne hésita un instant, jetant un coup d'œil vers les cuisines où elle entendait déjà le bacon grésiller.

— Allons, on va pas te *mangiare*.

Les joueurs lui jetèrent un regard fugace, avant d'observer leurs voisins tout aussi furtivement, vérifiant que ces derniers n'en avaient pas profité pour voler dans leur tas de pièces.

Le tabouret couinant comme une souris prise au piège, la détective consentit à se diriger vers la chaise indiquée. Bezzi fit un petit hochement de tête, puis posa ses cartes face cachée sur la table, se couchant pour cette manche.

— *Ragazzi, giocate le prossime senza di me*.

Il prit sa propre chaise et vint s'installer face à Jenny, abandonnant son groupe.

— Mademoiselle Harper, c'est ça ? demanda-t-il en tentant de copier l'accent américain, sans parvenir à cacher ses origines.

Jenny était intimidée par l'audace de cet homme. Malgré sa petite taille, son physique trapu et son nez maintes fois cassé lui donnaient l'impression qu'il était le type de personne qui ne reculait devant rien pour obtenir ce qu'il voulait. Et elle redoutait d'être précisément ce qu'il voulait.

Elle approuva, espérant que les petits déjeuners ne tarderaient pas à arriver.

— Votre ami, là, Johnny…

— C'est un client.

Il fit non de la tête.

— Votre ami Johnny, vous le connaissez depuis longtemps ?

Jenny n'avait aucune information sur la Mlle Harper que son patron avait inventée, laquelle n'était pas censée être une vraie couverture, juste un complément d'identité pour l'alias « Johnny ». Et voilà qu'il lui fallait improviser uniquement parce qu'elle avait décidé d'agir sans informer son patron.

— Je vois, vous êtes pas… *chiccherone*. C'est rare dans votre métier. D'habitude, elles aiment parler.

De sa main, il imita une bouche qui jacassait. Jenny préféra se murer dans le mutisme, appliquant la technique Pinkerton : « Si tu ne sais quoi dire, tais-toi, la cible parlera pour toi. »

Bezzi acheva son mime tout en s'esclaffant. Elle esquissa un petit sourire poli.

— Vous n'aimez pas parler, c'est pas grave, c'est moi qui veux parler. Je veux que vous répondiez à une question. Pourquoi vous n'aimez pas le poker ?

Jenny ne se sentit pas en état d'affronter l'Italien, même dans une joute verbale : son ventre grognait et son cerveau réclamait plus de sommeil.

— Je… J'adore le poker. J'ai même gagné face à vous.

Là encore il s'esclaffa, révélant un large sourire carnassier.

— Allons, allons, *la carta nella manica*, fit-il en désignant la manche de sa propre chemise. Je faisais pareil quand j'étais *un' bimbo*. Avec le même groupe que vous voyez derrière moi. On jouait dans mon jardin en misant des billes. L'argile c'était la petite monnaie et celles en verre et en porcelaine, les grosses mises.

— Ce n'est pas… Je ne vois pas ce que vous insinuez. J'ai gagné loyalement !

— Allons, miss Harper, allons, c'est *dou* passé tout ça. Je voulais vous raconter *una storia*… une histoire, de poker. *Vou* que vous aimez tellement le jeu.

Jenny jeta un nouveau regard en cuisine, une légère fumée sortait maintenant de l'entrée. Elle céda, sentant qu'elle n'avait pas vraiment le choix et que Bezzi le savait.

— *Buona decisione*, dit-il enthousiaste, j'aime beaucoup cette histoire, mais je la raconte pas assez. Vous voyez, avant de bouger ici, mes amis et moi on habitait la Toscane, en Italie. *Oune* après-midi… avec *oune* de ces soleils ! Je jouais avec mes amis aux cartes, et mon… *padre* est venu me regarder.

Jenny remarqua que lorsque Bezzi peinait à trouver les mots en anglais, il agitait ses mains comme si les réponses allaient sortir de l'air.

— J'étais aîné, celui qui devait reprendre affaire de famille : vente de *marmo*… de marbre, un milieu où on prenait les gros *dours* qui avaient des muscles. Mon père, je voulais lui montrer qu'en affaires j'étais… comment dire ?

Il claqua ses doigts à la recherche du terme juste qu'il avait sur le bout de sa langue.

— *Oune* petit malin. Oui ? Le poker était la bonne occasion. Quand j'ai mis un as dans ma chemise, je lui ai fait *oune* petit clin d'œil pour être *sour* qu'il l'ait *vou*. Je voulais lui montrer que j'étais au-*dessous* des autres. Un vrai *Corpucci*, comme lui. J'ai évidemment gagné la main, et là, vous savez ce qu'il a fait ?

— Non ?

Il attendit un instant, le regard pétillant.

— *Niente*, rien. Il m'a laissé avec mon gros tas de billes

maintenant toutes transparentes et *bianco*, au lieu de marron *brutto*… moche. Je lui ai montré mes nouvelles, en porcelaine, mais il semblait pas intéressé.

Jenny expira longuement, essayant de lutter contre la tension et la fatigue.

— Je croyais que c'était… fin de l'histoire ! Que le poker et les billes, ça l'intéressaient pas. Sa vie, c'était son marbre. Mais le lendemain après-midi, alors que je jouais avec mes belles *perle di vetro*, mes amis, les mêmes que derrière moi, dit-il en les pointant du bout du pouce, sont venus et… sans même me dire bonjour, m'ont roué de *colpi*. Au *débout* ils allaient doucement, des petits coups de poing dans le bras et le ventre, juste de quoi me couper le souffle et me mettre au sol. Puis ils ont regardé mon *padre* qui leur a dit « *Questo non basterà per che se lo ricordi, voglio che sia inciso sul suo viso.* »

Bezzi vit le regard d'incompréhension sur le visage de son interlocutrice.

— « C'est pas avec ça qu'il retiendra la leçon, je veux que ça soit gravé sur son visage. » Alors, ils m'ont mis des coups de pied. Papa était sur une chaise, avec le *caffè*, et me regardait. Quand il jugea que j'en avais assez, il s'est levé, leur a donné à chacun quelques *fiorini*, assez pour acheter une balle neuve, puis leur a dit de prendre mes billes. Au début, mes amis ne voulaient pas, mais mon père a insisté, alors ils l'ont fait puis sont partis. À la fin, j'avais le nez cassé et les yeux si gonflés que j'avais l'impression d'avoir des *prugne*… des pruneaux. Quand j'ai demandé pourquoi, il m'a répondu… Je vous dis ce que le traducteur m'a dit car je voulais savoir *perfettamente* dire cette phrase en anglais : « *Tou* paieras toujours le prix de tes mauvaises actions, mon petit Bezzi. On n'y échappe jamais. Estime-toi heureux que *tou* n'aies eu que ça comme punition. Demain, *tou* iras évidemment t'excuser auprès d'eux. Ce sont tes amis, après tout. »

Jenny déglutit alors que Bezzi arborait toujours un sourire imperturbable.

— Et ?

— C'est ce que j'ai fait. Ils voulaient absolument me rendre mes *biglie* mais j'ai refusé, disant que je les gagnerais à la loyale la prochaine fois. Aucun de nous n'a triché depuis cet après-midi, il y a quarante et un ans.

La magicienne ne savait que répondre, une chose était néanmoins sûre, elle n'avait pas l'argent pour rembourser sa tricherie.

— Je… je… suis désolée… Cette montre… mon ami y tenait beaucoup !

— C'est votre ami, maintenant ?

Pourquoi se faisait-elle chaque fois piéger dans ces interrogatoires ? N'avait-elle rien appris depuis le début de cette affaire ? Le sourire de l'Italien s'affichait plus large encore que lorsqu'il avait gagné au poker face à Robert.

— Vous avez de la chance, car, *primo*, je ne suis pas mon père, et *secondo*, je ne vous aime pas assez pour vous donner *oune* leçon. Je préférerais vous laisser avec autre chose.

Il se pencha en avant et s'approcha plus encore. Paralysée par son effroi, elle sentit la main de l'homme passer dans ses cheveux, puis tirer fermement sa tête vers lui.

— Je connais les gens, murmura-t-il à son oreille d'une voix de serpent, quarante-cinq ans que j'apprends à lire des visages, et je peux dire *oune* chose. *Oune*, dont je *souis* absolument *soure*. Votre ami… Johnny a aussi peur de vous que… vous avez peur de moi.

Il la relâcha et se replaça en face d'elle en arborant un sourire libidineux, comme un lutin fier de son méfait. Il tourna la tête vers le comptoir, où les deux sandwichs omelette bacon trônaient, fumants. L'aubergiste tapa alors mollement sur sa petite sonnette, d'un air déprimé.

Jenny se dirigea à reculons vers son petit déjeuner, faisant face au joueur de poker alors que celui-ci, avec son habituelle bonne humeur, pariait déjà contre ceux qui lui avaient déformé le visage.

— Ah et ne vous avisez *plous* de tricher, tout le monde n'est pas aussi gentil que moi ! ponctua-t-il alors qu'elle disparaissait vers les chambres.

Robert n'avait pas bougé d'un muscle. Seul le léger sifflement que provoquait sa respiration prouvait qu'il était encore vivant.

Jenny posa un sandwich devant lui et entama le sien, tout en observant l'étrange individu qui l'avait entraînée dans cette étrange affaire. Elle s'aperçut avec stupeur qu'elle ne connaissait absolument rien de son patron, mis à part le fait qu'il était le fils d'Allan Pinkerton. À vrai dire, grâce au guide, elle avait l'étrange sensation de mieux connaître le père que le fils.

Il ne s'était jamais ouvert ou livré à elle, sauf pour la remettre dans ce qu'il pensait être le droit chemin de l'enquête. Mais voilà que celui-ci avait soudainement bifurqué vers une direction floue. Bezzi était tout sauf un saint, c'était un homme effrayant qui jouait de la peur qu'il inspirait pour arriver à ses fins. Pourtant, elle ne pouvait se défaire de la sensation que le détective lui cachait effectivement quelque chose. Un secret plus gros encore que celui des sœurs Fox.

Le fumet du plat atteignit enfin les narines de Robert qui s'élargirent pour mieux apprécier cette promesse de remplir un estomac qui n'avait cessé de grogner toute la nuit. Si la fatigue l'avait emporté sur la faim dans le corps de l'endormi, les parfums du bacon et des œufs changeaient la donne et lui firent instinctivement ouvrir les yeux, sans même qu'il s'aperçoive avoir quitté son rêve. Les pupilles injectées de sang ne mirent pas beaucoup de temps pour repérer la source de ce délicat plaisir.

Robert attrapa le sandwich et le fourra dans sa bouche sans prêter attention au fait que la moitié du contenu retombait dans l'assiette. Néanmoins, il n'en laissa pas une miette. Tel un ours bourru affamé par des semaines d'hibernation, il dévora tout ce qu'il identifia comme comestible, le prenant à pleines mains et l'enfournant dans son gosier sans le moindre raffinement.

Si l'étrange spectacle ne manquait pas de fasciner la magicienne, le détective n'en sembla aucunement concerné. À peine conscient d'être éveillé, il s'endormit aussitôt qu'il eut englouti le repas.

Une fois son propre petit déjeuner avalé, Jenny entreprit elle aussi de se recoucher, se demandant encore si la scène n'avait été qu'une étrange production de son cerveau ou si la réalité pouvait se révéler aussi invraisemblable.

Cette fois, le réveil ne fut pas causé par la lumière mais par l'agitation autour d'elle. Ouvrant les yeux, elle aperçut le sac de voyage de Robert ouvert et toutes les affaires du détective rangées précipitamment dedans. Ce dernier inspectait anxieusement le sol à la loupe afin de vérifier qu'il n'avait laissé aucun indice de leurs agissements de la veille.

— Vous faites quoi ? demanda-t-elle d'une voix engorgée de sommeil.

— Nous partons, retour immédiat à New York. Hydesville en a assez fait pour nous.

Elle s'assit pendant que le détective, accroupi, essayait de répartir la poussière sur la trace humide que sa carrure avait laissée contre le mur pendant la nuit.

— Et la ferme ?

Il se retourna enfin vers elle.

— Eh bien quoi ?

— Enfin…

Pour une raison inconnue, elle n'osait prononcer les mots, comme s'ils étaient maudits.

— … ce qu'on a trouvé ?

Il posa sa brosse à terre et se rapprocha.

— Nous n'avons rien trouvé. Tout ce que nous avons fait à Hydesville, c'est s'infiltrer chez Daniel et se rapprocher de Kate.

Jenny n'arrivait pas à suivre la pensée du détective. Elle se leva, et chercha un instant son équilibre alors que Robert reprenait sa tâche.

— Vous savez, à vrai dire j'aurais dû m'en douter…

Il ne réagit pas, toujours affairé à effacer les preuves qu'il n'avait pas dormi dans le lit.

— Vous n'en avez jamais rien eu à faire de la vérité sur les sœurs Fox, n'est-ce pas ?

— Arrêtez de raconter n'importe quoi et faites votre sac, nous n'allons pas tarder.

— Tout ce qui vous intéresse dans cette histoire, c'est la notoriété et l'argent de l'Église.

À genoux, il lui fit enfin face et prit la mesure de qui était vraiment son agent. Elle le surplombait, dos au soleil qui entrait par la fenêtre de la chambre.

— Comment savez-vous ça ? Qui vous l'a dit ?

— Je suis un agent Pinkerton, non ? N'est-ce pas mon travail de dénicher les informations ? Ou bien peut-être me suis-je trompée sur la nature de ma tâche depuis le début ?

Il se redressa.

— Je n'ai pas de leçons de morale à recevoir d'une employée.

— Eh bien, cela tombe parfaitement, car je ne suis plus à vos services ! L'argent que me donneront les journaux pour la découverte du corps me suffira.

Le détective eut un malin rictus.

— Quel corps ? Je vous l'ai déjà dit, Jenny. Nous n'avons rien trouvé à la ferme d'Hydesville.

Après un moment d'étonnement, Jenny comprit enfin pourquoi les vêtements de Robert étaient autant recouverts de terre.

— Vous… vous l'avez déplacé !

Il hocha la tête de manière victorieuse.

— Je l'ai mis à un endroit où personne ne le trouvera. Maintenant, vu que je suis magnanime, je vais oublier votre démission. De votre côté, vous allez faire exactement ce pour quoi je vous ai recrutée et me dire comment ces trois femmes font pour produire leurs tocs sans avoir à bouger un orteil !

L'œil du détective tressaillit. Jenny nota aussi qu'il avait légèrement reculé durant cette tirade.

— Non.

— Allons, nous savons tous les deux que vous avez besoin de cet argent.

Elle se rapprocha de lui, il recula de nouveau.

— Vous savez, tout le monde voit clair dans votre jeu. De votre frère aux joueurs de la taverne. Vous n'êtes qu'un petit garçon effrayé qui essaie d'impressionner son papa. Mais maintenant je peux le dire : il vous observe depuis là-haut et il est déçu.

Elle sentait que l'homme avait du mal à soutenir son regard. Sans plus attendre, elle prit son sac et, juste avant de claquer la porte de la chambre, lui lança :

— Vous ne cherchez pas la vérité, monsieur Pinkerton, mais juste à avoir raison. C'est ce qui vous fera perdre l'agence de votre père.

29

Guide Pinkerton du parfait agent

Annexe – Affaire Drysdale : Interview de l'agent Kate Marne, retranscrite par Kendall Phillips, octobre 1864 (2/2)

J'étais infiltrée chez notre suspect, la seule chose qui me restait à faire était de rassembler les preuves. Vu que le meurtre du banquier semblait avoir comme motif la banqueroute, nous devions vérifier qu'Alexander Drysdale était bien fauché. Si en plus nous parvenions à trouver l'argent volé, on aurait un dossier probablement suffisant pour l'arrêter. On envoya un agent, que je nommerai par son alias pour l'affaire : John Green. Un agent remarquable, arrivant à se lier avec les gens en moins de temps qu'il ne vous en faut pour finir votre tasse de thé.

Bref, John se fit passer pour un riche investisseur intéressé par les terres de monsieur Drysdale. Après une visite guidée des lieux, Drysdale l'apprécia tellement qu'il l'emmena à une partie de chasse.

Et pendant cette partie de chasse, voilà-t-y pas que notre suspect devint soudain livide comme un drap propre et jura voir un fantôme qui l'observait près du

lac. Il niera les faits juste après, disant qu'il ne savait pas ce qui lui avait pris, mais notre agent avait tout vu.

De mon côté, je devins amie avec la maîtresse de maison, en tout cas juste assez pour que mes déplacements dans la résidence ne soient pas suspects. Je faisais passer cela pour de la curiosité de jeunesse, et Mme Drysdale goba tout sans poser de questions. Elle était si inquiète vis-à-vis des humeurs étranges de son mari qu'elle ne se soucia pas de moi.

Il faut garder en tête qu'on était en 1856. Le spiritisme commençait à se répandre un peu partout et les gens devenaient convaincus que les morts restaient avec nous après leur décès ; particulièrement les esprits énervés d'avoir pris un gros coup derrière la tête. Vous imaginez avoir une migraine pour l'éternité ? À leur place, moi aussi, j'essayerais de me venger.

Enfin bref, une fois l'événement du fantôme observé, vous vous doutez qu'on a voulu en jouer. Le Drysdale, il avait de terribles saignements de nez. Et un soir, je l'ai entendu dire, alors qu'il se croyait seul : « C'est lui… c'est lui… » en regardant ses doigts ensanglantés. Forcément, tout cela m'a inspirée. Le lac, les saignements de nez… Je me suis dit qu'il y avait quelque chose à faire.

J'ai donc demandé à l'agence de me procurer du faux sang. La nuit suivante, j'en ai répandu de son lit jusqu'au lac, à l'endroit où il avait vu son fantôme. On en avait discuté avec Allan, et on s'était dit que le mieux était de le pousser à la confession en jouant sur sa culpabilité.

Lors d'une balade à cheval que j'avais proposée à Alexander et à sa femme, on peignit John en blanc et on le plaça sur le trajet. Quand il se révéla, je fis mine de l'ignorer et parvins à distraire sa femme le temps de l'apparition, si bien que Drysdale fut convaincu d'avoir été le seul à l'observer.

Mais tout cela n'a déclenché chez lui que des crises de somnambulisme intense. Au beau milieu de la nuit, il se levait de son lit dans un état second et marchait systématiquement vers deux endroits. D'abord le lac, et précisément au niveau d'un petit pont de pierre. On comprit qu'il y avait quelque chose de particulier là-bas. L'autre endroit était un poirier, derrière sa maison. Il s'arrêtait sous le grand arbre, marmonnait quelque chose puis retournait se coucher. Je le suivais, ne dormant que d'un œil afin d'être sûre de ne rater aucune de ses frasques nocturnes.

On fouilla les deux endroits et on trouva l'argent manquant du coffre du banquier. Une première moitié à côté du pont dans une boîte étanche sous un rocher à demi immergé, et la seconde moitié enterrée juste devant l'arbre, à l'endroit précis où il se tenait lors de ses crises de somnambulisme.

Vous croyez que ça aurait suffi pour l'arrêter ? Il n'en fut rien ! Selon notre expert légal, ces preuves étaient « circonstancielles ». Circonstancielles ? Vraiment ? Vous vous rendez compte de l'audace ? Pire ! Vu le numéro que nous avions joué à Drysdale, qui était considéré par tous comme un respectable commis de comté, notre avocat nous avertit que si nous ne pouvions prouver sa culpabilité sous forme d'une confession écrite ou en présence d'un policier, Allan serait sûrement pendu pour avoir poussé l'homme dans les recoins de la folie.

Le patron ne voyait donc plus qu'une solution : confronter Alexander Drysdale en présence de policiers.

Il le convoqua par ordre du maire (celui qui avait commissionné l'enquête) sur la scène du meurtre, où l'attendaient quelques policiers, et lui demanda d'avouer son crime. Drysdale refusa et nia, comme anticipé. Allan déclencha alors son plan. Il montra l'argent volé et raconta qu'il l'avait retrouvé chez Drysdale, prouvant sa culpabilité, ce qui, évidemment, n'était pas suffisant.

Sans surprise, Alexander fut pris de mutisme, craignant sûrement d'être trahi par une parole de trop.

Allan en vint donc à abattre son ultime atout.

Il avait demandé à John de se déguiser à nouveau en fantôme et de s'étaler sur le bureau, telle la victime. Tous les gens présents avaient reçu comme ordre de l'ignorer, afin que Drysdale ait l'impression d'être le seul à voir le défunt. Finalement, quand le « mort » se mit à parler, en le menaçant d'une damnation éternelle, Alexander se confessa devant tous.

Une fois le crime élucidé, sur la scène même de celui-ci, le coupable concéda qu'il se sentait beaucoup mieux après avoir avoué. Il demanda à bénéficier d'un peu de temps seul avant d'être emmené en prison, afin d'écrire une lettre à sa femme pour lui expliquer la raison de son acte.

Allan accepta et demanda à tout le monde d'évacuer le petit bureau du banquier, histoire que l'homme trouve ses mots. Alexander profita de cette solitude pour se tirer une balle dans la tête, assis à l'endroit exact où il avait tué sa victime.

Est-ce qu'il y a une morale à cette histoire ? Je ne sais pas vraiment. Vu la violence barbare du meurtre, je suis sûre que M. Drysdale aurait eu droit à la corde.

Pourtant, Allan s'en est toujours voulu d'avoir laissé l'homme échapper des mains de la justice. Depuis cette affaire, il n'a plus jamais joué avec les esprits. À vrai dire, je crois qu'il s'est même mis en tête de punir ceux qui les utilisent à mauvais escient.

Robert eut la courtoisie d'offrir à Jenny le chemin du retour pour New York, ainsi que cent dollars pour le travail qu'elle avait accompli, à condition qu'elle garde le secret sur la ferme d'Hydesville. La magicienne accepta, sous promesse que Pinkerton protège les sœurs, ce à quoi le détective consentit.

Le retour dans son petit appartement new-yorkais la plongea dans une sorte de brouillard mental. Elle ne prenait plus goût à pratiquer ses tours de cartes, se sentant comme un imposteur. Les rares spectacles qu'elle s'était motivée à donner attiraient si peu de monde qu'elle les finissait rarement. Elle les interrompait sitôt qu'elle ratait un tour, utilisant cela comme excuse pour ne pas continuer. Tout lui semblait vain.

Sa mère avait remarqué sa conduite étrange, son mutisme, ses doigts plus gourds pour mélanger les cartes, son désintérêt de tout, sans oser aborder le sujet ni lui demander ce qui la plongeait dans cette tristesse. Au cours d'un dîner silencieux, pendant que la magicienne agitait pensivement un épi de maïs rôti, Ellen tenta néanmoins une approche :

— Tu sais que ton prétendant préféré est passé aujourd'hui ?

Jenny ne leva même pas les yeux.

— Hmm hmm…

— Il était encore tout timide et bégayant, demandant à te voir, et avec une énième lettre, que j'ai donnée directement à Houdin pour pas te faire perdre de temps.

— Hmm hmm…

Même évoquer Lucius, sujet de moquerie aisé, n'arrivait pas à faire naître plus de deux onomatopées consécutives chez sa fille. Sa mère ne sachant que faire abandonna l'idée de faire naître une discussion. Elles finirent le dîner sans dire un mot.

Finalement, quand elles se couchèrent dans leur lit double, Ellen céda.

— Écoute, je ne sais pas ce qui te met dans cet état, vu que tu ne veux pas en parler. Mais je dois te dire que j'ai déjà vécu quelque chose de similaire…

La mère sentit sa fille se retourner dans leurs draps. Si elle ne répondait pas encore, au moins elle écoutait.

— Quand ton père est décédé, j'ai cru que je voulais mourir. C'était une souffrance pire que ce que j'avais jamais enduré, et ça ne s'arrêtait jamais. Du moment où j'ouvrais mes yeux le matin jusqu'à celui où je les fermais en sanglots le soir, la douleur refusait de s'estomper. Aucun docteur n'avait de remède au mal invisible qui me rongeait. Si ce n'avait été la petite graine que Gustave m'avait mise dans le ventre, je serais probablement allée chez le pharmacien le plus proche acheter assez d'arsenic pour abattre un cheval.

— C'est bon à savoir, parce que moi j'ai rien.

— Vraiment ? Écoute-moi bien car je ne le dirai qu'une fois. Tu as la chance d'avoir un talent exceptionnel pour l'illusionnisme. Honnêtement, même en connaissant le truc, il m'arrive de ne pas comprendre comment tu fais ce que tu fais. Et si seulement il n'y avait que ça. Tu as une intelligence extraordinaire, tu vois ce que la plupart des gens ne voient pas. Jenny, la magie, c'est ta vie… Je ne sais pas ce qu'il t'est arrivé pendant ce voyage ni même qui était le cocher étrange qui t'a enlevée avec le sourire et qui t'a ramenée amorphe, mais il est temps de te reprendre.

Sa fille resta muette.

— Je ne t'en ai jamais parlé parce que… eh bien, je sais que ton père et toi n'aimiez pas ce genre de choses. Mais… à un moment où ça allait mal pour moi, j'ai eu besoin de l'entendre. Je suis allée à l'endroit où il est enterré. Poison Spring, en Arkansas. Un voyage long mais que je ne regretterai jamais. Et, je ne sais pas ce qu'il s'est passé, mais quand je me suis tenue devant sa tombe, j'ai posé ma main dessus et… c'est comme s'il m'avait parlé. Je ne saurais pas te dire ce qu'il m'a dit, pourtant… juste savoir qu'il me regardait de là-haut, ça m'a redonné envie de continuer. Quand je suis rentrée à New York, j'ai dépensé mes maigres économies pour voir une médium. Et là, je pouvais l'entendre distinctement et… ça me rendait le sourire. J'ai arrêté depuis des années, mais je ne regrette vraiment pas les conversations qu'on a pu avoir.

Ellen réalisa ce qu'elle venait de dire. À voix haute, l'aveu lui semblait encore plus stupide.

— Tu dois penser que ta mère est une vieille folle, hein ?

— Non, maman. C'est la chose la plus sensée que j'ai entendue dernièrement.

Elle lui déposa un petit bisou sur la joue.

— Et c'est exactement ce que j'avais besoin d'entendre.

Même si Ellen ne pouvait voir son visage, rien qu'au timbre de la voix elle sut que Jenny avait repris un peu de vigueur. Elle eut une petite pensée pour son époux, se demandant si c'était lui qui lui avait soufflé les mots capables de soigner sa fille.

30

Guide Pinkerton du parfait agent

Annexe – Guerre de Sécession : l'échec de Poison Spring.

Raconté exceptionnellement par l'historien Guile Fornet (l'agent présent sur les lieux ayant refusé de faire son rapport sur l'affaire)

En avril 1864, alors que la guerre de Sécession fait rage à Camden (État de l'Arkansas), le général-major de l'Union Frederick Steele s'aperçoit que le ravitaillement n'est pas suffisant pour nourrir ses hommes. Heureusement, grâce au réseau d'information et d'espionnage de l'Union tressé par Allan Pinkerton, il apprend que les confédérés conservent un énorme stock de maïs dans la prairie d'Ane, à une trentaine de kilomètres de Camden. De plus, cette réserve serait, apparemment, peu protégée. Steele envoie donc mille cent soldats, dirigés par le colonel James Monroe Williams, dans le but d'effectuer un raid éclair afin de voler les précieuses provisions. Cette opération se fait facilement et sans heurt.

Williams avait prévu les chemins de fer comme moyen sûr et rapide de transporter le maïs vers Camden, il organise donc le retour des troupes et le transport des céréales par ce biais.

Mais alors que le convoi revient vers la ville, à environ vingt-cinq kilomètres de sa destination, il est attaqué par les forces confédérées : Mille huit cents hommes à cheval (une force conséquente pour l'époque, et l'une des rares batailles où les confédérés ont une supériorité numérique sur l'Union) dirigés par deux brigadiers généraux : John Sappington Marmaduke et Samuel Bell Maxey.

Williams place son « infanterie colorée » (une unité composée d'anciens esclaves sudistes devenus soldats) en première ligne pour protéger les wagons. Si ces hommes arrivent à repousser deux assauts, ils manquent rapidement de munitions et de mobilité (Williams n'avait que trois cents unités à cheval à opposer aux milliers de sudistes) et se font déborder.

Bientôt, les forces de l'Union sont défaites et battent en retraite, abandonnant leurs blessés. Notons que cette bataille ne comptait pas que des soldats américains, puisque les forces confédérées s'étaient alliées avec les Chotchaw (une tribu amérindienne locale), qui représentaient une force de frappe d'une vigueur sans pareil. En gage de faveur à ces alliés indigènes, les sudistes les laissèrent dépouiller, tuer et scalper les prisonniers capturés.

Le colonel confédéré Tandy Walker, en charge des relations avec les Chotchaw, aurait dit : « J'ai craint que le train et son contenu se révèlent être une tentation trop forte pour les Chotchaw affamés et à demi vêtus, mais nous n'avons eu aucune difficulté à les presser vers ce qui les motivait plus que la nourriture et les vêtements ; [...] le sang de leur ennemi méprisé, les pillards de leurs terres, les spoliateurs de leurs maisons, les assassins de leurs femmes et enfants. »

Le massacre de Poison Spring a causé la mort de trois cents soldats de l'Union, pour la plupart noirs, et de cent quinze soldats de l'armée confédérée, pour la plupart Chotchaw.

On ignore encore aujourd'hui comment les confédérés ont pu organiser une contre-attaque aussi parfaite face à un raid éclair dont si peu de personnes connaissaient l'existence.

Dès le lendemain, Jenny entama le pèlerinage entrepris par sa mère avant elle, sans plus savoir ce qu'elle allait en retirer. Mais la perspective de revoir son père, ou du moins de sentir sa présence, avait suffi à restaurer en elle la joie que son retour à New York avait effacée.

Les six jours de voyage en train puis en diligence furent l'occasion d'approfondir ses lectures. Au début, elle avait refusé de toucher au *Guide Pinkerton*, se bornant à relire encore et encore les pages bien usées des *Chemins de l'Illusion*, mais, rapidement, et à sa propre surprise, elle ne put se retenir d'y plonger à nouveau. En découvrant les aventures, exploits et doutes des anciens agents, elle éprouvait une nostalgie de l'excitation procurée par son infiltration, en venant presque à regretter son départ. Le guide était devenu la seule preuve et le dernier vestige de sa courte carrière au sein de Pinkerton.

Elle fit halte à Camden, une petite ville de mille cinq cents habitants située sur le bord de la rivière Ouachita, un affluent du Mississippi. Le fait d'être la seule voie navigable de la région et son lien direct avec la Nouvelle Orléans *via* la rivière faisaient de cette ville un port stratégique dans l'échange de coton et autres denrées. Camden était la deuxième plus grosse ville de l'Arkansas, et regorgeait ainsi de commerçants et d'artisans profitant de l'incessant flot de voyageurs. On y trouvait donc inévitablement de multiples tavernes où les visiteurs pouvaient dormir et boire tout leur soûl.

La magicienne, après avoir déposé ses bagages dans une auberge d'apparence moins insalubre que la moyenne, se mit en quête d'un cabinet de voyance, espérant qu'il pourrait apporter quelques réponses à ses questions.

La ville comptait bien un salon, mais malgré le fait qu'il n'était que dix-sept heures, la médium était absente. Un mot sur la porte d'entrée, accroché à un clou ayant transpercé le rideau mauve et sale, indiquait :

« Ma journée est finie. Si vous souhaitez prendre un rendez-vous, écrivez la date et l'heure désirées sur un petit papier et glissez-le sous la porte, ou venez me payer un coup au Tournesol. La séance coûte 5 $.

« Tina. »

Après s'être renseignée auprès de quelques passants, Jenny découvrit que Le Tournesol solitaire était un saloon local assez populaire. Elle ne perdit pas de temps et décida de s'y rendre.

L'endroit était étrangement bien décoré pour une taverne de petite ville. Un imposant tournesol trônait dans un vase transparent sur le bar en bois verni, seul élément lumineux de ce lieu sombre. Ce qui frappa immédiatement la magicienne fut le nombre de prostituées présentes. Elles dévisageaient les hommes tels des vautours tournant autour d'une proie agonisante, attendant avec impatience que le marin fatigué soit suffisamment ivre pour ne plus faire attention à l'argent qu' il dépenserait pour ne pas passer la nuit seul. Tout en s'accoudant au bar, elle observa l'étrange chorégraphie de ces femmes, qui n'était pas sans lui rappeler celle des abeilles choisissant la meilleure fleur à butiner. Au moins, personne ne viendrait l'importuner ou la draguer ; ici, les filles menaient la danse. Elle n'eut même aucun mal à commander de l'alcool, ce qui n'était pas chose commune.

Le lieu se voulant un peu huppé, elle put choisir un verre de vin rouge au lieu des habituels whiskies locaux et tord-boyaux maison. Une fois son verre en main, elle s'approcha d'une vieille femme qui buvait seule au bar, l'air morose.

— Excusez-moi, vous sauriez où je peux trouver Tina ?

Sa voisine l'examina d'un coup d'œil.

— Une autre femme seule qui boit, en v'là une vision pas banale. Allez, assieds-toi et paie-moi un coup.

Jenny prit un petit tabouret et jaugea rapidement l'inconnue. Âgée d'environ cinquante ans, elle avait devant elle un verre de whisky. Ses cheveux blancs et bruns étaient attachés en tresses entourant son crâne d'une couronne bicolore. Elle portait un collier en plaqué argent, dont le pendentif s'ornait d'une imposante opale. Sa large robe sombre auréolée de dentelle blanche était parsemée de boutons dorés.

L'ensemble, un peu clinquant, doublé du large sourire qui s'étalait maintenant sur son visage, lui donnait un air espiègle.

— Et vous buvez quoi ? demanda la magicienne.

La vieille femme regarda son verre, mit son doigt dedans, puis le porta à sa bouche d'un air gourmand.

— Whisky, j'ai goûté à beaucoup de trucs, mais finalement, y a que ça de vrai.

Jenny contempla le liquide rouge de son propre verre, le huma, le porta à sa bouche et en vint presque à le cracher par dégoût. Ce vin n'avait aucun rapport avec celui dégusté en compagnie de Kate ; il laissait un dépôt âpre sur les lèvres avant de piquer la gorge comme du vinaigre. La vieille femme lui tendit son verre de whisky. Jenny hésita, mais l'envie de laver la texture immonde qu'elle sentait sur ses papilles fut plus forte que sa prudence. Elle en avala donc une lampée, et fut surprise par la sensation agréable et le goût boisé de la boisson.

— Une fois qu'on a goûté à ce poison, c'est dur de repasser à aut' chose.

Elle rapprocha bruyamment son tabouret de la table de sa

nouvelle amie, ajoutant des traces à celles ornant le parquet qui en avait déjà beaucoup.

— Vous êtes nouvelle ici, vous, non ?

Jenny ouvrit la bouche sans avoir le temps de répondre.

— Tatata, me dites rien, je suis bonne pour ce genre de chose. Alors, vous venez d'où ?

La vieille reprit une gorgée sans quitter des yeux son interlocutrice, un peu désorientée par ces ordres et contrordres.

— Enchantée, je m'appelle…

Elle se tut un instant, réfléchissant à l'identité qui l'aiderait au mieux, mais les grands yeux bruns qui l'observaient affectueusement lui donnèrent immédiatement la réponse.

— … Jenny. J'arrive de New York.

Révéler sa véritable identité lui parut étrange.

— Et hmm… c'est qui qu'est décédé ? T'es la fille d'un type du coin ? La femme ? La maîtresse ? J'ai du mal à croire que t'as fait tout ce chemin juste pour voir ma vieille carcasse. Ah je l'ai ! Une prostituée nostalgique, là pour un veuf qu'était un sacré bon coup et qui t'as envoyée au septième ciel !

— Je ne suis pas une prostituée… Je viens pour mon père.

La vieille prit une autre rasade de whisky, qu'elle garda en bouche le temps de la réflexion et enfin l'avala bruyamment.

— Il n'y a rien d'honteux au métier, tu sais. Moi-même, avant, j'étais de la famille. Une femme doit faire ce qu'il faut pour être indépendante.

Elle voulut boire de nouveau mais son verre était vide. Elle le renversa au-dessus de sa bouche, afin d'être sûre de ne pas laisser une goutte.

— Mais attention, hein ! Pas à de vulgaires soldats. J'étais une poule de luxe, j'avais quelques clients pour lesquels je me réservais et qui me payaient assez pour que j'aie à m'inquiéter de rien. C'était la belle vie. Ouais, beaucoup plus simple.

— Et maintenant, vous êtes médium ?

Tina contempla le corps ingénu et svelte de sa partenaire de boisson.

— On ne peut rester jeune et belle éternellement, dit-elle nostalgique, et médium c'est pas si mal. Ça paie les verres au Tournesol, en tout cas.

Jenny observa attentivement Tina. Il y avait quelque chose dans le fond de ses prunelles, une tristesse qu'elle essayait de cacher en vain.

— Mais, enfin, je veux dire, on ne devient pas médium du jour au lendemain. Il faut quelque chose de spécial, non ?

Tina fit signe au barman qu'on leur serve deux nouveaux whiskies.

— Mettez-le sur son ardoise, dit-elle en désignant Jenny.

Le barman la regarda, et Jenny approuva.

— Tu fais quoi dans la vie, la demoiselle ? T'as pas d'alliance, alors t'es pas mariée. Mais tu peux quand même te permettre de m'payer un verre. C'est quoi ton secret ?

— Je vous donne le mien contre le vôtre. Comment êtes-vous devenue médium ?

Tina émit un rire grave qui se transforma en une toux rauque et grasse, empreinte de nombreuses années de tabac.

— T'as du culot, la demoiselle, tu sais ce que tu veux et t'as pas peur d'aller le chercher, tu me plais.

Jenny esquissa un sourire gêné. Les alcools furent servis, et la vieille regarda pensivement tournoyer le liquide ambré à peine versé.

— Comment que je suis devenue médium, hein ? Pfff... C'est simple. Les morts sont venus me parler... C'était juste après le fameux massacre de Poison Spring. Je voulais arrêter le métier de courtisane. J'ai appris par les journaux que ce que je prenais pour une malédiction était en fait un métier. Je suis entrée en contact avec Leah Fox, qui m'a dit que, pour peu que je donne une partie de mes bénéfices au mouvement, je pouvais avoir mon propre salon. Elle payait la moitié des coûts d'achat de l'endroit et je réglais l'autre.

J'avais un petit pécule, alors j'ai dit oui. Depuis, personne s'est plaint de mes services à Camden.

— Vous avez dit que les morts étaient venus vous parler, c'est arrivé comment ?

Tina soupira.

— Chacun ses secrets. À vous de me raconter d'où vous tenez cet argent.

— Je…

Elle hésita un instant, puis décida que ne pas révéler toute la vérité serait préférable.

— … suis une illusionniste. Je fais des spectacles de rue. Avec mes économies, je suis venue jusqu'ici rendre visite à la tombe de mon père. Je me disais que j'en profiterais aussi pour… lui parler.

La médium but une nouvelle lampée de whisky et grimaça de plaisir.

— Il est mort comment ?

— En soldat… pendant la guerre de Sécession. J'en sais pas beaucoup plus. Pour tout vous avouer, je ne l'ai jamais connu, c'est même la première fois que je viens sur sa tombe. Et… et voilà que j'en parle à une parfaite inconnue dans un bar. C'est bête hein ?

Tina réfléchit un instant puis but à nouveau.

— Mouais. Je suis médium, j'ai vu bien pire. Tu sais quoi ? J'ai assez bu et tu m'as payé mon verre. Je n'ai qu'une parole, alors on va la faire, ta séance.

Elle vida ce qui restait de whisky d'un trait.

— Et perdons pas de temps car je veux assister au numéro de piano de Jimmy dans une heure. Tu devrais venir aussi, ce type a des doigts divins.

Elle se leva, se dirigea vers la porte et laissa à Jenny le soin de régler la note.

Tina marchait d'un pas sûr et étonnamment léger. La nuit était tombée mais cela ne semblait pas la déranger.

Le salon ne disposait d'aucune salle d'attente et donnait

directement sur une pièce sombre, meublée par deux chaises et une table. La magicienne s'assit sans vraiment réfléchir ni tout observer, trop impatiente pour faire preuve de politesse.

— L'autre chaise, dit Tina en pointant le siège opposé, celle-là est celle qui me permet de communiquer avec les esprits.

Étonnée, Jenny obtempéra tout en jetant un coup d'œil intrigué à la chaise sur laquelle elle venait de se poser. Malgré la découverte du cadavre dans la ferme, ses vieux réflexes revenaient. Les yeux plus aux aguets, elle aperçut une pédale mal dissimulée sous la table. Ainsi, Tina faisait partie des truqueuses. Elle eut un haut-le-cœur.

— Écoutez, je ne sais pas pourquoi je suis venue ici. Je pense que ce serait mieux que je parte.

— M'enfin, assieds-toi, on a même pas commencé la séance !

La magicienne fit une petite moue.

— Pour que l'esprit de mon père arrive et fasse bouger la table, c'est ça ? Je le connais, ce tour de pacotille, j'ai pas besoin de payer cinq dollars pour ça. Allez, bonne soirée, madame.

Tina regarda sa cliente avec désarroi. Elle se trouva stupide d'avoir imaginé piéger une magicienne à son propre jeu.

— Viens te rasseoir.

Jenny avait déjà un pied dehors.

— Pourquoi ?

— T'as raison. Cette table, c'est du chiqué. Du travail d'usine, envoyé directement depuis le siège du mouvement spirite. Mais je peux parler aux défunts.

— Comment ?

— Paie d'avance la séance, et jure de ne révéler mes… secrets, à personne.

Jenny se retourna et prit un instant pour se demander si cette femme pouvait réellement l'aider à comprendre. Elle jugea qu'elle n'avait rien à perdre.

— Je serai muette comme une tombe. Enfin… façon de parler, évidemment.

Cinq dollars apparurent sur la table, que Tina récupéra précipitamment. La vieille femme s'assit et attendit que la cliente l'imite avant de reprendre la parole.

— Ton père, il était confédéré ou unioniste ?

— Vous ne pouvez pas lui demander vous-même ?

— T'es une petite maligne, toi, hein ? Tu penses tout voir, tout savoir. Mais redescends sur terre, ma grande. Un peu de modestie, ça n'a jamais blessé personne.

Jenny baissa les yeux.

— Excusez-moi. Je ne sais pas ce qui m'a pris, cette table a dû m'échauffer l'esprit.

Tina sourit de nouveau.

— Bah, allons, ça arrive. J'étais comme toi à ton âge : belle, sûre de moi, pensant avoir le monde dans le creux de ma main. Je m'en souviens, la guerre avait beau faire rage dans les États-Unis, moi, à Camden, tout ce que j'y voyais, c'était plus de gens. La ville venait de passer des confédérés à l'Union, mais pour moi ça changeait pas grand-chose. La vie continuait et les passes aussi. La seule différence, c'est que, avec des généraux confédérés comme clients, je devais maintenant prendre le cheval pour me déplacer de l'autre côté du front. Mais ce n'était pas si mal, parce que ça me permettait d'augmenter mes tarifs. Bref, j'en profitais.

— Mais…

La médium quitta sa chaise pour aller examiner quelques-uns des livres défraîchis qui garnissaient sa bibliothèque.

— Mais j'en raconte trop. Sans doute qu'à force d'écouter mes clients causer de leurs défunts, je ne parle plus jamais de moi… Expliquez-moi votre père, dit-elle d'une voix distraite.

Jenny sentit la brèche, elle n'avait plus qu'à s'y engouffrer pour pousser cette femme à lui dévoiler tout ce qu'elle savait. Les sœurs Fox ne pouvaient conserver un monopole sur les esprits, après tout. Même après avoir démissionné de l'enquête, elle se surprit à garder ses réflexions d'agent Pinkerton.

— Allons Tina, chaque chose en son temps, vous n'allez pas interrompre votre histoire avant même qu'elle ait commencé. On a encore du temps avant que Jimmy ne joue. Et vous deviez me révéler comment vous en êtes arrivée à parler aux morts.

Tina lui jeta un regard suspicieux, auquel la cliente répondit de son air le plus innocent.

— Tout est lié, ma grande. De ma vie de courtisane à l'Au-delà, crois-moi, il n'y a qu'un pas.

Elle tapota son menton de l'index.

— J'en étais où, déjà ? Ah oui, la belle époque. Laisse-moi t'apprendre un truc, Jenny, la belle vie, ça ne continue jamais jusqu'à la fin. On est toujours tenté de changer ce qui fonctionne… sinon on se lasse.

Elle inspira longuement.

— Il s'appelait Bobby. Enfin, je crois. C'était un jeune assistant d'horloger qu'avait fugué de chez lui, il avait à peine seize ans quand j'en avais vingt-cinq. Pourtant, il avait un cerveau hors du commun. J'étais fascinée par son intelligence, c'était comme s'il lisait dans les gens sans même qu'ils aient à parler. Ça lui donnait un charme irrésistible.

— Vous en étiez amoureuse ?

Tina s'esclaffa.

— Non, je restais quand même une professionnelle. J'ai simplement accepté d'en faire mon client. Pour moi qui ne fréquentais que la crème de la crème, c'était déjà une grosse concession. Il faut dire aussi que le petit Bobby était doué. Plein de vigueur mais doux, pas comme ces grosses brutes de généraux.

— C'est lui qui vous a permis de parler aux morts ?

— Vous êtes très impatiente, trop. Les esprits n'aiment pas cela, les hommes non plus. Vous voyez, si pour ma part je ne me laissais pas aller à l'amour, le petit Bobby, lui, s'éprenait de moi. Il me confia même que j'étais la première femme avec qui il avait fait l'amour plusieurs fois, qu'il n'avait pas l'habitude de s'attacher. J'étais flattée, je me sentais belle grâce à lui, même dans les moments où j'accumulais les bleus.

— Il vous frappait ?

— Bobby ? Jamais ! Il n'aurait pas fait de mal à une mouche ! Malheureusement, c'était pas le cas de mes autres fréquentations. Certains généraux me donnaient rendez-vous tout en étant soûls, et vu que je n'acceptais pas tous les vices, ça les énervait et, du coup, ils cognaient. Pas fort, et rarement au visage. Je les choisissais quand même avec soin. Je n'ai vraiment fait qu'une seule erreur… cette ordure de Maxey.

Son regard se perdit au loin, mais revint bientôt vers Jenny.

— Il n'y avait qu'avec Bobby que je ne me souciais pas du temps de la passe. J'adorais rester au creux de ses bras et l'écouter parler. À vrai dire, je buvais ses paroles. Il avait un avis sur tout : la guerre, la manière dont les troupes géraient la ville, son impuissance dans cette histoire. Il voulait en faire plus. C'était un petit gars plein d'ambition, et moi, je l'encourageais. Je savais qu'il ne me sortirait jamais de ce trou mais… Je sais pas, j'aimais rêver. C'est fou, hein ?

Jenny ne répondit pas à la vieille femme, elle continuait de l'observer en silence de peur de la faire dérailler de cette confession dont elle ignorait encore la destination.

— Et un jour… Bobby se livra à moi. Il me dit qu'il allait changer le cours de la guerre, qu'il avait trouvé une réserve de maïs pour les troupes de l'Union. Je lui ai demandé pourquoi il avait fait ça, mais il m'a conseillé de ne pas m'en occuper. Juste de lui faire l'amour comme un héros et… aussi de l'appeler William.

— William ?

— Oui, c'était la première fois qu'il me réclamait cela, mais je me suis exécutée. Je faisais l'amour avec un futur héros national, je pouvais bien lui accorder cette fantaisie.

— Mais… quel rapport avec le fait que vous puissiez parler avec les morts ?

Tina attendit un long moment. Trop longtemps au goût de Jenny, dont l'impatience appesantissait l'atmosphère. La médium reprit la parole d'une voix chevrotante.

— Je ne sais pas… Je ne saurais dire comment, mais il semble que Bobby ait réussi à convaincre les généraux de l'Union de suivre ses plans. Ça a mené au massacre. Moi, je ne savais rien ! Je… je pensais que c'était juste un gamin fantasque ! Mais Maxey, lui…

L'horloge sonna dix-huit heures, Tina pleurait chaudement.

— J… je crois que notre séance est finie. J… j'espère qu'elle… vous a plu.

La phrase s'étrangla dans un sanglot alors qu'elle se redressait et ouvrait précipitamment la porte.

— Qu'est-ce que vous ne saviez pas, Tina ?

La médium s'accrocha au vantail comme si elle allait défaillir, évitant les prunelles inquisitrices de sa cliente. Elle retrouva son souffle et l'usage de la parole.

— Que depuis ce mois d'avril 1864, les victimes de Poison Spring ne me quitteraient plus, ne me laisseraient jamais dormir ou même avoir un moment en paix. Croyez-moi, Jenny, vous ne voulez pas commencer à parler aux morts. Une fois qu'ils ont commencé, le seul moyen que j'ai trouvé de les faire taire c'est…

— Un verre de whisky au Tournesol.

Tina approuva.

31

Les Chemins de l'Illusion par Gustave Marton

Giovanni Bartolomeo Bosco, dont j'ai déjà amplement parlé, reste un de mes magiciens favoris. Mais, pour mieux faire partager ma passion, laissez-moi d'abord vous raconter son histoire.

Bartolomeo est né à Turin en 1793, soit trois ans avant l'annexion de l'Italie par Napoléon.

L'invasion des Français crée bien des troubles dans le pays : le pouvoir napoléonien enlève aux royautés et principautés locales tout contrôle de leurs territoires et impose des décisions allant contre leurs intérêts. Le jeune Bartolomeo, lui, s'en fiche. Ce qui le passionne, c'est la nature. Il passe son temps à parcourir les forêts pendant que ses camarades de classe jouent à chasser le Français hors de chez eux.

Je n'ai pas réussi à déterminer comment Bartolomeo a découvert la magie, mais une chose est sûre, il s'en est vite épris. Malheureusement, sa famille n'est pas riche, et faute de cartes, le jeune magicien apprend à se débrouiller avec ce qui se trouve chez lui, comme des verres en fer ou des petites balles.

À l'âge de dix-neuf ans, le jeune homme désire découvrir le monde et voit à travers l'armée un moyen d'élargir ses horizons. L'occasion est parfaite, car Napoléon a tout juste commencé sa campagne de Russie et enrôle le plus de soldats possible.

Bosco participe donc à l'assaut de l'interminable plaine slave, jusqu'à la bataille de la Moskova, où cent trente mille soldats napoléoniens font face à cent vingt mille soldats russes.

Selon une anecdote qu'il aime raconter lui-même, au cœur de la bataille, un lancier le blesse et il feint la mort pour survivre. Et alors qu'un Russe profitait du chaos pour piller les cadavres, Bartolomeo lui aurait vidé les poches pendant que le militaire l'inspectait, sans que ce dernier ne se rende compte de rien.

Bien que l'empereur français ait gagné la bataille, Bartolomeo est fait prisonnier et transféré dans une prison sibérienne.

La détention ne semble pas le déranger, puisqu'il profite de ce nouveau public international pour peaufiner ses tours. Il organise chaque semaine une représentation pour prisonniers et découvre l'importance de raconter une histoire autour du spectacle.

Après la défaite de Napoléon Ier en 1814, les divers pouvoirs italiens récupèrent leur indépendance et les prisonniers sont libérés. Bartolomeo retourne à Turin, fort de sa nouvelle expérience.

S'il étudie un temps la médecine, il revient vite à son véritable amour : l'illusionnisme. Ses dons de conteur associés à des tours de magie hors du commun lui permettent rapidement de devenir une star internationale. Il va même jusqu'à présenter un spectacle devant l'empereur de Russie, profitant du fait qu'il parle sa langue grâce à ses années en Sibérie.

Au moment où j'écris ces lignes, il est encore vivant et présentera son incontournable spectacle « Tirez-moi dessus ! » devant la famille royale suédoise la semaine prochaine.

La tombe était une stèle banale en pierre blanche salie par les années, sur laquelle on avait gravé : « 154. Gust. Marton. France ». Une branche de fleurs de pommier encore fraîche était posée dessus. La brise automnale porta son parfum proche de la violette aux narines de Jenny.

Cette odeur typique de l'Arkansas libéra la magicienne de sa torpeur.

— Je… je suis désolée, arriva-t-elle à articuler après être restée plus de dix minutes immobile devant la sépulture.

Elle se sentait complètement perdue et désespérément en besoin d'une aide. Pourtant, ni *Les Chemins de l'Illusion*, ni le *Guide Pinkerton* ne savaient lui indiquer quoi faire. Elle songea à tout abandonner : sa liberté, l'illusionnisme, son goût de l'enquête… pour finalement rentrer dans le rang et agir comme on incitait alors les femmes à le faire : épouser un homme dont elle se soucierait peu, en échange d'un espoir de sécurité financière. Enfin, vivre la vie facile et se laisser bêtement porter par le courant du destin.

— Papa… si tu m'entends… parle-moi. Juste une fois. Laisse-moi entendre ta voix. Pas dans un rêve, pas à travers une médium, juste toi et moi en face à face.

Rien ne répondit, sauf une brise qui agita légèrement les étamines des fleurs.

— Si je ferme les yeux… et que je touche la pierre ou le sol ? Là, tu… tu me permettrais de te voir ?

Rien n'apparut. Sa rencontre de la veille avait bouleversé ses certitudes. La conversation avec Tina ne cessait de tourner dans sa tête tandis qu'elle se recroquevillait contre la pierre froide.

— Papa, un signe, n'importe quoi qui me dise que j'ai pas fait tout ça pour rien. Qu'il existe quelque chose au bout pour moi. Je sais pas…

Rien ne vint. Jenny ferma ses poings et frappa la stèle de toutes ses forces. Elle asséna un autre coup, un autre encore, le visage déformé par une rage impuissante, les doigts bientôt écorchés et en sang.

Quand elle eut terminé, ses phalanges étaient gonflées, violacées, au point de ne même plus pouvoir les plier. D'une main tremblante, elle prit un sac de maïs qu'elle avait acheté au marché de Camden le matin même et le posa en offrande devant la stèle qui restait désespérément silencieuse.

— Tiens… Je sais que c'est un peu tard pour nourrir tes camarades, mais ça aidera bien quelques oiseaux du coin.

Alors qu'elle sortait du cimetière, Jenny s'aperçut que toutes les tombes militaires, celles marquées par un chiffre, étaient ornées d'une branche de fleurs de pommier identique à celle déposée sur celle de son père. La colère obscurcissait encore son esprit, mais, au bord des larmes, Jenny se raccrocha à cette question simple : qui était à l'origine de cette offrande florale ?

— Bah tiens, vous savez ma p'tite dame, qu'vous êtes pas la première à m'le d'mander. Et je leur réponds tous la même chose aux bonnes gens. À votre avis ? Hein ?

Le gardien du cimetière était vêtu d'habits étrangement colorés pour son métier. Les manches courtes de sa chemise blanche révélaient un tee-shirt à manches longues orange citrouille. Son pantalon, lui, de couleur terre, créait un ourlet à la jonction avec ses grandes bottes noires, au coloris identique à celui de son chapeau à la forme défaite par les années. Le plus déconcertant était la manière dont il appuyait sa petite carrure sur une énorme faux dont la lame passait au-dessus de sa tête telle un second couvre-chef macabre. Jenny fut immédiatement absorbée par l'acier brillant de l'outil.

— Je ne sais pas.

L'homme suivit son regard.

— Faut pas v'laisser impressionner par le bestiau, c'est un truc que m'a conseillé mon pote fermier, m'a dit « plus la faux est grande et plus ça coupe d'herbe ». Et je dois avouer qu'l'avait ben raison, j'gagne un temps fou. Par contre, ça fait peur aux p'tites dames.

Jenny acquiesça.

— Et donc, pour les fleurs ?

Il sourit.

— Bah, à votre avis ?

Jenny n'en pouvait plus, elle avait l'impression d'être bloquée dans un cercle de questions sans fin. L'homme n'avait visiblement pas d'autre compagnie que les tombes et voulait faire durer cet échange le plus longtemps possible. Cependant, les mains de la magicienne supportaient mal cette attente. Cachées dans son dos, elles n'attendaient que d'être plongées dans l'eau froide afin de réduire leur gonflement. Elle suivit donc l'adage Pinkerton maintes fois éprouvé du « Si tu ne sais pas quoi dire, alors tais-toi », et laissa l'homme remplir les trous.

— Bah c'est la fleuriste ! dit-il d'un sourire auquel il manquait deux incisives.

Elle hocha la tête.

— Merci monsieur.

Jenny se retourna, prête à aller chercher la prochaine réponse au marché.

— 'tendez 'tendez. Vous voulez pas savoir pourquoi la fleuriste met des fleurs sur les tombes ?

— Vous savez ?

Il fit tournoyer sa faux au-dessus de lui d'un air satisfait.

— Ma p'tite dame, ça fait huit ans qu'j'fais c'métier et en huit ans, tous les mardis, y a la fleuriste qu'vient mettre des fleurs sur toutes les tombes d'militaires nordistes de la ville. Vous pensez que, toutes ces années, je lui ai jamais demandé moi-même pourquoi qu'elle fait ça ? Vous me prenez pour qui ?

Jenny fit demi-tour.

— Et vous pourriez me le dire ?

— J'pourrais ben.

Jenny comprit immédiatement la nature de ce conditionnel. N'étant pas d'humeur à négocier, elle sortit trois dollars de sa bourse. Lui les prit, croqua les pièces pour vérifier que ce n'étaient pas des fausses et les glissa dans une de ses poches avec une moue sarcastique.

— Ça, c'est ce que vous m'devez pour avoir salopé ma pierre, y a du sang partout, ça va me prendre une heure pour tout nettoyer. Si vous voulez savoir qui paie les fleurs, faut trois dollars de plus.

L'argent filait entre ses mains à une vitesse folle. Cette petite expédition avait déjà pratiquement épuisé ses économies, dont il ne restait que trente-deux dollars en plus du billet de retour, mais la jeune femme n'en avait cure : seules lui importaient les réponses. Satisfait, le gardien mit le pécule dans la même poche. Puis il scruta aux alentours à la recherche d'éventuelles oreilles indiscrètes et demanda enfin à Jenny d'approcher.

— C't'un gros poisson. 'Fin, je crois, la fleuriste m'dit que l'argent arrive toujours par des comptes différents, mais que ça tombe tous les lundis et qu'à chaque fois y a pile assez pour payer tous les bouquets. Elle m'dit qu'elle a jamais rencontré la personne qu'a placé l'ordre, que c'était celle qu'avait le magasin avant qui lui a dit. C't'une fille bien, alors elle le fait sans poser de question. Moi, mon avis, c'est q'c'ui qui paie pour ces trucs veut pas qu'ça se sache, si voyez ce q'j'veux dire. J'pense qu'c'est un général sudiste qui s'en veut un peu. 'Sont bourrés de fric ces militaires.

Elle acquiesça, remercia le gardien pour ces précieuses informations, et partit sans se retourner.

Le lendemain, elle rédigea une lettre destinée au mouvement spirite et prit le chemin du retour, enfin consciente de celui qui lui restait à parcourir.

32

Les Chemins de l'Illusion
par Gustave Marton

Nous avons parlé de Bosco et d'escamotage. Il est donc temps de dédier un chapitre à un grand classique de la magie, que dis-je, un incontournable : ***Les coupes et les balles (aussi appelé le tour des gobelets).***

Pour commencer, un peu d'histoire.

C'est probablement l'un des plus vieux tours de magie qui existent. On retrace son existence jusqu'à pas moins de deux mille cinq cents ans avant notre ère, en Égypte, où les balles étaient remplacées par de petits cailloux.

Un tableau du Moyen Âge, L'Escamoteur, *attribué au peintre néerlandais Jérôme Bosch, illustre aussi cette manipulation, en l'occurrence à travers des gobelets cachant des noix de muscade.*

De nos jours, il existe des dizaines de variations, pour la plupart propres à chaque culture, et des centaines d'autres n'attendent que d'être créées, tant il s'agit d'un socle sur lequel un magicien peut construire son propre édifice.

Néanmoins, je vais vous le décrire ici dans sa version la plus classique.

Pour ce tour, vous aurez besoin de :

— Quatre petites boules colorées toutes similaires. (Je recommande du tissu, mais vous êtes libre de faire comme bon vous semble. Les Chinois utilisent des haricots.)

— Trois gobelets (Je recommande des petites coupes en fer. Il importe seulement que les gobelets puissent s'entasser et soient complètement opaques.)

— Un support. (Je recommande une table afin que vous puissiez faire le tour debout.)

— Et, bien évidemment, vos deux mains.

Le tour :

Au début, face à vous se trouvent les trois gobelets, préalablement mis à l'envers sur le support, une boule étant posée devant chacun.

Sur le dessus du gobelet du milieu, placez la boule qui lui correspond. Empilez le verre de droite puis celui de gauche par-dessus.

Claquez des doigts (ou dites « abracadabra », faites ce qu'il vous plaît) puis révélez ce qui se trouve sous la pile de gobelets.

La boule que vous aviez mise sur le gobelet du milieu a traversé la matière et se retrouve maintenant sous celui-ci.

Répartissez de nouveau les gobelets sur la table en laissant la boule sous le gobelet central.

Prenez la boule devant le gobelet gauche et placez-la elle aussi sur le gobelet central. Empilez les verres de droite puis de gauche sur celui-ci, Claquez des doigts, soulevez la pile de gobelets, et cette fois-ci, deux boules se trouveront en dessous.

Vous pouvez répéter le tour une troisième fois avec la boule restante.

Le truc :

Comme vous n'avez pas manqué de le remarquer dans la liste des objets nécessaires au tour, il y a en fait quatre boules et non pas trois (mais votre public ne doit jamais le savoir).

Avant le tour, cachez une boule dans le gobelet du milieu, puis entassez vos deux autres gobelets, l'un au-dessus, l'autre en dessous.

Lorsque vous commencez le tour, placez vos trois autres boules sur la table, puis disposez les gobelets à l'envers en faisant bien attention à les retourner d'un geste rapide, en les orientant vers vous (afin que le public ne voie pas la boule cachée dans le gobelet central)

Une fois l'installation terminée, le tour se fait de lui-même. Posez la boule sur la coupe du milieu puis empilez les autres coupes par-dessus.

Cela fait, une balle se retrouve automatiquement sous la coupe du dessous. Il vous suffit de lever les gobelets empilés pour éblouir votre spectateur.

Pour continuer le tour, c'est simple, il suffit de répéter les instructions précédentes tout en sachant que le gobelet au milieu de la pile contient désormais une boule : celle qui était censée avoir traversé la matière à l'étape précédente.

Repositionnez ensuite les trois gobelets sur le support, en plaçant le deuxième gobelet sur la boule que vous venez juste de révéler, disposant ainsi deux boules sous le gobelet central alors que le spectateur croit qu'il n'y en a qu'une. Prenez l'une des deux boules restantes, posez-la sur le gobelet central et refaites exactement ce que vous avez fait pour la première étape : empilez les autres gobelets sur celui du milieu puis faites votre révélation.

Aux yeux du public, la boule a de nouveau traversé le gobelet et là où il n'y avait qu'une boule, il y en a maintenant deux.

Vous avez compris, la troisième étape reproduit les mêmes mouvements, gestes et processus.

Le secret est simple : se souvenir de la position des boules tout en changeant sans cesse l'ordre des gobelets. S'il est nécessaire que ceux-ci soient identiques, je vous recommande, durant l'entraînement, de recourir à des verres à motifs différents, histoire de réellement visualiser et comprendre la manipulation. Vous verrez alors clairement le gobelet du milieu changer à chaque étape.

N. B. : J'aime beaucoup ce tour, car le comprendre requiert de réfléchir différemment. En effet, quiconque s'arrête sur la question du déplacement des boules fonce droit dans le mur s'il veut trouver l'astuce. Ici, il s'agit de se demander ce que le magicien nous dissimule, et le déclic m'est venu lorsque j'ai remarqué que ce dernier ne montrait jamais l'intérieur des gobelets après les avoir posés.

J'aime à croire que chaque tour que je découvre par moi-même m'offre une leçon. Celui-là m'a appris à voir que, même quand tous les éléments ne nous sont pas donnés, une solution est possible.

Le retour fut long, mais permit à Jenny de mettre de l'ordre dans ses pensées embrouillées. La réflexion lui permit de commencer à assembler des éléments qui apparemment n'avaient rien à voir ensemble, même s'il lui manquait encore et toujours le secret des sœurs Fox. Elle espérait que sa nouvelle trajectoire l'aiderait enfin à approcher un peu de la clé de ce mystère.

Elle resta chez elle quelques jours afin de retrouver l'usage de ses mains meurtries, et reçut finalement la lettre qu'elle attendait pour enclencher son plan. Sur le mot étaient seulement indiquées une adresse et une heure. Elle n'en espérait pas plus venant de son expéditrice.

Le jour suivant, Jenny arpentait les rues de New York vers Ladies' Mile au nord d'Union Square, un quartier qu'elle fréquentait peu, mais qui était devenu un havre de paix pour les femmes. C'était l'un des seuls endroits de la ville où le fait de se promener sans chaperon ne posait aucun problème. Elle atteignit donc sans encombre le lieu du rendez-vous, un grand bâtiment de sept étages qui avait la particularité d'avoir le mot « JOUETS » écrit avec des lettres à taille humaine au niveau de son deuxième étage, mot qui se répétait sur chacun des côtés de l'immeuble. La vitrine du rez-de-chaussée mettait en valeur des dizaines de poupées en porcelaine qui attiraient l'attention des petites filles, exaspérant leurs mères ou leurs gouvernantes incapables de décoller leurs nez de cette devanture.

À quelques mètres de l'entrée, Jenny vit une silhouette familière frottant l'une contre l'autre des mains gantées. Les épaules larges comme une armoire à glace, le nez cassé... L'homme de main de Leah, à l'entrejambe duquel elle avait asséné un grand coup de pied, ne semblait pas avoir changé après son traumatisme testiculaire.

— Suivez-moi, dit l'homme d'un ton méfiant dès qu'il la reconnut.

Ils entrèrent dans la boutique via une porte tournante. À l'intérieur, des mères examinaient avec soin le jouet qui allait amuser leur enfant pendant quelques jours. Elles ne semblaient accorder aucune attention à Jenny et à son imposant accompagnateur, qui se dirigeaient vers le côté droit du magasin, où une porte indiquait « Privé » en élégantes lettres rappelant les affiches de cirque. Le gorille sortit une petite clef, ouvrit, révélant une pièce étroite comme un cagibi donnant sur un ascenseur. L'homme s'engouffra dans la caisse de bois.

— Montez, ordonna-t-il.

C'était la première fois que Jenny empruntait ce nouvel appareil. Elle en avait déjà entendu parler et vu les monte-charges destinés à transporter les céréales dans les entrepôts du port, mais peu de gens faisaient suffisamment confiance à ces pesantes machines pour s'y aventurer eux-mêmes.

Avec un peu d'appréhension, elle arriva au septième étage. Dans une autre antichambre, celle-ci confortablement meublée et pourvue d'une simple porte. L'homme frappa quatre coups, fit une pause, puis en donna encore deux avant d'ouvrir.

Derrière, une éblouissante galerie couverte de dorures s'élançait, son côté gauche entièrement occupé par d'immenses fenêtres laissant passer les rares rayons du soleil d'automne. Un imposant piano à queue trônait au centre de la pièce, sous un lustre argenté dont l'attache se perdait à plusieurs mètres de hauteur dans des entrelacs de plâtre ouvragé. Sur les murs étaient accrochés des tableaux de maître de tous les styles et de toutes les tailles, disposés de manière aléatoire et témoignant du manque de goût artistique de la personne qui les avait acquis. Le plus étonnant était les fauteuils aux motifs bigarrés, dont la modernité tranchait avec le reste du décor.

Au fond de la salle, trônant derrière un énorme bureau en acajou, Jenny aperçut enfin la femme qu'elle était venue rencontrer.

— Mademoiselle Marton, dit Leah Fox en se levant difficilement, quel plaisir de vous voir ici.

Elle tenait à la main un papier.

— J'ai bien reçu votre demande et je suis prête à vous faire passer un entretien. Venez me rejoindre.

La magicienne avança, gagnée par le sentiment d'être une naine dans cet espace écrasant aux proportions démesurées.

— Ainsi, vous voulez devenir médium ? Et du mouvement spirite, en plus ? Qu'est-ce qui vous a fait penser une seule seconde que j'accepterais une idée aussi saugrenue après tout le tort que vous m'avez causée ?

— Je ne le pense pas, mais je n'ai rien à perdre, non ?

Leah s'approcha :

— Il m'aurait été facile de vous tendre un guet-apens et de vous tabasser pour votre audace. Mes hommes s'en seraient donné à cœur joie. Ils ne frappent habituellement pas les femmes, mais vous êtes tout sauf une femme habituelle.

Jenny s'assit dans l'une des grandes chaises posées en face du bureau.

— Vous m'avez déjà eue à votre merci, donc à quoi servirait de vous venger maintenant ? Votre mouvement ne fait que s'agrandir et est désespérément à la recherche de nouveaux talents, d'un peu de modernité. Vous avez de la chance, je connais déjà l'art de la scène.

— Mais connaissez-vous l'art des gens, mademoiselle Marton ?

Jenny sortit de son petit sac papier, plume et encrier, puis, tout en regardant Leah dans les yeux, se mit à écrire.

— J'ai réussi à me rapprocher de vos deux sœurs, qui jusque-là n'avaient fait confiance qu'à vous. Ne pensez-vous pas que je mérite une chance ?

Leah hocha la tête, impressionnée, tandis que Jenny lui tendait la feuille.

— L'écriture miroir ? Et sans même regarder ?

Leah plaça le papier devant un miroir, où elle put lire : « Ça reste toujours mieux qu'une table truquée. » Elle esquissa un petit sourire.

— Très bien, je vois que vous êtes venue préparée. Je vois aussi ce que vous pouvez faire pour le mouvement, mais j'ai besoin de la réponse à deux questions avant que nous continuions cet entretien. Premièrement, pourquoi vous embaucherais-je ? Sachant que vous avez travaillé à détruire le mouvement que j'ai créé…

La jeune femme nota que Leah n'accordait aucun mérite à ses sœurs, mais n'en fit pas la réflexion à haute voix.

— ... Et, ensuite, qu'avez-vous à y gagner ?

— Laissez-moi vous répondre dans l'ordre inverse, madame Fox. Ce que je cherche et ai toujours cherché, c'est l'indépendance. Je veux simplement pouvoir faire mes tours, qu'on me fiche la paix, et pouvoir subvenir aux besoins de ma mère. La magie c'est ma vie, et jusque-là, j'ai cru que vous déshonoriez ma passion. Mais…

Elle prit une petite pause et fixa son interlocutrice.

— …je me suis trompée. J'ai vu les choses à l'envers. Avec mon enquête, j'ai sali la vôtre sans même essayer de la comprendre. Et quand enfin, grâce à votre sœur Kate, je me suis aperçue de mon erreur, j'ai compris la vraie nature de ceux pour qui je travaillais. Des bureaucrates cherchant des résultats, peu importe le coût. La vérité est de votre côté, Leah et, si vous me le permettez, j'aimerais enfin être de ce côté, moi aussi.

Leah s'adressa au sbire qui avait accompagné son invitée :

— T'en penses quoi, Tony ?

— Je pense qu'elle raconte qu'un lot de conneries, m'dame. Qu'elle se fiche bien de vous et qu'elle attend qu'une chose, c'est de, pardonnez mon langage, vous mettre un grand coup de pied dans les couilles dès que vous ferez pas gaffe.

Leah jaugea silencieusement Jenny.

— Hmm, c'est une chance que je n'aie pas de couilles alors ?

— Vous savez ce que je veux dire, m'dame. J'aime pas les traîtres. Pour sûr que Judas aurait pris des leçons de cette fille.

— Je n'ai pas trahi, c'est…

Leah effleura les lèvres de Jenny d'un geste condescendant.

— Allons, allons. L'une des premières règles des médiums est de ne jamais se justifier. Ça arrive, de se tromper, c'est un métier imparfait.

Elle repartit vers le bureau et sortit d'un sous-main en cuir aux bords dorés une feuille imprimée de petits caractères.

— En signant cela, vous vous engagez dans le mouvement spirite. C'est un contrat à la fois légal et spirituel. Réfléchissez bien avant de le parapher. Je vous laisse jusqu'à demain matin, dix heures. Si vous décidez de le valider, libérez votre matinée. Vous avez encore des choses à apprendre, Jenny Marton.

Cette dernière saisit le contrat, sentant étrangement comme une aura invisible et puissante émaner du papier.

— Au revoir, mademoiselle Marton. N'hésitez pas à réfléchir longuement à votre décision. Une fois ce contrat signé, vous entrez dans la famille spirite, et sachez que le mouvement n'abandonne jamais l'un des siens, où qu'il soit, quoi qu'il fasse, dit-elle sinistrement.

33

Contrat d'embauche en tant que médium pour le mouvement spirite

En signant ce contrat, vous vous engagez à devenir partie intégrante du mouvement spirite comme médium professionnel. Le mouvement s'engage à vous financer (à hauteur de 42 %) ou à vous prêter (si la ville dans laquelle vous résidez le permet) un lieu où exercer vos talents.

Ce contrat est avant tout un contrat de franchise. Vous devez non seulement reverser 18 % de votre chiffre d'affaires au mouvement, mais il s'agit aussi de ne pas trahir ses valeurs, qui sont les suivantes :

— Le mouvement spirite doit toujours répondre présent aux personnes qui le sollicitent. Vous ne devez en aucun cas suggérer à une personne de faire son deuil autrement qu'à travers la fréquentation de nos salons.

— Vous devez trouver le moyen d'apporter du surnaturel à la rencontre. Ce moyen sera déterminé au cours de l'entretien suivant la signature de ce contrat.

— Vous êtes tenue au secret le plus total concernant tout ce qui suivra la signature de ce contrat. La moindre entorse à ce principe vous rendra passible de représailles judiciaires.

— Enfin, en tant que médium, vous devez considérer l'argent comme un moyen de vivre de manière indépendante, non comme un but. Si la réussite vous sourit, comme elle a souri à tant de personnes de notre mouvement, dissimulez-la.

Parler aux esprits est avant tout un art noble, et doit continuer à être considéré comme tel.

Nom :
Date :

Signature :

La nuit durant, Jenny avait lu et relu le contrat, prête à sauter le pas puis hésitante, enflammée puis refroidie. Les questions et doutes se succédaient et l'épuisaient. Se mentir ne servait à rien, sa signature signifiait qu'elle se ralliait à ceux qu'elle avait toujours combattus, il n'y avait pas d'autre manière d'interpréter cet acte. Néanmoins, le prix de son allégeance lui paraissait moindre face à la perspective de découvrir enfin le secret le mieux gardé d'Amérique. Acquérir la vérité impliquait toujours d'en explorer toutes les facettes, quel qu'en soit le risque. Elle arriva au bureau de Leah Fox à 9 h 47. L'ascenseur ayant achevé de mettre ses nerfs à vif, elle ne put se résoudre à quitter l'antichambre.

Dans la pièce se trouvait une collection de plumes et d'encriers, ainsi qu'une table en bois verni. L'ensemble la narguait, l'invitant à parapher immédiatement et à en finir avec la torture d'un tel dilemme. Bientôt enfoncée dans un canapé rouge vif semblant sortir de la chambre de Jules César, elle en vint à perdre toute notion du temps. Quelques livres sur le spiritisme disposés dans la bibliothèque adjacente lui ouvraient leurs pages mais elle savait que, dans cet état-là, elle serait incapable de se concentrer pour les feuilleter et y trouver réponse. La magicienne se repassait inlassablement en mémoire tout ce qu'elle avait vécu depuis le début de cette histoire, analysant le moindre détail jusqu'à la migraine.

Lorsqu'elle fut enfin accompagnée au bureau de Leah, si des idées confuses tourbillonnaient encore sous son crâne, au moins avait-elle fait un choix. Malheureusement, il était encore trop tôt pour qu'elle en connaisse les conséquences.

La médium lui arracha le papier des mains.

— Bien, je suis heureuse que vous ayez pris cette décision, mademoiselle Marton.

Elle rangea le contrat dans le troisième tiroir en face d'elle.

Jenny n'arrivait pas à croire qu'elle avait signé et encore moins que ce document qui définissait son identité était maintenant en possession de l'une des femmes les plus puissantes du pays.

— Qu'est-ce qu'il se passe, maintenant ?

— Maintenant, Tony va sortir d'ici et je vais vous apprendre comment parler avec les défunts.

Tony recula d'un air surpris.

— Mais m'dame Fox, d'puis le temps, vous allez quand même pas… commença-t-il clairement offusqué.

— Ouste ! ordonna-t-elle, le chassant d'un mouvement de doigts sans même lui accorder son attention.

— Et si elle vous attaque ?

— Alors j'espère pour elle qu'elle sait voler, car sinon elle devra repasser devant vous. Et puis j'ai ma fidèle canne. Allez, laissez-nous, maintenant.

Tony quitta finalement le bureau, la mine contrariée.

— Vous n'avez pas confiance en vos hommes ?

— Tony ? Oh, il se prendrait une balle dans la tête pour éviter que je n'en prenne une dans le genou.

— Mais alors…

Leah se leva difficilement.

— Mademoiselle Marton, est-ce que vous savez ce qu'ont les femmes de supérieur aux hommes ? La chose qui nous séparera toujours ?

— Je dois avouer que je l'ignore.

— C'est simple. Les femmes n'ont pas besoin de la violence pour apprendre. Nous avons quelque chose de formidable qui nous permet de lire les gens. L'empathie.

— Je ne vous suis pas.

Elle se dirigea vers son piano d'un pas lent.

— Vous n'avez jamais été professeur, vous, non ? Alors laissez-moi vous expliquer. Si vous voulez enseigner le piano à un petit garçon, vous lui donnez un morceau à apprendre et à travailler chez lui.

Ses doigts glissèrent sur les touches, ses phalanges, comme manipulées par un marionnettiste, se déplaçant de note en note avec une fluidité rare à laquelle la pianiste ne prêtait aucune attention.

— Un morceau simple, quelque chose qu'il devrait jouer sans soucis au bout d'une semaine pour peu qu'il répète vingt minutes par jour. Une broutille. Mais voilà que la semaine passe, et quand vous revoyez le jeune garçon, vous vous rendez compte que l'insolent a préféré passer son temps à jouer à la balle ou à flâner avec ses amis plutôt qu'à faire ses gammes.

Le piano émit une fausse note, coupant court à l'harmonie de sa sonate.

— Alors, en tant que professeur, c'est votre devoir de lui apprendre qu'un tel manque de discipline est inacceptable. Pour ce faire, rien de plus simple. Il vous suffit de prendre un bâton rigide, une règle en bois c'est encore mieux si vous en avez, puis de lui dire de mettre les doigts comme ceci…

Elle ferma sa main en joignant ses doigts au bout de son pouce, comme un bourgeon sur le point d'éclore.

— … et vous l'avertissez que vous allez lui flanquer deux coups. Il faut frapper bien fort au centre, avec un peu de temps entre chaque. Le deuxième coup est le plus important, car malgré la douleur qu'il a ressentie au premier impact, il ne peut pas encore desserrer les doigts. Cet instant séparant les deux coups représente une souffrance psychologique bien pire que celle qu'il peut éprouver physiquement. Il ne sait pas si la douleur sera plus intense, il se crispe, il a peur… Mais en réalité cela importe peu. Si vous voulez qu'il vous apprécie, vous pouvez même choisir de ne pas infliger le deuxième coup.

Lorsque j'aime bien l'élève, je lui accorde cela, dit-elle avec un sourire amusé.

Elle pianota de nouveau une douce mélodie de ses doigts experts.

— Ensuite, vous expliquez au garçon que si, la semaine suivante, il ne connaît toujours pas sa partition, il aura droit à quatre coups. L'élève a ainsi associé son manque de discipline à une douleur et une peur dont il est responsable. Et soudain, la semaine d'après…

Jenny reconnut le *Prélude et Fugue n° 21* de Bach. Un morceau particulièrement complexe mais extrêmement enjoué, qui demandait une concentration extrême même aux pianistes experts. Leah le jouait avec une facilité déconcertante.

— Il a appris le morceau. Ici, il faut le complimenter. Cette phase est importante. Les hommes sont comme des animaux. Ils apprennent avec l'expérience, ils sont obligés de tester par eux-mêmes. S'ils font quelque chose de mal, on les punit, et s'ils font quelque chose de bien, il est important de les récompenser.

Muette, la magicienne reprenait lentement ses esprits, au rythme de la mélodie émanant de l'instrument.

— Alors vous vous demandez sûrement comment je donne une leçon à une petite fille ?

La magicienne hocha la tête, elle savait qu'elle n'avait pas besoin de poser la question. Leah était une femme de scène, ayant pris l'habitude d'accaparer l'intégralité des conversations sans même se rendre compte qu'elle les transformait en monologues. Son passage chez Pinkerton avait au moins appris à Jenny que certains silences étaient bien plus puissants que n'importe quelle question.

— C'est simple : pour enseigner à une petite fille, il suffit que je demande au petit garçon de lui raconter ce qu'il se passe lorsqu'il ne connaît pas sa partition.

Elle cessa de jouer et ferma brusquement le piano dans un claquement bruyant.

— Vous comprenez ce que je dis, n'est-ce pas ?

— Je… je ne suis pas sûre de vous suivre, madame Fox.

Celle-ci se releva péniblement, brisant la grâce nonchalante que la musique lui avait conférée.

— Nous comprenons la souffrance, Jenny, et sans même avoir à en faire l'expérience. C'est pour cela qu'on sait s'occuper des enfants lorsqu'ils ne peuvent s'exprimer que par des cris, là où les pères sont dépassés. Nous n'avons pas besoin de mots, nous lisons les gens. C'est cela, être médium. Nous sentons la tristesse des autres et nous l'utilisons pour donner forme à leur proche décédé !

Jenny fit quelques pas en arrière, estomaquée.

— Mais les esprits…

— Allons, Jenny, allons. Vous connaissez les tables truquées et l'écriture miroir, vous savez comme moi que de l'illusion au spiritisme, il n'y a qu'un pas...

La magicienne prit un instant pour observer la pièce autour d'elle, écrasée par la profusion de ce luxe qu'une femme seule avait réussi à accumuler, à l'opposé de tout ce à quoi la société la destinait.

— … Et ce pas, vous venez de le franchir en signant ce contrat. Vous faites partie du secret, maintenant.

Jenny était perdue, sa tête tournait et lui donnait le vertige. Elle se laissa tomber sur une chaise proche.

— Mais alors, vos sœurs, elles… elles ont un truc aussi ? Elles ne font que… que lire les gens et leur faire entendre ce qu'ils veulent ? Et les tocs ? Comment est-ce que…

Leah passa la main dans les cheveux de sa recrue, comme une mère affectueuse, avant de se faire violemment repousser.

— Allons, je suis sûre qu'au fond de vous vous comprenez exactement l'importance de ce que je fais ici. Dans notre société, nous avons toujours été reléguées à nous occuper des enfants, à faire les secrétaires ou bien à se prostituer. J'essaie juste de faire avancer notre cause ! Toutes les femmes ne sont pas des Margaret ou des Kate… et Dieu merci ! Ces deux-là ne se rendent pas compte de la chance qu'elles ont eue. J'essaie juste de partager un peu de cette chance avec d'autres femmes moins fortunées. Et puis, je ne discrimine pas, comme vous voyez il y a aussi des hommes qui ont trouvé du travail grâce à moi. Vous n'imaginez pas le nombre de vies sauvées par le mouvement.

— À quel prix ? Mentir à des gens en deuil qui cherchent un peu de réconfort ?

— Ne leur en apportons-nous pas ?

Jenny se leva et se surprit à faire les cent pas à la manière de Robert. Leah la regardait, amusée.

— J'aimerais que vous commenciez le plus tôt possible. À vrai dire, j'ai déjà votre premier rendez-vous. Nous allons vous communiquer notre recherche préliminaire sur le client. Cela comprend des détails et éléments qui faciliteront votre discussion avec son parent décédé. Vu que c'est votre première fois, je vous ai préparé un client crédule dont la femme est déjà passée par plusieurs de mes consœurs et…

— C'était l'idée de qui ? Hmm ? Margaret et Kate étaient trop jeunes pour… ! Il y a quelque chose qui cloche, je ne peux pas croire que si jeune… Enfin, Kate avait douze ans !

Bientôt, l'emportement devint rage. La magicienne connaissait le dossier par cœur, mais les pièces du puzzle données par la patronne du mouvement ne s'imbriquaient pas avec celles que Jenny possédait déjà. Leah n'était pas présente le soir de l'arrivée de Charles B. Roma. C'était donc forcément, comme Kate l'avait raconté, une blague poussée trop loin. Et cette solution lui aurait parfaitement convenu s'il n'y avait pas ce cadavre, ce fichu cadavre que même Robert ne pouvait accepter et qui brisait sa théorie à néant.

— Jenny, je vois que vous êtes encore confuse, ne vous inquiétez pas. Devant le client, vous retrouverez vos… esprits.

Elle sortit une enveloppe du deuxième tiroir de son bureau et la tendit à sa nouvelle « collègue ».

— Tout ce que vous devez savoir sur le client. Pour le reste, laissez-vous aller.

La nouvelle médium prit le cadeau de manière fébrile.

— J'utilise quels tours ? réussit-elle à répondre alors qu'elle était encore ailleurs.

— Vous êtes douée, élaborez votre propre style ! L'important, c'est que vous soyez à l'aise et à l'écoute de l'autre.

Leah lui sourit chaleureusement en voyant la panique dans les yeux de la novice.

— Allez, partez maintenant. Entraînez-vous pour demain, je vous veux en pleine forme. Et n'oubliez pas, mademoiselle Marton, vous êtes une spirite, maintenant !

Tony ouvrit la porte avant même qu'elle n'atteigne la poignée, et Jenny passa devant lui sans remarquer sa présence tant ses pensées étaient ailleurs.

Il proposa de héler un fiacre, mais elle préféra rentrer à pied. Marchant sous une pluie fine, la ville lui parut transformée en tableau flou, à l'image de ses réflexions embrumées. Elle fut incapable d'estimer le temps mis à retourner chez elle.

Pourtant, en entrant dans l'appartement, elle remarqua immédiatement que quelque chose n'allait pas. Blanche ne piaillait pas comme à son habitude et Houdin n'était pas déjà dans ses jambes. Pire, il régnait dans le petit appartement une effroyable odeur de tabac froid, alors que sa mère n'avait jamais fumé.

— Maman ?

À la table du salon, une assiette faisait office de cendrier pour un homme qui la remplissait de mégots depuis des heures. Un homme qu'elle reconnut à peine. Robert s'était laissé pousser une barbe grise et sale, et ses yeux gonflés et injectés de sang trahissaient un manque évident de sommeil. Sa main tremblait d'une manière si incontrôlable qu'il semblait incapable d'amener la cigarette à moitié grillée vers ses lèvres craquelées.

— Qu'est-ce que vous faites chez moi ?

Le visiteur posa sa cigarette allumée dans l'assiette.

— Faudra que je vous achète un cendrier.

— Pas besoin, je ne fume plus.

Elle s'installa face à lui, tout en jetant un coup d'œil à Blanche qui, depuis sa cage, observait silencieusement l'inconnu en penchant la tête sur le côté.

— Où est ma mère ?

— J'avais besoin de temps seul avec vous, alors elle a miraculeusement gagné une visite pittoresque de Central Park en faisant son marché ce matin.

Jenny se maintint sur ses gardes, bien que soulagée d'un poids.

— Et comment vous êtes entré chez moi ?

Il lança une clef dorée que Jenny attrapa au vol.

— Pour une mère de magicienne, elle se laisse distraire très facilement.

— Bien, maintenant que je connais le Comment, pouvez-vous m'expliquer le Pourquoi ?

Robert exhala une longue bouffée grise.

— Vous êtes née après la guerre, n'est-ce pas ?

— Pourquoi cette question ?

Il écrasa son mégot et porta la main à son crâne comme pour soutenir un poids insupportable pour son cou seul.

— Non, pendant. Je m'en souviens maintenant, mille huit cent soixante-quatre. M'enfin, je pense qu'on peut dire que vous l'avez pas connue. Vous savez ce qui est beau avec la guerre ?

— Honnêtement, je m'en fiche. Vous savez quoi, Robert, j'en ai ma claque de tous ces gens qui se lamentent sur leur passé et qui ne sont pas capables de répondre à une question simple sans passer par une histoire. Qu'est-ce que vous faites chez moi ? Répondez ou allez-vous-en.

Un long silence s'installa, durant lequel son ancien boss n'osa la regarder en face.

— C'est... William. Il est devenu incontrôlable. Il passe à tabac tous les médiums qu'il peut trouver. Il réserve une séance sous un pseudonyme bidon et procède ensuite à un interrogatoire… violent.

— Vous aviez dit que vous l'en empêcheriez !

— J'ai dit que je protégerais les sœurs Fox, et pour le moment il ne leur est rien arrivé ! rétorqua Robert en se dressant brutalement.

Houdin, jusque-là dissimulé sous la chaise de Jenny, courut immédiatement se réfugier au coin du lit.

— Pourquoi êtes-vous ici, Robert ?

— Je sais que vous êtes allée voir Leah.

— Vous m'avez fait suivre ?

Il se rapprocha d'elle.

— Pour votre propre bien ! S'il vous plaît, Jenny, revenez. L'agence a besoin de vous. Mince, j'ai besoin de vous ! Je n'arrive plus à réfléchir depuis que vous êtes partie. Les éléments… ne s'alignent plus, depuis cette soirée à la ferme, je ne sais plus quoi penser…

Il avait beau dominer la magicienne d'une tête, Robert paraissait petit en cet instant, tant un désarroi pathétique suintait de tout son être.

— Je ne peux plus vous aider, monsieur Pinkerton. Je crois que c'est ici que nos chemins se séparent. Mais vous pouvez encore battre votre frère, j'en suis convaincue.

— Comprenez-vous bien que, si je perds, vous et les sœurs Fox perdrez aussi !

Jenny se dirigea vers la porte et la lui ouvrit. Le détective ne réagit pas, figé derrière la table comme un accusé attendant son inéluctable sentence.

— C'est votre point de vue. Du mien, William n'est bon qu'à surprendre un faible vieillard et une femme soûle, ce n'est pas vraiment un exploit. Croyez-moi, votre frère est beaucoup plus fragile qu'il ne le laisse paraître.

Robert leva tristement les yeux vers la fenêtre sur laquelle séchaient quelques gouttes de pluie.

— Bien. Sur ces mots, j'aimerais vous dire au revoir, monsieur Pinkerton. Ce fut un plaisir de travailler pour vous malgré nos différends. Il est temps que vous repreniez votre route, et moi la mienne.

Il se leva, avança vers la porte et lui adressa un dernier regard.

— Jenny, je… je suis désolé.

Elle lui répondit d'un grand sourire forcé. Elle aurait aimé l'aider, mais la mission qui l'attendait devrait être menée seule.

— Prenez soin de vous, et si vous avez besoin de…

Il ne finit pas sa phrase, fit une moue gênée puis s'en alla.

L'appartement enfin tranquille, Jenny fit quelque chose qu'elle avait négligé depuis trop longtemps : se plonger dans le travail, prendre le temps de pratiquer et peaufiner ses tours. Si elle voulait exécuter son plan, il était nécessaire que tout soit absolument parfait.

Elle ressortit le vieux miroir et commença à répéter, changeant ses paroles habituelles pour leur donner une touche spirite. Il suffisait de dire qu'un esprit l'assistait de sa magie, qu'il s'exprimait à travers le tour.

Tout ce qu'il fallait, c'était abandonner sa fierté et son intégrité. Sur le papier, c'était si facile. Pourtant, rien que pratiquer ce mensonge face au miroir la brûlait intérieurement.

34

Dossier client : Aleardo Carisoli
Constitué par Leah Fox

L'identité du client :

Époux de Cristina Carisoli, cliente régulière d'un salon spirite depuis le décès de leur fille Sofia dû à la fièvre jaune, contractée pendant un malencontreux voyage à Memphis. Aleardo a deux autres enfants, Riccardo et Giovanni. Mais Sofia étant sa seule fille, il avait une affection toute particulière pour elle.

Bien qu'immigré, Aleardo a réussi à rapidement s'élever dans la société grâce à ses incroyables talents de mécanicien. Il est spécialisé dans l'entretien des machines textiles. Sa femme Cristina raconte : «C'est comme si les machines lui parlaient. Je l'ai vu travailler : dès que la machine est en panne, il approche son oreille, comme un docteur avec son stéthoscope. Il écoute ce qui peut encore fonctionner de la machine pendant quelques minutes, regarde les pistons s'activer puis trouve toujours la cause du problème. Parfois, je pense que c'est Dieu Lui-même qui vient lui murmurer la réponse. Très peu de pannes résistent à sa fidèle caisse à outils.»

Son affinité avec la mécanique lui a fait perdre beaucoup d'amis, convaincus que les machines leur volent ou dénaturent leur travail. Mais Aleardo s'en fiche. Tout ce qui compte pour lui, c'est que ses enfants suivent une riche éducation à l'américaine. Il a toujours insisté pour qu'ils voyagent le plus possible, disant que «ça forge la jeunesse». Ainsi, il se sent responsable du voyage fatal de sa fille à Memphis.

Malgré cela, il a longtemps été contre l'idée de fréquenter des médiums. Aleardo n'aime pas ce qu'il ne comprend pas, et le spiritisme est, à ses yeux, un mouvement entouré de bien trop de mystère. Pourtant, la tristesse a eu raison de son blocage et, sous la pression de sa femme, il a enfin consenti à une séance.

Un peu plus sur l'esprit à convoquer :

Sofia avait seize ans quand elle est décédée. C'était une jeune fille qui, malgré un caractère extraverti, faisait toujours plus attention aux autres qu'à elle-même. Ayant vécu avec deux frères qui la traitaient comme une égale, elle avait un caractère bien trempé et n'hésitait pas à dire ce qu'elle pensait. Grâce à sa binationalité italo-américaine, elle aurait rêvé être ambassadrice des États-Unis en Italie. (Bien qu'elle n'ait jamais mis les pieds dans son pays d'origine, une piste facilement exploitable pour faire culpabiliser Aleardo.)

Quelques souvenirs de jeunesse :

— À huit ans, Sofia a attrapé une petite grippe. Lorsque son père a voulu appeler le docteur, elle lui a demandé d'essayer de la soigner lui-même d'abord; elle était sûre qu'il pouvait la «réparer» comme il y arrive si bien pour ses machines. Aleardo s'est alors approché, lui a fait quelques chatouilles et a décrété que son travail était fait. Le lendemain, elle allait mieux. C'est resté un de leurs souvenirs les plus chers.

— Pour l'anniversaire des vingt-neuf ans de Cristina (la femme d'Aleardo), Sofia et lui ont décidé de cuisiner eux-mêmes le gâteau. Ils ont passé tout un dimanche après-midi à préparer un panettone aux raisins secs. Le gâteau était si infâme que même les chiens du quartier n'en voulurent pas. Le fou rire de la famille en essayant de le déguster est encore gravé dans leurs mémoires.

— Aleardo est un passionné d'échecs mais il n'a jamais

réussi à transmettre cette passion à Giovanni ou à Riccardo. Étonnamment, Sofia s'y est intéressée avant même d'être en âge de lire. Une semaine avant son voyage à Memphis, elle avait finalement arraché sa première victoire lors d'un de leurs duels, sous le regard ébahi de son père. Elle lui aurait même dit : «Tu vois, je crois que je suis prête à être diplomate.»

P.-S. : Sachant que c'est ton premier client et sa première fois dans un salon spirite, laisse faire ton imagination. Tu peux te permettre plus de choses que tu ne le crois.

Le retour des séances publiques avec les trois sœurs Fox avait fait grand bruit dans les journaux locaux. De l'*Herald* au *Tribune,* tous les quotidiens y consacraient au minimum une double page. Les enfants dans les rues hurlaient à qui voulait les entendre que c'était l'événement de l'année, tout en brandissant le journal qu'ils vendaient comme un texte sacré. Le peuple américain avait découvert Kate et Margaret alors qu'elles n'étaient que des fillettes, et tous étaient curieux de savoir ce qu'elles étaient devenues.

Leah avait fait appel à ses contacts dans les milieux journalistiques, leur disant de bien insister sur le fait que leurs pouvoirs n'avaient jusque-là trouvé aucune explication. À une époque où la science prenait le pas sur l'obscurantisme et se mettait à trouver réponse à tout, l'engouement mystique était une denrée rare qui s'arrachait à prix d'or. Quelle que soit la taille du théâtre choisi pour accueillir leurs représentations, toutes les dates affichaient complet.

Cela rassurait Jenny, car plus le mouvement était fort et plus les « membres » se laissaient aveuglément mener par la foi spirite. Ainsi, malgré son inexpérience, elle savait qu'elle disposerait d'une certaine marge d'erreur dans ses premières séances.

On l'avait prévenue que la salle qui lui était allouée serait à peine décorée : deux chaises, une table, un portemanteau et un coffre pour ranger ses affaires. Jenny y avait ajouté quelques éléments de son spectacle de rue mis à la mode spirite. La bannière « Jenny la magnifique » avait bénéficié d'une couche de peinture bleu foncé où était maintenant inscrit : « Appel de l'esprit ». Un panneau qu'elle avait fièrement cloué au-dessus de l'entrée. Les cartes traditionnelles avaient été troquées contre des modèles à motifs plus travaillés et aux figures de style baroque, ses balles de tissu remplacées par des versions blanches et satinées visant à leur procurer un lustre fantomatique dans la pièce peu éclairée.

À l'idée d'attribuer ses tours à un esprit, Jenny se sentait ridicule, mais si cela lui permettait de rester une femme indépendante et de continuer son enquête de l'intérieur, elle était prête à quelques concessions envers son intégrité. Pour les messages plus compliqués, Jenny disposait du dossier fourni par Leah et de l'écriture miroir. Il ne lui manquait que les tocs pour vraiment simuler des esprits frappeurs, mais les versions auxquelles elle avait réfléchi demandant trop de préparation et risquant d'être facilement découvertes, elle avait choisi de s'en passer. La méthode invisible des sœurs Fox demeurant un mystère, elle savait qu'elle n'arriverait pas à rivaliser avec elles.

Après une matinée d'anxiété, le fameux premier client arriva enfin. À onze heures précises. Les salons dédiés aux débutantes n'ayant pas de pièce d'accueil, elle le vit d'emblée. L'homme était grand et fin, avoisinait la quarantaine et boitait légèrement de la jambe droite. Un chapeau achevait de dissimuler son visage dans la pénombre de la salle.

— Monsieur Carisoli ?

— Mais… c'est que je reconnais cette voix !

Avant que l'homme eût levé la tête, elle comprit à son tour à qui elle avait affaire.

— Vous…

— Moi, dit William, tout en posant son chapeau et son sac sur le portemanteau à l'entrée.

Il prit la chaise devant lui et s'assit, tout en relâchant une grande expiration empreinte de soulagement. Jenny remarqua qu'il suait à grosses gouttes.

— Votre amie, là, vous lui direz de faire attention avec ses outils de cuisine. Elle finira par blesser quelqu'un, et pas sûr qu'il soit aussi compréhensif que moi.

— Où est Carisoli ?

Il sortit une allumette et une cigarette de sa poche, qu'il alluma et posa ses pieds sur la table d'un coup sec et bruyant.

— ...vous ne vous attendiez pas à moi.

Jenny parcourut rapidement la pièce du regard, à la recherche de quelque chose qui pourrait lui servir d'arme. Le marteau qu'elle avait utilisé pour accrocher la pancarte traînait encore au sol, non loin d'elle. Néanmoins, si William avait un pistolet, l'outil s'avérerait inutile.

— Vous voulez quoi ?

Grimaçant de douleur, le cow-boy se rassit normalement.

— Un tête-à-tête avec Kate. Que voulez-vous, je vous aime bien, mais je préfère les femmes mûres.

— Elle n'est pas là, allez-vous-en. Mon client peut arriver à tout moment et je ne veux pas qu'il vous voie. Si vous ne partez pas, je me charge de finir ce que Kate a commencé, avec les dents s'il le faut.

William acheva sa cigarette et l'écrasa sur son pantalon, précisément sur sa plaie. Il regardait Jenny sans sourciller tandis que le bout incandescent s'éteignait sur le tissu en coton. Mais malgré son air résolu, sa sueur et sa peau livide ne pouvaient cacher son supplice.

— Qu'est-ce que mon frère a bien pu voir en vous ? Je veux dire, vous vous rendez bien compte que Carisoli ne viendra pas, non ? Aussi difficile qu'il est d'obtenir un rendez-vous avec les sœurs Fox, il est très simple de suivre quelqu'un qui a un rendez-vous, de lui demander où et quand puis de formuler une requête polie pour qu'il nous laisse sa place.

— Et s'il refuse ?

William sortit un cran d'arrêt de sa poche et commença à se curer les ongles avec.

— Traitez-moi d'enfant gâté, mais j'obtiens toujours ce que je veux.

Jenny utilisa ses pieds pour rapprocher discrètement le marteau de sa chaise. L'obscurité cachait ses mouvements et William était occupé à enlever la crasse qui se cachait sous ses ongles. Tout ce qu'il fallait, c'était le maintenir distrait.

— Vous voulez les sœurs Fox, pas vrai ?

— Une seule me suffira, mais j'ai désormais une petite préférence pour Kate. Je pense qu'elle et moi sommes faits pour nous entendre.

Son couteau ripa, laissant une minuscule entaille sous l'ongle de l'index gauche. Il regarda un instant le sang couler le long de son doigt avant de le porter à sa bouche d'un air amusé. Jenny profita de son inattention pour se baisser et attraper le marteau.

— Vous savez ce qui me gêne avec vous, Jenny ?

Elle se releva prestement.

— Dites-moi tout.

— Vous êtes imprévisible.

Elle tenait maintenant l'outil en main, caché sur ses genoux. William appuya sur la chaise pour s'aider à se lever péniblement puis alla récupérer son sac.

— C'est une qualité et un défaut, à vrai dire, continuait-il, il faut avouer que, sans votre talent, je n'aurais jamais trouvé Kate.

— Racontez-moi ce qu'il s'est passé à Camden, je veux votre version.

William se rassit tout en ne pouvant contenir une expiration de souffrance. Une fois installé, il commença à fouiller son sac.

— J'ai visité beaucoup de villes aux États-Unis, mais je ne suis jamais allé à Camden.

Apparut un petit sac en papier qu'il inspecta d'un air satisfait.

— Vous mentez, vous y étiez en mission pendant la guerre.

— Je vous ai déjà dit que j'étais assistant forgeron à Tuskegee, mais que vous me croyez ou pas, je m'en tape.

Il prit une nouvelle allumette qu'il frotta sur le coin de la table, puis la lâcha dans le petit sac avant de nonchalamment lancer ce dernier dans un coin de la salle. Le sac s'embrasa au contact du sol, se transformant en une énorme boule de feu. Jenny se leva d'un bond, l'air paniqué alors que les flammes commençaient à dévorer les rideaux.

— Bien, moi je vais y aller. Merci pour la séance.

Il posa cinq dollars sur la table.

— Pas besoin de la monnaie. C'est cadeau.

Jenny attrapa le poignet de William, plaquant sa main sur la table, et abattit violemment le marteau sur la jointure de son majeur. Un crac sonore retentit. L'homme hurla à en tomber à la renverse alors que la fumée commençait à gagner les lieux.

— Espèce de… connasse! cracha-t-il en se tordant au sol.

Jenny, haletante, profita d'avoir temporairement mis hors d'état de nuire l'insolent pour évaluer la situation. L'étagère sur laquelle elle avait disposé les accessoires de ses tours était déjà rongée par l'incendie, ses cartes s'envolaient en se décomposant en cendres, et les petites boules de satin disparurent en quelques secondes. Elle comprit que sa priorité était de s'en sortir vivante plutôt que de sauver son précieux matériel. Se protégeant le visage avec sa robe, elle s'élança vers la sortie, courbée en deux pour éviter de respirer les fumées toxiques. Quand elle passa au niveau de William, elle lui asséna un grand coup de talon dans la cuisse droite, manquant de perdre l'équilibre, geste qui lui procura une intense satisfaction, goût de la vengeance qu'elle n'aurait jamais soupçonné avoir. Le hurlement strident du cow-boy accentua cette saveur âcre et malsaine. Elle se précipita ensuite vers la porte qui n'était plus qu'à quelques mètres. Mais alors qu'elle allait en atteindre la poignée, un claquement assourdissant retentit, suivi d'un choc sourd. Jenny s'arrêta net devant le trou apparu sur la porte et se retourna lentement vers William.

— Sortez-moi de là ou… on y reste tous les deux, dit-il entre deux toux, étranglé par l'air vicié.

L'homme était complètement avachi par terre, sa main droite enflée pendait le long de sa jambe, une tache rouge grandissant à vue d'œil sur son pantalon. Il évoquait à Jenny une limace informe se tordant dans ses derniers instants après que l'on eut mis du sel dessus. Néanmoins, cette limace tenait un pistolet braqué sur elle. La fumée se faisait de plus en plus dense et Jenny se sentait elle-même sur le point de défaillir.

— Ne vous avisez pas de vous évanouir, SORTEZ-MOI DE LÀ !

Un nuage chaque seconde plus épais envahissait la pièce, s'engouffrant dans les poumons de la magicienne et les brûlant de l'intérieur. Elle n'arrivait pas à avoir assez de clarté d'esprit pour trouver une solution de survie. Sa gorge lui donnait l'impression d'avaler des charbons ardents, et il lui semblait que ses yeux allaient éclater tant ils étaient douloureux. Les spasmes de toux qui l'agitaient étaient si forts qu'elle s'affaissa sur le sol, impuissante.

— Désolée, William…

Quelle fin misérable, pensa-t-elle. Mourir dans un incendie causé par un handicapé pyromane qui n'avait même pas prévu que sa propre faiblesse l'empêcherait d'en sortir.

William, de son côté, avait jeté son pistolet dans les flammes et utilisait son bras valide pour ramper vers la porte, laissant une traînée sanglante derrière lui.

— Je vais pas finir ici…

Il toussa, le visage déformé par la peur.

— Je peux pas finir ici !

Il rampa de plus belle avec une énergie décuplée vers cette porte qu'il savait si près mais qui lui paraissait si loin au travers des vapeurs noires de tissu brûlé. Quand il en fut assez proche, il s'aperçut avec stupeur qu'elle était déjà ouverte. Un soulier de cuir fin apparut devant lui et une canne s'abattit violemment sur sa seule main valide. Il hurla de douleur puis leva la tête pour apercevoir un visage émergeant de la brume sombre, un visage qu'il connaissait par cœur tant il en avait rageusement rassemblé toutes les photos.

— Enfin, nous nous rencontrons, William Pinkerton. Vous avez causé beaucoup de tort à mes filles, dit Leah Fox d'une voix claire, à peine dérangée par la fumée mortelle qui se répandait à côté d'elle.

Cette image fut la dernière dont Jenny se souvint avant de s'évanouir.

35

Guide Pinkerton du parfait agent

Manipulation et aveux
par Robert Pinkerton

Au fil de ce guide, nous avons abordé nombre d'aspects de votre travail d'agent, et il est maintenant temps de s'attaquer à ce qui constitue l'essentiel de votre mission : obtenir les aveux de la cible.

C'est un art subtil, bien plus délicat que celui de prendre l'identité d'autrui, car il faut que l'idée même de la confession ne vienne pas de vous mais de votre cible.

Sachez que votre talent d'analyse des gens sera votre meilleur atout pour cet exercice difficile. Tout ce que je peux vous transmettre dans ce chapitre sont des conseils non exhaustifs qui vous guideront, je l'espère, au succès de votre mission.

La clé de toute cette manipulation est ne jamais parler du crime. Laissez la cible venir à vous ; votre action et votre influence doivent impérativement demeurer invisibles. Pour cela, n'oubliez pas qu'il existe un arsenal d'agents Pinkerton à votre disposition, qui sauront, si besoin, créer pour vous les

conditions idéales d'un environnement aidant à déclencher les aveux.

Prenons un exemple : imaginons que vous ayez affaire à un voleur impliqué dans un détournement d'argent. Une situation de confession idéale serait de trouver le moyen de faire une promenade avec la cible, en ayant pris soin, au préalable, de placer sur le trajet un agent faisant semblant d'avoir perdu son portefeuille, puis que ce dernier demande à voix haute si quelqu'un a vu ses dollars disparus.

N'hésitez pas à faire simple et direct. Bien souvent, les criminels sont accablés de culpabilité. Si la première allusion ne fonctionne pas, recommencez l'opération d'une autre manière mais toujours dans le même sens : évoquez subtilement le crime perpétré pour ouvrir une porte de conversation, qui mènera ensuite à la confession.

Un autre moyen simple de faire en sorte qu'il se confie à vous est de l'éloigner de ses proches. Ceux-ci n'ont même pas besoin d'être fautifs, suggérez juste à votre cible qu'ils médisent d'elle dans son dos. Si vous avez la chance de les croiser, dites que vous leur trouvez un air moralisateur ou méfiant. Si la cible vous demande d'où vous vient cette idée saugrenue, répondez que c'est juste une intuition et que ce n'est probablement rien. Sa paranoïa fera le reste.

Enfin, et c'est certainement le plus important, restez près de votre cible lors de ses moments de détresse. C'est là qu'elle sera la plus vulnérable et prête à parler. Si vous avez des opportunités pour créer de tels instants de désespoir, donnez-vous en à cœur joie. Elle peut ne pas craquer à la première crise. Dans ce cas, il

suffit que les crises se répètent suffisamment pour que votre cible panique, cherchant désespérément une solution. C'est là qu'elle considérera votre intervention, votre simple présence même, comme providentielle et qu'elle sera prête à vous mettre dans le secret.

— … Enfin, tu te rends bien compte que tu ne l'aides pas en faisant ça.

Le réveil fut difficile, Jenny sentait encore le goût de la cendre sur sa langue.

— Moi, j'aurais aimé que tu sois là si ça m'arrivait.

Ses paupières étaient comme scellées par de la cire. Des larmes y montèrent lentement, lavant peu à peu la douleur qui l'aveuglait. La conversation en cours lui semblait lointaine, comme si elle venait de l'appartement voisin et traversait un mur de coton épais.

— J'ai toujours été là pour toi.

L'une des voix lui était familière, celle de Leah. Mais l'autre voix… L'autre voix, elle ne la reconnut pas immédiatement.

— Oui, et on sait toutes les deux que ce n'est pas par bonté d'âme.

Jenny parvint finalement à ouvrir les yeux. La lumière matinale éblouit ses pupilles dilatées. Battant des cils pour chasser les dernières traces de l'incendie, elle parvint enfin à distinguer la femme assise face à Leah.

— Oh ! Ça va pas recommencer !

— Ooooh ! Excuse une de tes précieuses poules aux œufs d'or d'avoir l'audace de signaler qu'elle n'est pas qu'un autre animal dans ta ferme. Mais comment, oui, comment oset-elle ? dit Margaret d'un ton théâtral en se levant de sa chaise.

Jenny avait été installée dans une chambre qui lui était inconnue. Elle était allongée dans un grand lit surélevé à baldaquin blanc, luxe dont elle n'aurait jamais imaginé profiter un jour. Sur les murs immaculés, un artiste avait dessiné au fusain des paysages sauvages, grandes plaines surmontées d'arbres fins dont les cimes s'entrelaçaient pour toucher au ciel. L'œuvre ressemblait aux illustrations des recueils qu'elle avait lus sur la nature indomptable du Colorado.

— Regarde, mademoiselle est réveillée, tempéra Leah.

Margaret tourna la tête et se jeta au chevet de Jenny avant de lui prendre la main.

— Ça va ? Comment tu te sens ?

— Comme une cheminée mal ramonée.

La magicienne toussa alors que les deux sœurs esquissaient un sourire.

— Je suis désolée pour ce qu'il vous est arrivé Jenny, dit Leah appuyée sur sa canne, mais sachez qu'on l'a eu. Votre agresseur est dans une cellule d'où il ne sortira pas avant un bout de temps. Des policiers m'accompagnaient quand on est venus à votre secours, ils l'ont pris la main dans le sac.

— Le type dirige une agence de détectives privés. Pinkerton, ou quelque chose du genre. Mais il a juré qu'il agissait seul. Les flics sont bien embêtés parce que, apparemment, l'agence travaillait auparavant avec l'État. Kate m'a demandé ton avis là-dessus. On s'est relayées toute la nuit pour être là à ton réveil.

Jenny était heureuse de voir Margaret et non Kate. La sœur cadette avait probablement compris le lien entre le cavalier pyromane et William.

— Je… j'en sais vraiment rien, dit l'alitée en mimant une migraine qui ne tarda pas à réellement se manifester.

Malgré tous ses défauts, William avait au moins eu la décence de se référer au code Pinkerton en prenant la faute sur lui et non en blâmant l'agence. Il aurait pu déclarer être en mission pour Robert et ainsi continuer à lui mettre des bâtons dans les roues, mais n'en avait rien fait. Ce sursaut d'honneur la surprit.

Margaret passa sa main dans les cheveux de Jenny d'un geste maternel.

— On a prévenu ta mère, on lui a dit qu'on te renverrait chez toi sitôt que tu irais mieux. Mais tu es encore pâle comme un esprit.

— Allons, elle est en fer cette petite. Je suis sûre qu'elle peut repartir avant la fin de l'après-midi.

Après un instant de réflexion, la magicienne comprit que, se trouvant enfin dans l'antre du spiritisme, elle aurait rarement une telle occasion de découvrir la vérité.

— Je ne veux pas abuser de votre hospitalité, mais si… si ça ne vous dérange pas, j'aimerais passer une autre nuit ici.

Leah perdit son sourire.

— C'est que l'on accueille rarement des…

— Évidemment que tu peux rester. On demandera à Filipa de veiller à ce que tu ne manques de rien.

— Margaret, peut-on en parler en privé ?

— Non.

La tension entre les deux sœurs redevint palpable. Leah capitula d'un soupir.

— Bien. Je préviendrai la bonne. En attendant, le mieux pour elle, c'est encore du calme.

Après un court repos, Jenny eut droit à un petit déjeuner tardif servi directement au lit sur un plateau en porcelaine. Ne supportant pas la solitude malgré l'extrême confort de son lit, elle décida de descendre afin de rejoindre les trois sœurs qui déjeunaient dans le salon. La voyant, Kate se jeta dans ses bras comme deux amies séparées depuis fort longtemps. Jenny remarqua que la cadette semblait plus épuisée que d'habitude, tout son corps tremblait, et son visage s'affaissait sous le poids de nouvelles rides.

— On l'a eu ! triompha-t-elle avec un sourire.

Jenny le lui renvoya chaleureusement avant de s'asseoir à table.

— Leah, je dois vous dire que je ne sais comment vous remercier.

La vieille dame leva la tête de son journal, dans lequel elle était si profondément plongée qu'elle avait à peine remarqué la nouvelle arrivée.

— Ce n'est rien, dans une famille, c'est normal de faire attention aux autres, dit-elle tout en regardant Margaret qui mangeait son bol de pop-corn.

Jenny se servit à son tour, versant un peu de lait chaud sur le pop-corn et saupoudrant le tout d'un peu de sucre, heureuse de retrouver une simple tradition dans tout ce luxe.

— Justement, je me demandais… comment saviez-vous ?

— Comment je savais quoi ?

— Eh bien, vous êtes apparue moins de deux minutes après que le feu avait démarré… En calèche, c'est environ à dix minutes de votre bureau et je n'ose même pas estimer le temps pour arriver à pied. En plus, vous aviez les forces de l'ordre avec vous.

Leah manqua de s'étrangler avec sa gorgée de thé.

— Hmm… voyons, tout ce qui compte c'est que vous en soyez sortie indemne, ma chère.

Jenny pianotait sur la table, mais elle ne surenchérit pas. Elle espérait que les cadettes Fox reprendraient son début d'interrogatoire. Le secret des sœurs se jouait dans ces quelques secondes de flottement. Si elles ne rebondissaient pas sur sa question, cela indiquait qu'elles étaient devenues entièrement soumises à la volonté de Leah, abandonnant toute forme d'esprit critique sur leur mouvement et les mensonges qu'elles alimentaient.

— Tu… Tu savais qu'il viendrait ?

Ce fut Margaret qui reprit le flambeau, à la surprise de Jenny. Mais Leah avait profité du silence pour replonger dans son quotidien, faisant la sourde oreille.

— Leah, réponds-moi. Est-ce que tu savais que Jenny avait rendez-vous avec ce pyromane ?

Les mains de la vieille dame tremblèrent légèrement alors qu'elle se dissimulait derrière le *Herald* pour éviter d'affronter les visages sévères qui l'entouraient. Kate se leva et appuya sa main contre le papier, si bien que son aînée n'avait plus d'autre choix que de faire face à ses interrogatrices.

— J'ai enfermé l'homme qui a brûlé ta maison et voilà comment tu me remercies ?

— Réponds à Maggie, dit-elle avant de se rasseoir.

Leah inspecta les regards de toutes les médiums à table.

— Ce type, ce William… Je savais qu'il vous cherchait, dit Leah en s'adressant à Kate et Margaret. Le problème est que, chaque fois, il était impossible de savoir où il allait frapper. On ne pouvait pas faire suivre tous nos clients afin de savoir pour lequel il se ferait passer. Personne ne savait rien sur lui, pas même son nom.

— Et ensuite ?

— Roh pas de ça avec moi Maggie, tes techniques d'interrogatoire à la noix, tu peux te les garder.

— C'est toi qui me les as apprises.

Elles échangèrent un regard noir.

— Continue, intima Kate.

— Et puis… cette femme est venue me voir, madame Carisoli. Une membre du mouvement qui vous avait déjà consultées au sujet de sa fille morte de la fièvre jaune. Elle avait emmené son mari à une séance publique pour le convaincre que ça l'aiderait à faire son deuil. Ils avaient pris rendez-vous mais, peu de temps après, il avait subi un interrogatoire pour savoir où et quand se déroulerait la séance. Apparemment, les types avaient menacé sa femme et ses fils. Je lui ai donc dit que nous allions nous en occuper. J'ai juste changé l'adresse pour la mettre…

— Au salon que tu avais prêté à Jenny, compléta Kate.

Leah échangea enfin un regard avec son invitée.

— Je suis réellement désolée, mais je ne voyais aucun autre moyen d'attraper ce cinglé.

Jenny l'observa un instant.

— Une seule question : pourquoi moi ? À New York, vous avez des dizaines de médiums expérimentées, et pourtant vous l'avez envoyé dans mon salon pour ma première séance !

Leah regarda sa récente recrue, puis ses deux sœurs l'une après l'autre. Malgré tous leurs différends, elle pensait entretenir une véritable relation de confiance avec ses cadettes. Pourtant, en cet instant, Margaret et Kate lui donnaient l'impression d'être deux employées qu'elle forçait à rester dans son entreprise. Il y a quarante ans, elles n'auraient pas hésité à prendre sa défense, et voilà que, maintenant, elles étaient procureures à son procès.

Margaret se leva de table sans un mot, suivie par Kate.

— Mais enfin, elle vous a roulées depuis le début… elle vous a menti et elle continue. Vous auriez préféré que ce soit vous, hein ? Vous ne voyez pas que j'essayais juste de vous rendre service ?

— Si tu t'avises de toucher à un seul de ses cheveux sans notre permission, c'est moi qui mets le feu à cette maison, dit Kate d'un ton glacial.

Les deux cadettes escortèrent Jenny jusqu'à sa chambre sous le regard abasourdi et jaloux de Leah, laissée seule face à son petit déjeuner.

Revenues dans la chambre, les sœurs installèrent la jeune femme sur le lit avec douceur, chacune se plaçant d'un côté et la regardant avec bienveillance.

— Je suis vraiment confuse, Jenny, dit Margaret. C'est vrai que je n'ai pas apprécié que tu me mentes à propos de ton identité, mais… ton mensonge ne méritait pas une telle punition. Les flammes et puis ce type… Tu as dû être terrifiée.

— Elle s'en remettra, intervint Kate.

— Qu'est-ce que tu en sais ? C'est traumatisant.

Margaret prit la main de la malade et la serra.

— Tu as le droit de te laisser aller, on est passées par là, on comprendra.

Jenny n'osait dire un mot, elle avait lu dans les fiches Pinkerton toutes les horreurs que les cadettes avaient dû vivre. Les lynchages publics dans les petites villes religieuses lui semblaient bien plus terrifiants que n'importe quel incendie.

— Je… Je pense que je m'en remettrai.

— Tu vois, Maggie ? Tout le monde n'est pas comme nous.

Kate se rapprocha à son tour et posa sa main sur celle de la magicienne.

— Laisse-moi te dire quelque chose, Jenny. Dans le monde, il y a deux types de femmes, celles qui tirent les autres vers l'avant et celles qui sont à la traîne derrière. Toi t'es de celles qui foncent, comme Leah.

— Je ne suis pas du tout comme cette vieille pie !

— Regarde un peu ce qu'elle a fait, cette vieille pie. Elle a créé un royaume rien qu'à partir d'une blague de deux petites filles. Le spiritisme, ça n'a jamais été nous, ça a toujours été elle. Crois-moi, tu préfères lui ressembler plutôt qu'à nous.

— Elle est le général et nous on est l'infanterie, précisa Margaret avec un sourire triste.

— Engagées contre notre gré dans une guerre à notre nom, reprit l'autre sœur.

Les deux soupirèrent à l'unisson.

— Je crois qu'on va te laisser dormir… On a une petite heure avant nos séances de la matinée. Notre chambre est au bout du couloir, si tu as besoin de quoi que ce soit.

Elles lui lâchèrent la main et Jenny se retrouva seule dans l'étrange chambre où tout, même la nature, était en noir et blanc. Les mots des sœurs résonnaient dans sa tête. Quelque chose la troublait sans qu'elle parvienne à mettre le doigt dessus. Elle avait l'impression d'être enfin entrée dans le cercle des sœurs, de voir clair dans leurs conflits, et pourtant elle ne trouvait pas l'ultime pièce du puzzle. Elle se demandait pourquoi Leah avait encore tant besoin de ses cadettes. Qu'avaient-elles que les autres médiums ne pouvaient apprendre ?

Tourmentée par cette question, Jenny se convainquit que le mieux était de leur demander. S'approchant de leur porte, elle entendit des bruits étranges de l'autre côté, comme une voix de fausset. Elle ne résista pas à l'envie de coller discrètement son oreille contre la serrure de la porte pour mieux écouter.

— Mademoiselle Bigels, vous savez bien que je donnerais mon royaume pour votre main.

Jenny reconnut Kate en train de rendre sa voix plus grave.

— Et vous savez que je la prendrais volontiers. Oh oui, monsieur Havkow, et que ferions-nous une fois mariés ? répliquait Margaret d'un timbre aigu.

Jenny passa l'œil au niveau de la serrure et aperçut une poupée de porcelaine. Elle avait de grands yeux de verre, de longues boucles d'or qui descendaient jusqu'à ses épaules, et elle portait un chapeau rouge aussi fleuri qu'un bouquet.

— Nous voyagerions autour du monde sur mon grand navire. Oooh, nous irions partout, aucun endroit ne nous serait inconnu. Vous auriez les plus belles robes de Milan, les meilleurs gâteaux de Paris, les plus délicieux thés de Londres.

La poupée qui lui répondait était celle d'un jeune garçon en veston marron, arborant un nœud papillon gros comme la moitié de sa tête. Ses yeux étaient d'un bleu glaçant, et il avait un petit sourire narquois peint à tout jamais sur son visage pâle.

— Et nos enfants ? demanda la voix aiguë.

— Eh bien, une fois notre tour du monde fait, vous les élèveriez pendant que j'irais au travail.

— Rien que moi ?

— Eh oui, rien que vous, mademoiselle Bigels, il n'y aura

personne pour vous dire « Kate, tu n'es pas en état de gérer ton enfant » ou bien « Kate, si tu retouches à une goutte d'alcool, tu ne le revois plus jamais ».

Margaret reposa la poupée en regardant tristement sa sœur.

— Kate…

— Qu'y a-t-il, mademoiselle Bigels ? N'aimeriez-vous pas une petite maison simple où vous auriez comme seule préoccupation de veiller à ce que vos enfants se portent bien ?

Margaret essaya de se rapprocher mais Kate la repoussa en mettant sa figurine en avant.

— Pourquoi vous ne me répondez pas ?

Kate lâcha monsieur Havkow pour prendre mademoiselle Bigels dans ses mains et entama une discussion avec.

— Alors, mademoiselle Bigels ? Ça ne vous suffit pas ? Non, je vous connais, il vous faut plus, toujours plus, plus de villes, plus de salons, plus de séances, plus de spectacles, plus, plus, plus, plus, plus, plus, plus !

Kate agitait violemment l'innocente poupée, mais Margaret l'arrêta en posant doucement sa main sur la sienne.

Elles échangèrent un regard, puis Margaret la prit dans ses bras. Kate abandonna finalement le jouet avant de s'effondrer en larmes au creux du cou de sa grande sœur.

Paralysée derrière la porte, Jenny avait l'impression d'avoir dérobé à ces femmes un instant d'intimité sororal. L'émotion fragile de deux sœurs s'étant fait voler leurs vies la submergeait comme si elle était l'une d'elles.

Et soudain, alors qu'elle se serait crue incapable de toute réflexion sensée tant elle était elle-même sur le point de céder aux larmes, toutes les pièces du puzzle s'imbriquèrent. Elle qui s'était sentie si seule tout au long de cette enquête eut l'impression qu'une force supérieure était apparue au centre de ses pensées et avait enfin décidé de lui souffler la solution à tous ses problèmes.

Écoutant cette petite voix au fond de son crâne, elle se résolut à toquer timidement à la porte des sœurs.

36

Fiche prospection : Jenny Marton, en vue de l'affaire des sœurs Fox

Rédigée par l'agent Hayley Gartz sur ordre de Robert Pinkerton

La première chose que l'on remarque lorsqu'on commence à s'intéresser à Jenny Marton, c'est sa passion absolue pour la magie. Non seulement y passe-t-elle chaque instant de son temps libre, mais en plus elle ne s'arrête de s'entraîner qu'à condition que son tour soit parfait. Croyez-moi, son perfectionnisme est à la limite de la maniaquerie.

Quiconque regarderait sa pancarte « Jenny la magnifique » pourrait songer qu'elle est faite à la va-vite. Les petites étoiles et les animaux peints paraîtront même, à première vue, d'un amateurisme affligeant. Mais il serait naïf de penser ainsi car le panneau symbolise une volonté d'indépendance assumée et mûrement réfléchie.

Pourtant, malgré ce fort désir d'émancipation, elle se réfère toujours à un carnet qu'elle transporte partout avec elle et qui n'est pas écrit de sa main. Je ne peux en savoir plus à ce sujet sans une enquête approfondie.

J'ai eu la chance de parler à une certaine Mme Deckers qui assiste à tous ses spectacles et qui

décrit Jenny comme « indomptable, pire qu'un chat sauvage ».

La seule personne que Jenny semble écouter est sa mère, Ellen Marton, mais elle non plus n'apparaît pas comme une personne influençable. Je me suis amusé à lui présenter une recette de poêlée de carottes en me faisant passer pour un sous-chef itinérant, mais au lieu de m'écouter, elle ne cessait de me parler de Jenny et de son spectacle.

Ainsi, M. Pinkerton, même si Jenny m'apparaît qualifiée pour cette mission (sa représentation étant d'une qualité remarquable pour un spectacle de rue), je vous déconseille fortement de la recruter. L'agence de votre père fonctionne avant tout grâce à la cohésion de ses membres or je ne vois pas Jenny intégrer une équipe. Si son indépendance et son esprit de rébellion sont certainement ses plus grandes forces, ils sont aussi ce qui l'empêchera d'assumer les responsabilités que nous pourrions lui donner. Comme vous le savez, une mission où un agent ne peut avoir entièrement confiance en ses collègues est vouée d'avance à l'échec.

Conclusion : Je pense qu'il serait inutile que vous la rencontriez. J'ai adjoint au dossier d'autres profils plus intéressants qui, eux, méritent que vous leur accordiez un entretien personnel.

Robert prit la feuille autrefois soigneusement rédigée par l'agent Gartz et l'enflamma sur sa petite bougie, avant de la jeter dans la corbeille à cendres de son bureau. Il regarda longuement le papier se consumer, mais ses pensées étaient ailleurs. Le cercle sombre tracé sur son tapis clair témoignait des heures passées à faire les cent pas. Peu importe combien il marchait, les réponses ne lui venaient plus. Il avait tout récapitulé sur son grand tableau, sachant qu'il ne trouverait pas le sommeil tant que la solution ne lui apparaîtrait pas. L'histoire de chacune des sœurs Fox, leur rôle, l'implication de Jenny, tout était soigneusement organisé à la craie blanche. Pourtant, il ne comprenait toujours pas comment Jenny avait fait le saut de Pinkerton au spiritisme.

Elle n'avait pas seulement abandonné sa cause, elle l'avait trahie. Il se sentait ridiculisé d'être allé la voir pour lui donner une autre chance, et essayait désespérément de se convaincre qu'elle ne méritait pas la sympathie qu'il avait développée pour elle. Gartz avait vu juste depuis le début, on ne pouvait en effet pas faire confiance à Jenny Marton.

Cependant, il ne pouvait nier qu'en entrant dans le mouvement elle avait réussi une infiltration plus performante que ce qui avait été fait jusqu'alors. Seulement voilà, Jenny cherchait l'indépendance financière, ce que le mouvement spirite n'aurait aucun mal à lui offrir contrairement à l'agence. Il avait espéré que sa curiosité et son goût pour l'honnêteté la pousseraient à rester de son côté. Désormais, il n'était plus sûr de rien.

Son gros téléphone vissé au mur sonna. Il hésita à répondre puis, après trois sonneries, décrocha finalement.

— Monsieur, énonça sa secrétaire de son habituelle voix nasillarde, votre frère essaie encore de vous joindre. Il répète que ce n'est pas facile d'obtenir un téléphone là où il est et qu'il aimerait vraiment que…

— Dites-lui que je n'ai pas le temps et qu'il s'est mis lui-même dans ce pétrin.

Glenda prit une profonde inspiration.

— Monsieur, je me dois vous rappeler que, depuis douze ans que je suis votre secrétaire et assistante, je ne vous ai jamais contredit une fois.

— Et c'est pour ça que vous avez toujours un emploi.

— Eh bien, sachez qu'aujourd'hui je suis prête à prendre le risque de le perdre. J'ai travaillé pour votre père avant vous. Il avait un proverbe pour l'agence, quelque chose dont il était très fier. Et je veux vous le rappeler, même si vous ne voulez pas l'entendre.

Robert se tut un instant, hésitant à raccrocher à la face de cette vieille bique.

— Allez-y.

— Il aurait dit…

Elle prit son courage à deux mains à l'autre bout du fil.

— Il aurait dit qu'on ne laisse jamais un agent dans la mouise, peu importe s'il a sauté à pieds joints dedans, dit-elle d'une traite, comme si elle se libérait enfin d'un poids qu'elle ne supportait plus.

Le patron réfléchit un instant, cherchant comment formuler au mieux sa réponse.

— Glenda, laissez-moi vous dire deux choses. La première, c'est que je ne suis pas mon père, et je ne l'ai jamais été. Cela a été mon erreur depuis le début de cette affaire ; je voulais faire les choses à sa façon, mais c'était stupide. Le

Guide Pinkerton n'est rien d'autre que des conseils écrits par des débutants, pas des règles à appliquer à la lettre. Je le sais, j'en ai rédigé une partie moi-même. Deuxièmement, William n'est plus l'un de mes agents. J'admire qu'il ne nous ait pas dénoncés, mais cela fait plusieurs semaines qu'il œuvre activement contre mon avancée sur l'enquête des sœurs Fox. Lui derrière les barreaux, je vais peut-être enfin pouvoir venir à bout de cette affaire et rendre à l'agence ses lettres de noblesse.

La secrétaire resta silencieuse un instant, Robert n'entendait plus que le grésillement du téléphone ponctué par la respiration angoissée de son employée.

— Mais, monsieur… William reste votre frère.

— Ne me dérangez plus.

Il raccrocha le combiné et se tourna de nouveau vers son tableau, essayant de chasser de ses pensées l'image de William la corde au cou. Malgré leurs conflits incessants, Robert se souvenait avec nostalgie de l'époque où ils s'aidaient mutuellement à devenir meilleurs. William avait quelque chose de fougueux en lui. Partout où il passait, il faisait l'effet d'une tornade, ne laissant personne indifférent. Malgré son tempérament violent et impulsif, il avait un sens de l'observation aiguisé et un réel talent de traqueur. Mais depuis l'attaque de Hydesville, il se pensait intouchable, et c'est ce qui l'avait perdu. Cette victoire insignifiante lui avait fait l'effet d'une pipe d'opium; elle avait marqué la prise de pouvoir de son orgueil sur sa raison. Puis, utilisant habilement cette tare, Leah Fox n'avait eu qu'à lui tendre un juteux hameçon pour qu'il se jette dessus sans réfléchir, le menant à sa perte.

Le tableau se brouillait sous les yeux du détective. Il ne lui restait plus aucun allié. Mais il savait que s'il ne parvenait pas à résoudre l'affaire rapidement, le fruit d'années de travail de surveillance s'envolerait en quelques jours et il pourrait dire adieu à l'énorme somme d'argent promise par les autorités religieuses.

Une lettre fut glissée sous sa porte. Il reconnut le rythme des petits pas de Glenda s'éloignant dans le couloir et se leva avec la ferme intention de la lui renvoyer d'un coup de pied rageur. Au moment où son soulier allait s'abattre, il reconnut cette écriture féminine si familière qu'il avait lue sur tant de rapports. Il stoppa net son mouvement pour se pencher et saisir l'enveloppe.

Elle lui était adressée personnellement, alors que la quasi-totalité du courrier qui arrivait chez Pinkerton était destinée à l'agence. Il retourna la lettre pour voir qui en était l'auteur.

Hazel Bowell. Il ne put s'empêcher d'avoir un sourire amusé et l'ouvrit.

« Mon cher Robert,

Comme vous le savez certainement, votre frère a essayé de m'immoler. C'est vraiment une mauvaise manie chez lui de vouloir brûler tous les gens avec qui il n'est pas d'accord. Je pense qu'il lui manque quelques bases en termes de communication, mais sachez que j'ai l'intention de l'aider à s'améliorer.

Quant à moi, je n'ai pas suspendu mon enquête simplement parce que j'ai quitté l'agence. À vrai dire, vous serez heureux d'apprendre que j'ai élucidé le secret des sœurs Fox. C'était si simple que j'ai du mal à croire que nous ne l'ayons pas trouvé plus tôt. Je pourrais vous le révéler dans ces mots, mais que voulez-vous, j'ai toujours eu le sens du spectacle et je tiens à vous l'expliquer là où la magie prend vie. J'ai repris du service pour les sœurs et ai mon propre salon privé, situé à l'angle de la vingt-huitième et de Madison Avenue. Rejoignez-moi là-bas cet après-midi à dix-huit heures pour enfin venir à bout de cette enquête.

Quelqu'un vous demandera de décliner votre identité à l'entrée : vous serez Guile Halner, un attaché de congrès texan

en visite à New York pour un traité inter-États. Votre mère étant terriblement souffrante, vous souhaitez demander conseil à votre père, décédé il y a quelques années d'un accident de chasse.
Vous n'aurez pas besoin de plus.

P.-S. : Même si je ne fais plus partie de Pinkerton, ma récompense tient toujours, n'est-ce pas ? »

À peine eut-il achevé la lecture que Robert se rendait au département de costumes de l'agence, qui possédait des informations vestimentaires sur toutes les régions et cultures du monde. Il les vérifia : le Texan « moyen » portait forcément un grand chapeau, aimait une moustache bien garnie mais des joues impeccablement rasées et chaussait systématiquement de hautes bottes remontant haut sur le tibia. Le reste de ses vêtements servaient à décrire sa classe sociale. Pour un représentant du gouvernement, une cravate fine avec lacet, un veston et une chemise étaient donc de rigueur.

Une fois savamment accoutré, Robert attendit impatiemment l'heure du rendez-vous en continuant de malmener son tapis. Il se prit même à se ronger les ongles, chose inhabituelle chez lui.

L'adresse indiquée l'amena devant une ancienne quincaillerie. Sur la devanture, on pouvait encore lire : « Matériel, Peintures, Huiles et Pinceaux de toutes sortes à bas prix ». Un autre panneau indiquait : « Soldes sur les outils ! » Malgré ces alléchantes promesses, le magasin avait été vidé de toute sa marchandise. Il ne restait que les bacs d'étalage, comme si l'établissement avait été évacué à la va-vite. Le détective essaya de jeter un coup d'œil à l'intérieur, mais il ne put rien distinguer d'autre que l'habituel rideau sombre du mouvement spirite qui maintenait la salle dans l'obscurité. Voici où en était arrivée l'économie new-yorkaise, songea-t-il avec aigreur : une honnête droguerie devait laisser place à des diseuses de bonne aventure. Il avait hâte que tout cela finisse enfin.

Devant l'entrée du magasin se tenaient deux hommes aux gabarits impressionnants, lui rappelant les ouvriers qui travaillaient sur les docks et qui pouvaient porter sans sourciller cinquante kilos à bout de bras sur deux cents mètres. Le même type de gaillards que les banques ou bijoutiers engageaient pour défendre des marchandises de valeur, de vrais travailleurs polyvalents. Robert devait reconnaître une chose à Leah, elle savait s'entourer.

— C'est pour quoi ? demanda l'un des costauds.

— Je suis Guile Halner, on m'a dit…

Avant même qu'il achève sa phrase, le géant avait hoché la tête, signe que Robert interpréta comme une invitation à entrer.

Il passa de l'autre côté de la porte en verre, sur laquelle l'inscription « Quincaillerie Okler » n'avait pas encore été complètement effacée. Un son de clochette accompagna son entrée. Il voulut appeler Jenny mais se ravisa, cette dernière ayant probablement choisi un alias pour son infiltration dans le mouvement.

— Je viens pour la séance de dix-huit heures ? lança-t-il dans la pénombre ambiante.

— Je crois que c'est bien ici, lui répondit une voix masculine au niveau de la table.

Robert s'approcha, remarquant l'absence totale des décorations habituelles des salons de médium : pas de miroir, pas de jeu de cartes ou même de nappe. La pièce semblait presque vierge. En s'approchant, il reconnut enfin l'homme assis, les pieds croisés sur une table entourée de trois chaises vides.

— William ?

— Il faut croire que ma légende me précède.

Son frère était habillé d'un uniforme de prisonnier, veston et pantalon à bandes horizontales jaunes et noires qui donnaient la curieuse impression de vêtements sans séparation entre le haut et le bas. Inexplicablement, il portait toujours son éternel chapeau de cow-boy, qu'il releva pour observer celui de son interlocuteur.

— Ça te va vraiment bien les hauts-de-forme, ça doit être un truc de famille. T'as songé à en porter plus souvent ?

À bien y regarder, Robert s'aperçut que son frère avait le visage tuméfié, son œil gauche était si enflé qu'on apercevait juste une fente au milieu d'un hématome violacé.

— Ils t'ont bien traité en prison ?

— Figure-toi que j'ai croisé pas mal de types qu'on a arrêtés, et qu'ils ont tenu à me faire savoir qu'ils n'avaient plus aucune rancune à mon égard, dit-il dans un sourire auquel manquait une incisive supérieure.

Robert prit une chaise vide et s'installa face à William. Il sortit de sa poche une cigarette, qu'il alluma puis déposa entre les lèvres gonflées de son frère.

— C'est Jenny qui t'a amené ici ? demanda-t-il, tout en rangeant les allumettes dans sa poche.

William avala une grande bouffée de tabac et, de sa main aux phalanges encore brisées, attrapa en tremblant la cigarette, se concentrant pour ne pas la faire tomber.

— Non, apparemment ce sont les sœurs Fox. Elles ont accepté de ne pas porter plainte à condition que je vienne ici… et que je me tienne correctement, cela va de soi. Elles ont quand même mis deux gars à l'entrée pour vérifier que je ne devienne pas violent. Moi, violent ? dit-il, se pointant lui-même du doigt de son autre main, tout aussi brisée que la première. De toute façon, dans mon état je me ferais martyriser par une fillette de douze ans.

— Je vois.

L'aîné ne savait que dire. Voilà longtemps que tous deux ne s'étaient pas parlé calmement. Jusque-là, leurs échanges s'étaient résumés à déterminer qui était le plus malin, qui gérait le mieux la société paternelle, qui était le meilleur détective, rivalité lointaine dont aucun ne voulait enterrer la hache de guerre. Et si leur compétition conflictuelle n'arrivait pas à se régler avec les mots, elle se finissait généralement avec les mains.

— William, je suis désolé de pas t'avoir répondu alors que…

— C'est rien, on est des Pinkerton après tout. Se mettre dans la merde, j'ai envie de dire que c'est notre métier. Si on voulait être tranquilles, ça fait longtemps qu'on serait devenus de simples policiers.

— T'as trouvé quelque chose sur les sœurs ?

— Rien, mais je peux te dire que toutes les autres médiums que j'ai vues utilisaient de vulgaires trucages comme des tables à levier ou des cartes modifiées. Mais elles me juraient qu'elles parlaient quand même vraiment aux morts, qu'elles les voyaient malgré tout, que la table et les cartes, c'était juste pour le spectacle… Je crois que j'étais vraiment pas loin du but, Bob, on m'aurait laissé quelques minutes avec les sœurs Fox et…

Il n'acheva pas sa phrase, incapable d'imaginer ce qu'il en découlerait, et écrasa son mégot sur la table tout en laissant échapper une dernière volute de fumée.

— Je ne sais pas Will, peut-être que depuis le début on ne fait que s'en éloigner.

Depuis qu'il était entré dans la quincaillerie, et même s'il n'en disait mot, Robert cherchait un sens à cette réunion fraternelle forcée. Si William se trouvait ici grâce aux sœurs Fox et lui grâce à une lettre de Jenny, c'est que ces femmes travaillaient de pair. Ce qui signifiait que, en plus d'être passée dans le camp ennemi, Jenny jouait l'agent double. Cette perspective lui était la plus douloureuse.

Du fond de la salle, les deux frères entendirent le grincement d'une poignée. Cela attira leur attention car, à cet endroit, ils ne distinguaient qu'un mur drapé d'un rideau. Pourtant, dans le mur apparut une porte qui s'ouvrit vers eux. L'obscurité cachait les silhouettes qui se trouvaient de l'autre côté, mais Robert parvint à distinguer deux femmes. William peina à se retourner.

— Qui va là ? demanda le cadet.

Les formes avancèrent jusqu'à la lumière, où les Pinkerton purent enfin les voir clairement. Margaret Fox portait un châle noir épais, si ample qu'on aurait pu croire que sa tête coiffée d'un impeccable chignon flottait dans la pénombre, si ce n'était pour la collerette blanche qui dépassait du tissu. Plus elle s'avançait et plus les reflets des lampes à pétrole donnaient de la consistance à sa carrure menue, comme si elle s'incarnait peu à peu dans ce monde. Derrière elle, Kate, aux nattes si longues qu'elles descendaient sous sa poitrine, était aussi vêtue d'un châle, le sien ouvert et laissant voir une robe-corset couleur chair.

Robert était abasourdi. Réussir à rencontrer l'une des sœurs Fox n'était déjà pas une mince affaire, mais en avoir deux devant soi avait quelque chose de mystique. William s'esclaffa, d'un rire sonore qu'il appuyait avec malignité, allant même jusqu'à taper sur la table malgré sa douleur. Les sœurs demeurèrent impassibles.

— Hmm, je… je suis un peu confus, pouvez-vous m'expliquer ce qu'il se passe ? demanda Robert.

— C'est simple, dit Margaret, nous avons une amie commune qui pense qu'une séance de spiritisme vous ferait le plus grand bien.

Kate s'approcha de William qui se tut aussitôt, traumatisé par le souvenir qu'elle lui avait laissé dans la cuisse.

— Et si tu t'avises de faire quoi que ce soit que je trouve louche, sache que deux types à l'extérieur n'attendent qu'un cri de notre part pour te jeter dans la rivière Hudson, ficelé comme un rôti.

Il perdit son air narquois.

— Ou… Oui m'dame.

Robert reconnut à peine son frère dans cette attitude de soumission, mais il dut admettre que Kate, qu'il voyait pour la première fois, faisait preuve d'un charisme impressionnant.

Il choisit donc de converser avec Margaret, qui semblait plus facile à aborder.

— Madame Fox, je suis un peu confus. À vrai dire, je venais ici pour… parler à mon père. Je m'y suis longtemps refusé, ayant toujours eu du mal avec le spiritisme et étant plutôt du genre terre à terre. Mais ma mère étant terriblement souffrante, j'étais prêt à tout pour l'aider. Pourtant, en arrivant ici plein d'espoir, voilà que je tombe sur cet étrange homme qui m'a l'air tout droit échappé de prison… Me suis-je trompé d'heure et d'endroit ?

— C'est Mme Kane, précisa-t-elle. Vous êtes Robert, n'est-ce pas ? C'est donc vous qui avez créé Hazel Bowell ?

Robert blêmit. Au fond de lui, il avait espéré que Jenny ne l'aurait pas trahi, mais voilà que ses suspicions étaient avérées.

— Enlevez votre déguisement, monsieur Pinkerton. Les esprits sont comme les vivants, ils ne supportent pas les mensonges.

Toujours muet, William jeta un regard moquant la tentative désespérée de son aîné.

Kate s'installa sur l'une des chaises vacantes pendant que Margaret se positionna au centre de la pièce.

— Mettons tout de suite les choses au clair, messieurs : nous savons tout de vous. Pas parce qu'un esprit nous l'a murmuré mais parce que, dès que William s'est fait arrêter, notre service interne a lancé une enquête vous concernant. Comme vous êtes des personnages publics, déterminer qui vous êtes n'a pas pris beaucoup de temps. Les fameux frères Pinkerton, donc.

William applaudit lentement de manière ironique jusqu'à ce qu'un regard noir de Kate l'arrête net.

— Il nous manquait juste un élément. Qu'est-ce que vous nous vouliez ? Élucider, comme tous les journaux d'Amérique, le fameux secret des sœurs Fox ? Quarante ans que ça dure, messieurs, alors pourquoi maintenant ? Et c'est Jenny qui nous a donné la réponse. Elle nous a expliqué qu'en plus de l'énorme récompense pour notre secret, nous étions au cœur d'une compétition fraternelle qui déterminerait le futur de votre agence.

Margaret jeta un regard vers William.

— Tous ces incendies pour un poste de directeur, c'est un peu puéril, non ?

William détourna les yeux, honteux.

— Vous savez ce qui m'étonne le plus, messieurs ? C'est que la personne la plus importante dans cette affaire d'héritage n'ait jamais eu son mot à dire.

— Jenny vient tout juste d'arriver dans l'agence, et William ne l'écoutera jamais, s'exclama Robert en se levant.

— Tais-toi, répondit sèchement Kate, pourquoi crois-tu pouvoir deviner à l'avance ce que l'on va dire ? Tu es médium, toi aussi ? Non, alors écoute un peu. Et assieds-toi.

Robert obtempéra sagement.

— Merci Kate. Ce n'était pas à Jenny que je pensais. Car après tout, vous n'avez pas besoin de nous pour lui parler. Non, messieurs, je pensais à l'homme qui a fondé l'agence et qui l'a menée à la prospérité. Je parle évidemment d'Allan Pinkerton.

— Hmm hmm, dit William. Et vous feriez comment pour l'amener jusqu'à nous ?

Margaret s'assit à la table près de sa sœur et saisit le poignet sans plaie de William.

— Vous n'avez qu'à prendre nos mains, et ensemble nous pourrons l'appeler pour lui demander son avis.

Robert contemplait la main tendue de Kate, qui attendait sa propre paume. Son corps était paralysé. S'il la prenait, s'il se laissait aller à ce rituel, alors il admettrait son propre échec.

— Vous réfléchissez trop, Robert, lui dit Kate. Laissez la vie vous surprendre. Et si vous ne me faites pas confiance, croyez au moins en Jenny.

Le détective hésita, puis déposa finalement sa main dans celle de la spirite, fermant les yeux afin de ne pas être témoin de son action. Il tendit son autre main vers William, mais ce dernier ne la prit pas. Robert ouvrit les yeux et vit son cadet le regarder avec dégoût. Le cow-boy se dégagea de l'emprise de Margaret et se dirigea en boitant vers la porte que les sœurs avaient utilisée pour entrer.

— Will, qu'est-ce que tu fais ?

— Je m'en vais. M'étonnerait qu'ils aient mis des gardes à l'arrière.

Il claudiqua vers le mur et chercha désespérément la poignée cachée. En vain.

— Cette porte ne s'ouvre que d'un seul côté, asséna Kate.

La phrase ne l'arrêta pas et il continua de tâtonner de sa main blessée, à la recherche d'un creux ou d'une ouverture, mais ne trouva rien qui laissait passer plus que le bout de ses ongles.

— William…

— Taisez-vous !

Son attention se porta sur l'entrée principale où les deux gardes faisaient toujours le guet. Il évalua rapidement ses chances de réussir à sortir : s'il avait l'avantage de la surprise, toute erreur lui serait probablement fatale ou, du moins, extrêmement douloureuse et handicapante.

— Will, ne fais pas quelque chose que tu vas regretter ensuite, dit Robert en voyant l'état agité de son frère.

— Je devrais te dire la même chose, répliqua-t-il sans le regarder.

Les sœurs scrutèrent l'aîné d'un air interrogateur, qui leur indiqua d'un geste de ne pas réagir.

— Écoute, ça fait combien de temps qu'on est sur ce cas et qu'on patauge sans avancer ? Hmm ? Je veux dire, mince, qu'est-ce que t'as actuellement comme preuve que ces femmes ne sont pas ce qu'elles prétendent être ?

William serra le poing.

— Je… Je le sais, c'est tout.

Il se tourna enfin vers son grand frère.

— Oh et puis merde, viens pas me faire la morale. Depuis

quand l'agence Pinkerton ne cherche-t-elle pas qu'à confirmer ses propres suppositions, hein ? Combien de rapports as-tu brûlés parce qu'ils te donnaient tort ? Me la fais pas à moi, Robert, notre mission, c'était pas…

Il pointa la table où Robert tenait encore la main de Kate.

— … ça.

— Et si ça l'était ? Et si…

Il inspira.

— Et si le temps était venu de repenser cette agence ? Papa l'a créée il y a quarante ans, et le monde a changé depuis. Mais nous… nous, on est restés coincés dans l'ancien temps. On interroge à la dure, on cache les preuves qui ne nous conviennent pas et on met la récompense au-dessus de tout. On cherche juste à se donner raison au lieu de se demander si, peut-être, on peut apprendre quelque chose de nouveau.

William jeta un nouveau coup d'œil aux deux types à l'extérieur, qui semblaient s'ennuyer ferme. Ses yeux faisaient des allers-retours incessants entre la table et l'entrée.

— Qu'avez-vous à y perdre, monsieur Pinkerton ? demanda doucement Margaret. Au pire, vous restez sur vos idées, vous vous dites que vous vous êtes fait arnaquer et vous repartez. Mais laissez-nous au moins vous présenter nos arguments.

— Comment ?

— Il suffit que vous preniez ma main et celle de votre frère.

William était paralysé, son corps lui criait de s'écrouler sur cette chaise vacante afin que ses jambes meurtries n'aient plus à supporter son poids. Il regarda Kate, la principale responsable de son physique décadent.

— Asseyez-vous, on sait bien que, tout ça, c'est que de la comédie. N'importe qui peut voir que vous n'attendez qu'une chose, c'est que votre père vous dise qu'il est fier de ce que vous êtes devenu. Alors asseyez-vous et demandez-lui son avis.

William ne bougeait toujours pas, mais le tremblement de sa lèvre inférieure trahissait le tumulte de ses émotions.

— Assis, répéta-t-elle fermement.

Et finalement, il capitula, s'asseyant enfin et prenant les mains de son frère et de Margaret, qui contemplait, impressionnée, cet aspect de sa petite sœur qu'elle ne connaissait pas.

— Nous voilà réunis, commença Margaret, afin de convoquer l'esprit d'Allan Pinkerton, père de Robert et William Pinkerton, présents dans ce cercle. Je leur demanderai de respecter l'esprit aussi bien que les médiums présentes. Vous ne parlerez que si je vous y convie et ne retirerez pas vos mains sans que je vous aie indiqué de le faire. Est-ce clair ?

Les frères approuvèrent, intimidés.

— Bien. Je demande maintenant à tous de fermer les yeux.

Les sœurs s'exécutèrent, suivies de Robert puis de William.

— Je vais vous demander de penser à Allan. Il me faut une image précise que vous puissiez visualiser tous les deux. Est-ce que vous en avez une ?

Robert réfléchit un instant.

— Will, tu... tu te souviens de l'inauguration des bureaux de New York ?

— Quand on était avec maman et qu'un des chevaux du cocher refusait d'avancer ?

— Oui, oui, exactement ! On avait pris une photo, celle que j'ai dans ma montre à gousset. Tu vois de laquelle je parle ? Papa s'était laissé pousser la moustache, décrivit-il avec une excitation juvénile.

— Oui, je m'en souviens, il arrêtait pas de dire que ça lui chatouillait les narines et qu'il se la couperait dès qu'on serait de retour à la maison.

Robert aurait voulu ouvrir les yeux pour voir son frère. Depuis combien de temps ne lui avait-il pas serré la main, ou même dit bonjour ? Ces dernières années sans leur père n'avaient été qu'une suite de disputes sans fin.

— Bien, dit Margaret. Monsieur Allan Pinkerton, vos enfants requièrent votre présence. Veuillez vous manifester.

Le silence était total. Robert n'entendait même pas les rues bruyantes de New York à la sortie des usines, comme s'ils étaient plongés dans un autre monde où le reste de la ville n'existait plus.

Deux tocs résonnèrent dans la salle. Le détective sentit son cadet resserrer l'étreinte, malgré ses blessures.

— Monsieur Pinkerton, il semble que vos fils ne savent que faire de l'héritage que vous leur avez laissé. Ainsi, il m'incombe de vous demander les méthodes duquel vous préférez. Répondez par un coup pour William, deux coups pour Robert.

Le silence se fit de nouveau. Pour les frères, les secondes semblaient s'allonger éternellement. Un toc retentit. William serrait la main de son aîné si fort que cela en devenait douloureux pour lui.

Un autre toc. Robert envisagea enfin possible que, durant toutes ces années, son père l'ait réellement regardé, ait épié chacun de ses gestes, chacune de ses arrestations, chacun des cas qu'il avait résolus. Cette pensée ne fit que le rendre plus confus. Et, finalement, un troisième toc se fit entendre.

— Hmm, il semble que l'esprit ne soit pas satisfait de la question. Est-ce qu'il aurait besoin de nous transmettre sa réponse de façon plus élaborée ?

Plusieurs tocs se mirent à résonner partout dans la pièce, impossibles à localiser.

— L'esprit serait-il satisfait si nous le laissions parler à travers l'une de nous ?

Trois tocs.

— C'est entendu. Je vais demander aux vivants d'ouvrir les yeux, de poser leurs mains sur la table et de laisser un peu de temps à ma sœur pour se préparer.

— Attendez, qu'est-ce qu'il se passe ? interrogea William en ouvrant les paupières.

— Kate va se laisser posséder par l'esprit de votre père afin qu'il puisse vous parler directement.

Robert posa ses mains à plat sur la table.

— En utilisant l'écriture inversée ? questionna-t-il, se rappelant des rapports de Jenny.

— Non, dit Kate.

Elle déplaça sa chaise pour se mettre à l'écart et ferma les yeux.

— Esprit d'Allan Pinkerton, j'aimerais te laisser mon corps afin que tu puisses communiquer avec tes fils. Dès à présent, je t'autorise à y entrer librement afin de faire usage de ma parole. Confirme-moi que ces termes te conviennent.

Trois tocs. La médium hocha la tête, un peu nerveuse.

— Tu te sens prête à faire ça ? s'inquiéta Margaret.

— Oui, ce n'est qu'une question, ça devrait aller.

Margaret se tourna vers les frères Pinkerton tandis que Kate entrait en transe.

— Bien, vous allez avoir la réponse à votre question, mais tâchez d'écouter. Il ne parlera qu'une fois. Surtout, n'interrompez pas l'esprit. C'est un état très difficile à atteindre et qui consomme beaucoup d'énergie.

Kate s'agitait maintenant sur sa chaise, prise de soubresauts violents. Les deux frères acquiescèrent tout en faisant attention à ne pas décoller leurs mains de la table.

Après quelques instants en suspens, la médium s'apaisa et ouvrit les yeux, dévisageant William puis Robert.

— Mes enfants, comme il est bon de vous revoir, dit-elle sereinement.

Robert n'aurait su dire pourquoi, mais il aurait juré que la forme du visage de la médium avait changé, était devenue plus ronde, ses fossettes plus proéminentes, et que ses joues avaient pris une teinte rosée.

— Je n'ai que peu de temps selon cette demoiselle, alors permettez-moi d'être bref. Je suis fier de ce que chacun de vous est devenu. Vous avez chacun à votre manière tracé un sillon pour Pinkerton. Même si vos succès ne sont pas relayés par les journaux, sachez que depuis là-haut, je les vois. Et pourtant…

Ses yeux grands ouverts étaient remplis de bienveillance.

— Pourtant… Même un aveugle verrait que vous ne pouvez pas travailler ensemble. Vous êtes les deux côtés de la pièce que je suis…

La médium fixa William.

— Pile, qui a commencé à ses enquêtes dans l'Amérique sauvage et…

Elle se tourna vers Robert.

— Face, qui s'est plié et adapté à la bureaucratie new-yorkaise et à ses règles impitoyables.

— Alors, quelle est la bonne façon de diriger l'agence ? demanda le cow-boy.

Margaret lui jeta un regard noir que l'homme ignora, absorbé par Kate.

— Hmm, je vois que tu n'en fais toujours qu'à ta tête, Will. La solution est pourtant simple, aucun de vous deux ne devrait être en charge de l'agence entière, répondit-elle affectueusement.

Cette fois-ci, ce fut Robert qui ne parvint pas à se retenir.

— Comment ça ? Mais… enfin, tu venais de dire que l'on enchaînait les succès. Explique-toi !

Le détective se surprit, il avait l'impression de redevenir l'adolescent qui faisait des rapports de mission à son père.

— Ma solution est simple… divisez les activités de l'agence. Mettez William en charge de l'Ouest sauvage où règne la loi du plus fort, et toi, Robert, prends New York et la côte est. Ton talent humain est ce dont cette ville a besoin.

L'aîné avait du mal à croire ce qu'il venait d'entendre. Il n'aurait jamais imaginé que son père puisse valider les méthodes barbares de son petit frère.

— Et les sœurs Fox ? demanda William. Qu'est-ce qu'on doit faire vis-à-vis de cette affaire ?

Elle tourna doucement sa tête.

— Ne reproduisez pas les erreurs que j'ai commises. Arrêtez de vous braquer sur votre première opinion et ouvrez les yeux sur ce que le monde ne cesse de vous dire.

Une fois la phrase transmise, Kate ferma ses paupières et sembla plonger dans un profond sommeil.

— Attends, cria Robert, juste une question de plus, s'il te plaît !

Margaret le regarda et lui fit non de la tête. De son côté, Kate s'éveillait doucement, le visage empreint de fatigue.

— Maggie, rentrons, je suis fatiguée.

Margaret hocha la tête.

— Merci, esprit, de t'être joint à nous et d'avoir éclairé les doutes qui empoisonnaient nos vies. Tu peux maintenant partir en paix, tout en sachant que tu as transmis ton message aux vivants.

Robert observa Kate avec attention. Son visage était redevenu comme avant, long et fin. Elle semblait si faible qu'on aurait dit qu'elle était à jeun depuis deux jours. Sa sœur l'aida à se lever et à marcher.

— Au revoir, messieurs, annonça Margaret.

— Attendez, demanda William. Qu'est-ce que je vais devenir ? Je veux dire par rapport à la prison, aux incendies…

— Qu'avez-vous pensé de ce que vous a dit votre père ?

William se tut et échangea un regard avec Robert, qui prit la parole.

— En quoi cela le concerne-t-il ?

— Si votre frère se retire dans le Midwest et qu'il jure solennellement de ne plus agresser les médiums, nous serions prêtes à retirer les charges qui pèsent sur lui.

William réfléchit un instant.

— Bob, est-ce que… Qu'est-ce que tu penses de la proposition de papa ?

Le détective fut choqué de voir que William considérait les mots de Kate comme ceux de leur père.

— Du moment que tu m'envoies une copie des rapports et que tu limites tes bavures, je pense que ça m'irait. Mais sache que si tu dépassais les bornes, je viendrais te chasser moi-même.

William fut, pour la première fois depuis bien longtemps, intimidé par son grand frère. Il acquiesça, avant qu'un dernier sursaut d'orgueil lui fasse lancer :

— On n'a plus peur de passer à l'action, hein ? Il faut croire que j'ai eu une bonne influence sur toi.

Alors il tendit le bras vers les sœurs afin de sceller le pacte d'une poignée de main.

— Serrez juste pas trop fort s'il vous plaît, j'ai encore mal.

Kate se libéra de sa sœur et alla conclure l'accord. Robert appréhendait un geste imprévu voire violent de William, comme ce dernier en avait le secret, mais il n'en fut rien. Les anciens adversaires échangèrent même un sourire.

Cela fait, la médium revint vers Maggie en titubant. Elles repartirent vers le fond de la salle.

— Une dernière question, demanda Robert : Jenny, elle a abandonné l'idée de découvrir votre secret ?

Les Fox ne répondirent rien. Elles donnèrent deux coups secs sur le mur et une porte s'ouvrit, laissant apercevoir la magicienne qui attendait derrière. Kate quitta les bras de sa sœur pour les siens.

— Bien au contraire, répondit Jenny, je l'ai trouvé.

Margaret ferma la porte avant que Robert puisse répondre, le laissant sonné dans la pénombre de la salle.

— On n'a jamais eu aucune chance face à elles, hein ? ricana William.

Le frère aîné regardait fixement l'emplacement de la porte, se jurant que la femme de l'autre côté lui avait adressé un sourire.

— Je crois qu'on n'a jamais joué dans la même cour.

37

Les Chemins de l'Illusion par Gustave Marton

La révélation

Si vous rencontrez suffisamment de succès dans l'illusionnisme, vous pourrez, comme moi, l'enseigner à votre tour. Ainsi, je me dois de vous prévenir que vous serez étonné de l'effet que peuvent produire de telles leçons.

J'ai distingué trois types d'élèves par rapport à leurs réactions suivant la révélation du secret d'un tour :

— Le premier a réfléchi au tour par lui-même au préalable. Il l'a analysé, examiné, et commence à se faire une idée du truc. Il lui manque juste les détails techniques, mais son esprit logique et entraîné a déjà effectué le plus dur du travail. La révélation des spécificités qui lui manquaient provoque chez lui un émerveillement, comme si l'on changeait un rouage grippé de l'horloge de son cerveau. Tout se met en marche et ses yeux brillent d'un éclat nouveau ; il a hâte de pouvoir pratiquer et, à son tour, maîtriser le surnaturel.

— Le deuxième a lui aussi réfléchi au tour, mais a rapidement été bloqué à cause d'un manque de patience, d'observation ou bien simplement de connaissance de l'illusionnisme. Il aime le tour mais s'en veut de n'avoir aucune idée du secret. Au moment où vous le lui révélez, il est simplement déçu de n'y avoir pensé lui-même, et ira même jusqu'à

s'énerver contre sa propre personne en jurant qu'on ne l'y reprendra plus. Ce type d'élève n'aime généralement pas l'art de la magie mais plutôt celui de la science. Il suit vos cours afin de pouvoir répéter à qui veut l'entendre que, dans son infinie sagesse, il a percé le mystère de vos pouvoirs.

— Enfin, le dernier, et certainement le pire, est l'élève qui ne croit pas à vos explications. Il n'a pas réfléchi au tour, car pour lui, il n'y a pas matière à réflexion. Le tour est l'œuvre d'une force supérieure dont vous empruntez les capacités afin d'impressionner les foules. Cet élève n'écoutera même pas ce que vous avez à dire, pensant que vous essayez simplement de masquer le lien que vous avez avec les forces occultes. Il cherche à percer un mystère qui n'existe pas, au nom d'une croyance sur laquelle il a ancré sa vie.

Il paraît évident que cet ouvrage s'adresse en priorité aux élèves de la première catégorie. J'ai l'espoir qu'il pourra changer la mentalité de certains de la deuxième, et leur donner le goût de pratiquer l'illusionnisme par eux-mêmes au lieu de simplement y voir un guide pour en repérer les tricheries.

Quant à ceux de la troisième catégorie, bien que je doute qu'un exemplaire de ce livre puisse arriver entre leurs mains, j'ai un message pour vous :

Les forces occultes que vous admirez tant vous ont toujours été accessibles. Elles s'appellent discipline, méthode et pratique, et elles attendent avec impatience de vous rencontrer.

New York bourdonnait et frémissait d'agitation, exactement comme Jenny l'avait anticipé. Rarement avait-elle vu autant de vendeurs de journaux dans les rues, leur stock de quotidiens presque vide n'empêchant pas les jeunes commerçants de hurler :

— Les sœurs Fox lèvent le voile, prenez l'*Herald* pour tout savoir !

— Les sœurs Fox annoncent la fin du spiritisme, ne restez pas sur la touche, lisez le *Morning Journal* !

— La fin du mouvement qui a choqué l'Amérique, achetez le *Tribune* !

La magicienne n'avait besoin d'aucune revue de presse pour savoir ce qu'il se tramait, puisqu'elle en avait été à l'origine. Il avait suffi d'une rencontre entre les cadettes et Frank Coblid, le journaliste qu'elle avait rencontré après sa première séance, pour que le feu prenne.

Pourtant, dans l'interview accordée, Margaret et Kate n'avaient rien révélé. Elles avaient simplement clamé que le spiritisme était une farce qui avait trop duré, et qu'elles comptaient révéler elles-mêmes au monde comment tout cela s'était mis en place. Frank avait voulu en savoir plus, mais elles l'avaient simplement convié, lui, comme les lecteurs du *Herald*, à la représentation publique qu'elles donneraient à l'académie de musique de la ville.

C'était d'ailleurs en ce lieu que Jenny se rendait. Devant l'énorme bâtisse aux murs ocre et aux fenêtres en forme d'arches, une foule attendait déjà, chacun avec son journal à la main. La salle, habituée aux murmures des mélomanes, bruissait aujourd'hui du froissement du papier et des exclamations étouffées des fidèles, badauds, et de toute une population qui s'improvisait enquêteur et juge l'espace d'un soir. Certains avaient du mal à croire que les sœurs Fox se dénonceraient d'elles-mêmes, d'autres rétorquaient qu'il s'agissait d'un coup de publicité initié soit par le mouvement pour ranimer la flamme et vendre des places, soit par la presse pour écouler plus encore de gazettes. Rumeurs et théories allaient bon train, alors que les calèches, fiacres et voitures n'en finissaient pas de s'aligner dans la rue et de déverser les curieux, avides de connaître le mot final d'une histoire commencée il y avait de cela quarante ans.

Jenny se rendit discrètement sur le côté du bâtiment et prit un petit escalier souterrain qui l'amena à l'entrée des artistes. Elle tapa sur un heurtoir de fer forgé en forme de lyre et un homme âgé lui ouvrit.

— Votre nom ?

— Jenny… Marton.

L'homme ouvrit la porte sans même vérifier la liste.

— Entrez mademoiselle, vous étiez fortement attendue, d'après ce que l'on m'a dit.

Elle sourit à l'homme et se hâta, tenant sa robe à froufrous afin qu'elle ne traîne pas au sol. Après avoir traversé un couloir décoré d'affiches de différents orchestres venus jouer à l'académie cette année, elle déboucha dans les coulisses. Puis atteignit la loge des artistes, petite salle sobre avec un miroir, deux lampes à huile, une myriade de costumes multicolores accrochés à des cintres sur un porte-habits et, au milieu de tout ça, assises sur un petit banc en bois, les vedettes du soir : les cadettes Fox.

Margaret et Kate tenaient chacune dans leurs mains une bouteille de vin rouge, qu'elles buvaient d'un air mélancolique.

Au sol, Jenny aperçut un panier en osier contenant des pommes, des oranges, du raisin, et même un ananas. À l'anse était noué un petit carton.

— Compliments du directeur de l'académie, dit Margaret en levant sa bouteille.

Le regard de Kate s'éclaira à la vue de la magicienne. Elle posa sa propre bouteille et prit Jenny dans ses bras sans retenue. Puis elle la lâcha et aplatit sa robe.

— Des nouvelles des Pinkerton ?

— William est parti de New York comme convenu. Quant à Robert, je n'ai encore rien reçu de sa part.

Margaret se joignit à la conversation.

— Vous croyez qu'ils seront fâchés quand…

Jenny secoua la tête.

— Je crois qu'ils ont compris que ce secret sera toujours le vôtre.

Depuis les coulisses, le bourdonnement de la foule remplissant la salle principale commença à se faire entendre, mélange de grincements de chaises en bois et de murmures incompréhensibles qui ne cessaient d'enfler. Kate se rassit, chancelante.

— Je… je sais pas si je peux le faire. Normalement… enfin quand il y a tant de monde c'est Leah qui parle. Pas nous. On pourrait dire des… bêtises.

Jenny se rapprocha et posa sa main sur l'épaule de Kate.

— Vous entendez tous ces gens ? Ils sont là pour les uniques, les seules, les incroyables sœurs Fox. Ils veulent, pour une fois dans leur vie, entendre la vérité. Et c'est une promesse que vous leur avez faite, de votre propre initiative.

Les deux femmes regardaient le sol et tremblaient furieusement des jambes.

— Mais on sait toutes les trois que, au fond, vous ne le faites pas pour eux, n'est-ce pas ?

Elles eurent un léger sourire.

— Ce sera fini après, hein ? demanda Kate à Margaret.

— Oui, même elle ne pourra plus rien faire.

Du couloir d'où Jenny était arrivée, on entendit le son mat d'une canne.

— Mais lâchez-moi, monsieur !

— Madame, vous n'avez pas le droit d'être ici.

— NE ME TOUCHEZ PAS !

Le bruit sifflant d'un bâton fendant l'air retentit.

— Aïe !

Leah Fox apparut comme une tornade. Elle était suivie de l'homme que Jenny avait vu à l'entrée, massant sa main qui enflait à vue d'œil.

— J'ai essayé de l'arrêter mais…

— C'est bon, Bill, laisse-nous, dit Margaret.

Il disparut d'un salut de la tête alors que Leah vérifiait que ses habits et bijoux étaient en ordre.

— Bon, les filles… s'emporta l'intruse.

Elle leva les yeux et aperçut Jenny, à qui elle jeta un regard noir, puis se rapprocha de ses sœurs en prenant soin de s'intercaler entre elles et la magicienne.

— … Vous voulez quoi cette fois, hein ? De plus grands appartements ? De nouvelles robes ? Un voyage, peut-être ? Allez, dites-moi tout, qu'on en finisse avec cette mascarade ridicule.

Jenny remarqua l'influence écrasante qu'avait la vieille dame sur ses sœurs ; celles-ci se recroquevillaient déjà, comme des enfants battus face à un père alcoolique.

Kate reprit une gorgée de vin.

— La mascarade, c'est… le mouvement, les esprits, tout ça. Et… et ça finit maintenant ! essaya-t-elle de se convaincre d'une voix tremblotante.

— Allons, allons, tu n'arrives même pas à me regarder dans les yeux et tu penses que ce public va te prendre au sérieux ? Tu peux me mentir, mais pas te mentir à toi-même.

Elle lui tendit la main.

— Rentrons à la maison. Si tu viens maintenant, j'arrangerai même une visite avec ton fils. Ferdinand a très envie de te rencontrer, apparemment.

Kate leva la tête, les joues mouillées de larmes.

— Ferdinand… Il… il va comment ?

— Oh c'est un beau garçon maintenant, j'ai vraiment hâte que tu le voies.

Jenny constatait que les défenses de Kate s'amenuisaient. Et en effet, elle céda et prit la main de la vieille femme.

Leah se tourna ensuite vers Margaret.

— Allons ma petite Maggie, ai-je même besoin de parler ? On sait toutes les deux comment cela va se dérouler, c'est toujours la même chose. Tu vas te rebeller, puis tu le regretteras et tu me supplieras de te reprendre. Gagnons du temps cette fois-ci, veux-tu ?

Margaret semblait à son tour démunie. Kate n'osait croiser son regard.

— On… On a promis à tous ces gens…

— Ne t'inquiète pas, un communiqué de presse, et tout sera fini. J'ai déjà planifié votre réponse dans le *Tribune*. Le rédacteur en chef étant un ami d'ami, j'ai encore une belle influence là-bas.

Et à son tour Margaret se leva, la tête baissée. La matriarche jeta un regard triomphant à Jenny puis se dirigea vers la sortie.

— Si vous ne le faites pas, je le ferai ! menaça la magicienne.

Leah se retourna.

— Vous allez faire quoi ?

— Je vais montrer à tous ces gens comment vous appelez les esprits frappeurs.

La vieille dame eut une moue condescendante, puis s'esclaffa.

— Offrez-leur un tour de cartes, plutôt ! Profitez d'avoir un si large public, vous n'en aurez pas un pareil de sitôt.

Et elle reprit sa marche tranquille, ses sœurs sur ses talons.

— J'en appelle aux esprits qui nous regardent ! cria Jenny. Mes amis, cette vieille dame est une manipulatrice sans vergogne qui vous a utilisés afin de devenir si riche qu'elle en a oublié le concept même de famille. Il y a bien longtemps qu'elle se soucie plus du portefeuille des gens que de leur deuil et de ce que vous avez à leur dire. Si vous pensez aussi que cela n'a que trop duré, faites deux tocs.

Leah s'arrêta, comme si elle attendait.

— Tu n'as aucune idée de ce dont tu parles, jeune femme.

— Deux tocs, répéta Jenny, désespérée.

Leah lâcha ses sœurs et se tourna vers la magicienne.

— Sais-tu ce que c'est, de créer un mouvement ? Une religion ? Hmm ? Et pas n'importe quel mouvement, un mouvement fondé sur des femmes, pour les sortir de leur misère et de leur vie pathétique…

— Esprits, répondez-moi ! hurlait Jenny, les yeux rivés au plafond.

— … À nettoyer la merde de leurs marmots, à faire la cuisine toute la journée ou bien à vendre leur cul pour avoir de quoi manger ? Non, tu n'en as strictement aucune idée. Comme tu n'as absolument aucune idée de comment sont faits ces foutus tocs. Tu n'es qu'une ratée qui cherche son moment de gloire à travers mes sœurs, mais laisse-moi te dire que tu n'auras rien.

Leah était maintenant si près d'elle que la magicienne sentait son souffle rauque sur son visage. L'odeur du parfum aux lilas venait lui irriter les narines. Elle essayait de se concentrer pour appeler quelque chose de plus haut, mais cette invasion sensorielle la déstabilisait.

Jenny ferma les yeux et s'imagina son père, au niveau du plafond, qui la regardait et qui tapait de toutes ses forces contre les murs afin de faire du bruit, en vain.

— Pauvre tarée, va.

Leah reprit la main de ses sœurs et le trio se remit en marche.

— Margaret… Kate. Enfin, vous n'allez pas abandonner aussi facilement ? Alors quoi, vous êtes toujours des petites filles ? Hein ? Il suffit que la dame vous donne un ordre et vous lui obéissez sans réfléchir? Elles sont belles les sœurs Fox!

Kate se retourna, mais Leah lui remit immédiatement la tête dans l'axe de la sortie.

— Oublie-la, elle ne sait pas de quoi elle parle.

Kate s'exécuta.

— Allez-y, marchez, j'ai pas besoin de vous, s'énerva Jenny. J'ai besoin de personne, j'ai toujours avancé seule. J'ai voulu vous aider, vous permettre de mener votre vie comme vous l'entendez, mais ça, Leah ne vous l'accordera jamais. Alors je le ferai pour vous!

La vieille femme ne se retourna même pas pour répondre.

— Et qu'est-ce que tu vas faire? Comment vas-tu leur montrer que tu connais quoi que ce soit des sœurs Fox?

— Oh mais ma chère, je ne sais qu'une seule chose d'elles. C'est que, tout comme vous, ce sont des enseignantes hors pair.

Elle put observer Leah, de dos, remuer la tête pour montrer qu'elle ne croyait pas à ces âneries.

Puis soudain, ils retentirent.

Deux tocs distincts.

Les sœurs s'arrêtèrent net.

— C'est vous qui avez fait ça? murmura Leah à ses cadettes.

Les deux ne répondirent pas. La vieille femme se retourna d'un air suspect et se mit à marcher d'un pas rapide vers Jenny, après avoir enfin lâché la main de ses sœurs.

— J'ignorais que vous aviez le don. J'admettrais que je vous ai sous-estimée, ma chère. Ou plutôt devrais-je dire que je *les* ai surestimées. Il semblerait qu'elles n'aient pu tenir leurs langues en voyant que vous étiez comme elles. Décidément, je reste impressionnée par leur capacité à toujours trouver de nouvelles manières de me décevoir.

Elle prit une lente inspiration sans même leur accorder un regard.

— Très bien, Jenny, que diriez-vous d'un nouveau

contrat ? Hmm ? Une nouvelle identité ? Vous seriez notre cousine cachée ! Qu'en pensez-vous ? Plus d'entourloupe à la William Pinkerton, cette fois-ci, et assez d'argent pour vous loger confortablement, votre mère et vous !

Jenny tapota pensivement son index sur son menton avec un air mutin.

— La cousine cachée ? Je ne pourrais pas être… Je ne sais pas… Leur sœur cachée ? Avec un talent pour la prestidigitation ? Ça ferait de beaux spectacles, non ?

Leah ne put s'empêcher de sourire. Ainsi, même cette demoiselle qui prétendait défendre la vérité pouvait se faire acheter. Tout avait un prix, et ceux qui n'étaient pas d'accord n'avaient juste pas compris que ce prix ne se payait pas toujours en dollars.

— Mais oui, pourquoi pas. Le spiritisme n'attend que de se renouveler. C'est un mouvement jeune et vous feriez une tête d'affiche magnifique.

Jenny avait les yeux brillants.

— Et le public, vous le verriez comment ?

— Attentif, suivant vos moindres faits et gestes. C'est simple, dès qu'une médium arrive sur scène, les gens sont immédiatement fascinés. Peu importe où vous jouerez votre spectacle, vous arriverez toujours à obtenir le calme et…

… le silence. Le public ne faisait plus un bruit. Le brouhaha s'était tu. Jenny affichait un large sourire qui affola immédiatement la patronne du mouvement.

— Comme maintenant ? dit malicieusement la jeune magicienne.

Leah se retourna et remarqua avec stupeur que ses sœurs avaient disparu.

— Qu'est-ce que vous avez fait ?

La jeune femme se pencha vers sa sacoche et en sortit *Les Chemins de l'Illusion.*

— J'aimerais vous recommander un livre. Malheureusement j'en possède l'unique exemplaire.

Elle ouvrit le manuscrit d'un geste expert.

— L'une des premières leçons qu'on y apprend est que l'élément central de la magie est de savoir divertir l'attention du spectateur.

Elle s'approcha de Leah et lui mit les pages sous les yeux. La vieille dame lut malgré elle : « *Pour commencer, il est important d'aborder les bases…* »

— Dès lors, on peut faire ce que l'on veut de celle-ci.

La médium resta hébétée quelques instants, puis réalisa enfin ce qu'il venait de se passer.

— Elles ne vous ont rien dit, ce sont elles qui ont fait les tocs ! Vous n'avez jamais rien su !

Jenny plaça son poing au-dessus du livre ouvert et déplia lentement ses doigts, révélant un petit bijou en or.

— Peut-être, mais j'ai votre boucle d'oreille !

Leah toucha son lobe nu en blêmissant.

— Elles sont… elles sont…

— … sur scène, compléta Jenny.

La voix de Margaret résonna jusque dans les coulisses.

« *Sachez… Sachez qu'en arriver là n'a pas été chose aisée. Depuis toujours, quand ma sœur et moi montions sur scène, c'était pour alimenter le mouvement spirite. Malheureusement, nous n'avons pas vu qu'à force de le gaver il est devenu un ogre à l'ombre si gigantesque que celle-ci couvre l'ensemble de la planète. Il nous aura fallu quarante ans pour comprendre que nous étions les esclaves d'un monstre que nous avions créé de toutes pièces. Mais aujourd'hui… nous avons décidé de lui asséner le coup fatal.* »

Leah s'élança pour rejoindre la salle mais Jenny l'en empêcha en la bloquant. La vieille femme essaya de lui flanquer un coup de canne que la magicienne contra sans problème en attrapant le bâton.

— Je ne peux pas vous laisser leur voler ce moment. Mais je pense que vous devriez y assister.

Leah agita sa canne pour en reprendre le contrôle.

— Vous ne savez pas ce que vous leur faites subir, hurla-t-elle paniquée.

— Rien qu'elles n'aient elles-mêmes choisi, madame Fox.

Jenny tendit son bras afin que Leah s'y accroche. La vieille dame s'y refusa un instant, puis comprit qu'elle ne faisait pas le poids face au physique svelte de la magicienne. Abattue, elle consentit, et les deux femmes se dirigèrent vers les rideaux séparant les coulisses de la scène.

— Si vous vous avisez d'entreprendre quoi que ce soit de louche, je vous plaque moi-même au sol, prévint Jenny de son ton le plus doux.

Leah, fermement maintenue, devint ainsi l'observatrice hagarde de la dernière représentation d'un spectacle qu'elle avait tant joué et dirigé.

Margaret debout et Kate sagement assise au bord de la scène, touchant presque le public. Ces deux femmes qu'elle avait toujours perçues comme des oisillons sans défense sortaient finalement du nid douillet qu'elle avait passé tant de temps à leur confectionner.

— Le spiritisme a connu des hauts et des bas. Beaucoup, beaucoup de charlatans… Trop. Mais ils ont tous eu affaire à quelqu'un qui un jour ou l'autre a réussi à voir au travers de leurs supercheries. Tous, sauf une exception, nous.

Le public était captivé. Leah regrettait amèrement de n'avoir jamais laissé Margaret diriger une séance publique ; elle se montrait excellente.

— Alors, aujourd'hui, nous prenons le monde à témoin. Nous vous demandons de répéter ce que vous allez voir. Pas seulement à ceux qui ont perdu un proche, mais à tous ceux qui, un jour, ont cru qu'un inconnu prétendant parler à des forces invisibles avait de meilleures réponses à leurs problèmes qu'eux-mêmes. Nous aimerions que ce pitoyable manège ne soit pas un souvenir d'humiliation pour la nation mais une leçon pérenne. Afin que plus jamais on ne profite de vos moments de faiblesse ou de votre naïveté…

Son regard se perdit dans le vide le temps qu'elle se revoie adolescente, face à une Leah expliquant à Kate et elle-même comment leur tour allait changer la face du monde. Margaret aurait voulu pouvoir revenir en arrière, expliquer à sa jeune sœur de quinze ans que les robes les plus luxueuses du monde ne valaient pas ce qu'elle s'apprêtait à faire. Mais elle savait qu'elle n'aurait pas compris. À l'époque, son monde commençait et finissait avec Kate. Et même ce lien privilégié, le spiritisme le lui avait pris. Elle trouvait donc juste qu'elles soient enfin toutes deux réunies sur scène afin de mettre ensemble un point final à cette histoire.

— Je vais cesser de vous faire attendre plus longtemps, quarante ans, c'est amplement suffisant.

Un petit rire nerveux parcourut le public pendu à ses lèvres.

— Découvrons l'origine du dernier mystère du spiritisme. Celui qui vous a permis de croire qu'un défunt vous parlait, quand ce qui vous parlait vraiment était…

Margaret se retourna vers sa sœur.

— Kate, si tu veux bien ?

Celle-ci hocha la tête. Voulant paraître sereine pour Maggie qui tenait en haleine l'assistance, elle s'était tellement évertuée à vouloir bien faire qu'elle en devint empotée. D'un geste maladroit, elle retira sa chaussure droite qui lui échappa des mains et tomba de la scène. Un homme au premier rang l'attrapa et la renvoya sagement vers la médium. Elle le remercia d'un mouvement de tête et entreprit d'enlever sa chaussette afin de révéler un pied aux doigts extrêmement musclés.

— … des orteils ! dit Margaret en présentant fièrement le pied de sa sœur.

La salle était extrêmement agitée. Des rires nerveux fusaient d'un peu partout. Chacun demandait une explication à ses voisins, mais nul n'avait de réponse.

— Il n'est pas trop tard, vous pouvez encore faire machine arrière, murmura Leah à ses sœurs sans que ces dernières puissent l'entendre.

Même si elles avaient entendu le conseil de leur aînée, elles ne se seraient pas arrêtées. Margaret semblait ivre de l'attention que le public lui accordait. Une femme de scène forcée à rester dans l'ombre, pensa Jenny.

— Allons, je vous vois étonnés. Mes amis, laissez-la vous montrer comment cela se déroule, dit Margaret. Je vais maintenant convoquer un esprit présent à nos côtés. Esprit, si tu es ici, manifeste-toi par deux tocs.

Et devant cette foule ne comprenant pas vraiment la signification de tout ce qu'il se passait sur scène, Kate claqua des doigts de pied. Son gros orteil se plaça habilement au-dessus de son deuxième doigt, puis, d'un mouvement rapide, vint taper le plat du pied de manière à créer un claquement sonore. Elle le fit à deux reprises, comme si l'exercice, qui aurait suffi à rendre pantois les meilleurs contorsionnistes du pays, était un jeu d'enfant. Le public sidéré se mura dans un profond silence.

Jenny n'en revenait pas, et en même temps elle ne pouvait se blâmer. Ce qui rendait les sœurs Fox spéciales n'était pas le pouvoir de parler aux morts, mais un don physique hors du commun qui faisait que leur secret se cachait en un endroit improbable auquel personne n'avait jamais vraiment pensé. La magicienne se rappela que, dans une fiche sur les Fox, il était mentionné que deux frères pasteurs, les Burr, avaient exploré une piste évoquant cette idée-là, mais comme ils n'étaient jamais arrivés à reproduire le tour sans se gangrener le pied, Leah leur avait fait payer l'accusation au prix fort.

Il était particulièrement impressionnant de voir qu'à cinquante ans passés Kate était encore capable de réaliser cette prouesse sans que celle-ci semble lui demander le moindre effort.

— Je sais que… que c'est un choc pour vous. Mais… nous voulions que vous…

— Il m'a touché !

Une femme dans la salle avait hurlé. Une grande blonde d'une quarantaine d'années aux yeux couleur de mers agitées.

— C'est bien beau votre histoire d'orteils, mais comment

vous expliquez que, lors d'une séance, mon mari m'a touché les épaules ?

Les murmures repartirent de plus belle et la femme s'avança vers le premier rang, fière de l'effet qu'elle avait créé.

— Est-ce que la médium vous a dit qu'il touchait vos épaules ? demanda Kate.

La veuve resta interdite.

— Non ! répondit-elle orgueilleuse. Il m'a vraiment touché les épaules.

Elle prit l'assistance à témoin.

— Il était mort et il m'a vraiment touché les épaules, je l'ai senti !

La foule s'agita davantage. La femme fit de nouveau face aux sœurs.

— Et puis, qui êtes-vous pour dire de telles sottises aux gens ? Hmm ? Vous êtes payées par les mormons ou ces foutus adventistes, c'est ça, ceux qui veulent faire croire qu'il y a qu'eux qui peuvent s'intéresser aux morts ? Ou par les anglicans puritains qui ont envie de refaire le coup de Salem ? Ou peut-être bien que c'est notre maire qu'en a marre des salons qui s'installent un peu partout ?

— Ouais, qui vous a payées ? reprit un autre membre du public.

Margaret perdait ses moyens à mesure que le grondement de l'auditoire enflait. Son silence gêné passa pour un aveu.

— Boouh ! Cassez-vous de là !

— Ouais, tirez-vous, bande de menteuses, laissez les vrais médiums en paix.

Kate se leva, toujours le pied nu.

— Mais enfin, vous ne comprenez pas qu'il n'y a pas de vrais médiums ? Que n'importe lequel d'entre vous…

— BOOOOOOOOUUUUUH !!!

C'était trop tard, une partie de l'assistance ne l'écoutait plus, refusant d'admettre qu'une croyance ancrée en eux puisse s'avérer fausse. Chaussures, fruits, légumes et objets divers attrapés à la volée commencèrent à pleuvoir sur la scène.

— Dégagez, laissez faire les professionnels !

Certains spectateurs effrayés sortirent immédiatement de la salle. Les contestataires surexcités laissèrent aller leur colère sans retenue, encouragés par leur propre ardeur. Margaret et Kate s'enfuirent de la scène en courant. Jenny n'en croyait pas ses yeux.

— Lâchez-moi, lui dit alors Leah, je peux encore régler ça.

La jeune femme hésita.

— Je vous en prie, Jenny, chaque seconde est cruciale. Dans quelques instants, même moi je ne pourrai plus les arrêter.

Voyant le public qui commençait à renverser les chaises et les envoyer sur la scène, plus semblables à des animaux enragés qu'à des humains, elle céda. Leah savait avoir peu de temps pour profiter de sa liberté retrouvée et se dirigea calmement vers le public alors qu'autour d'elle les débris de sièges commençaient à s'amonceler.

— Allons, allons mes amis. Pourquoi tant d'énervement pour une si petite farce ?

La présence familière de l'aînée des Fox apaisa immédiatement l'assistance.

— Comment ça, une farce ? dit la femme qui avait déclenché l'émeute.

— Enfin, vous ne croyez tout de même pas qu'elles étaient sérieuses, c'était un numéro d'adieu, rien de plus !

Leah possédait un aplomb aussi extraordinaire que fascinant. Alors même qu'elle était abattue quelques minutes plus tôt, la voilà qui faisait face à une foule déchaînée sans que cela semble l'inquiéter. Et sa tranquillité fonctionnait, l'assistance se calmait un peu plus à chacune de ses phrases. Il était évident que le discours de Margaret n'avait pas résonné chez ces fidèles, eux qui buvaient les paroles de la vieille dame comme si elles sortaient de la bouche du Messie. La patronne du mouvement arrivait à répondre à chacune de leurs questions sans le moindre instant de réflexion, pas même un sourcillement anxieux.

Jenny fut tentée d'observer plus longuement cet art de retourner les foules, mais préféra aller vérifier l'état des deux cadettes.

La magicienne courut vers la loge, où elle trouva Margaret en larmes, Kate à son côté.

— Maggie, on l'a enfin dit, c'est déjà beaucoup, non ?

— Mais ils ne nous ont pas écoutées, ils ne veulent pas… puis il y avait cette femme stupide…

Elle leva les yeux et vit Jenny.

— On est désolées, on croyait que… enfin, que quand les gens verraient… mais ils s'en fichent !

Leur amie fit non de la tête.

— Vous avez juste remarqué la minorité bruyante, mais la majorité silencieuse, elle, vous a entendue. Elle n'est juste pas restée pour vous défendre.

— Mais… Mais… ces fous vont venir ici non ?

— Non, Leah est intervenue, elle tient à conserver ses clients. Et c'est tant mieux, puisque maintenant elle n'a plus besoin de vous. À ses yeux, vous venez même de devenir un handicap, elle vous sort officiellement du mouvement en ce moment même pour sauver les meubles.

Margaret sécha ses larmes, Kate leva la tête.

— Attends, tu es sûre de ce que tu racontes ?

Jenny approuva.

— Je l'ai entendu dire qu'il s'agissait d'une farce d'adieu.

— Alors… le spiritisme, c'est vraiment fini ? demanda Margaret.

— Pour vous en tout cas, ça m'en a tout l'air. Après les journaux et cette séance, vous avez atteint le point de non-retour. Votre vie de médium est terminée.

Les deux sœurs éclatèrent d'un rire joyeux avant de se jeter dans les bras l'une de l'autre. Elles hurlaient à pleins poumons, comme des petites filles.

La magicienne se retira afin de les laisser savourer cette nouvelle liberté juste toutes les deux.

38

Les Chemins de l'Illusion
par Gustave Marton

Le dernier tour

Quand vous préparez un spectacle de magie, il est essentiel de réfléchir avec attention à votre dernier tour. L'ultime impression que vous laisserez au public ancre la qualité de la représentation, puisque c'est d'après elle qu'il jugera l'ensemble. Il faut donc que ce soit votre tour le plus abouti et le plus époustouflant.

Si vous avez accompli ce travail correctement, vous aurez conduit les spectateurs dans un monde dont vous seul déterminez la nature et les règles, mais, surtout, vous laisserez dans leur mémoire une image pérenne de celui-ci, pour leur plus grande admiration.

Car c'est cette impression, cette réminiscence d'un univers extraordinaire qui déterminera si les spectateurs parleront de vous plus d'une journée après avoir vu le spectacle, ou si vous serez juste un divertissement vite oublié parmi tant d'autres.

N. B. : Je recommande un tour où on ne parle pas, sans cartes, menottes et autres objets que l'on voit couramment en illusionnisme. Optez pour une apothéose réellement personnelle, que vous-même n'avez jamais vue ailleurs et qui exprime votre esprit poétique. Emmenez le public loin de la salle, en un lieu enchanteur de votre création.

Quelques mois s'étaient écoulés depuis l'incident des sœurs Fox. Leur dernier coup d'éclat n'avait pas manqué d'enflammer une fois de plus la presse nationale. Chaque quotidien donnait son avis : certains défendaient encore le mouvement spirite, prétendant que la révélation relevait du complot à grande échelle quand d'autres prétendaient avoir percé le secret depuis longtemps, mettant en avant d'anciens articles de leur gazette qui avaient remis en cause la communication avec les défunts, tout en oubliant de mentionner ceux qui l'encensaient. Malheureusement, les médias n'eurent jamais le fin mot de cette histoire car Margaret et Kate s'étaient évaporées dans la nature.

L'agence Pinkerton n'avait pas été mentionnée une seule fois, même dans les canards locaux de New York, mais cela importait peu à Robert. Une vague de cambriolages qu'il avait résolue avec brio avait permis à l'agence de souffler un peu côté finances.

Grâce à l'absence de William, il avait pu prendre le temps d'étudier chaque cas et de déterminer que les cambrioleurs avaient été aidés par un garçon de banque qui demandait à être changé de lieu de travail après chaque cambriolage, sous prétexte que « l'expérience douloureuse l'avait traumatisé ». L'homme vivant dans une affreuse solitude, Robert l'avait appâté avec quelques nouveaux amis ainsi qu'une potentielle maîtresse. Comme prévu, il n'avait pas hésité à leur acheter monts et merveilles pour conserver leur affection. Le reste avait été un jeu d'enfant.

Il faut croire que tout le monde n'était pas aussi malin que les sœurs Fox, se disait le détective tout en écrasant sa cigarette sur le parvis du Théâtre Tony Pastor.

Une salle idéale pour entamer une carrière de prestidigitateur, même si on pouvait juger égocentrique la manie du propriétaire d'apposer son nom partout. Sur la devanture au-dessus de l'entrée, on lisait « Théâtre Tony Pastor », et, juste en dessous, en lettres légèrement plus grandes et sur deux lignes :

THÉÂTRE
TONY PASTOR

Des panneaux publicitaires rectangulaires installés à quelques mètres de l'entrée montraient en outre des affiches de Tony, homme moustachu d'une cinquantaine d'années portant des bagues en or vulgaires aux auriculaires. Touche finale, les colonnes étaient surplombées d'horloges rondes où on pouvait lire « Tony Pastor » même la nuit, grâce à une ampoule électrique installée à l'intérieur.

Le plus étonnant était que même si Tony avait une passion pour la prestidigitation, il ne s'y était jamais essayé lui-même de crainte de paraître ridicule.

Si Robert se trouvait au 143 Est de la 14e rue ce soir-là, c'est parce qu'il profitait de l'entracte du spectacle de Jenny. Repassant dans sa tête les tours auxquels il venait d'assister, il visualisait ceux dont il avait trouvé l'astuce sans difficulté et ceux dont le truc lui avait échappé, jeu intellectuel auquel il aimait s'adonner après des shows d'illusionnistes. Il devait reconnaître que son ancienne protégée se débrouillait particulièrement bien. Ses manipulations étaient d'une fluidité exemplaire, les cartes semblaient à peine lui toucher les mains, se transformant pourtant à leur contact. Une reine de cœur devenait un deux de trèfle en moins de temps qu'il n'en fallait pour cligner des yeux. Elle avait notamment exécuté un numéro où la carte d'un spectateur s'inscrivait en tatouage sur le haut de son bras, arrachant à Robert un cri de surprise.

Malgré ce tour de force, elle avait promis qu'elle lui réservait une dernière surprise après l'entracte, qui saurait le laisser sans voix. C'était leur premier échange depuis la séance avec les sœurs Fox. Elle lui avait envoyé une invitation pour l'inauguration de ce premier show intitulé « Magie » signée de son nouveau nom d'artiste : « Jenny Marton », glissant dans l'enveloppe un petit mot courtois lui faisant cette promesse afin d'être sûre qu'il vienne. L'homme serait venu sans invitation, mais il était heureux de savoir qu'il n'avait pas rompu le lien privilégié qu'il entretenait avec la star du spectacle.

Très sobre, pensa Robert alors qu'il tirait sur sa fin de cigarette, tout en observant l'affiche à côté du théâtre qui figurait un dessin sommaire de Jenny entourée de cartes volantes. Même son habit s'était épuré depuis sa période magicienne de rue. Finis les paillettes et les longs cheveux blonds, elle avait gardé les couleurs brunes d'Adélia et avait opté pour une robe blanche à manches longues qui contrastait habilement avec le fond bleu marine de sa réclame. Sur ce dessin stylisé, elle avait l'allure d'une vraie professionnelle, pensa Pinkerton.

Le son de la petite cloche retentit ; il était temps de revenir dans la salle. La composition du public de Jenny n'avait pas changé : autant d'enfants que d'adultes. Robert crut même reconnaître quelques gamins qu'il avait aperçus sur la place du marché lors des premiers spectacles auxquels il avait assisté.

Le détective essaya de caler au mieux son dos dans l'une des inconfortables chaises en bois de ce théâtre d'environ deux cents places. Dès l'ouverture des rideaux, les chamailleries des enfants et les bavardages des grands se turent.

Sur scène se trouvait une grosse boîte en bois de la taille d'un coffre, posée sur un petit support surélevé. Un espace visible entre le sol et le support retirait tout doute au fait que quelque chose puisse venir du dessous des planches. À quelques mètres sur la gauche de la boîte, des tissus dorés et scintillants reposaient sur un portemanteau. Jenny fit son entrée sous des applaudissements dont elle ne semblait pas vraiment se soucier. Elle ouvrit le coffre et y plongea la main pour saisir une forme drapée d'or qu'elle mena vers le centre de la scène. Elle ôta le tissu et révéla une boule de la taille d'un ballon à la couleur diaphane, légèrement teintée de jaune par le projecteur électrique braqué dessus. Elle prit la sphère du bout des doigts et l'éleva très doucement, aussi haut qu'elle le put, jusqu'à ce que la balle continue le mouvement que la magicienne avait initié et se mette à léviter d'elle-même. L'illusionniste esquissa un petit sourire satisfait en regardant les spectateurs bouche bée. D'un mouvement gracieux, elle revint vers la boîte et en tira un cerceau de bois clair, puis se redirigea vers sa sphère volante. Elle éleva lentement le cerceau de bas en haut autour de la balle, montrant ainsi qu'aucun fil ne la tenait en lévitation. Elle attendit les applaudissements du public, puis, afin d'ôter tout soupçon, elle remit le cerceau au niveau de la sphère et le fit tourner de l'avant vers l'arrière puis de l'arrière vers l'avant sans que la boule flottante n'en semble affectée. Les applaudissements redoublèrent, et la balle s'échappa d'elle-même du cerceau, volant pour aller se replacer dans la boîte d'où elle était venue, à l'abri des yeux du public.

Jenny ouvrit le côté de la boîte qui faisait face à la salle, afin que celle-ci puisse voir la balle trôner sur une petite coupe en fer. La magicienne se dirigea vers le portemanteau, prit l'un des tissus qui y pendait puis monta sur le support et l'agita de manière solennelle au-dessus de la boîte. Le drap d'or s'anima et s'échappa des mains de Jenny, comme porté par une sphère flottante. Une fois le tissu envolé, et le public ayant pu observer que la sphère n'était plus dans la coupe, elle referma le côté extérieur de la boîte, et le drap volant lévita vers le côté gauche de la scène. Ensuite elle ouvrit la boîte derechef, révélant une nouvelle boule sur la coupe en fer. Elle répéta le même manège avec un tissu similaire au premier, le lançant en l'air. Il flotta de lui-même, comme porté par une boule volante, et partit léviter à droite de la scène. Elle referma une dernière fois la boîte et la rouvrit immédiatement pour montrer qu'une nouvelle balle était apparue. Ensuite, elle saisit le dernier drap, et le souleva bien haut afin qu'il cache entièrement son corps et la caisse quelques instants. Bientôt celui-ci s'envola vers le milieu de la scène alors que Jenny s'enfermait dans la caisse en ramenant les portes au-dessus d'elle.

Un roulement de tambour résonna. Soudain, les parois de la boîte tombèrent brusquement, montrant que l'escamoteuse n'était plus là où elle venait de s'enfermer. Il ne restait rien hormis la coupe en fer, désormais vide.

Les deux draps sur les côtés cessèrent de voler et s'écrasèrent au sol, laissant juste planer celui au centre de la scène. Autre son de tambour. Le dernier tissu volant sauta alors en l'air… lancé triomphalement par la magicienne qui se trouvait en dessous.

L'émerveillement silencieux dura le temps que le morceau d'étoffe rejoigne le sol, et fut suivi d'un tonnerre d'applaudissements. Les enfants se levèrent, et, en voyant l'adulte qu'était Robert levé lui aussi, les parents prirent part à l'ovation. Le détective s'amusa de voir que Jenny rougissait, intimidée par l'acclamation du public, alors que des fleurs arrachées par des petites mains dans un jardinet de la rue voisine s'accumulaient sur scène.

Une fois les applaudissements retombés et les lumières rallumées, les parents peinaient à contenir l'excitation de leurs enfants qui s'extasiaient encore de l'extraordinaire spectacle auquel ils venaient d'assister. Robert en profita pour se faufiler discrètement vers les coulisses.

Rideaux franchis, il fut étonné de voir quatre jeunes femmes ranger le matériel, de longs fils transparents enroulés autour de leurs doigts. Quand elles l'aperçurent, la panique les gagna instantanément.

— Vous n'avez pas le droit d'être ici, monsieur ! s'insurgea la plus petite, habillée dans une tenue sombre.

Le détective remarqua une jeune femme à la même robe blanche que Jenny ôtant tranquillement une perruque brune tout en se dirigeant vers les loges, jusqu'à ce qu'elle aussi remarque l'intrus. Elle courut sans attendre vers la magicienne qui avait entrepris de se démaquiller.

— Jenny… Jenny ! hurla-t-elle, paniquée.

Robert ne s'attendait pas à voir autant de monde dans l'arrière-scène. Il se souvint avec émotion de la première fois qu'il avait vu Jenny, seule sur sa petite estrade de bois.

— Ne nous obligez pas à appeler la police ! menaça la sosie de l'artiste.

Elles se mirent alors à l'entourer et le forcèrent à reculer jusqu'à l'autre côté du rideau quand la voix étouffée de la magicienne se fit entendre depuis sa loge.

— Attendez-moi à l'extérieur, monsieur Pinkerton, j'arrive.

Robert ne demanda pas son reste et regagna l'entrée, souriant malicieusement. Si elle l'avait changé, il avait aussi eu un impact sur la jeune magicienne. Il semblait que l'agence Pinkerton lui avait enfin appris à travailler en équipe.

Une dizaine d'enfants patientaient devant le théâtre. L'un tenait un carnet de pages vierges, un autre portait précautionneusement un encrier et une plume.

La magicienne sortit enfin, toujours dans sa robe blanche.

— Jenny ! hurlèrent les bambins.

L'illusionniste reconnut son fidèle public : Alden, Mitchell et Georgie en tête de file. Elle leur sourit avant de prendre plume et papier en main.

— C'est à quel nom ? dit-elle ironiquement.

Les fans de la première heure prirent un petit air vexé.

— Mais mam'zelle Jenny, vous nous reconnaissez pas? demanda tristement Alden.

Elle fit semblant de réfléchir, fit non de la tête et rendit leurs blocs-notes aux enfants, chacun avec une signature à son nom. Pour eux, c'était Noël avant l'heure.

— On le savait!

Elle passa affectueusement sa main dans les cheveux du garçon.

— Comme si je pouvais oublier mes trois garnements préférés!

Mitchell s'avança.

— Jenny, je... vous avez vraiment des pouvoirs magiques?

Elle se baissa pour se mettre à son niveau.

— Je pourrais te donner la réponse, mais honnêtement elle ne te plairait pas. Maintenant, j'aimerais te proposer autre chose, et si... tu trouvais par toi-même?

— Par moi-même? s'étonna Mitchell.

— Oui, je te propose de revenir voir le spectacle et de te poser une simple question : comment fait-elle ça? Si après ta réflexion, tu en déduis que j'ai toujours des pouvoirs magiques, alors qui suis-je pour te dire le contraire?

L'enfant semblait troublé mais ses amis vinrent à sa rescousse.

— On pourra l'aider? demandèrent les deux comparses en chœur.

— C'est une affaire difficile et vous ne serez pas trop de trois pour percer les mystères de mon spectacle, répondit-elle avec un petit clin d'œil.

Les enfants se regardèrent, hochèrent la tête et partirent gaiement avec leur désormais précieux carnet.

Jenny se tourna enfin vers Robert.

— Alors, qu'en avez-vous pensé?

Il attendit un instant.

— Vous êtes une grande illusionniste, Jenny, je n'ai plus de doutes là-dessus.

Elle rougit du compliment.

— J'ai lu que vous aviez vous-même redoré le blason de l'agence.

— Un coup de chance. Si cela se reproduit régulièrement, on pourra peut-être dire que j'ai réussi.

— Je suis sûr que vous y parviendrez, la rencontre avec les sœurs vous a changé, je le sens.

Il sourit.

— Quand est votre prochaine représentation ?

— Dans quatre jours.

— Ah parfait, et que faites-vous en attendant, mademoiselle.

— Je n'ai rien prévu de particulier.

Il tapa dans ses mains.

— La chance semble donc une nouvelle fois de mon côté. Il y a quelque chose que je voulais faire depuis bien longtemps, mais que je n'avais osé entreprendre seul.

Il fit un geste de main vers la rue.

— De quoi parlez-vous ?

— Allons, qui n'aime pas une belle surprise ?

Une calèche s'arrêta devant le théâtre et Robert ouvrit la porte. Jenny réfléchit un instant puis monta, étonnée d'y trouver sa petite valise en cuir. Le détective s'engouffra dans la voiture et ferma la porte.

— C'est votre mère qui l'a préparée.

Elle ouvrit la valise et vit en effet ses propres affaires parfaitement rangées.

— Où allons-nous ?

— Ayez confiance. En attendant, dormez un peu, cela vous fera le plus grand bien. Vos heures de pratique se lisent sur vos cernes.

Elle marqua une pause en le regardant d'un air circonspect, hésitant à le questionner davantage, sans savoir par où commencer.

— S'il vous plaît, Jenny, je vous demande de me faire confiance comme je vous ai fait confiance. Juste une fois.

Se rendant compte que le débat était inutile, et épuisée par son spectacle, elle accepta pour la première fois de sa vie de se lancer dans l'inconnu sans avoir la moindre information. Il ne fallut pas beaucoup de temps pour qu'elle s'endorme, bercée par le trot régulier des chevaux et éclairée par la lumière stellaire qui traversait les fins rideaux de lin.

Lorsqu'elle se réveilla, la voiture cahotait sur une petite route de terre entourée de champs à perte de vue. Son sommeil avait été extrêmement paisible mais cet environnement étranger la désorientait. Face à elle, Robert lisait un carnet où elle distingua des chiffres. L'air satisfait du détective lui suggéra que les choses allaient vraiment mieux pour l'agence.

— Vous ne voulez toujours pas me dire où nous allons ?

Il leva la tête, ferma son livre de comptabilité et rangea ses lunettes.

— Bonjour, ma chère, avez-vous agréablement dormi ?

Elle s'étira les bras tel un chat sortant de sa sieste, ce qui la fit frissonner.

— Mieux que je ne l'aurais cru, il faut croire que j'ai vraiment tout donné à cette représentation.

— Croyez-moi, cela se voyait. Votre numéro a beaucoup changé depuis le moment où je vous ai rencontrée.

Elle sourit.

— J'ai réalisé qu'il y a certaines choses que l'on ne peut faire seule.

Robert approuva.

— Le plus dur, c'est de trouver les bonnes personnes avec qui s'associer.

Elle laissa flotter un silence.

— J'ai réfléchi, Robert, et il y a un sujet qui me trouble. Vous savez tout de moi et je ne sais rien de vous.

— Comment ça ?

— Eh bien, je ne sais pas, vous avez fait la guerre, non ?

Vous l'avez dit vous-même, et pourtant, que ce soit le guide ou vous, personne ne mentionne vos exploits.

Il détourna le regard.

— Tout n'est pas qu'une question d'exploits, mademoiselle Marton. J'étais dans le renseignement, nous ne sommes pas ceux qui récoltent la gloire, mais ceux qui permettent aux autres de l'obtenir.

— Où étiez-vous ?

— Parlons-en une autre fois, dit-il, fatigué.

Les doigts de la magicienne pianotaient d'agacement. Elle tenait enfin l'occasion rêvée de mener son dernier interrogatoire, de résoudre l'ultime mystère d'une affaire qui traînait depuis plus de deux décennies et qui n'avait cessé d'occuper son esprit depuis la révélation des sœurs Fox.

— Je peux vous raconter une histoire de la guerre civile ?

— Vous étiez une nouvelle-née quand c'est arrivé. Vous voulez me parler d'une histoire de votre père ?

— Ni de la mienne, ni celle de mon père. Non, j'aimerais vous raconter une histoire d'amour. Celle de Tina et William.

— William ? Mon frère ?

— Je vais vous livrer les éléments dont je dispose, puis vous en tirerez vos propres conclusions.

Robert déglutit.

— Et cette… Tina… D'où vient-elle ?

— Camden, une petite ville en Arkansas, pas très loin de Poison Spring. En 1864, c'est une jeune courtisane qui ne prend pas vraiment la guerre au sérieux. Une femme d'une extrême beauté qui se sert des atouts que la nature lui a donnés pour profiter des hommes et de l'argent qu'ils sont prêts à lui offrir. Elle a des critères de sélection très précis, et ne prend que ceux qui peuvent entretenir ses goûts de luxe.

— Jenny… Pourquoi vous me racontez ça ?

— Allons, Robert, vous ne me dites pas où nous allons, souffrez que j'en fasse de même avec mon récit. Où est votre légendaire patience ?

Le détective battait nerveusement de la jambe.

— Continuez.

— Mais voilà, le problème de la guerre, c'est que, même quand on n'y est pas impliqué, cela affecte le moral des gens autour de soi. Alors, quand Tina offre ses services aux généraux confédérés qui viennent de subir une cuisante défaite dans la ville même dont elle arrive, ils lui cognent un peu dessus, parce que, après tout, vu qu'ils payent son corps, ils se croient tout permis. On aurait pu croire que ça dissuaderait Tina, mais ces hommes payent vraiment bien, alors elle encaisse. La seule chose, c'est qu'en contrepartie elle a besoin d'un homme doux pour tenir le coup. Et comme si le destin avait entendu sa demande, voilà qu'arrive en ville un jeune horloger du nom de Bobby. Bobby est intelligent, trop intelligent pour un simple apprenti d'une petite ville de l'Arkansas. Même Tina arrive à le sentir, ce garçon est un ambitieux cantonné à une tâche ennuyeuse. Tina ne le sait pas mais elle s'est acoquinée avec un agent Pinkerton.

Jenny affichait désormais un grand sourire.

— William… dit lentement Robert.

— Soyez patient, tout vient à point à qui sait attendre. Si Tina apprécie beaucoup notre jeune Bobby, ce dernier apprécie encore plus Tina. Ce n'est pas la première prostituée qu'il voit, mais Bobby est un habitué de la grande ville où les prostituées s'occupent de leur client sans jamais s'intéresser à eux : aussitôt servi, aussitôt oublié. À Camden, c'est différent, c'est sa première histoire d'amour, et voilà qu'il veut montrer à cette femme qu'il n'est pas qu'un simple débutant. Il lui confie qu'il va changer le cours de la guerre en trouvant de la nourriture pour tous les régiments qui crèvent de faim dans la ville. À l'en croire, il suffit à l'Union d'attaquer un stock de maïs appartenant aux confédérés, qui se trouve dans la prairie d'Ane. Tina en rit, elle ne le prend pas au sérieux. Qu'est-ce qu'un jeune horloger pourrait savoir ou avoir comme influence sur le renseignement militaire ? Puis finalement, Bobby se révèle et dit à Tina qu'il aimerait qu'elle l'appelle par un autre nom… William.

Robert était silencieux. Les mots lui manquaient, mais le regard inquisiteur de Jenny le poussa à articuler une phrase.

— Jenny, je suis désolé… La prochaine fois que je le vois, je vous promets que je m'arrangerai pour que…

— L'histoire ne s'arrête pas là. Car vous voyez, Tina continue de fréquenter ses généraux confédérés, et un jour, par curiosité sûrement, elle cherche à savoir si William lui a dit la vérité. Alors, elle demande à l'un de ses clients haut placés s'ils ont une réserve de maïs peu défendue dans la prairie d'Ane. Le général ne confirme pas, mais il cherche à savoir comment elle sait cela. Tina ne répond pas. Enfin, pas tout de suite en tout cas. L'homme la frappe jusqu'à ce qu'elle cède et parle enfin. Elle ne donne pas le nom de Bobby ou même de William, mais le mal est fait. Il ne reste plus aux confédérés qu'à tendre un piège aux soldats affamés de l'Union.

— Le massacre de Poison Spring.

— Exactement. Une défaite écrasante et humiliante de l'Union qui se termina par la torture et l'exécution des prisonniers.

— Jenny… je suis désolé.

— Ne le soyez pas encore Robert, car c'est là où l'histoire commence.

La respiration du détective s'accéléra.

— Je ne comprends pas.

— Laissez-moi finir, je vous prie, et après viendront les questions. Vous voyez, quand Tina découvre les conséquences de sa confession sous la violence, elle ne peut plus trouver le sommeil. Dès qu'elle ferme les yeux, des voix viennent lui parler. Elle est convaincue que ce sont celles de tous les hommes morts par sa faute qui la hantent. Alors, dans le spiritisme et l'alcool, elle trouve deux moyens d'alléger sa peine et d'expliquer son insomnie. Ce sont ses bouées de sauvetage qui la sauvent de la dérive d'une folie certaine. Mais alors, qu'en est-il de William ? Si Tina se sent coupable, imaginez comment doit se sentir l'agent qui n'a pas su tenir sa langue !

La jambe de Robert était maintenant agitée de spasmes violents.

— L'homme essaie désespérément de se racheter, il envoie de manière anonyme des fleurs sur les tombes de tous ses compatriotes morts à Poison Spring, qu'il renouvelle chaque semaine, même quand Pinkerton ne va pas fort. Et pourtant… pourtant la culpabilité le poursuit. Elle le poursuit dans son travail, dans ses relations avec son frère, dans une enquête sur les sœurs Fox sur laquelle il patauge. Et soudain, alors que plus rien ne va, un nom ressort parmi ses recrues potentielles : une jeune femme nommée Jenny. Mais ce n'est pas le prénom qui l'intéresse. Non, ce qui l'intéresse, c'est un nom de famille qui lui est familier : Marton. Un nom qu'il connaît bien car il envoie des fleurs chaque semaine pour honorer sa tombe. Le nom de l'un des soldats de l'Union morts pendant le massacre.

— Mais c'est moi qui vous ai recrutée… pas William. Je ne sais pas ce que vous insinuez mais… mais votre théorie ne tient pas debout !

Jenny ne put s'empêcher un air malicieux que Robert ne connaissait que trop bien.

— William était assigné à Tuskegee, occupé à mettre le feu au camp des hommes qui avaient exécuté son maître forgeron, monsieur Pinkerton. Mais ça, vous le saviez, non ? Il raconte tout le temps cette histoire.

Robert détourna son visage vers la fenêtre. Ce passé qu'il avait tant essayé de fuir l'avait finalement rattrapé. Sa tentative de rédemption avait été celle qui l'avait mené à sa perte.

— Je me suis juste dit que si… si je pouvais vous aider. Peut-être que… peut-être que moi aussi, je pourrais faire taire les voix dans ma tête et retrouver un peu de sérénité. Il prit une longue inspiration, évitant toujours soigneusement le regard de Jenny. S'il venait à le croiser, ce serait pire que de se faire poignarder.

— Je l'ai rencontré, vous savez ? Il était venu au magasin où je travaillais pour acheter des menottes truquées faites sur mesure. Il préparait un spectacle pour les autres types de son régiment. Il disait que ça leur faisait oublier la faim, le temps d'une représentation.

Robert frappa la paroi de la voiture si fort que tout le véhicule trembla et faillit sortir de la route, les chevaux hennissant de frayeur.

— Mais moi… J'ai été si stupide, aveuglé par l'amour que je portais à cette… putain. Et je… j'ai eu le malheur de vouloir être mon frère, je voulais qu'elle tombe amoureuse de moi comme il avait lui aussi rendu amoureuse sa première prostituée.

Un autre coup de poing fit trembler l'habitacle.

— Calmez-vous.

— Pourquoi ? Et comment ? Vous devez me haïr, non ?

Sans s'en rendre compte, il s'était retourné vers elle. Il s'attendait à trouver dans les yeux noisette de la jeune femme une colère ravageuse. À sa surprise, ils étaient aussi calmes qu'une forêt en hiver.

— C'est quelque temps après l'enquête que je suis arrivée à la conclusion que vous étiez Bobby. En répétant les tours de mon nouveau spectacle l'esprit clair, les questions que j'avais sur Poison Spring ont trouvé une réponse sans même que j'aie à fournir un effort. Quand j'ai enfin compris, je vous avoue que je me suis sentie stupide et utilisée, j'ai pleuré et je vous ai haï. Puis j'ai fini par comprendre que tout cela était une manière pour vous de chercher à rétablir l'équilibre que vous aviez détruit. Vous n'êtes pas une mauvaise personne, Robert, tout comme les sœurs Fox ne sont pas les plus grands charlatans que la Terre ait connus. C'était une simple erreur, une pensée de trop sortie de votre bouche qui a eu des conséquences que vous n'auriez jamais pu anticiper.

Robert calma sa respiration, alors que les chevaux reprenaient leur rythme habituel.

— Je vous donne mon pardon, monsieur Pinkerton. Tout ce qu'il vous reste à trouver, c'est le vôtre.

— Mon pardon…

Il répéta la phrase à voix basse le reste du trajet, comme s'il s'agissait d'une énigme insoluble. Alors qu'il était perdu dans ses pensées, Jenny en profita pour examiner la valise préparée par sa mère. Elle aperçut des habits, le *Guide Pinkerton*, *Les Chemins de l'Illusion*, ainsi qu'une curieuse lettre sur laquelle était soigneusement écrit : « *À lire avant d'arriver à destination* ».

39

« Ma chère Jenny,

Tu es devenue une femme resplendissante, bien plus accomplie que je n'aurais jamais osé l'imaginer. Ce nouveau travail t'a définitivement transformée, tu n'es plus la petite fille qui s'amusait à cacher des cartes dans mes jupons en me criant "MAGIE !" (même si je dois avouer que cette enfant me manque énormément).
J'ai toujours pensé que ta peur du mariage venait de la peur de m'abandonner, mais je me suis trompée. Je vois aujourd'hui à ton envol majestueux que tu avais juste peur de la cage qu'il représente.
Pourtant, je dois te l'avouer aujourd'hui, tu t'es enfermée dans celle du mensonge. Tu y es entrée dès l'instant où tu as découvert ce maudit livre, *Les Chemins de l'Illusion*. Laisse-moi te dire que ton père était un homme formidable que j'ai toujours aimé, mais il avait un énorme défaut : il était persuadé que s'il croyait assez fort à ses fantasmes, ceux-ci se réaliseraient un jour. Il espérait qu'en prétendant être un magicien à succès dans son ouvrage, ses écrits finiraient par prendre vie et devenir réalité. Personnellement, je pense que la personne qu'il essayait le plus de convaincre était en fait lui-même.
Malheureusement, la vérité c'est que Gustave n'a jamais connu la célébrité, ni même foulé les planches d'une scène

qu'il n'avait pas lui-même construite à coups de marteau. Lorsqu'il s'est engagé dans l'armée, nous étions sans le sou ; ton père n'avait même plus les moyens d'acheter les jeux de cartes et autres accessoires de ses spectacles. Si l'armée lui a pris sa vie, elle lui aura donné une solde, des amis et un public. Je ne saurais dire si son échec était dû à son manque de talent ou à un facteur extérieur, mais cela le dévorait de l'intérieur.

J'ai toujours redouté que ton sort soit lié au sien, comme une malédiction familiale. Je vois aujourd'hui que j'avais tort.

Tu n'es pas ton père, tu n'es pas moi. Pourtant, tu es sûrement ce que nous avons accompli de plus beau. Alors tout ce qu'il me reste à dire c'est… continue comme ça !

Ta mère qui t'aime »

Jenny relisait avec émotion la lettre lorsque la voiture s'arrêta. Quelque part au fond d'elle, elle avait toujours su que son père n'avait jamais été le célèbre magicien qu'il prétendait être, que ce livre n'était qu'un moyen de transmettre son savoir à des élèves fantasmés, puisque personne ne voulait prendre de leçons de quelqu'un que le succès avait évité. Personne, sauf sa propre fille qu'il n'avait jamais connue. Ç'avait été la dernière illusion de Gustave, un tour qui avait su traverser la mort et modeler la vie de sa fille afin qu'elle soit elle aussi en quête de l'ivresse de la scène. Mais contrairement à son père, voilà qu'aujourd'hui elle avait goûté à ce précieux nectar, et il s'avérait encore plus délicieux que ce qu'elle avait imaginé. Cette lettre lui donna envie de se surpasser pour l'avenir, d'accomplir le rêve que lui n'avait jamais pu réaliser.

Arrivés à destination, Robert descendit le premier, sans dire un mot. Il tint la porte à la jeune femme mais n'osa pas affronter son regard.

Elle était si troublée par ce qu'elle venait d'apprendre qu'elle marcha tout droit, sans prêter attention au décor champêtre qui les entourait.

Les fleurs jaunes et bleues sous ses pas se mélangeaient en taches floues, lui donnant l'impression de marcher dans un tableau impressionniste.

— Elle est jolie, votre robe, fit une voix fluette.

Jenny leva la tête et aperçut un garçon d'environ onze ans, portant un uniforme de marin blanc avec une écharpe bleue. Il s'était posté devant la magicienne et la regardait avec curiosité. L'enfant approcha sa main pour toucher le tissu de la robe à corset, comme un chat craintif prêt à fuir au moindre mouvement brusque.

— On dirait la même que celles des poupées de maman.

Il la dévisagea de nouveau, puis se détendit en voyant le sourire triste de Jenny.

— Tu veux que je te les montre ? On était en train de jouer avec.

Elle n'eut pas le temps de répondre que la mère arriva, essoufflée.

— Ferdinand… haaa… Pourquoi… pfff… tu cours comme ça… sans prévenir !

Kate Fox respirait fort, les mains sur les genoux pour se mettre au niveau de son garçon.

— Maman, regarde comme elle est belle, sa robe ! C'est comme tes poupées.

Kate leva les yeux et son visage s'éclaira.

— Jenny ! Mais comment est-ce que…

La magicienne fit un mouvement de tête vers Robert qui se tenait quelques mètres derrière elle, l'air honteux, près de la voiture.

— Il faut croire que vous pouvez disparaître aux yeux du monde, mais pas à ceux de l'agence Pinkerton, dit-elle.

La médium sourit.

— Je ne sais pas vraiment si on peut parler de prouesse, mademoiselle Marton. Car qui peut faire apparaître une carte disparue mieux que le magicien qui l'a dissimulée dans sa manche ?

Ainsi, c'était ça, la surprise de Robert. Elle aurait dû se douter que la disparition des sœurs avait été trop bien orchestrée.

— On est où exactement, ici ? demanda-t-elle.

— Batsto dans le New Jersey, répondit Robert, qui avait enfin osé s'avancer. Mais gardez ça pour vous, c'est absolument confidentiel.

Kate s'élança dans les bras de l'homme, à la surprise du détective.

— Merci Robert, ce que vous avez fait, c'est vraiment… magique.

L'homme, un peu gêné, lui rendit son étreinte.

— Maman, tu les connais, ces gens ?

— Oui, mon chéri, dit-elle en se baissant au niveau de Ferdinand, tu vois ce monsieur ?

Le petit dévisagea intensément l'homme au regard déconfit, puis il revint vers sa mère.

— Oui, je l'ai vu !

— Bien, sache que c'est grâce à ce monsieur qu'on est ici, qu'on peut se balader librement sans se faire importuner et, surtout… surtout…

Kate pinça brièvement la joue du garçon. Il se retira, vexé.

— Aouh !

— … que je peux t'embêter chaque fois que je te vois.

— Mais maman, on avait dit pas les joues ! Après je suis tout rouge !

Kate eut un petit rire coquin.

— Je ne peux pas y résister mon petit Ferdy, si on ne peut pas pincer les joues de son fils préféré, à quoi bon être maman ?

Il fit une moue boudeuse.

— Moi, quand je serai papa, je pincerai pas les joues, d'abord.

— Moi, je parie que devant les belles joues de tes enfants, tu n'y résisteras pas.

Kate tendit de nouveau sa main et Ferdinand mit immédiatement les siennes sur ses pommettes pour se protéger avant de tirer la langue à sa mère, qui ne put s'empêcher de rire.

— Je m'avoue vaincue. Allez, va rejoindre Elena, elle

doit être en train d'étendre le linge dans l'arrière-cour. On va parler entre adultes.

— Après on rejouera aux poupées ?

Kate hocha la tête.

— On ne peut pas laisser mademoiselle Jankel organiser toute seule la soirée de sa fille !

Le petit garçon regarda encore une fois la robe de Jenny, la toucha, puis se mit à gambader joyeusement en direction de la maison.

— Ce petit, c'est vraiment… demanda Jenny.

— Oui, Ferdinand. Je n'avais pas vu mon fils depuis si longtemps que je ne l'ai même pas reconnu quand il est enfin arrivé ici. Leah est quelqu'un qui a toujours aimé… compartimenter.

Son regard se perdit dans le vide.

— Et pourquoi Batsto ?

Kate désigna Robert.

— C'est à lui qu'il faut le demander.

Jenny se tourna vers le détective. C'était la première fois qu'ils se reparlaient depuis qu'elle l'avait démasqué.

— Alors, comment avez-vous fait, mon cher ?

Robert leva la tête, timidement.

— J'ai… Eh bien, pour être honnête, l'initiative et les coûts ont été pris en charge par Leah Fox. C'est elle qui est venue nous voir et qui nous a demandé de faire disparaître ses cadettes. À l'en croire, moins on les verrait dans les journaux et plus vite les gens oublieraient l'incident des doigts de pied. La seule condition que j'ai imposée était de garder secret le lieu où je les emmènerais. Elle a accepté.

Il inspira profondément, sa contenance habituelle lui revenait.

— Le reste était simple, je leur ai donné une nouvelle identité : deux cousines veuves qui ont décidé de s'isoler du monde après la mort de leurs maris respectifs. Quant à la ville, je voulais simplement quelque chose de petit, de difficile d'accès et en même temps en plein essor, afin que les gens occupés par leur travail n'aient pas le temps de se soucier de l'identité de leurs voisins. Enfin, je connais personnellement l'homme qui possède la majeure partie de la ville, un ancien client de l'agence. Je sais qu'au moindre problème il me préviendra.

Jenny fut impressionnée.

— Vous êtes un homme plein de ressources.

— Je ne fais que mon métier.

Jenny sentit que leur complicité commençait à renaître.

— Allez, rentrez, je vais vous préparer un thé, dit Kate, enthousiaste.

La maison était une imposante bâtisse à deux étages avec une large véranda. En entrant, Jenny dut reconnaître qu'elle s'y sentait comme chez elle. Un grand feu brûlait dans la cheminée, surplombée d'une collection d'animaux en fer forgé. Malgré l'extérieur de briques, l'intérieur était lambrissé de bois, ce qui donnait au décor un cachet sans pareil. À la table du salon, elle aperçut Margaret écoutant avec admiration un bel homme d'une soixantaine d'années aux cheveux blancs ébouriffés. Ils éclatèrent de rire sans même remarquer les nouveaux venus. Kate les interrompit.

— Maggie, devine qui est là ?

Margaret semblait légèrement agacée de ne pas avoir pu finir sa conversation, mais dès qu'elle tourna la tête, le sourire lui revint.

— Jenny !

Elle se jeta sur elle, hésita un instant et lui tendit simplement la main, le regard interrogateur. La magicienne le soutint, puis étreignit la médium.

— Je… Comment ? On a cru que… enfin ici…

Jenny se retourna vers Robert, et Margaret comprit immédiatement, saluant l'homme d'un signe de tête.

— Jenny, Robert, voici Nigel. C'est un fermier spécialisé dans la cranberry, dit-elle en désignant son invité. Il…

il m'expliquait pourquoi ses baies avaient besoin d'énormément d'eau et… que Batsto avait le climat idéal pour…

Margaret et son ami rougissaient au fil des explications.

— Ma chère, dit-il finalement, je pense que mes histoires peuvent attendre. Je repasserai demain. En attendant, n'hésitez pas à faire goûter à vos convives la confiture que j'ai amenée. Vous m'en direz des nouvelles, ça vient de ma récolte personnelle.

Nigel serra la main de Margaret, qui avait encore le visage cramoisi, puis sortit de la maison alors qu'elle le regardait d'un air rêveur. Kate lui donna un petit coup de coude accompagné d'un clin d'œil.

Margaret sortit brusquement de son songe, alla précautionneusement ranger le pot dont la couleur rappelait celle de son visage, puis revint à ses hôtes.

— Asseyez-vous, je vous en prie, racontez-moi tout !

Au fur et à mesure qu'ils échangeaient sur leurs vies respectives autour du thé, une ambiance familiale s'installait. Les sœurs étaient plus chaleureuses que jamais et ne tarissaient pas d'éloges sur le village. Jenny prit conscience avec stupeur que c'était la première fois qu'elle les voyait heureuses. Elles avaient eu l'Amérique à leurs pieds et cela ne les avait menées qu'au désespoir. Pourtant, voilà que ce bourg perdu au milieu du New Jersey, pas même accessible en train, où elles passaient leurs journées au coin du feu à discuter cranberry avec le voisin, avait réussi à les combler. « Peut-être que la vie sous les projecteurs de New York n'est effectivement pas pour tout le monde », pensa Jenny.

— Monsieur Pinkerton, vous avez fait des merveilles, dit Margaret d'un ton joyeux. Cette maison est un bijou, et surtout, pas une seule fois on ne nous a parlé d'esprits ou de défunts depuis que nous sommes ici. Les gens meurent… et puis d'autres arrivent. Ils passent à autre chose. Les tombes sont là, ils n'oublient pas mais… ils ne sont pas obnubilés par ça. Vous voyez, ils me parlent de culture de cranberry.

Qui aurait cru qu'une baie aussi petite puisse être aussi intéressante ?

— Il n'y a vraiment que sa petite baie qui t'intéresse ?

— Kate, arrête, tu es maman je te rappelle.

— Il n'y a pas d'âge pour s'amuser.

Kate sortit le pot de confiture de l'armoire.

— Eh, c'est un cadeau ! C'est à m…

— Il nous a dit de goûter !

Elle ôta la couche de paraffine qui protégeait la purée de fruits.

— Kate… je te promets que…

Mais sa sœur trempait déjà son index dans le pot puis le portait à la bouche.

— Hmmm, ah ça, c'est un grand cru !

Margaret fit une moue agacée puis soupira longuement.

— Vous voyez avec quoi je vis ?

Les quatre rirent chaleureusement alors que Kate passait le pot à Robert.

— Je ne fais que suivre les consignes de ton invité.

Robert prit le bocal et goûta à son tour.

— Délicieux.

Il resta un instant interdit, fixant la brume rouge de la confiture comme s'il y discernait quelque chose.

— Je ne veux pas… nuire à votre bonne humeur mais… voilà, il y a un mystère qui m'obsède et… je me dois de vous en parler.

Les sœurs se calmèrent et le regardèrent, sans qu'il parvienne à détourner ses yeux du pot de cranberry.

— Jenny et moi, nous avons fouillé la cave de la ferme Fox. Celle où vous avez parlé aux esprits le tout premier soir, et… on a trouvé un cadavre.

Margaret ouvrit de grands yeux.

— Ch… Charles ?

— Je ne sais pas. Il était là depuis longtemps, c'est tout ce que je peux dire. Je n'ai malheureusement pas pu lui parler. Ma question c'est… et vous ?

Les cadettes eurent la même expression pensive. Malgré leurs chemins différents, elles n'avaient jamais cessé de se ressembler.

— Vous allez nous prendre pour des folles. C'est… c'est stupide, dit Margaret.

— Maggie, c'est fini tout ça. On ne reverra plus Leah, on peut leur dire, non ?

— On était des gamines, tu penses quand même pas que… enfin…

Les deux se tournèrent vers Jenny, comme si elle connaissait la réponse, mais elle ne faisait que les observer en silence.

— Tout cela s'est passé il y a quarante ans, n'est-ce pas. J'avais douze ans à l'époque, expliqua Kate, et Maggie quinze. On était perdues au milieu de rien, sans vraiment d'amies, on n'avait que l'une pour l'autre. Alors quand, en cette soirée de mars 1848, les gens ont commencé à affluer chez nous, on a assumé notre histoire d'esprit jusqu'au bout. On avait passé du temps à perfectionner nos claquements de doigts de pied, vous voyez ? On ne voulait pas que tout cet entraînement soit vain. Mais… la vérité, c'est que Maggie et moi, on a réellement senti quelque chose. À chaque question du docteur qui faisait office de porte-parole, on répondait naturellement, parfaitement synchrones, sans même avoir à se consulter. Tout ce sur quoi on s'était mises d'accord, c'était un esprit du nom de Monsieur Satan qui avait réponse à tout. Mais au fur et à mesure de la soirée et des questions, Charles B. Roma a pris forme et…

Jenny et Robert étaient pendus aux lèvres de Kate, qui semblait avoir des difficultés à s'exprimer avec précision.

— Et… ? demanda le détective.

— Et… Il y avait cette voix dans notre tête, nous murmurant ce que l'on devait répondre, finit par confier Margaret. Mais comme son corps n'avait jamais été retrouvé, on pensait que c'était juste une connexion entre sœurs. Mais maintenant… maintenant…

— Maintenant, vous vous demandez si cette folle qui a retourné l'assistance contre vous n'avait pas raison, dit Jenny.

Kate se dirigea vers la fenêtre, puis observa son fils se rouler dans l'herbe devant la gouvernante.

— Ça me trotte dans la tête depuis notre dernière représentation. Comment deux jeunes filles catholiques d'une petite ville des États-Unis ont-elles pu avoir l'idée de faire parler les défunts ? Je ne me souviens même plus pourquoi on y a pensé. Au fond… je me suis toujours dit que je sentais quelque chose d'étrange autour de moi, mais je n'ai jamais vraiment pu l'accepter ou le refuser. Malgré les dossiers clients de Leah, j'entendais toujours une voix dans ma tête, et je répétais juste ce qu'elle me disait à travers les tocs. Mais la voix ne se taisait pas après les séances, elle avait toujours plus à me raconter. Alors…

— L'alcool, compléta Jenny.

— Oui, je ne saurais dire qui a commencé entre Maggie et moi, mais de mon point de vue, ce fut une chute dans un trou sans fond. C'était devenu mon unique moyen d'être en paix avec moi-même. Ça arrêtait les voix. Durant mes séances, je suivais les consignes de Leah, mais je m'en fichais, tant qu'on me laissait tranquille. Et puis, un soir, j'ai trop bu. Leah a appelé la ligue de protection des enfants pour m'enlever la garde de mon fils. C'est quand j'ai perdu Ferdinand que j'ai réalisé que le spiritisme me tuait. J'ai donc décidé de disparaître chez mon frère.

Margaret se leva et la rejoignit.

— Mais c'est fini. Tout ça, c'était notre ancienne vie, Kate, maintenant Ferdinand est revenu.

Jenny se mit debout. La question du détective venait de répondre à la dernière interrogation qu'elle se formulait : les sœurs Fox ont-elles déjà réellement parlé aux défunts ?

— Je… Je sais que ça peut paraître égoïste mais… il y a quelqu'un avec qui j'ai toujours voulu communiquer. Margaret était parvenue à lui parler, mais j'avais les traits d'Hazel Bowell à ce moment-là. Je sais que c'est beaucoup vous demander, mais j'aimerais que vous m'accordiez l'ultime faveur de le rappeler. Je crois que l'entendre est le seul moyen pour moi de passer à autre chose.

Les sœurs attendirent un instant, sachant très bien à qui Jenny faisait référence.

— Le soldat, c'est ça ? demanda Margaret.

— C'était mon père.

Kate déglutit, ses mains tremblaient.

— Je ne pense pas que ça soit une bonne idée.

— Enfin, Kate, elle n'a jamais rencontré son…

— Maggie, on a enfin quelque chose de bien ici, loin de…

Elle fit un geste vers le ciel.

— … tout ça.

La médium prit les mains de la jeune femme.

— Il m'a fallu du temps pour comprendre ce que je vais te dire, mais j'aimerais que tu fasses confiance à ma vaste expérience de l'après-mort. Alors écoute-moi attentivement, non en essayant d'examiner mes manières ou mes mensonges, mais simplement en ouvrant sans retenue ton esprit. Je ne te demande pas de me croire sur parole, mais j'ai besoin que tu m'entendes car les mots que je vais prononcer seront probablement les plus importants de ta vie. Penses-tu pouvoir faire cela ?

Jenny n'aurait su dire si cela venait du contact physique établi par la médium ou si cela tenait à ses grands yeux marron, mais en cet instant elle se sentait réellement connectée à Kate, comme si cette dernière pouvait réellement voir tout ce que son esprit cachait à la face du monde. Elle se sentait nue mais pas jugée. Peut-être résidait là le vrai don des cadettes Fox : parvenir à créer une fenêtre sur l'âme blessée et voir exactement comment la réparer.

Elle hocha la tête, prête à entendre la leçon qui changerait le cours de son existence.

— Même si tu ne l'as jamais rencontré, ton père a toujours été avec toi. À chacun de tes entraînements, chaque fois que tu as donné un spectacle, tu as toujours transporté une part de lui. Mais il est temps de le laisser s'en aller vers un monde meilleur. Le ramener ici ne reviendrait qu'à le punir, lui mais aussi nous, et surtout toi. J'aimerais t'aider à te libérer de ce poids, mais tu es la seule personne capable de t'en débarrasser.

À cet instant, Jenny le sentit. Elle vit son père, le crâne scalpé collé à son dos, essayant désespérément de monter vers ce monde meilleur dont on vantait les mérites, mais n'y parvenant pas parce que encore fusionné à sa fille. Elle éprouvait physiquement le poids tangible de l'esprit qu'elle avait enfermé ici-bas, dans ce deuil dont elle avait fait sa propre vie.

Elle fouilla son sac et sortit *Les Chemins de l'Illusion*. La couverture du manuscrit était si usée que les coins en avaient été arrondis. En prenant le livre, elle s'aperçut qu'elle le tenait si fermement que le bout de ses doigts en était devenu blanc.

Margaret la rejoignit et posa sa main sur son épaule.

— C'est lui qui l'a écrit ?

— C'est tout ce que j'ai de lui. Tout ce qu'il ne m'a jamais dit est là-dedans. C'est... ce qui m'a appris à observer, à distraire, à m'entraîner... Il, il, il... Et vous... je croyais...

Ses mains tremblaient nerveusement, ses yeux la brûlaient. Elle venait de percer le véritable secret du spiritisme. Les cadettes Fox étaient réellement capables de parler aux défunts pourvu qu'elles n'y soient pas forcées ; et voilà qu'elles lui refusaient la séance ? Cette séance que Jenny désirait depuis qu'elle avait posé ses yeux sur l'ouvrage qui avait défini sa vie !

— Vous savez à quel moment j'ai su que j'étais le patron de l'agence ?

Cela venait de Robert. Toujours assis et stoïque, les mains pleines de confiture. Jenny lui accorda à grand-peine son attention.

— Quand je me suis mis à écrire mes notices pour Pinkerton. À vrai dire, j'ai commencé mon propre guide, mis à jour à l'aide de vos conseils. Bientôt, on ne distribuera plus l'ancien. Les temps changent et nos enquêtes aussi, il y a donc des éléments qu'il faut remettre au goût du jour.

— Qu'est-ce que vous sous-entendez ? interrogea la magicienne entre deux sanglots étouffés.

— Ce que je veux dire, c'est que vous n'avez plus besoin de ce ramassis d'instructions désuètes. Je vous ai vue en spectacle…

Jenny serrait le livre contre elle avec ardeur.

— Vous vous trompez, tout ce que j'ai fait provient de ce bouquin. Je lui ai tout volé. C'est peut-être ma seule véritable illusion : vous faire croire que ça venait de moi.

— C'est faux, j'ai eu le temps de le feuilleter durant le trajet pendant que vous dormiez, et rien de ce que j'ai vu chez Tony n'y correspond. Mais qu'ai-je à vous prouver ? Au fond, vous le savez mieux que moi. J'aimerais juste vous aider à passer ce cap, cap que j'ai moi-même eu bien du mal à franchir. Jenny, je sais que pouvez-vous séparer du livre de votre père.

Robert observa autour de lui dans la maison et posa les yeux sur la cheminée, dont le feu commençait à faiblir. Kate suivit son regard.

— William approuverait sûrement, dit la médium d'un ton ironique.

Jenny écarta le manuscrit de sa poitrine et le caressa doucement. Sa reliure de cuir était lisse des innombrables fois où elle avait répété ce geste. Repassant un à un les chapitres dans sa tête, elle dut admettre que son dernier spectacle contenait peu de tours de l'ouvrage. Après l'enquête, elle avait intégralement retravaillé sa représentation, en partant de zéro.

— Peut-être… Vous avez peut-être raison.

Elle s'approcha à pas lourds de la cheminée. Devant le foyer, elle hésita à ouvrir les notes paternelles une dernière fois.

— Le plus dur, c'est de lâcher prise, lui dit Margaret.

Elle plaça l'ouvrage au-dessus des flammes, sentant bientôt la chaleur envelopper ses avant-bras, la forçant à faire rapidement un choix qui s'avérerait irréversible. Ses mains tremblaient, elle essayait de rester attachée à la dernière relique de son père, tout en sachant que, si elle voulait avancer, la seule solution était de l'offrir au feu. Comprenant que l'unique manière de tracer sa propre route était d'arrêter de parcourir les sentiers battus, elle se résolut enfin.

— Au revoir, papa, murmura-t-elle la gorge nouée.

Le livre étouffa presque les braises en tombant, projetant une bouffée d'étincelles brûlantes. Mais il ne fallut que quelques secondes au brasier pour reprendre vie et réduire *Les Chemins de l'Illusion* en cendres. La couverture résista un peu plus longtemps avant d'être racornie, boursouflée, puis à son tour dévorée par les flammes crépitantes.

Jenny ressentit une sensation étrange, comme si son corps s'était allégé. Elle contempla ses mains, qu'elle eut l'impression de découvrir pour la première fois, ses doigts roses illuminés par la teinte orange du foyer. Dans son dos, il n'y avait plus rien. Le poids du monde semblait enfin s'être envolé de ses épaules.

Elle scruta les bûches, y cherchant les dernières traces du recueil qui lui avait apporté tant de réconfort, mais celui-ci avait complètement disparu.

Robert se posta derrière elle, et sa présence rassurante acheva de lui faire reprendre ses esprits.

— Et après ? lui demanda-t-elle.

— Vous seule avez la réponse à cette question, Jenny.

40

Réflexions d'une apprentie magicienne
par Jenny Marton

J'aimerais vous parler de magie. Pas uniquement celle que vous pouvez observer dans un spectacle de rue ou dans un théâtre de New York, sous la main experte d'un prestidigitateur. Non, j'aimerais vous parler d'une autre forme de magie, celle qui nous anime au quotidien, celle qui nous aide, malgré les malheurs, malgré les difficultés de la vie, malgré ce que le destin nous assène, à continuer de nous lever chaque matin et de faire de notre mieux.

J'ai fait l'erreur de toujours chercher un sens à tout, de justifier chacun de mes actes, de vouloir chercher la perfection dans l'art de l'illusionnisme. J'ai compris que cela faisait juste de moi une disciple, et non une magicienne.

Une véritable magicienne est quelqu'un qui parvient, le temps d'une représentation, d'une rencontre ou d'une vie, à changer la perception que les gens ont du possible. Sous les yeux ébahis des spectateurs, elle réussit à tordre les règles du réel et, au-delà de tout ce qu'ils ont pu croire, leur offre un nouveau monde à façonner eux-mêmes.

Le secret du tour importe alors peu, le public n'a pas besoin de le connaître pour s'affranchir de l'incrédulité qui le ronge. Car si la magicienne est parvenue à percer, ne serait-ce qu'un instant, la bulle de méfiance du spectateur, elle aura à jamais changé son existence.

Parlons histoire

Les sœurs Fox et l'agence Pinkerton ont réellement existé.

Les sœurs Fox ont eu leur premier « dialogue » avec les esprits en 1848.

L'agence Pinkerton a ouvert en 1850.

Les véritables Sœurs Fox

Après la mort de son mari à Londres en 1881, Kate se retrouve sans le sou et noie son désespoir dans l'alcoolisme. Ruinée, elle regagne New York, espérant pouvoir y vivre de ses talents de médium. Hélas, son penchant pour la boisson lui donne une mauvaise réputation dans la communauté spirite et, rapidement, elle se retrouve sans client. Elle ne tarde pas à se faire retirer Ferdinand, son jeune fils, par la Ligue de protection de l'enfance, organisation qui vient d'être créée (elle a eu un autre enfant, Henry Junior, mort en bas âge). Cela ne fait qu'accentuer la spirale autodestructrice poussant Kate à souvent se saouler jusqu'à en perdre conscience.

Margaret, quant à elle, essaye à plusieurs reprises de s'éloigner de New York pour sortir du joug de Leah, mais, finalement, y revient toujours.

En 1888, voyant l'état dans lequel a sombré Kate et en blâmant Leah, elle décide d'agir en contactant le journal *New York Herald*. Dans une interview exclusive, elle promet au public une séance où elle dévoilera la supercherie qu'est le spiritisme. Elle accompagne le propos d'un mémoire intitulé « Le coup de grâce au spiritualisme », écrit en collaboration avec un journaliste. Le livre explique que le spiritisme est un énorme coup monté par Leah, qui dure depuis quarante ans.

Le 21 octobre 1888, parlant au nom des deux cadettes, elle monte seule sur la scène de l'académie de musique new-yorkaise, devant deux mille spectateurs. Là, elle explique que les esprits frappeurs ne sont en fait rien d'autre que des claquements de doigts de pied.

À partir de là, le mouvement perd de nombreux membres et se divise. D'un côté ceux qui restent fidèles à Leah, pensant que Margaret s'est fait payer pour discréditer ses propres talents, de l'autre les médiums qui se désolidarisent et voient là une opportunité de voler la vedette aux sœurs Fox. Néanmoins le spiritisme est si répandu et a déjà tellement de branches différentes que la révélation, au final, ne le désarme pas ni ne lui ôte de l'influence.

En 1889, elle essaye de revenir sur sa confession pour retrouver son prestige passé, mais il est trop tard, le public ne s'intéresse plus à elle. Chassée de son domicile pour loyer non payé, elle s'installe chez une amie spirite – où elle décède en 1893.

Kate de son côté, n'a vu son état qu'empirer et meurt à la rue en 1892.

Leah est décédée en 1890, dans l'opulence. Même si elle est morte avant ses sœurs, il ne faut pas oublier qu'elle était plus âgée de vingt ans avec Margaret et de vingt-quatre ans avec Kate.

Elle n'a jamais compris la haine que lui vouaient ses cadettes alors qu'elle estimait avoir toujours essayé de les aider.

L'histoire ne s'arrête pas à la mort des sœurs Fox. En 1904, des enfants jouant dans la ferme d'Hydesville trouvent, coincé entre les murs de la cave, les restes d'un squelette.

Un médecin local immédiatement consulté estime l'âge des ossements à une cinquantaine d'années, donnant ainsi crédit à la toute première séance des cadettes.

Cinq ans plus tard, un autre médecin examine le squelette. Il le trouve plutôt étrange, parle d'une absence d'os essentiels du corps humain mais d'une surabondance d'autres. Il découvre même quelques os de poulet. Et s'empresse de prévenir les journaux de ses conclusions.

Aujourd'hui encore, les sceptiques disent que les sœurs Fox étaient des charlatans, leurs fidèles (il en reste) que le monde a tout fait pour salir la réputation de femmes capables de parler aux esprits.

Personnellement, je pense qu'elles ne méritaient pas la fin qu'elles ont eue. C'est pour cela que je me suis autorisé à leur accorder cette paisible retraite fictive dans une maison perdue du New Jersey, à faire que Kate sorte de l'alcoolisme et puisse renouer avec son fils. J'avais envie de leur offrir l'évasion définitive du spiritisme qu'elles souhaitaient mais que l'existence ne leur a jamais donnée.

Afin de rendre cette fuite plausible, j'ai eu recours à Pinkerton et aux deux héritiers d'Allan Pinkerton, créateur original de cette agence de détectives.

L'agence Pinkerton

Allan Pinkerton est né en 1819 à Glasgow en Écosse. Il émigre en 1842 aux États-Unis à Dundee, Illinois, où il pratique le métier de tonnelier. Alors qu'il arpente les bois d'une petite île proche de Dundee à la recherche de matériaux pour ces tonneaux, il tombe sur d'étranges hommes qu'ils soupçonnent de méfaits. Quand il prévient le sheriff local, ce dernier rétorque qu'il a d'autres choses à faire que surveiller une île entière à cause des soupçons d'un seul citoyen. Allan se lance donc lui-même dans une surveillance jour et nuit de l'endroit. Quand il découvre un marché noir, il rassemble des volontaires de sa ville et le sheriff afin d'attraper les malfrats en flagrant délit. Un coup de filet qui permet d'arrêter des faux-monnayeurs. L'affaire lui permet de devenir le premier détective policier de Chicago en 1849. Et, en 1850, il ouvre l'Agence nationale de détectives Pinkerton.

À ses débuts, l'agence se spécialise dans les vols de chevaux et les attaques de train. Les succès venant, elle élargit son domaine d'activité. Pinkerton ouvre des succursales un peu partout aux États-Unis, avec comme atout principal de compenser les carences de la police fédérale en pouvant poursuivre les truands même quand ils s'enfuient dans un autre État.

N'appartenant pas aux organismes officiels de police, Allan use de techniques d'enquête jamais vues, comme les infiltrations sous couverture. Il collabore aussi régulièrement avec des gangsters afin d'en confondre et interpeler d'autres. Enfin il n'hésite pas à se servir de femmes comme agents sur le terrain (même si cela est contesté par les agents masculins de Pinkerton).

Kate Marne, toute première agente féminine, aurait convaincu Allan de l'engager en expliquant que les hommes ont tendance à se vanter de leurs exploits criminels auprès de leurs femmes et que ces dernières sont à la fois très observatrices et très seules. Donc qu'il serait facile pour elle d'en faire des amies, ce que les détectives masculins ne sauraient accomplir.

Pendant la guerre de Sécession, lors d'une mission d'escorte d'Abraham Lincoln, ce dernier aurait suggéré à l'agent Marne de prendre un peu de repos tandis qu'ils voyageaient en train. Elle lui aurait répondu qu'elle ne dormirait que lorsque lui, le président des États-Unis, serait arrivé à bon port. L'anecdote aurait donné le slogan de Pinkerton : « Nous ne dormons jamais ».

Bientôt, Pinkerton devient une référence aux USA. Ses participations à l'effort abolitionniste sont vite repérées par Lincoln, qui nomme Allan chef du Service d'intelligence de l'Union (le prédécesseur des services secrets fédéraux).

L'enquête qui marqua le début du déclin Pinkerton est celle de l'affaire Jesse James.

Jesse est un hors-la-loi violent et pro-confédéré du Missouri, qui a tendu maintes embuscades mortelles aux soldats de l'Union durant la guerre civile. Après la guerre et la défaite de ces derniers, son frère Frank et lui s'allient à différents gangs pour attaquer banques, diligences et trains dans le midwest. Comme personne ne lui met la main dessus, en 1874, la *Adams Express Company*, fond d'actions prospère, engage Pinkerton pour s'occuper du problème.

L'enquête s'avère compliquée à cause du soutien d'anciens soldats confédérés aux braqueurs, aide qui met des bâtons dans les roues aux hommes de l'agence. Rapidement un agent infiltré dans la ferme de Zerelda, la mère de Jesse, est retrouvé mort. Un autre agent meurt à son tour en essayant de venger le précédent, mais il emporte avec lui un membre du gang de Jesse. Allan voit ces deux crimes comme une vendetta personnelle contre lui. Aussi, le 25 janvier 1875, son fils William Pinkerton mène une attaque sur la ferme de Zeralda et envoie des bombes incendiaires. Le demi-frère de Jesse décède, sa mère y laisse un bras.

La violence de l'attaque et les méthodes employées secouent la presse locale. Au point que le gouverneur du Missouri offre l'amnistie à Jesse et Frank James comme excuses pour ses actes barbares. L'incendie aurait aussi participé à ériger Jesse James en tant que héros local, permettant à sa légende de traverser les siècles. C'est encore aujourd'hui considéré comme le plus grand échec de l'agence Pinkerton.

En 1884, Allan Pinkerton tombe sur un trottoir et se mord si fort la langue qu'elle s'infecte et que la gangrène l'emporte les semaines suivant l'accident. Étrange fin pour un homme qui s'était mis tous les criminels des États-Unis à dos.

Ses fils Robert et William prennent sa suite. Le premier se charge de la partie ouest (New York) du pays et William de l'Est (notamment les bureaux de Chicago qui conservent le siège officiel).

Alors qu'un mouvement ouvrier se développe avec conflits à la clef, ils se mettent du côté des entrepreneurs et enchaînant les échecs. En 1892, lors de la grève de Homestead, une usine de métallurgie, trois cents agents Pinkerton sont capturés et expulsés sous les moqueries de travailleurs en colère. Est même voté, en 1893, l'Anti Pinkerton Act qui empêche le gouvernement de faire appel aux services des détectives de l'agence.

De fait, de nombreux compétiteurs apparaissent, notamment l'Agence de détective Burns ou la Thiel Detective Service Company créée par un ancien agent Pinkerton.

En 1900, l'agence subit un nouveau fiasco avec La Horde sauvage (un gang dirigé par Butch Kassidy, qui a inspiré le film éponyme *Butch Kassidy and the Sundance Kid)*.

En 1907, Robert décède d'un accident cardiaque.

À partir de 1910, les Pinkertons sont régulièrement appelés par les patrons pour briser des mouvements de grève face à la montée en puissance de syndicats.

En plus de ses activités de détective, l'entreprise devient ainsi une société militaire privée.

William meurt à son tour en 1923.

Pinkerton n'a cessé de grandir et existe toujours. En 1999, ses cinquante mille détectives ont été rachetés par Securitas AB pour l'équivalent de 340 millions d'euros.

Références

Si le thème des esprits vous intéresse et que vous n'êtes pas anglophone, je conseille *Esprit, es-tu là ?* de Vivianne Perret, un essai qui ne traite pas seulement des sœurs Fox mais de l'ensemble du spiritisme. Et plus particulièrement de sa place en France, en s'attardant par exemple sur les druides comme Allan Kardec, personnage majeur du spiritisme occidental.

Pour les articles de presse de l'Amérique du XIXe siècle, je me suis servi du site internet *Center for Bibliographical Studies and Research,* qui est une incroyable banque de données où j'ai pu retrouver les parcours des fils Pinkerton, la documentation les concernant étant assez rare.

Pour les méthodes Pinkerton, je me suis appuyé sur les onze livres écrits par Allan Pinkerton lui-même, relatant divers cas. Ces ouvrages sont très documentés grâce aux rapports des agents.

Pour les informations sur les enquêtes des agents féminins, j'ai utilisé *The Pinks* de Chris Enss.

Si Pinkerton vous passionne et que vous n'êtes pas anglophone, il existe une bande dessinée française – intitulée sobrement *Pinkerton* – qui raconte différentes affaires majeures de l'agence, dont le *Dossier Jesse James – 1875.*

Tristan Guérin, le scénariste de la BD, m'a été d'une aide majeure pour les personnages de Robert et William et je l'en remercie.

Remerciements

À Raphaël Bismut, Arthur Amiel, Laura Sicot et Sébastien Richer, qui m'ont aidé à relire et améliorer mon texte tout en étant d'un soutien infaillible.

À Patrick Baud dont le livre *Le Cabinet des curiosités* m'a fait découvrir les sœurs Fox.

À mes parents, qui m'ont toujours encouragé à transformer ma passion en métier.

Et enfin à mon éditeur, Thierry Billard, qui m'a aidé à donner vie à ce livre.

Table

MIXTE
Papier issu de sources responsables
FSC® C003309

L'Éditeur de cet ouvrage s'engage
pour la préservation de l'environnement
et utilise du papier issu de forêts gérées
de manière responsable.

Cet ouvrage a été achevé d'imprimer sur Roto-Page
par l'Imprimerie Floch à Mayenne en septembre 2020.
Dépôt légal : septembre 2020 – N° d'impression : 96722
Imprimé en France